Faux diagnostic

GWEN HUNTER

Faux diagnostic

BEST SELLERS
HARLEQUIN

Cet ouvrage a été publié en langue anglaise
sous le titre :
DELAYED DIAGNOSIS

Traduction française de
LOUISE ACHARD

HARLEQUIN®

est une marque déposée du Groupe Harlequin
et Les Best-Sellers® est une marque déposée d'Harlequin S.A.

Photos de couverture

Médecin : © COLOR DAY PRODUCTION / GETTY IMAGES
Homme et chien : © DIDIER ROBCIS / GETTY IMAGES
Femme : © PHOTODISC

83-85, boulevard Vincent-Auriol, 75013 PARIS — Tél. : 01 42 16 63 63
Service Lectrices — Tél.: 01 45 82 47 47
ISBN 2-280-16613-5 — ISSN 1248-511X

Dédié avec amour à Mary Anne « Mare » Hoffman,
une amie chère à Seattle.

Bien que j'aie puisé mon inspiration et mes informations dans le comté de Chester et son hôpital, en Caroline du Sud, le comté de Dawkins, ses habitants, ses services publics, son hôpital et ses patients sont purement fictifs. Je me suis efforcée de rendre les passages médicaux du roman aussi proches que possible de la réalité. Si des erreurs ont pu s'y glisser, c'est à moi qu'il faut les attribuer et non aux personnes d'une compétence indiscutable, dont la liste suit :

John Saunders, médecin. Susan Saunders, écrivain et amie. Kim Livingston, neurochirurgien, que je remercie pour ses renseignements sur les séquelles d'un traumatisme cérébral par pénétration. Mary Anne Hoffman, une amie. Tamar Myers, écrivain et amie — qui n'abandonne jamais. La section locale de SCWWW... à qui je dois des critiques constructives et de précieux encouragements. Joyce Wright, ma maman, que je remercie pour... tout — et Rod Hunter, pour tout le reste.

Dans le comté de Chester, en Caroline du Sud :

Merci à Laurie Milatz, ostéopathe, pour les ultimes corrections médicales — son aide m'a été plus que précieuse ; ainsi qu'à Chase Manhattan Owens, médecin ; à Richard Hughes, médecin ; Isom Lowman, médecin ; Darlette Stanley, infirmière ; Barry Benfield, infirmier ; Tammy Taylor, infirmier ; Sherry Minors, infirmière ; Susan B. Jacobs, infirmière ; E.C Chrysler, radiologue ; Kenn Cruise, M.T.

A Rock Hill, Caroline du Sud :

Merci à Susan Prater, technicienne de radiologie ; à Susan Gibson, chef de département maintenance ; à Eric Setzer, vétérinaire ; à Mike Fedele fils, kinésithérapeute au Centre de Rééducation de Catawba.

Prologue

J'ai toujours voulu être quelque chose comme un héros. Cette aspiration le disputait au désir, presque aussi impérieux, de chercher refuge dans les bras protecteurs d'un autre héros — du sexe opposé, celui-ci. Ces deux facettes de ma personnalité se livraient un conflit permanent — dilemme que je crus avoir résolu en entreprenant des études de médecine. Ce choix était en quelque sorte un pied de nez à ma jeunesse lamentable de vilain petit canard. Je voulais secourir la veuve et l'orphelin tout en gagnant de confortables honoraires, me faire des amis et, par la même occasion, fonder une famille. Je me voyais m'épanouir comme une plante de serre — médecin de luxe à la Florence Nightingale [1], en vison et rivière de diamants. Ce rêve puéril et égocentrique est devenu réalité — au moins en partie. J'ai mon diplôme de médecin en poche, mais la blouse et le survêtement me tiennent lieu de fourrure et de diamants, et je n'ai toujours ni mari ni enfants.

La première année de médecine balaie impitoyablement tout sentiment de supériorité, et l'internat se charge ensuite du reste.

Mon sentiment de compassion, telle une peau de chagrin,

1. Florence Nightingale : philanthrope anglaise de la haute société (1821-1910) qui se dévoua pour les blessés durant la guerre de Crimée, en 1854-1855. (N.d.T.)

s'est réduit à la portion congrue. J'ai quitté John, mon fiancé, et mes interminables études se poursuivent encore. Mais j'ai de bons amis. C'est un talent inné chez moi : je sais nouer des liens solides et durables, des amitiés profondes et indéfectibles — et non de ces relations superficielles qui ne survivent pas au moindre éloignement.

Grâce à Marisa, ma meilleure amie, j'ai réalisé mon premier rêve de jeunesse — et découvert qu'en fin de compte, non seulement être un héros ne correspondait pas tout à fait à ce que j'imaginais, mais que mes modestes exploits risquaient de compromettre l'accomplissement de mon second rêve.

1.

Désarroi

Sans être une mauviette, je dus rassembler tout mon courage pour entrer dans la chambre de Marisa. Légèrement avachie, son profil et sa silhouette se découpant sur le rectangle de la fenêtre, elle était assise dans un fauteuil, aussi inerte qu'un mannequin de cire. La lumière du soleil levant formait autour d'elle un halo diffus.

Je fis appel à tous les réflexes accumulés au cours de mes quatre années de médecine et mes trois ans d'internat, au flegme et au sang-froid inculqués par d'interminables heures d'étude et de pratique hospitalière. Mon détachement professionnel m'avait totalement désertée. Tout ce que j'avais appris, tout ce que je croyais savoir avait fondu comme neige au soleil.

Marisa ne quitta pas son siège pour m'accueillir ; elle ne leva même pas la tête. À l'exception de ses épaules qui se soulevaient et s'abaissaient au rythme lent de sa respiration, elle était parfaitement immobile. Les effluves du N° 5 de Chanel, son parfum habituel, avaient cédé la place à ce léger relent de maladie que je connaissais bien — une odeur de déjections et d'urine ammoniaquée macérée dans les couches. Je m'agrippai au montant de la porte ; mes jambes se dérobaient — et le manque de sommeil ou la longue nuit passée aux urgences n'y étaient pour rien.

— Marisa ?

Aucune réaction. Je franchis la distance qui me séparait du fauteuil à bascule où elle était assise, près du lit, emmitouflée dans un grand châle malgré la chaleur qui régnait dans la pièce. Je m'agenouillai devant elle pour l'examiner. Elle cligna des paupières. Les larmes qui m'emplissaient les yeux ne semblèrent pas lui causer d'impression particulière.

Son visage était tuméfié — l'orbite gauche verdâtre et violacée, la paupière enflée par un œdème. Ses beaux cheveux blonds, encore assemblés en torsade sur sa nuque quinze jours auparavant, pendaient à présent lamentablement le long de ses joues, plats et ternes. Sa bouche exhalait une haleine fétide.

— Oh, mon Dieu, Marisa...

Ce qu'on m'avait dit aux urgences était donc vrai. À mon retour de vacances, après une excursion de deux semaines en montagne assortie d'une rupture orageuse avec John, je venais d'apprendre que, treize jours plus tôt, mon amie avait eu un accident cérébro-vasculaire. Et les pronostics sur son avenir n'étaient pas fameux.

Steven Braswell, l'époux de Marisa et mon supérieur immédiat au service des urgences, avait très vite fait en sorte qu'elle quitte l'hôpital et regagne leur domicile, dont il interdisait catégoriquement l'accès à tout visiteur. Elle avait besoin de repos alterné avec des périodes de soins intensifs — surtout pas de mondanités, estimait-il. Et je dois dire qu'en dépit de tout ce que m'avaient rapporté les infirmières sur l'état de mon amie, tous les détails épouvantables concernant son arrivée à l'hôpital, je ne m'attendais certes pas à la trouver aussi diminuée...

Je me plaçai de manière qu'elle puisse capter mon regard et entrer en contact avec moi — signes qui laisseraient présager une éventuelle guérison. Elle se borna à cligner d'un œil. Je lui rendis la pareille, et sentis les larmes rouler sur mes joues — Dieu sait, pourtant, que je n'avais pas pleuré depuis des lustres… Je m'essuyai les yeux du revers de la main : un médecin apprend vite à ne pas porter les doigts à ses yeux, par crainte de la contagion ; les virus pullulent, sous les ongles. Puis j'entrepris, pour arracher coûte que coûte mon amie à sa léthargie, de la secouer et de lui administrer de petites tapes.

Une nouvelle fois, elle battit des paupières. C'est alors que j'aperçus cette gouttelette.

Ma main s'immobilisa. Je repliai les doigts et examinai le liquide suspendu sous son nez, prêt à tomber de la narine gauche ; une petite goutte de...

Je me penchai lentement pour recueillir ce fluide, dont la froideur me surprit. Instantanément, je retirai la main et me redressai à demi.

La goutte tremblait au bout de mon doigt, dans un rayon du soleil pâle entrant par la fenêtre. Je l'examinai un instant, le souffle mal assuré, puis, avec précaution, la fis tomber au creux de ma main gauche.

Je me levai, les genoux craquant comme un fagot de bois sec, et portai mon butin jusqu'à la fenêtre. Les nuages qui galopaient dans le ciel s'ourlaient d'un ruban doré. Quelque part, dans un arbre, un oiseau lançait ses trilles à gorge déployée. Penchée vers la lumière de l'aube, je tâtai le liquide de mon pouce, et le fis rouler dans ma paume.

— Miséricorde, murmurai-je.

Il ne s'agissait pas de mucosités, ni même de ce liquide séreux, trouble et jaunâtre, que sécrète généralement une plaie.

C'était tout autre chose.

Je me retournai vers Marisa, luttant contre les larmes qui affluaient à mes yeux et semblaient vouloir m'empêcher de réfléchir. Or je devais absolument ravaler mes émotions et oublier que cette femme inerte, assise devant moi, était mon amie. Pour aboutir à un diagnostic, il me fallait envisager les symptômes avec le plus grand détachement professionnel, hors de toute considération d'ordre affectif.

Je humai consciencieusement le liquide. Il était inodore.

Pâle et hébétée, Marisa contemplait un coin vide de la pièce avec un regard de somnambule.

Je vins m'agenouiller près d'elle et lui caressai gentiment les bras, dont la peau était froide et sèche. Je pris ensuite son pouls. Il battait régulièrement, à quatre-vingts pulsations la minute. Sa respiration était brève et légère.

Le soleil de janvier perçant à travers les nuages mettait en évidence les contusions dont elle était couverte. Les longues heures d'étude et le surmenage, en faculté de médecine, n'avaient jamais eu raison du teint superbe et éclatant de santé de Marisa. Aujourd'hui, hélas, cette fameuse carnation de lait et de rose des belles héritières sudistes n'était plus qu'un souvenir…

Un hématome cerclait l'orbite de l'œil gauche ; au-dessus et en dessous, la peau était marbrée de bleu. Une petite plaie circulaire cicatrisait juste au-dessous de l'arcade sourcilière, encore boursouflée. Quand Marisa cligna des yeux, cette paupière remua une fraction de seconde après la droite et s'entrouvrit à peine.

Toujours au-dessus de l'œil gauche, une vilaine balafre commençait à cicatriser. La trace irrégulière de points de suture récemment ôtés se détachait sur la peau livide.

En dépit de la présence insolite de la petite goutte, rien de tout cela, en soi, n'était anormal : au moment de l'attaque,

Marisa avait pu tomber en avant et se blesser au visage. Mais si l'on considérait les choses conjointement...

La petite blessure au-dessous du sourcil, étrangement circulaire et trop régulière — un centimètre de diamètre, environ — n'aurait pu s'expliquer, à la rigueur, que par une chute sur le bout d'un crayon non taillé. Je remarquai une hémorragie subconjonctivale dans le coin interne de l'œil, dont le blanc était injecté de sang. La pupille extrêmement dilatée indiquait que mon amie devait être aveugle, de cet côté-là.

Je soulevai ses poignets qui résistèrent légèrement, de manière identique des deux côtés. Quand je les lâchai, ils retombèrent lentement sur les genoux. Quelques fonctions motrices subsistaient donc.

— C'est vraiment pas normal, missy docteur Rhea.

Je me retournai brusquement, le cœur battant à tout rompre. Mais ce n'était que Essie — l'ancienne nounou de Marisa, et ma complice dans cette incursion chez les Braswell. La vieille dame, vêtue d'une robe-tablier et chaussée de pantoufles, se tenait avec tristesse sur le pas de la porte.

— Ma petite fille qu'était si belle et si élégante, comme cette pauvre Princesse Diana... Et maintenant, elle reste assise là, les yeux dans le vide. Non, c'est vraiment pas normal.

— Ce n'est pas normal, en effet, miss Essie. Il faudrait que j'aie mes instruments, pour pouvoir l'examiner.

— Inutile, missy docteur Rhea. Le Dr Steven a fait tout ce qu'il pouvait pour la ramener à elle. Je l'ai vu faire de mes propres yeux.

Essie secoua lentement la tête et entra dans la pièce d'un pas traînant. Presque octogénaire, elle avait perdu sa vivacité d'antan. Mais elle vivait dans la famille de Marisa depuis soixante-dix ans, ce qui créait entre elles des liens aussi solides que ceux du sang. Jamais elles n'avaient songé à se séparer, bien que la vieille dame eût une fille qui habitait en ville, des frères et des sœurs établis à Charleston, et d'autres membres de sa famille quelque part dans le Nord.

— Le malheureux braillait et pleurait toutes les larmes de son corps. Il a tourné de l'œil, quand il l'a ramenée ici. Je l'ai vu, il s'est effondré par terre... J'ai préparé un tampon d'ammoniaque, comme missy Marisa m'a appris à faire. Ça l'a remis d'aplomb au bout d'un moment, pour sûr. Puis il a recommencé à sangloter comme un gamin.

Essie secoua la tête — un geste qui illustrait parfaitement mon propre point de vue sur la situation. Pas plus qu'elle, je n'arrivais à y croire. Steven Braswell n'affichait jamais ses émotions en public, et s'épanchait rarement en privé. Certainement pas en présence des « domestiques », en tout cas. C'était un véritable iceberg.

— Miss Essie, il me faut ma trousse. Je vais la prendre dans ma voiture et je reviens tout de suite, d'accord ?

Elle m'observa du coin de l'œil, les lèvres pincées et les bras croisés sur la poitrine.

— Faudra que vous soyez partie avant que cette infirmière arrive. Le Dr Steven a dit : aucune visite, pas même des parents. Rien que l'infirmière et le bonhomme qui fait bouger Marisa.

— Steven fait venir un kiné ?

Elle opina du chef.

— Oui, c'est ça.

— Je vous promets d'être partie avant qu'ils arrivent.

— Bon, alors, dépêchez-vous, missy docteur Rhea. Parce que je suis trop vieille pour aller pointer au chômage, moi !

— Si on vous met à la porte, je vous engage immédiatement. Ce sera la chose la plus sensée que j'aurai faite de ma vie.

— C'est bien vrai, vu l'état de votre maison. Une vraie porcherie !

— Je vous adore, Essie.

Je l'embrassai sur la joue et filai par la porte du fond jusqu'à ma BMW toute neuve, garée à moins de cinquante mètres derrière le petit bois.

Trois minutes plus tard, j'étais de retour, essoufflée par la course. Essie, son tricot sur les genoux, était installée dans son fauteuil favori, près du poêle, dans la petite pièce contiguë à la chambre de Marisa. A mon passage, elle leva ostensiblement les yeux sur la pendule.

J'allumai toutes les lampes de la chambre et chassai les dernières ombres de la nuit. Je consultai ma montre : en me hâtant, je pouvais effectuer un examen approfondi en dix minutes. Cinq seraient suffisantes pour un rapide survol.

J'auscultai mon amie dans le plus grand silence, que troublait seul le cliquetis des instruments. Normal. Tout était normal. Je plaçai les écouteurs du stéthoscope dans mes oreilles, déroulai le brassard du tensiomètre, et relevai la manche de Marisa. Je m'interrompis brusquement en découvrant une contusion.

Cette marque, gris verdâtre au-dessus de la main, rose pâle à l'endroit où battait l'artère, commençait à s'estomper. Large de dix centimètres environ, elle enserrait totalement le poignet et avait la forme caractéristique d'une grande main.

2.

Voies de fait

Une voiture — sans doute celle de l'infirmière engagée par Steven — s'engagea dans l'allée des Braswell. Il était 7 heures du matin et j'avais dépassé le délai imparti.

Je rajustai à la hâte la manche de Marisa, et jetai pêle-mêle les instruments dans ma sacoche. Je pris le temps d'aller à la fenêtre, d'ouvrir le cran de sécurité, et de m'assurer que le châssis fonctionnait correctement. Le cas échéant, je pouvais être amenée à utiliser cette voie d'accès.

Une portière claqua. Je quittai la pièce sur un dernier regard à mon amie, que je me promis de revenir bientôt examiner.

Dans le couloir, une silhouette se détacha de l'ombre et je sursautai, redoutant qu'il ne s'agisse de Steven. Ce n'était pas lui, mais un grand échalas d'adolescent, qui m'observait par l'entrebâillement d'une porte.

— Eddie ?

Le garçon hocha brièvement la tête.

— Ouais. Elle ne va pas mieux, hein ? demanda-t-il d'une voix sans timbre.

Il était enroué, comme s'il avait pleuré ou crié trop longtemps.

Le regard du beau-fils de Marisa exprimait tant de peine que je fus presque tentée de mentir, de parler d'amélioration. Mais je sais par expérience que les proches d'un malade ne sont jamais dupes.

— Non, je ne crois pas.

A l'extérieur, une seconde portière claqua, moins fort que la première. Il fallait que je quitte les lieux sans tarder.

— Est-ce que tu as envie d'en parler ? De Marisa ?

Il eut un rire presque sinistre.

— A quoi ça pourrait servir ? A quoi ça sert, de parler ?

Il me dévisagea, puis disparut dans le couloir.

Avant que la porte du bureau de son père ne se referme sur lui, je vis qu'il était vraiment d'une maigreur maladive, comme un adolescent en pleine poussée de croissance — voire un anorexique, ou un toxicomane. Sa perte de poids, j'en eus l'intuition, était plutôt imputable à la troisième de ces hypothèses. La dernière fois que j'avais vu Eddie, c'était encore un bambin : il chevauchait un poney, ses petites jambes battant les flancs de l'animal. Maintenant qu'il avait dix-sept ans, il vivait chez sa mère, en Floride.

Des pas firent crisser le gravier dans l'allée menant au perron.

Un temps, je me demandai si Eddie répéterait à Steven que j'étais entrée dans la chambre de Marisa. Mais ses relations avec son père étaient plutôt distantes, et je pouvais espérer qu'il se tairait.

— A quelle heure l'infirmière déjeune-t-elle, miss Essie ? demandai-je en entrant dans la cuisine, pour m'éclipser par la porte du fond.

— A midi pile. Qu'est-ce que vous mijotez, missy docteur Rhea ?

— Prend-elle son repas avec Marisa ou bien ici, avec vous ?

La vieille dame croisa les bras, la mine soupçonneuse.

— Avec vous ou avec Marisa ? C'est important, miss Essie.

Je m'arrêtai et, la prenant par le bras, plongeai mes yeux dans ses prunelles sombres. J'y discernai, voilée par un profond chagrin et une infinie lassitude, une forme de sagesse faite de résignation et de fatalisme. Mais ce n'était pas là le genre de regard dont j'étais disposée à me contenter.

Je la secouai par le bras d'un geste impatient.

— Je ne suis pas le médecin de Marisa, et même si c'était le cas, j'ai l'intuition que Steven ne me laisserait pas la soigner. Aidez-moi à la secourir, miss Essie. Je vous en prie ! Avant qu'il ne soit trop tard…

— Si je cuisine un bon petit plat, je peux faire manger l'infirmière ici avec moi.

— Parfait. Préparez quelque chose d'exceptionnel, aujourd'hui, miss Essie. Et installez-la le dos tourné à la chambre de Marisa, porte fermée.

On frappa à la porte d'entrée, sans précipitation — trois coups bien réguliers. J'ouvris le panneau coulissant donnant sur le jardin, et sortis dans le froid du petit jour.

— S'il vous plaît, miss Essie.

— Toutes les deux, fallait toujours vous empêcher de faire des vôtres, maugréa Essie dans un soupir. Je vais faire frire un poulet aux épices et mettre du pain au maïs au four. Vous entrez à midi dix et vous filez à la demie. Et même avant la demie, si vous m'entendez faire tomber une casserole par terre. Et marchez surtout pas sur la sauge que j'ai plantée sous la fenêtre, compris ?

— Compris ! Je vous adore vraiment, miss Essie, chuchotai-je en sortant.

Elle grommela une réponse indistincte et alla ouvrir à l'infirmière.

Je traversai la pelouse en courant, et n'osai jeter un coup d'œil derrière moi qu'après avoir pénétré dans le petit bois. Dans l'air immobile, mon souffle se condensait en petits nuages de vapeur, lesquels se dissipaient presque instantanément. Le soleil éclaboussait d'or les fenêtres de la chambre de Marisa, à l'entresol. Au-dessus de ma tête, perché dans un pin, l'oiseau que j'avais entendu un peu plus tôt gazouillait de plus belle.

Avec le froid, une sensation de lourdeur — mélange d'accablement, de fatigue et de chagrin — s'insinua jusqu'au fond de mes os. Marisa chantait toujours, le matin. En fac de médecine, j'avais envie de l'étrangler quand elle attaquait sa journée par quelque ritournelle. Son air préféré était *La Vieille Croix rouillée* — un negro spiritual appris au patronage qui, deux ans durant, m'avait tenu lieu de réveille-matin.

Je franchis d'un bond le petit ruisseau séparant ma propriété de celle des Braswell, et pris le sentier si souvent parcouru pour rentrer chez moi après une visite à mon amie.

Deux semaines d'absence rendaient la porte du fond difficile à ouvrir. A l'intérieur, l'air froid et humide sentait le renfermé et la moisissure. La salle de bains avait bien besoin d'un traitement fongicide. Je retrouvais ma maison dans l'état où je l'avais laissée — une véritable pagaille : vêtements empilés dans les coins, sol et meubles couverts de poussière, évier débordant de vaisselle sale. Les projections qui avaient durci sur la table de cuisson ne partiraient sans doute pas au premier nettoyage. Je me fis pourtant la remarque que tout cela n'avait guère d'importance.

Depuis vingt-quatre heures que j'étais debout, c'est à peine si je m'étais ménagé quelques instants de repos, dans une journée débordante d'activité. Et j'avais beaucoup trop à faire pour me soucier de ces détails secondaires.

Je remis la chaudière en marche, allumai le chauffe-eau, et commençai à décharger à toute allure mon nouveau petit bolide. J'empilai sacs à dos, sac de couchage et autre matériel de camping dans la pénombre du couloir. Comment avais-je pu entasser tout ce bazar dans le minuscule habitacle de mon cabriolet ? me demandai-je en circulant tant bien que mal parmi ce dédale de bagages.

Selon John, qui ne s'était pas gêné pour se moquer de mon choix, ma nouvelle voiture était « tout juste bonne à frimer ». Mais je n'avais plus de compte à rendre à ce monsieur, désormais, et je me contrefichais totalement de son opinion.

Le courrier ne s'était pas entassé dans ma boîte aux lettres, pendant mon absence. C'est dans ma boîte postale de Dorsey — DorCity, pour les autochtones — qu'il m'attendait. Ainsi, voilà un point de détail que je pouvais remettre à plus tard.

Je remis en marche mon répondeur — débranché depuis deux semaines — et me frayai un chemin jusqu'aux toilettes. Après avoir soulagé ma vessie, je dénichai des sous-vêtements propres, d'épaisses chaussettes, un polo et un pantalon de jogging bleu marine. Puis je consultai ma montre. 7 heures et demie. Le supermarché du quartier n'ouvrait ses portes que dans deux heures, et je ne pourrais pas revoir Marisa avant midi dix. D'ici là, j'avais grand besoin de faire ma toilette. Je devais en outre laver mes draps et faire un peu de ménage. Mais je devais aussi — *surtout* — me débrouiller pour avoir les idées claires.

Je réglai la sonnerie du réveil sur 11 heures et n'hésitai pas à me glisser entre des draps douteux, où je ne tardai pas à m'endormir.

Ce n'est qu'au contact de l'eau brûlante sur ma peau que je me réveillai. Décidément, pensai-je en maugréant sous la douche, depuis près d'un an que je louais cette maison, les subtilités du réglage du chauffe-eau m'échappaient encore... En esprit, je devais toujours habiter mon petit duplex de l'Ohio, du temps de l'internat. Un logement qui brillait par son inconfort et ses dimensions modestes, mais dont je gardais un bon souvenir, tout simplement parce que John l'habitait avec moi, supportant de bonne grâce les menus désagréments de l'endroit. Trois ans plus tard, lorsque nous avions fait l'acquisition d'une petite maison entièrement rénovée, à Charleston, et que nous avions engagé un décorateur et célébré nos fiançailles dans le respect des grandes traditions du Sud — publication des bans et réception somptueuse en tenue de soirée —, mon bonheur avait atteint son comble. Mais je dois dire que tout cela était bien terminé, à présent. Envolé comme la vapeur qui papillonnait autour de moi.

Je m'adossai aux faïences murales — lesquelles se décollaient et menaçaient de tomber — et chassai John de mes pensées, l'eau brûlante ramenant la vie dans mes membres. Le savon liquide parfumé acheva de me réveiller et, tout en me rinçant, je réfléchis au cas de Marisa.

D'un point de vue purement déontologique, j'aurais dû me rendre sur-le-champ à la clinique et, après lui avoir avoué que je m'étais arrangée pour pénétrer chez lui, exposer à Steven mes craintes concernant son épouse — et ce, de la manière la plus neutre, la plus professionnelle qui soit. Oui, mais... si je me trompais ?

D'après les bruits de couloir qui circulaient la veille à l'hôpital, Steven était de garde, la nuit du drame, et il avait fait tout son possible pour sauver Marisa. En complément à l'analyse de sang, un scanner avait déterminé la localisation, l'étendue et l'origine des symptômes, et la jeune femme avait été immédiatement admise en unité de soins intensifs, sous la surveillance de Percy Shobani — un interniste londonien d'origine indienne, dont le cabinet était situé en face du parking de la clinique. Pendant quatre jours, jusqu'à stabilisation de son état, l'homme lui avait administré un traitement médical à base d'antibiotiques et de remèdes pour lutter contre la congestion cérébrale. Steven l'avait ensuite ramenée à leur domicile, où il avait mis en place un système de soins et de rééducation continus.

Pas plus que je n'avais examiné les résultats de l'analyse de sang, je ne m'étais procuré les images du scanner. J'aurais pourtant pu, bien que ce ne fût pas ma spécialité, y rechercher la trace d'un traumatisme, d'une hémorragie, d'un caillot. En m'y prenant adroitement, je pouvais avoir accès à ce dossier. Contrairement à Steven, qui dirigeait le service des urgences en mandarin tout-puissant, autoritaire et glacial, j'avais ici nombre d'amis qui m'aideraient à découvrir ce que je voulais apprendre.

Et si je m'étais trompée, Steven ne saurait jamais qu'en rupture indiscutable avec toutes les règles déontologiques, j'avais agi à son insu et contrôlé les soins que recevait sa femme. Car rien ne m'autorisait à faire ce que je m'apprêtais à faire.

Je fermai les robinets, m'enveloppai dans le dernier drap de bain propre qui me restait, et entrepris de m'épiler les jambes. A 11 heures et demie, vêtue d'un jogging et légèrement maquillée, je fourrai mon linge sale sur le siège arrière de ma voiture sans prendre la peine de trier quoi que ce soit, ôtai les draps du lit en un tournemain, et attrapai ma sacoche de médecin. Puis je fonçai jusqu'au supermarché en faisant un pied de nez aux limitations de vitesse.

En face de ma maison, sur le chemin forestier cabossé qui longe la route, les gamins de la campagne galopaient autrefois à cheval. Aujourd'hui, juchés sur des vélos ou des motos tout-terrain, ils arborent des casques étincelants et font la course avec les voitures qui circulent en parallèle sur la chaussée. Jusqu'au moment où je décidai de les semer d'un coup d'accélérateur, j'eus droit à l'une de ces démonstrations de vitesse, parmi les bosses et les nids-de-poule. Puis je reportai mon attention sur le ruban d'asphalte que mes pneus avalaient goulûment, songeant que la proportion d'accidents au sein de cette jeune population n'était pas près de changer.

Lors de notre séparation, John avait gardé la maison, la majeure partie des meubles, la batterie de casseroles en cuivre, le matériel électroménager et, surtout, notre chienne, Beca. Pour ma part, en plus d'une somme compensatoire, j'avais eu droit à l'argenterie et à la vaisselle de porcelaine. A dire vrai, seule la chienne me manquait. Beca était un amour de chienne. Un beau golden retriever aux longs poils fauves, dont le regard sage et serein nous avait d'emblée subjugués. Elle était irremplaçable.

Il m'arrivait aussi, quand les Hornets ou les Panthers disputaient un match, de penser à notre téléviseur grand écran avec une pointe de nostalgie. John, lui, ne m'inspirait aucun regret. Pendant douze mois d'affilée, je m'étais interdit d'avoir la moindre pensée pour lui — une tentative pratiquement couronnée de succès. J'étais sûre d'une chose : si oublier mon ex-fiancé ne présentait pas de difficulté majeure, il n'en allait pas de même pour Beca.

En cette période consécutive aux fêtes, le supermarché regorgeait de clients venus profiter des soldes et des remises de fin d'année. Des centaines d'individus fébriles, animés d'une véritable frénésie de consommation, se ruaient sur les étalages avec des mines farouches, comme si leur survie était en jeu.

Nous avions projeté de faire des folies, Marisa et moi, dès mon retour d'excursion. Elle affirmait qu'il était grand temps de meubler cette maison que j'occupais depuis près d'un an — et a fortiori depuis ma décision de rompre avec John. Elle avait deviné avant moi que je ne retournerais jamais à Charleston, vers cette vie trop bien réglée qui m'y attendait.

Elle insistait aussi pour me constituer une garde-robe plus élégante, déplorant que je ne suive pas la mode d'assez près. Marisa adorait courir les magasins, et chacune de ces expéditions — pour moi — prenait des allures de parcours du combattant. Elle établissait une liste d'articles indispensables, rassemblait des échantillons pour comparer les couleurs, se munissait de plusieurs paires de chaussures pour les divers essayages, et partait à l'assaut des boutiques. Elle se régalait indiscutablement.

Sauf pour mes fiançailles, où je fis l'effort d'entrer dans deux ou trois boutiques de haute couture, j'achetais pour ma part l'essentiel de mes vêtements dans les grandes surfaces et mes chaussures à peu près n'importe où. Pour Marisa, un tel comportement frisait l'hérésie.

Elle estimait, maintenant que mes honoraires de médecin le permettaient, qu'il était temps de m'emmener faire les grands magasins, à Charlotte. J'avoue que cette perspective ne m'enchantait guère, à l'époque ; à présent, je donnerais cher pour lécher les vitrines avec mon amie... Je redressai les épaules et, étouffant un soupir, gagnai le rayon du matériel électronique.

A midi moins cinq, mes achats terminés et mon linge sale déposé au pressing, j'étais de retour chez moi. Je vidai l'un des sacs à dos abandonnés dans le couloir quelques heures plus tôt, et y fourrai mes dernières acquisitions. Sans perdre une minute, je me préparai ensuite un café bien corsé ; il me faudrait bien ça, pour tenir jusqu'au soir.

A midi dix, j'ouvris la fenêtre de la chambre de Marisa. Pratiquement ignorante en matière de botanique, je m'assurai que je ne piétinais aucune plante qui pût se révéler être de la sauge, et me faufilai à l'intérieur avec mon matériel. Me retrouver de nouveau face à mon amie — ma meilleure amie, plus proche de moi qu'un parent quelconque — était une épreuve plus pénible que je n'avais imaginé.

Je refermai posément la fenêtre, débarrassai Marisa de sa chemise de nuit, et me mis aussitôt au travail. Je confiai tout bas au Dictaphone les informations que je relevai. Je pris son pouls — 72 —, mesurai sa tension — 118/69 — et écoutai sa respiration. Je contrôlai ses réflexes qui, quoique un peu lents peut-être, étaient corrects.

Tout en l'auscultant, j'observai attentivement son visage. A deux reprises, il me sembla que son regard accompagnait le trajet de mes mains sur son corps. Quand je voulus en avoir confirmation, malheureusement, son œil valide refusa de suivre le doigt que je promenais devant elle.

Mais il fallait faire vite, et je n'avais guère le temps de laisser libre cours à ma déception. Je sortis les appareils photo que je venais d'acheter, et les posai sur la table de chevet, à côté du livre de Tamar Myers dont je lui avais fait cadeau pour Noël. Déjà, une fine couche de poussière recouvrait la couverture glacée.

Sans cesser de parler à mi-voix, je photographiai le visage de mon amie, sa nuque, ses poignets et ses jambes — tous les endroits où apparaissaient des contusions bleutées qui commençaient à s'estomper. Je plaçai une règle de plastique sur chacune de ces traces, et procédai à des prises de vue supplémentaires avec mon second appareil, afin d'en consigner les dimensions exactes.

J'examinai ensuite les oreilles : elles étaient normales, sans signes d'écoulement ou d'inflammation. L'œil aveugle de Marisa resta insensible au faisceau de lumière que j'y dirigeai, ce qui montrait que le nerf optique n'était pas atteint. La cécité n'était pas due à une altération de l'œil lui-même ; elle pouvait être provoquée par une hypertension intracrânienne — comme dans un cas de commotion cérébrale ou d'apoplexie.

A trois reprises au cours de l'examen, une goutte de liquide transparent, légèrement teinté de sang, apparut au bord de la narine gauche de mon amie. Chaque fois, je débouchai le petit tube stérile que je gardais à portée de main, pour recueillir le fluide. J'estimai son volume total à moins de 0,5 millilitre.

L'intérieur de la gorge était intact, hormis un léger suintement au fond du pharynx. Sans savoir au juste ce que j'allais en faire, je prélevai une goutte de ce liquide — qui ressemblait à celui qui s'écoulait du nez — sur un tampon stérile que je plaçai dans un autre tube. Je préparai ensuite deux autres mini-tubes de prélèvement sanguin, une lancette stérile, un petit tampon d'ouate alcoolisé et un morceau de gaze.

Les battements affolés de mon cœur me semblaient emplir la pièce. Je pris brusquement conscience de ce que j'étais en train d'accomplir, et l'énormité de la chose me donna le vertige. D'un point de vue strictement légal, je me rendais coupable d'une violation de domicile, assortie d'une agression ; je pouvais être poursuivie pour voies de fait. Je risquais en outre la radiation professionnelle, et même une sanction pénale... Un temps, je fus incapable de continuer. Je restai hébétée, le minuscule tube dans une main, les doigts glacés de Marisa dans l'autre.

— Merde... C'est trop stupide. Vraiment trop stupide, murmurai-je pour moi-même, sans me soucier du Dictaphone qui continuait à enregistrer.

— Merde, répondit un souffle, en écho.

J'examinai Marisa.

— Quoi ? Qu'est-ce que tu as dit ? Marisa ?

Mais ses lèvres entrouvertes, son regard vitreux, étaient aussi inexpressifs que tout à l'heure.

— Bon sang, je sais que tu as parlé ! Tu as toujours détesté que je dise des gros mots...

Sans hésiter, j'extirpai le tampon ouaté de son enveloppe, nettoyai l'extrémité d'un des doigts de mon amie, et le perçai d'un coup de lancette. Elle tenta de se dégager.

— C'est bien, murmurai-je en recueillant le sang qui s'écoulait. Réagis ! Défends-toi ! N'abandonne surtout pas avant que j'aie découvert le pot aux roses. S'il te plaît, Marisa. Reste en vie !

J'exerçai une forte pression sur la petite écorchure, puis rassemblai tout mon matériel, jusqu'au moindre morceau de papier. Les appareils photo réintégrèrent le sac à dos. Je rhabillai Marisa et arrangeai le lit autour d'elle.

Un fracas retentissant me parvint depuis la cuisine ; une casserole venait de tomber. Un bruit de voix suivit. J'éteignis le Dictaphone et consultai ma montre : midi trente-trois. Ouf, merci, Essie... J'embrassai la main de Marisa, jetai le Dictaphone dans le sac à dos et courus à la fenêtre tout en priant pour que la petite coupure au bout du doigt ne saignât pas sur le couvre-lit.

J'ouvris la croisée, jetai les sacs dehors, enjambai le montant... J'évitai de justesse une petite plante verte — peut-être la fameuse sauge —, fis redescendre le châssis, et m'élançai en courant vers le bois, un sac sur l'épaule et ma sacoche sous le bras. Une fois sur le petit sentier conduisant chez moi, je songeai aux commentaires que je venais d'enregistrer en examinant Marisa.

— La patiente présente une perforation circulaire d'un centimètre de diamètre, nettement délimitée, au-dessous de l'arcade sourcilière gauche, et ce qui semble être un écoulement nasal de LCR, uniquement du côté gauche. A confirmer par un taux de glucose et de chlore.

LCR. Du liquide céphalo-rachidien coulait du nez de Marisa… Si on observait parfois un écoulement de LCR chez des patients ne présentant aucun signe de maladie — cas dans lesquels on prescrivait généralement une longue période de repos alité — ce symptôme, dans le cadre d'une attaque cérébrale, n'était certes pas courant. Je ne pouvais m'empêcher d'être anxieuse en songeant à ce que cette pathologie laissait présumer — et qui était bien plus effrayant que tout ce qu'on pouvait redouter.

3.

Effondrement

J'habitais la région de Dawkins depuis près d'un an — époque de ma première rupture avec John. Je m'étais installée au printemps précédent au plus profond de l'une des contrées les plus pauvres de la Caroline du Sud, à l'invitation de Steven Braswell, qui recherchait une personne zélée pour diriger de nuit le service des urgences. Sans doute Marisa était-elle à l'origine de cette offre d'emploi, car Steven et moi n'avions jamais réellement sympathisé. Je n'avais du reste accepté que sur l'insistance de mon amie.

Risa parvenait généralement à ses fins, avec moi. Non qu'elle fût autoritaire, loin de là, mais parce qu'elle avait toujours raison. Déjà, quand nous étions enfants, l'année de notre rencontre, elle avait deviné que passer les beaux jours à Dawkins me ferait le plus grand bien. Quelque chose lui avait soufflé à l'oreille que j'avais besoin de manger correctement. Besoin d'affection, aussi, d'amitié, et d'une vraie vie de famille — même de manière provisoire et auprès d'une famille d'emprunt. L'été de mes huit ans, comme elle se plaignait de sa solitude — elle qui n'avait jamais été seule —, ses parents m'invitèrent donc dans leur propriété de Stowe Farm. Par la suite, l'invitation s'était muée en habitude — la plus agréable des habitudes.

En dehors de ces séjours réguliers à la campagne, j'étais une citadine dans l'âme, élevée dans les faubourgs cossus de Charleston jusqu'à l'âge de douze ans, puis, à mesure que l'alcoolisme achevait de ruiner ma mère — dans tous les sens du terme —, dans des quartiers nettement moins sélects. Et, bien que ces étés à la ferme m'eussent pratiquement sauvé la vie, je n'aurais certes pas imaginé m'y plaire à l'âge adulte — enterrée dans un trou perdu, à une heure de route de la première grande ville, dans un environnement où le nombre de vaches et de cochons dépassait celui de la population… Je m'étais pourtant adaptée. Marisa prétendait que mon talent inné à me faire rapidement des amis m'y avait aidée. Aujourd'hui, j'avais bien l'intention d'utiliser ces liens amicaux dans son intérêt à elle.

J'avais beau être exténuée, le cerveau passablement embrumé par le manque de sommeil, je n'en étais pas moins assise, à 13 heures tapantes, dans le labo de l'hôpital, auquel j'avais accédé par les portes de service et les cuisines. J'avais rasé les murs pour éviter qu'un médecin m'entraînât dans des bavardages inopportuns ou même signalât ma présence à Steven. Je me sentais coupable d'être entrée chez lui et d'avoir ausculté sa femme à son insu. Steven faisait souvent cet effet-là aux gens : en sa présence, on avait rarement la conscience tranquille.

Juchée sur un tabouret de vinyle mal rembourré, Bess, une technicienne de laboratoire, versait le sang de Marisa dans l'hémocytomètre, le STKS, en jargon de labo. Elle analysait une petite quantité de sang pour une numération globulaire — une NFS —, qui pouvait m'apprendre toutes sortes de choses intéressantes sur la santé de mon amie — ou ne rien indiquer du tout. La NFS est l'un des instruments de diagnostic les plus élémentaires ; les chiffres peuvent déterminer instantanément l'état d'un patient ou bien constituer une simple orientation pour la suite des examens.

Les résultats de ces analyses ne seraient consignés nulle part. Bess se bornerait à me fournir les chiffres, et traiterait l'opération comme s'il s'agissait d'un échantillon de contrôle tel qu'on en pratique toutes les trois ou quatre heures, pour vérifier la fiabilité de l'appareil.

Bess ignorait totalement d'où provenait ce sang. Elle ne m'avait rien demandé, et je ne lui avais fourni aucune information. Les trois enfants de Bess, âgés de moins de six ans, avaient contracté une infection respiratoire très contagieuse, au lendemain des fêtes de Thanksgiving. Connaissant l'état de ses finances, j'avais examiné gratuitement ses petits, un soir, aux urgences, et établi une ordonnance. Ainsi, j'avais pu la rassurer tout en lui faisant économiser pas mal d'argent.

Dans le service voisin, Amanda effectuait une série de vingt-cinq tests chimiques sur le sérum sanguin, et recherchait le taux de glucose et de chlore dans le liquide qui s'écoulait du nez de Marisa. Amanda souffrait de migraine chronique, et je lui avais également rendu quelques services, au cours de l'année. Aujourd'hui, elle me rendait la pareille. La gentillesse et le savoir-vivre facilitent toujours les rapports humains.

L'éducation que m'avait prodiguée ma mère, Tammy Annette Lynch, née Rheaburn — les Rheaburn de Charleston —, ne me laissait certes rien ignorer des bonnes manières. Les codes de conduite de la haute bourgeoisie m'avaient été inculqués de bonne heure, parfois à la manière forte.

Cela étant, il me faudrait attendre 19 heures avant de pouvoir jeter un coup d'œil sur les clichés du scanner de Marisa. Et il me serait peut-être difficile d'avoir accès à son dossier — difficile, mais pas impossible : tout dépendait de l'identité de la surveillante de garde.

— Tenez, docteur Rhea-Rhea, dit-elle, employant le diminutif par lequel m'appelaient mes plus jeunes patients en pédiatrie, et me tirant d'un état de semi-léthargie. Le chiffre des globules blancs est un peu élevé, alors j'ai tiré une lame ; elle est en train de se colorer. En attendant, je peux vous calculer le différentiel ; ça ne prendra que quelques minutes.

— Merci, Bess, je veux bien, dis-je en prenant les résultats de la NFS.

Normal. Tout était normal, hormis le taux de globules blancs, de 13,2.

— Vous permettez que je jette un coup d'œil sur la lame, quand vous aurez terminé le calcul ?

— Allez-y, docteur.

Je triturai la NFS entre mes doigts, mes pensées voguant de la petite blessure que Marisa avait au-dessus de l'œil au moyen d'obtenir une copie de son dossier. Autour de moi, les appareils émettaient toutes sortes de ronflements, de cliquetis et de gargouillis. Il y avait de quoi perdre l'ouïe, à travailler dans ce bourdonnement continu. Je frissonnai malgré moi.

— Il ne fait vraiment pas chaud, chez vous, murmurai-je.

C'était la fatigue, j'en avais bien conscience, qui me donnait des frissons.

— A qui vous le dites… En hiver, j'ai beau porter des caleçons en laine sous l'uniforme, chuis toul'temps enrhumée, avec c'froid d'canard et cet air sec qu'on a ici, répliqua Bess, avec l'accent particulier des autochtones.

Elle passa derrière moi, et je fis pivoter mon tabouret pour pouvoir suivre ses mouvements. Elle ouvrit le couvercle du colorateur — un petit appareil compact aussi bruyant que les autres —, et tira six lames d'une tablette circulaire qu'elle en fit coulisser. Elle accomplit ce travail mécanique tout en répondant d'une voix feutrée au téléphone.

— Vous êtes très pressée, docteur ? me demanda-t-elle dès qu'elle eut raccroché.

— Pas vraiment, répondis-je, en songeant à mon lit et à la douche tiède qui m'attendaient chez moi.

— Bon, parce que le Dr Braswell demande trois NFS — des statistiques pour les urgences, dit-elle d'un ton d'excuse, la mine embarrassée. Et il n'est pas très...

— Je ne suis pas du tout pressée, répétai-je, chassant de mon esprit tout vain espoir de repos.

— Merci.

Un sourire éclaira brièvement son visage rond et parsemé de taches de rousseur.

— Il faut le faire passer avant toul'monde, si on veut pas qu'il fiche encore un coup de pied dans les classeurs suspendus ! Mercredi, on a dû appeler la maintenance pour les réparer et pouvoir ouvrir le tiroir du bas.

— Vous plaisantez ?

— Pas du tout, répondit-elle dans un murmure, les yeux fixés sur le double oculaire du microscope.

— Et… ce genre de chose lui arrive souvent ?

— Seulement depuis que sa femme... Enfin, vous avez sûrement entendu parler de ce qui est arrivé à Mme Braswell.

— Oui, dis-je dans un souffle, les doigts crispés sur la NFS de Marisa obtenue de manière illicite. On me l'a dit.

— Il est plus tout à fait le même, depuis. Plus aussi imperturbable, en tout cas. On prétend... Enfin, peu importe.

— Des bruits de couloir ?

De nouveau, de petits frissons m'envahirent. L'extrémité de mes doigts semblait se transformer en glaçons.

Bess détourna le regard des cellules colorées qu'elle était en train de compter.

— Des bruits de couloir, oui... Il y en a pas mal. Et certains pourraient être fondés.

— Est-ce que vous voulez m'en faire part ? Cela restera strictement entre nous.

Bess hésita. Si elle avait manifestement envie d'en parler, elle n'oubliait pas que j'étais médecin. Dans chaque établissement, une opposition larvée existait entre personnel et praticiens, qui me classait automatiquement dans le «camp ennemi ».

Elle jeta un coup d'œil vers le bureau du directeur du laboratoire, dont la lumière était éteinte et la porte fermée à clé. Mike était en train de déjeuner — et c'était bien la raison pour laquelle j'étais venue au labo entre midi et deux, pendant sa pause ; je ne tenais pas à ce qu'il sache que je demandais des services à ses employés.

— Eh bien... Braswell aurait frappé une technicienne de radiologie, paraît-il.

Je haussai les sourcils, cette révélation me faisant l'effet d'une surprise.

— Steven Braswell a frappé quelqu'un ?

— Dora Lynn. Il lui a balancé son poing dans la figure. Il lui aurait fracturé la mâchoire.

Bess se pencha en avant, oubliant l'analyse en cours.

— C'est qu'une rumeur, mais, comme par hasard, Dora Lynn est justement absente, depuis ce fameux incident. Et puis... L'avocat de la clinique a passé près d'une heure au service de radiologie, le lendemain, plus deux heures dans le bureau du Dr Braswell. Porte close.

La jeune femme hocha la tête d'un air entendu avant de se remettre à son microscope et à son étude.

— Quand cet incident se serait-il produit ? demandai-je.

— Le lendemain ou le surlendemain du jour où l'ambulance a amené sa femme. Tout le monde a compris que, ce jour-là, il n'était pas dans son assiette, le pauvre... Mais maintenant, remettez-lui une analyse avec une minute de retard et il pète les plombs ! Il m'a même passé un savon devant un patient, hier après-midi ! Il m'a traitée de tous les noms !

— Je vois, murmurai-je, tout en m'efforçant de relier ces informations à ce que je savais de la situation du couple.

Steven avait treize ans de plus que Marisa. Il était marié, à l'époque de leur rencontre. Sa première femme, issue de la grande bourgeoisie sudiste, était une toxicomane invétérée, continuellement droguée au Démérol ; on aurait dit que cette union avait profondément endurci le cœur du médecin. Sous la carapace de glace du Dr Braswell, pourtant, Marisa avait décelé la tendresse cachée. C'est en tout cas ce qu'elle avait affirmé dès qu'elle l'avait vu. Nous étions en deuxième année de médecine, alors. Steven était venu remplacer notre professeur de microbiologie durant son congé de maternité, et mon amie avait aussitôt été subjuguée.

Manifestement, elle avait vu dans le personnage tout autre chose que la froideur qu'il affichait. Ils étaient vite tombés amoureux. Le divorce de Steven, la première grossesse de Risa puis leur mariage avaient suivi de peu.

Marisa idolâtrait cet homme. L'été suivant, lorsque je leur rendis visite à Dawkins, où ils s'étaient installés, ils paraissaient radieux. Avec Maman Braswell — la mère de Steven — et Eddie — son fils —, ils formaient une véritable famille. Le regard intransigeant du médecin semblait même s'adoucir, quand il se posait sur le visage de sa jeune femme. Mais cette harmonie n'avait pas fait long feu.

J'assistai aux obsèques de Maman Braswell, l'automne suivant. Il semble que Steven ait été l'un de ces «fils à maman » dont la proximité avec la mère est presque anormale, voire malsaine. Tout au long de la cérémonie, il était demeuré imperturbable, sans verser une larme. Au cours des semaines qui avaient suivi, son attitude avait été la même. Même scénario quand Risa avait perdu son bébé, peu avant Noël.

Même froideur, même détachement. Et lorsque Chessie, leur fille, succomba à une MSN [1], quelques mois plus tard, ce fut encore pire. Marisa admira sa force de caractère et son sang-froid. Pour ma part, je jugeai son attitude inhumaine — mais je gardai cette opinion pour moi.

Et maintenant, pensai-je, le voilà qui s'effondre ?

Sans lever les yeux de son travail, Bess ajouta :

— Et en plus, avec son gamin sous les verrous et tout le bazar, c'était pas vraiment agréable pour lui, ces derniers temps.

— Je viens de voir...

Je m'interrompis brusquement. Il n'était pas question de raconter que j'avais croisé le garçon quelques heures plus tôt. Je n'étais pas censée être passée chez les Braswell.

— Eddie est en prison ? repris-je en faisant mine de me pencher vers le microscope, l'air intéressé.

— A l'heure qu'il est, il doit déjà être en liberté conditionnelle. Les riches n'aiment pas voir leurs rejetons croupir dans une cellule avec des voyous de bas étage.

Elle me fit un clin d'œil malicieux par-dessus la lorgnette de l'appareil.

— Vous en aviez pas entendu parler ?

— Non. Pas encore. J'ai pas mal de commérages à rattraper, depuis que je suis rentrée.

— Pour sûr ! Il a agressé une prof, avec un copain du lycée. Ils ont essayé de la violer sur un parking, après un match de foot. Je travaillais pas, le soir où l'ambulance a amené la femme, mais on m'a dit qu'ils l'avaient joliment amochée... Elle en a réchappé grâce à un petit flingue qu'elle avait dans sa boîte à gants, en vidant le chargeur sur eux. C'était dans tous les journaux.

1. MSN : syndrome de mort subite du nouveau-né.

Je ne pus m'empêcher de frémir. Eddie, l'enfant unique du premier mariage de Steven, l'enfant perturbé que Marisa avait contribué à élever, avait tenté de violer une prof ? Jusqu'à l'âge de treize ans, Eddie avait été un garçon calme et irréprochable. Puis, des vacances d'été passées avec sa mère et la nouvelle famille de celle-ci avaient dû déclencher quelque chose en lui. Il s'était transformé. Révolté, agressif, il s'était mis à fumer des joints avant de passer à des substances plus dangereuses. Quelques vols à l'étalage et de menus larcins avaient suivi, puis des actes de vandalisme, pour lesquels il avait été arrêté. Mais il n'avait jamais commis de violences envers quiconque, ça non... Et aujourd'hui, voilà qu'on l'arrêtait pour tentative de viol ?

Je songeai aux ecchymoses autour des poignets et des chevilles de Marisa.

— Je... je lirai les journaux de ces derniers jours, dis-je à mi-voix.

— En première page. Impossible à rater.

Bess se tourna vers le clavier de l'ordinateur et entreprit de taper les chiffres de numération globulaire. Les lignes qui s'inscrivaient sur l'écran me donnèrent subitement une idée — une idée qui aurait dû me venir plus tôt à l'esprit. La fatigue ralentissait mes neurones, et m'empêchait de voir les choses les plus simples.

— Au labo, vous établissez tous les jours une fiche cumulative pour chaque patient hospitalisé, n'est-ce pas ? demandai-je en guise d'entrée en matière.

Bess opina distraitement, l'attention fixée sur son microscope. J'esquissai un sourire dans son dos. Une fiche cumulative est une liste de tous les résultats d'analyses effectuées pour un patient hospitalisé, ainsi que les interprétations d'examens radiologiques, les signes vitaux, l'état pathologique et le traitement médical administré depuis l'admission. Mise à jour quotidiennement, elle est reportée sur le dossier du patient. Je venais de trouver un moyen d'accès indirect à une partie du dossier de Marisa.

— Bess, pourriez-vous me rendre un autre service ? Montrez-moi comment accéder au numéro du dossier d'un patient et ensuite, si c'est possible, imprimez-moi une fiche cumulative.

Quelque chose dans mon intonation — impatience mal déguisée ou simple convoitise — alerta la jeune femme. Ses doigts restèrent suspendus au-dessus du clavier, et elle me dévisagea d'un œil scrutateur.

— A titre confidentiel, docteur ?

Je hochai la tête, soudain embarrassée.

— Si vous n'y voyez pas d'inconvénient.

Elle se cala dans son siège.

— Ce patient est-il encore hospitalisé ?

Sans la quitter des yeux, je fis signe que non.

— Vous préférez sûrement que personne ne soit au courant. Sinon, vous demanderiez tout simplement à la surveillante de vous remettre le dossier.

Génial. Je n'en étais qu'au début et je venais déjà de me trahir. Mais, sans l'aide de Bess, je ne voyais vraiment pas comment obtenir ce qu'il me fallait. Décidément, j'avais le cerveau ramolli par la fatigue... Comment jouer au détective, dans ces conditions ?

— On peut dire ça comme ça, avouai-je.

Bess secoua la tête.

— Dans ce cas, je préfère ignorer l'identité du patient. Mais il y a un hic, docteur. Mon mot de passe est indispensable, pour avoir accès à ces informations. Vous n'êtes pas censée vous procurer seule un cumulatif.

Je haussai de nouveau les sourcils.

— Ah, bon ?

— Personne d'autre que les gens du labo n'est autorisé à consulter le suivi d'un patient. Secret médical. Donc, si quelqu'un découvre le pot aux roses, c'est moi qui me fais épingler. Vous me tirerez d'affaire en disant que c'était pour vous ?

J'esquissai un sourire.

— Autrement dit, suis-je prête à payer les pots cassés, au cas où ?

— Exactement.

— Je vous promets de ne pas vous entraîner dans ma chute, Bess. Je croupirai seule derrière des barreaux.

Une lueur amusée passa dans l'œil de la jeune femme.

— Très bien. Je suis trop mignonne pour aller en tôle : toutes ces femmes assoiffées de sexe me sauteraient dessus comme un essaim de guêpes. Allez, vous pouvez vous servir de l'imprimante en biochimie, si ça ne vous ennuie pas de la bichonner un peu. Elle est plutôt lunatique, mais vous serez tranquille, là-bas.

— Ce sera parfait, Bess, articulai-je.

Je ne m'étais pas rendu compte qu'elle était aussi fine mouche — ou que j'étais aussi transparente. Et je n'avais pas songé qu'entraîner des gens dans cette aventure risquait de leur coûter leur job, si je n'y prenais garde.

J'eus aussi la fâcheuse impression que Bess n'était pas dupe : elle devait se douter que j'agissais à l'insu de Steven Braswell. Fort heureusement, l'homme n'était guère apprécié du personnel, et il y avait fort à parier qu'elle garderait ses soupçons pour elle. Du moins, provisoirement.

— Voilà comment ça marche, docteur, dit-elle en poussant vers moi le clavier de l'ordinateur.

Cinq minutes plus tard, j'eus la satisfaction d'entendre l'imprimante de biochimie se mettre en marche, ajoutant son cliquetis au tintamarre général. Et grâce à Amanda, j'étais également en possession des analyses biochimiques de Marisa.

Selon les résultats immédiats, la santé de Marisa n'était pas trop mauvaise. Du moins, sur le papier. Hormis le léger excès de globules blancs et son taux de cholestérol élevé, tous les chiffres restaient dans les fourchettes de la normale. A l'exception de l'analyse du liquide qui s'écoulait de son nez, Marisa pouvait passer pour une femme dont les organes fonctionnaient parfaitement. Malheureusement, ledit écoulement changeait totalement la donne.

En effet, il s'agissait bien du liquide céphalo-rachidien, ce fluide transparent qui entoure la moelle épinière et le cerveau. Lequel n'était certes pas censé s'échapper. Et si la fuite avait été provoquée par un choc sur le crâne consécutif à une attaque, elle aurait eu suffisamment de temps, désormais, pour se résorber.

Le menton calé dans une main, les yeux dans le vague, je m'appuyai au dossier du siège qui me faisait face. Dans les grincements de la douzaine d'appareils qui m'entouraient, je luttai contre le sommeil, les feuilles d'analyse entre les mains. La fiche cumulative de Marisa sortait de l'imprimante, et feuille après feuille le rouleau de papier se déroulait à mes pieds, sur le carrelage.

Je ne savais pas au juste ce qui se passait, mais quelque chose ne tournait pas rond.

Steven avait perdu son sang-froid légendaire. Eddie était accusé d'une tentative de viol et il n'avait que la peau sur les os. Marisa perdait du liquide céphalo-rachidien... Quelles que soient les informations que me fourniraient ces papiers, il y avait forcément autre chose. J'en étais intimement convaincue.

*
* *

Le bureau de poste n'était pas sur mon chemin, mais j'avais des virements urgents à effectuer. Je bifurquai donc dans Black Street, remontai Mariposa Avenue, traversai en cahotant les rails de chemin de fer qui serpentent à travers le centre-ville de DorCity jusqu'à Main Street, et me garai le long du trottoir.

La construction de DorCity date de la grande époque de l'expansion du coton. Les rues bordées de bâtiments en brique rose, avec leurs moulures de plâtre autour des fenêtres et leurs perrons ornés de hautes colonnes blanches, évoquent un décor de film historique. Avec sa pittoresque petite préfecture, le comté a attiré des dizaines d'usines textiles et nagé dans la prospérité jusqu'au début des années 70, quand la chute du textile a brutalement mis un terme aux espoirs et aux rêves de la population locale. Et dans la lumière crue de janvier, tandis que je descendais de voiture, DorCity avait un peu piteuse mine, telle une beauté du Sud vieillissante, passablement usée, incapable de s'adapter à la modernité.

Comme dans la plupart des petites villes du Sud, il existait toujours une zone essentiellement « noire », et une zone majoritairement « blanche », les rails de chemin de fer marquant ici la frontière entre les deux communautés. Jusqu'au milieu des années 60, les Blancs habitaient exclusivement sur les hauteurs de DorCity, au sud de White Street, tandis que la communauté noire était rassemblée plus bas, au nord de Black Street. A l'exception des Chadwick, une famille originale et très métissée, qui transgressait allègrement toutes les règles sociales en vigueur, les allées et venues d'un côté à l'autre de la ville étaient rarissimes.

Le ramassage scolaire obligatoire [2] avait entamé un chan-

2. Ramassage scolaire obligatoire : mesure de déségrégation mise en place aux Etats-Unis dans les années 70. (N.d.T.)

gement, et le déclin de l'industrie textile opéra le reste. Aujourd'hui, des médecins, des dentistes, des avocats et même un entrepreneur de pompes funèbres afro-américains habitaient de superbes demeures anciennes restaurées, sur White Street, et des familles blanches fortunées avaient racheté des propriétés à des fermiers noirs fatigués, dans la partie nord de la ville. Les fermiers obtenaient un bon prix de leurs terrains cultivés jusqu'à l'usure. Avec cet argent, ils pouvaient se loger plus confortablement et offrir à leur progéniture des études prolongées.

Certes, il y avait un changement ; mais il restait encore beaucoup de chemin à parcourir, pour accéder à une société totalement dépourvue de ségrégation, où les chances seraient égales pour tous. Sur mon lieu de travail, je constatais encore chaque jour des différences de comportement et d'opportunités — les Blancs visant à une réussite qui leur semblait un dû, tandis que les Afro-Américains, pour la plupart, ne s'attendaient qu'à être piétinés en cas de chute. A mon avis, Martin Luther King aurait sans doute été déçu par la lenteur de l'évolution.

Ma boîte postale débordait littéralement. Peu désireuse d'emporter tout ce courrier chez moi, je posai la pile sur la longue table de bois brut, au centre de la salle glaciale, et entrepris un classement sommaire. Loin de me gêner, le froid m'aidait à lutter contre le sommeil.

Tous les avis de concours, coupons de pizza et autres publicités prirent directement le chemin de la corbeille à papier. Je ne gardai que les factures, trois lettres, une carte de remerciements et une grande enveloppe de papier kraft. Je regagnai ma voiture en me promettant de jeter un coup d'œil à l'ensemble plus tard, après avoir fait un petit somme et étudié les fiches de Marisa.

Je jetai le courrier sur le siège du passager, traversai la rue en direction du siège du *Dawkins Herald*, le principal journal régional, et pris le paquet qui m'y attendait. Je réussis à échanger quelques mots avec Edith, à la réception. La jeune femme avait bien des casquettes à son actif et se chargeait personnellement de conserver mes journaux — sept exemplaires du magazine qui paraissait trois fois par semaine.

Le regard trouble et ensommeillé, je pris le chemin de mon logement sans m'arrêter plus de deux fois en cours de route : la première, près de la gare routière, pour déguster une assiette du meilleur pot-au-feu de la ville avec un croque-monsieur ; la seconde, pour récupérer un de mes ballots de linge au pressing. Tout était soigneusement plié et délicatement parfumé — les draps prêts à garnir un lit douillet. Et enfin, j'allais pouvoir dormir dans des pyjamas munis d'un élastique à la taille.

Je ne me souvins pas de m'être engagée dans l'allée du jardin, d'avoir garé ou déchargé ma petite décapotable. Je ne me souvins de rien jusqu'à ce que mon réveil, en sonnant à 5 heures du soir, me rappelât brusquement l'existence d'un hôpital où j'étais attendue et de patients en quête de soins. Je me reprochai d'avoir ronflé tout l'après-midi pendant que ma meilleure amie s'enfonçait inexorablement dans les abysses d'une existence végétative.

4.

Naissances au cimetière

Il faisait nuit noire quand j'arrivai à l'hôpital du comté de Dawkins. De longs nuages bas couraient dans le ciel, laissant apparaître par intermittence une lune argentée. Un vent froid et humide soufflait par rafales. J'avais coutume de courir au moins une fois par jour ; quand je travaillais, je m'entraînais sur le parcours de santé de l'hôpital : un chemin de terre de quatre kilomètres comportant différents obstacles, un terrain d'exercices, de pittoresques petits ponts de bois au-dessus d'un méandre de la rivière et une piste cyclable parallèle à la route. Aux époques douces de l'année, la moitié de la population locale me disputait l'endroit ; au plus chaud du mois d'août ou par les soirées frisquettes de janvier, j'en avais pratiquement l'exclusivité.

J'abandonnai l'agréable tiédeur de ma voiture, respirai à fond en effectuant quelques brèves élongations, et m'avançai sur le sentier. Des lampes au sodium éclairaient la voie, projetant de grands arcs lumineux parmi les branches dénudées des chênes et des érables, des noyers blancs et des gommiers qui bordaient le chemin. Les hautes silhouettes des pins, cèdres bleus, cyprès et autres conifères, jetaient des nappes d'ombre sur le gravier.

Contrairement aux souvenirs que je garde de l'Ohio, où il est pratiquement suicidaire de courir seule la nuit, le taux de criminalité occasionnelle est à peu près nul, ici. De jour comme de nuit, on ne risque pas grand-chose.

Je pris le temps de m'échauffer correctement. Dans l'obscurité, les semelles de mes chaussures de sport frappaient régulièrement la terre avec un bruit mat, tandis que mon haleine se condensait en petits nuages blancs. Mes muscles, raidis par le sommeil, commençaient à s'assouplir et à se dérouiller. Mon rythme cardiaque s'accéléra pour maintenir la cadence. Cela faisait deux semaines que je n'avais pas couru, et la randonnée en montagne ne sollicite pas les mêmes muscles que le jogging.

Le parcours de santé épousait les contours de l'hôpital. Il longeait d'abord la route devant l'établissement, suivait la lisière des bois et d'un pâturage sur un côté, serpentait à l'arrière entre parkings et cabinets médicaux, puis remontait enfin vers le large méandre que formait la rivière face à l'église presbytérienne et son cimetière désaffecté. La promenade était pittoresque, quoique le voisinage du cimetière m'eût toujours semblé plutôt macabre. Pour les malades en phase terminale dont les chambres donnaient de ce côté, le spectacle, à mon sens, n'était pas des plus réconfortants.

Je longeais la route lorsque la lune fit une percée, sa lumière argentée projetant devant moi l'ombre démesurée d'un corps perché sur d'immenses jambes, qui se levaient et s'abaissaient suivant une frappante régularité.

Une ambulance ralentit en me dépassant, et son gyrophare illumina brièvement le sentier. Au volant, je reconnus Mick Ethridge, un garçon à peine sorti de l'adolescence mais déjà dépendant — comme d'une véritable drogue — des décharges d'adrénaline auxquelles est constamment soumis le personnel des urgences.

Je poursuivis ma course à petites foulées, et m'engageai dans le virage où le sentier se rapproche de l'hôpital. Quand je passai à proximité de l'entrée des urgences, Mick m'adressa un petit signe de la main, que je lui rendis. Je remarquai que les ambulanciers ne mettaient aucun empressement à sortir leur patient, comme si la seule idée de cette tâche les rebutait. Sans doute s'agissait-il d'une course de routine : il n'y a pas de taxis dans les environs, et la plupart des gens appellent l'ambulance au moindre bobo.

L'air froid de la nuit m'avait donné un bon coup de fouet : j'allongeai ma foulée et atteignis la passerelle qui enjambe la rivière. Un peu plus loin, une longue branche tordue encombrait le passage. Au lieu de la repousser, je préférai sauter d'un bond sur le pont de la piste cyclable, qui filait en parallèle, avant de m'engager sur la seconde série de ponts.

J'achevai de boucler le parcours dans l'ombre des tombes et des monuments funéraires disséminés dans l'herbe. Un ultime virage, et je repasserais devant ma voiture avant d'entamer mon second et dernier tour. Je pouvais voir mon petit cabriolet au loin, à la lueur d'un réverbère. A côté de la grosse jeep vert kaki qui était garée à présent sur le parking, et qui appartenait sans doute à un médecin venu effectuer sa dernière tournée, il avait la taille d'un jouet.

Mes pieds continuaient de battre le sol en cadence, tandis que l'air entrait et sortait bruyamment de mes poumons. La sueur, qui déposait comme un vernis de fraîcheur sur ma peau, m'enserrait le crâne d'un casque quasi glacial.

C'est alors qu'un gémissement étranglé déchira le silence. Je fis un brusque écart, trébuchai et m'arrêtai brutalement.

La secousse se répercuta tout au long de ma colonne vertébrale. Une seconde plainte, lugubre, résonna dans la nuit ; elle semblait provenir du cimetière.

Des gamins qui s'amusent à effrayer les gens, pensai-je. Cela s'était déjà produit, pour Halloween. Je repris ma course à un rythme plus soutenu. Mais le gémissement inarticulé, chargé de douleur, reprit de plus belle. Non, il ne pouvait pas s'agir d'enfants...

Un frisson me courut entre les omoplates, là même où coulait un filet de sueur. Je scrutai l'obscurité, cherchant à distinguer un mouvement parmi les ombres, et j'aperçus, à peu près à ma hauteur, un grand chien noir, à demi allongé sur une tombe. A la lueur de la lune, je vis que l'animal frémissait ; et bientôt, ses plaintes se muèrent en petits jappements aigus, déchirants de désespoir. Il portait un collier contre les parasites et une petite chaîne autour du cou. Je ralentis, et quittai le sentier pour descendre en contrebas, m'engageant prudemment sur l'herbe épaisse qui poussait entre les tombes.

De petites boules sombres remuaient à côté de lui — ou plutôt, à côté d'elle. Des chiots blancs et noirs, nouveau-nés, encore tout fumants. Je m'approchai de la chienne, et m'agenouillai auprès d'elle pour palper son flanc haletant. Elle fit mine de me mordre ; en reculant d'un bond, je faillis écraser un des petits.

— Tout doux, ma grande, tout doux, murmurai-je.

Ses grands yeux humides se posèrent dans les miens.

— Allons, ma belle, sois gentille. Laisse-moi t'aider un peu. Qu'est-ce qui a bien pu se passer ? Une voiture t'a heurtée et tu as commencé à mettre bas ? Ça fait mal ?

Je posai à nouveau la main sur son flanc. Cette fois, elle n'essaya pas de mordre, et sa queue aux longs poils noirs battit l'herbe à deux reprises, quand je la caressai. Elle émit une petite plainte qui ressemblait à un sanglot.

— Tu réclames tes petits ? C'est ça que tu me demandes, hein ?

Je rassemblai les chiots et les plaçai entre ses pattes de devant, pour qu'elle pût les nettoyer. Elle écarta immédiatement deux petites boules noires et entreprit de lécher consciencieusement les cinq autres. Les deux petits évincés étaient totalement immobiles. Je promenai mes mains sur le corps de la mère, à la recherche d'une blessure, mais il n'y avait rien. Elle avait l'air bien portante.

— Tu as choisi un drôle d'endroit pour mettre bas, ma belle, murmurai-je.

J'aperçus alors des traces de pneus toutes fraîches dans l'herbe, à l'endroit où le conducteur avait dû faire demi-tour depuis la voie d'accès. Un sentiment de pitié et de consternation m'envahit.

— Oh, je vois, dis-je doucement. Tu t'es fait larguer, n'est-ce pas ? Eh bien, moi aussi, en quelque sorte...

Je glissai les doigts sous sa fourrure, trouvai une oreille veloutée et la frictionnai affectueusement. Elle était toute tiède, malgré le froid.

La chienne se raidit brusquement, geignit et se redressa à demi. Son dos était parcouru de frémissements. Une rangée de crocs blancs luisait dans la pénombre. Elle émit une longue plainte sinistre, fit quelques pas mal assurés, et s'immobilisa. Soudain, elle fit volte-face et tourna cinq ou six fois sur elle-même, en reniflant l'air. Très vite, sa plainte se mua en hurlement de détresse.

J'avais déjà aidé ma chienne Beca à mettre au monde sa douzaine de chiots ; pas une seule fois au cours de cette longue opération, elle n'avait émis un cri de ce genre. J'en eus la chair de poule.

— Rhea ? Rhea ? Où es-tu ?

Une voix masculine, dont je reconnus sans mal l'intonation courroucée, me parvint dans l'obscurité. Je me redressai tant bien que mal, les genoux raidis, et sentis un faisceau de crampes m'irradier les cuisses. J'avais mis un terme trop brusque à ma course, quand il est recommandé de décélérer progressivement — et j'allais le regretter à coup sûr.

— Par ici ! criai-je à mon tour.

Malgré sa souffrance, la chienne s'était mise à décrire des cercles concentriques autour des nouveau-nés, groupés à mes pieds.

La lumière d'une lampe torche balaya les tombes.

— Rhea ?

Le ton pressant, à la limite de l'irritation, ne laissait vraiment aucun doute sur l'identité de l'homme. Je n'avais pas entendu sa voix depuis trois mois — depuis que j'avais pris la décision de passer les deux semaines précédentes en compagnie de John — mais je l'aurais reconnue entre mille.

— Mais enfin, où es-tu, nom de nom !

— Je suis là, Mark. Et si tu fonces sur moi comme un cow-boy, merci de rengainer ton arme ! Je suis avec...

La chienne émit un grondement menaçant.

— Mark, arrête-toi ! Reste un moment où tu es ! Elle est en train de mettre bas et elle a senti l'odeur de tes chiens de chasse. Stop !

— J'ai entendu ! Bon sang, Rhea, je ne suis pas sourd !

— Non, mais tu es un vrai bulldozer... Ce n'est rien, ma douce, chuchotai-je à la chienne d'un ton apaisant. T'en fais pas. Là, là, petite mère ; c'est juste un gros balourd de flic qui vole au secours de la veuve et de l'orphelin.

La chienne décrivait des cercles de plus en plus serrés avec des halètements déchirants, terriblement douloureux.

Elle perdait visiblement beaucoup de sang ; beaucoup plus que Beca, quand elle fait ses petits.

Je me penchai pour la caresser.

— Doucement, ma grande, doucement. Je ne vais pas te quitter. Là, là, c'est bien.

Sans changer de ton, je m'adressai ensuite au nouveau venu.

— Mark, tu m'entends ?

— Oui.

— Lance-moi ta torche.

— Ne la laisse pas tomber. Cet objet fait partie de l'équipement public.

— Très bien. Eteins-la et fais-la rouler jusqu'à moi.

La lumière s'éteignit. Dans l'obscurité, j'entendis le bruit mat du plastique qui roulait sur l'herbe humide. Je ramassai la lampe tout en appuyant d'une main sur le dos de la chienne pour qu'elle s'allongeât — ce qu'elle fit sans résistance.

Je rallumai la torche et la dirigeai sur Mark, dont je retrouvai la sempiternelle mine contrariée, exactement comme s'il était souffrant. Je lui avais toujours connu cette expression, au point que je me demandais si je n'en étais pas moi-même la cause. Dès notre première rencontre, j'avais été frappée par sa bouille de martyr. A sa décharge, je dois préciser que, ce jour-là, j'avais retiré un morceau de branche enfoncé dans sa cuisse — ce qui lui donnait quelques raisons valables de grimacer.

J'orientai la lampe vers la chienne et lui soulevai la queue, pour l'examiner. Tous les petits de Beca — des chiots minuscules — s'étaient présentés par la tête. Si la patte que j'apercevais maintenant à l'entrée de la vulve était assortie au reste, le père de ce bébé-là devait être un saint-bernard ou un danois — un animal énorme. Le chiot semblait s'être entortillé dans le cordon ombilical.

— Bon, je vois, ma jolie. Bien sûr, tu n'as pas envie que ce bonhomme qui empeste le chien policier s'approche de tes petits. Mais j'ai besoin d'aide pour te tenir. Eh, oui...

Je tournai légèrement la tête.

— Mark, approche doucement sous le vent et viens te placer derrière moi. Il faudrait que tu tiennes la lampe.

Un crissement de bottes fit écho à mes paroles.

— Tout doux, mignonne. Tout doux.

Nous avions parlé simultanément, Mark et moi.

L'animal frémit, mais n'eut aucun geste d'agressivité.

Mark s'installa derrière moi ; je sentis sa présence sans vraiment le voir. Il me prit la lampe des mains, et le contact de sa peau sur mes doigts irradia jusqu'à mon bras. J'orientai son poignet selon l'angle que je voulais donner à la lumière, et me remis à caresser l'animal.

— Ça va encore faire mal, ma grande. Hélas, je n'ai même pas de gants. Mark, peux-tu la tenir, s'il te plaît ? Parfait, ajoutai-je, tandis qu'il posait sa main libre sur la tête de la chienne. Attention, elle pourrait te donner un coup de dents.

— Moi aussi, je te donnerais un coup de dents, si tu fourrais ta main, euh... sous mon arrière-train, dit-il en maintenant d'une poigne ferme le museau du chien.

Je souris dans la pénombre et jetai un coup d'œil sur mon assistant improvisé. Il paraissait un peu moins en colère, même si ses mâchoires étaient encore crispées. Doucement, tout en murmurant des fadaises que j'espérais rassurantes, j'écartai de nouveau la vulve et y insérai la main. La chienne jappa et eut un violent soubresaut. Mark lâcha la lampe pour la tenir. La lumière s'éteignit, mais elle ne m'était plus nécessaire, à présent. Je travaillais à l'aveuglette. Le jappement se mua en hurlement de douleur. Mark émit un juron tout en luttant avec l'animal.

Il m'aurait fallu des forceps : le petit corps ne voulait pas sortir. Mais je jouissais d'une bonne poigne, et je réussis enfin à retourner complètement le chiot avant de retirer ma main ; le nouveau-né vint avec, et roula sur le sol.

La chienne cessa de japper et retomba sur le flanc en haletant d'épuisement.

— Bravo, ma grande, murmurai-je. Tu es une brave fille. Elle t'a mordu, Mark ?

— Oui, mais elle n'a eu que le blouson — pas la chair.

— Où se trouve le plus proche cabinet vétérinaire ? demandai-je avec un petit sourire.

— A sept ou huit kilomètres d'ici, sur la route de Rollins Creek. Doc Aycok a déménagé. Le cabinet est fermé, mais il habite juste à côté, avec sa femme.

— Dis-moi, si tu amenais ta jeep jusqu'ici, pour charger la chienne ? Il faut la conduire là-bas.

Mark se rebiffa. Mon sourire s'élargit.

— S'il te plaît...

— Qu'est-ce qui te fait croire que je suis en jeep ?

Je soupirai sans prendre la peine de répondre, et ramassai les chiots un à un pour les rapprocher de la chienne. Ils étaient tous glacés. La mère, éreintée, les rassembla sous son poitrail et laissa retomber sa tête sur eux. Epuisée comme elle l'était, elle ne pourrait pas survivre au froid de la nuit — sans parler des bébés, qu'il fallait réchauffer au plus vite.

J'ôtai mon gros polo et glissai toute la portée à l'intérieur du vêtement. La jeune maman me laissa faire, sans trahir de signe d'inquiétude.

— Je vais chercher la jeep, dit enfin Mark.

— Merci.

Il partit en direction de l'hôpital, ses boots de combat résonnant sur le sol, dans le silence. Au moment où il atteignit la piste cyclable, j'entendis qu'il s'arrêtait.

— Tu es revenue pour de bon, ou juste pour donner ton préavis de départ ?

Sous le ton bourru qu'il s'efforçait d'adopter perçait une indéniable incertitude.

— Je suis revenue pour de bon, répondis-je en caressant la chienne. Je n'irai pas m'installer à Charleston.

Mark attendait, immobile.

— Je ne vais pas retrouver John là-bas, continuai-je. Nous avons rompu.

— Qui a pris l'initiative ? Toi ou lui ?

— Cela ne te regarde pas, Mark.

Il eut un rire bref.

— En effet. Cela ne me regarde pas.

Le crissement de ses semelles reprit, et je l'entendis s'éloigner. Je ne pus m'empêcher de penser que s'il n'avait dû revenir pour récupérer la torche électrique, je n'aurais pas été sûre de le revoir de sitôt... Je ramassai la lampe et la rallumai pour examiner les yeux de la chienne.

Ses pupilles étaient identiques et réactives : deux points noirs au centre d'un iris couleur miel, d'un joli brun doré. La langue qui pendait entre ses crocs était d'un beau rose, mais, en revanche, ses gencives décolorées étaient le signe d'une hémorragie importante ou d'une sévère anémie — du moins est-ce le cas chez l'être humain. Dans l'éventualité — peu probable, tout de même — où Mark ne reviendrait pas, l'animal ne pourrait pas survivre seul. Que ferais-je, en pareil cas ?

Pour lors, je ne pouvais qu'attendre, en caressant la chienne pour tenter de la rassurer. Son pelage était doux et bouclé, aussi noir que le ciel au-dessus de nous. Manifestement, et hormis le fait qu'elle avait été abandonnée dans d'aussi pitoyables circonstances, elle avait été bien soignée.

— Ne t'en fais pas, ma belle. Il va revenir. S'il ne le fait pas pour moi, il le fera pour toi. Mark a un faible pour les chiens. Surtout pour les superbes spécimens dans ton genre.

Quelques instants plus tard, je vis deux phares obliquer sur la voie d'accès, à l'autre extrémité du cimetière. Sous le faisceau de lumière qui les balayait, les tombes surgissaient de l'obscurité, puis disparaissaient de nouveau. Si j'avais été pratiquement certaine que Mark reviendrait, je me sentis néanmoins soulagée ; je l'avais tout de même un peu malmené...

La jeep se gara derrière nous. Mark laissa tourner le moteur et ouvrit le hayon. Il s'y affaira quelques instants avant de nous rejoindre, et me tendit un carton — un emballage de bouteilles de whisky. Sans rien dire, je soulevai mon polo et déposai à l'intérieur les chiots aveugles qui paraissaient dormir. Il prit le carton, disparut, puis revint avec une couverture qu'il déplia et posa sur le sol, à côté de la chienne. Nous la déposâmes dessus et la hissâmes dans la voiture. L'animal semblait à bout de forces ; sa respiration était brève, rapide, superficielle.

— Mark ? Merci encore.

Il émit un grognement inarticulé et fit claquer le hayon avant de regagner la place du conducteur. Je le regardai s'installer au volant et tendre la main vers la portière pour la refermer.

— Mark ?

Il suspendit son geste.

— Je savais que tu étais en jeep parce que je l'avais vue, garée près de ma voiture, en traversant le ruisseau.

Il ne répondit rien et me regarda frissonner, vêtue du simple T-shirt à manches longues que je portais sous mon polo, l'hiver, pour courir. Je sentais la chaleur de l'habitacle se dissiper dans l'air nocturne, mais il ne me proposa pas de m'asseoir à côté de lui.

— Oh, d'accord ! La rupture a été mutuelle. John ne voulait de moi que si je venais habiter Charleston et m'associer au cabinet familial. Je n'ai pas fait trois ans d'internat aux urgences pour m'occuper des gosses de riches archisnobs de la haute bourgeoisie sudiste ! Et puis, je... je n'apprécie guère les ultimatums, ajoutai-je.

Il grommela encore quelque chose, ferma la portière et s'enfonça dans la nuit. Sans que je pusse l'affirmer, il me sembla l'avoir entendu grogner quelque chose qui ressemblait à « Tant mieux ».

Tandis que s'éloignaient les feux arrière de la jeep, un sentiment que je commençais à bien connaître — mélange de consternation et d'intense solitude — m'envahit lentement.

Frigorifiée dans mon pauvre T-shirt, je me dirigeai vers l'hôpital. J'étais en retard, constatai-je en braquant la lampe de Mark sur ma montre. 6 h 30. Steven ne serait pas content.

Au passage, je pris mon sac dans ma voiture et gagnai au pas de course le sas d'entrée des ambulances. Une bouffée d'air chaud chargé d'électricité statique m'explosa au visage dès le seuil. Récemment, notre service des urgences avait été magnifiquement repeint, dans des tons de gris, d'ocre et de blanc ; malheureusement, on n'avait pas jugé utile de l'équiper de l'humidificateur d'atmosphère qui lui faisait cruellement défaut.

Tout essoufflée, je jetai mon grand sac sur le guichet près du téléphone, et lançai un clin d'œil aux infirmières. Diane me fit un petit salut avant de disparaître dans la lingerie avec un paquet de draps sales. Ashlee jeta un coup d'œil par-dessus son épaule, comme si quelque chose l'inquiétait dans la chambre du fond, avant de me rendre mon sourire. Elle baissa vivement la tête tandis que Steven arrivait en hurlant :

— Nom de Dieu, Rhea ! Je ne suis pas chargé de vous remplacer quand vous vous pointez tranquillement au boulot avec une demi-heure de retard ! Je vous paie pour être à l'heure, que je sache !

Son visage avait la teinte rouge sombre que l'on voit aux ivrognes et aux hypertendus. Cet emportement et ces invectives, lancées en présence des patients, ne lui ressemblaient guère.

Bien qu'un sentiment de révolte montât en moi, j'adressai à Steven un sourire figé et me plongeai dans les dossiers des patients posés sur le guichet sans lui prêter la moindre attention. Cela pourra paraître difficile à concevoir, mais, avec le recul, le fait d'avoir passé mes jeunes années auprès d'une mère alcoolique et maniaco-dépressive me semble présenter quelques avantages. De la même façon que, gamine, j'étais capable de dormir en toutes circonstances, en réaction aux beuveries de l'ivrogne mondaine qui m'avait servi de maman, je peux aujourd'hui aisément conserver une apparence calme et sereine, alors même que je suis intérieurement perturbée. Ah, le charmant conditionnement de l'enfance... Je tournai délibérément le dos à Steven pour lui donner le loisir de reprendre contenance.

Trois patients m'attendaient — un enfant qui toussait, avec une forte température, un autre qui souffrait de crampes abdominales et n'avait pas eu de selles depuis trois jours, et un homme, enfin, avec une plaie au cuir chevelu nécessitant quelques points de suture. J'inscrivis une note sur le dossier du second enfant pour qu'on pratiquât un abdomen sans préparation, une NFS et une analyse d'urines. Bref, la routine. Steven aurait déjà dû demander ces examens, du reste. Le patient était déjà depuis une heure en soins intensifs.

Une main me saisit le poignet, et je tressaillis brusquement. En me retournant pour me trouver nez à nez avec Steven, j'eus le temps d'apercevoir brièvement le visage consterné d'Ashlee. Mes os craquèrent sous la pression des doigts du médecin. Mon pouce était totalement engourdi. Les yeux bleu acier de Steven lançaient des éclairs. Sa voix tonna dans le silence interdit de la pièce.

— Tu ne m'écoutes pas, salope !

Son haleine chargée d'alcool me balaya le visage.

Lentement, distinctement, j'ordonnai :

— Ashlee, appelez les gardiens, voulez-vous ?

Aussitôt, je vis Steven blêmir. Il recula d'un pas et libéra mon bras, mes yeux rivés aux siens dans lesquels se lisaient la peur et l'étonnement. D'une main, je massai la chair contusionnée de mon poignet qui, Dieu merci, ne semblait pas cassé. Je ne m'étais pas départie de mon sourire figé.

— Ce n'est pas la peine d'appeler, Ashlee, vous pouvez annuler, dis-je à mi-voix. Steven, si vous vous avisez de nouveau de me toucher, ne serait-ce que de m'effleurer, je porte plainte pour coups et blessures. Si vous m'injuriez une fois de plus, je déposerai une réclamation auprès de la direction de cet établissement. Si vous vous adressez encore à moi sur ce ton qui n'a rien de professionnel, je ferai de même. Au cas où vous auriez la moindre remarque à me faire, je vous demanderai de me parler en privé. Compris ?

Steven opina, blanc comme un linge, deux grosses veines bleues battant à ses tempes. Il avait une mine de déterré. Il détacha lentement ses yeux des miens, et contempla sa main comme si elle avait échappé à son contrôle. Il ouvrit la bouche pour parler, sans réussir à émettre un son.

— En outre, tâchez de vous rappeler que ce n'est pas vous qui me payez. J'ai un contrat avec cet hôpital — pas avec vous.

Un ton au-dessous, j'ajoutai :

— Désolée d'être arrivée en retard. Rentrez chez vous, Steven. Allez vite retrouver Marisa. Elle...

Ma gorge se serra et je sentis les larmes monter — pour la seconde fois en deux jours.

— Elle a besoin de vous, murmurai-je dans un souffle.

Il leva sur moi des yeux hagards, ravagés par l'angoisse.

— Je... Excusez-moi, Rhea.

Mon sourire se dissipa. Je me demandai s'il avait dit la même chose à Dora Lynn, la technicienne qu'il avait frappée. Je me demandai s'il disait la même chose à Marisa, chaque fois qu'une goutte de liquide céphalo-rachidien tombait de son nez sans qu'elle fût soignée. « Excusez-moi. »

— Rentrez chez vous, Steven, parvins-je à articuler. Tout de suite.

Sans un mot de plus, le Dr Braswell quitta la salle. Il tendait devant lui la main qui m'avait saisie comme s'il s'agissait de quelque objet empoisonné, et qu'il voulût l'éloigner du reste de sa personne.

Ashlee quitta sa place derrière le guichet et vint tâter mon poignet, avec de grandes précautions. Ses doigts étaient tièdes et secs, sa peau rugueuse et gercée par le talc et les gants de latex qu'utilisent les infirmières.

— Il n'a pas l'air cassé. Voulez-vous passer une radio ?

J'assouplis mes doigts et serrai le poing. Je ressentis tout juste une petite gêne.

— Non, répondis-je en constatant que mon poignet bougeait. Il n'est pas cassé.

Je la gratifiai d'un sourire — ce sourire gracieux et serein appris aux genoux de ma mère, comme si sa grossièreté et son haleine empuantie d'alcool ne m'atteignaient pas. Décidément, les souvenirs d'enfance commençaient à m'obséder de façon inquiétante...

— Mais il y a du sang, dit Ashlee.

Je contemplai mon poing serré. Du sang séché avait coagulé dans les replis de la peau et ourlait de brun le tour de mes ongles.

— C'est du sang d'animal, expliquai-je. J'ai aidé une chienne à mettre bas, derrière l'hôpital. Voilà pourquoi j'étais en retard.

Je baissai les yeux vers Ashlee, que je dépassais d'une bonne tête.

— Si Steven savait qu'il a touché à *ça*, il en ferait une véritable maladie. Il se récurerait à l'eau de Javel pendant huit jours minimum !

Tout le monde, à l'hôpital, plaisantait sur la manie qu'avait Braswell de se laver les mains à tout bout de champ.

Ashlee s'esclaffa de son joli rire cristallin, très féminin, très sudiste — aucun rapport avec le mien, beaucoup moins discret.

— Je vais faire un brin de toilette et me changer. Je reviens dans cinq minutes. Préparez-moi un plateau pour les points de suture et pesez le bébé. Oh, tâchez aussi de savoir si la déchirure a eu un vaccin antitétanique. Sinon, faites-lui un sérum. Il aura le sentiment qu'on s'occupe de lui.

— Bien, m'dame.

Sur un dernier sourire, je repris mon sac et enfilai au pas de course les couloirs menant à la chambre de garde qui m'était assignée pour les six nuits à venir. Au terme de cette semaine de travail, je comptais bien me faire une opinion personnelle sur l'état de Marisa et la soigner sérieusement, le cas échéant. Manifestement, Steven n'agissait pas avec toute sa tête.

5.

Hautes instances

Je m'occupai des trois patients que Steven m'avait laissés, et de deux autres qui arrivèrent pendant que je suturais la plaie au cuir chevelu. Le bébé reçut un traitement antibiotique en attendant que sa mère l'emmenât le lendemain consulter l'unique pédiatre de la région, à la première heure. L'autre enfant, dont l'examen de l'abdomen fit apparaître une crise aiguë d'appendicite, fut immédiatement expédié au bloc opératoire. Les deux patients suivants — deux lycéens en goguette — furent soignés pour une blennorragie. Je prescrivis une prise de sang pour des tests VIH et PRR (syphilis), opérai un prélèvement pour vérifier la présence éventuelle de chlamydiae, et, comme ils n'avaient pas utilisé de préservatifs, décidai de leur flanquer une sacrée frousse.

— Vous pourrez obtenir les résultats d'analyses dès lundi en présentant vos papiers au laboratoire, déclarai-je en guise de conclusion. S'ils sont négatifs, vous devrez renouveler les tests tous les six mois durant les deux années à venir. Rien ne garantit que vous n'en mourrez pas, les gars. Ne l'oubliez pas.

Je ne sais comment je parvins à dissimuler mon amusement, quand ils se dirigèrent vers la sortie, tête basse.

— La chtouille, deux injections dans la fesse et le spectre du sida, tout ça administré par un charmant toubib qui se paie ouvertement votre portrait... Je parie que cette soirée ne figurera pas parmi les meilleurs souvenirs de nos garçons, murmura Ashlee en regardant la porte se refermer derrière eux.

— Vous pensez que j'y suis allée un peu fort ? demandai-je avec des scrupules tardifs.

— Pas du tout, docteur. Vous avez bien fait. Ces jeunes gens ont besoin de se faire tirer les oreilles, de temps en temps.

Diane, qui passait par là, hocha la tête en signe d'assentiment.

Ce moment me parut opportun pour me lancer.

— Ecoutez, les filles, je n'ai pas l'intention de dénoncer Steven Braswell. Et j'espère qu'il n'y aura pas de commérages à ce sujet. Sa femme... Enfin, vous comprenez...

Je laissai ma phrase en suspens, dans l'attente d'une réaction.

— Les commérages ont déjà fait le tour de l'hôpital, docteur, répliqua Diane. Désolée, mais les filles de salle ont tout entendu, et elles sont parties depuis longtemps. Quant à Mme Braswell, nous n'étions pas de service le jour où on l'a amenée, mais on nous a tout raconté. C'était plutôt moche.

Je posai un coude sur le comptoir et massai doucement mon poignet. Là où Steven l'avait tordu s'étendait toute une zone d'élancements.

— Mme Braswell est mon amie. Qui étaient les infirmières de service, ce matin-là ? Hier soir, j'ai travaillé avec des stagiaires et, apparemment, personne n'était au courant. J'aimerais obtenir quelques informations de première main.

Diane consulta le registre et le compara à l'emploi du temps des aides-soignants.

— Zack et Anne, dit-elle. Ils seront là demain soir, docteur Lynch. De 7 heures du soir à 7 heures du matin. Interrogez Anne. Elle a pris les choses en main, quand le Dr Braswell a perdu les pédales.

— Il a perdu les pédales ?

Jusqu'ici, je n'avais pas encore entendu dire que Steven, lorsqu'il avait prodigué à son épouse les soins de toute première urgence, avait pu faillir en quoi que ce soit.

— Hmm, ouais... Il aurait battu en retraite et observé la scène comme un homme en transe, paraît-il. Blanc comme un linge, les yeux hagards. Anne a pris la relève jusqu'à l'arrivée du généraliste de Mme Braswell. On a bien raison de dire qu'un médecin ne devrait jamais soigner ses proches. En tout cas, le Dr Braswell n'est plus tout à fait le même, depuis.

— J'ai pu le constater, en effet, dis-je en observant les contusions laissées par les doigts de Steven.

Des contusions qui ressemblaient étrangement aux marques persistantes sur les poignets de Marisa.

— Hé, vous avez entendu ce qu'on raconte ?

Nous nous retournâmes de concert. Tricia, la surveillante de nuit, arrivait par le couloir en ondulant des hanches. Ses chaussures foulaient sans bruit le sol récemment ciré.

— Il y aurait eu une sacrée bagarre entre le Dr Lynch et le Dr Braswell ! Il paraît qu'il l'a frappée à plusieurs reprises et injuriée parce qu'elle arrivait une heure en retard, dit-elle.

Ashlee s'esclaffa. J'émis un grognement indistinct.

— Les filles de salle ? demanda Diane.

— Tout juste ! Et l'histoire se corse d'heure en heure, figurez-vous ! Si vous me mettiez au courant, pour que je puisse intervenir avant d'apprendre que Braswell a étranglé tout le personnel des urgences et dansé sur vos cadavres nus ?

— Charmant tableau, Trish, maugréai-je.

— N'est-ce pas ?

Je lui racontai l'incident et elle soupira.

— Quel dommage, tout de même ! Un homme de si belle prestance...

Ashlee haussa les épaules.

— Tu veux rire ! Un glaçon pareil ? Il te supplierait à genoux que tu n'en voudrais pas !

— Tu n'as pas lu le dernier *Cosmo* ? rétorqua Trish, sur un ton malicieux. Tu ne sais pas que, même les icebergs, il y a des moyens de les faire fondre ?

Trish était une femme que ma mère eût qualifiée d'allumeuse — maman portant des jugements sévères sur tout le monde, excepté sur sa propre personne. Avec ses cheveux décolorés aux racines châtaines, sa poitrine opulente soulignée par des décolletés audacieux et ses manières provocantes, Trish aimait en effet attirer l'attention sur elle. Mais en dépit de ses succès auprès des hommes, elle ne trouvait pratiquement jamais de compagnon à la hauteur de ses exigences — sans doute un peu trop ambitieuses, pour la région.

— Et voilà à quoi vous mène la lecture de la presse à scandale : à gober et colporter les pires inepties ! dis-je en m'étirant pour assouplir mes muscles endoloris.

— *Cosmo* n'est absolument pas un journal à scandale ! s'indigna Ash. Je tiens à préciser que leur dernier exercice destiné à gommer la culotte de cheval est d'une réelle efficacité. Et puis, certains potins ont directement à voir avec la sécurité de nos emplois ; car avec la nouvelle polyclinique qui s'installe dans le sud de la province et qui risque de détourner toute la clientèle de l'hôpital, nous pourrions bien ressentir le contrecoup de la concurrence.

— Une nouvelle clinique ? Je croyais que les médecins ne se bousculaient pas, pour venir s'installer par ici.

Ashlee secoua la tête.

— Vous avez du retard à rattraper, docteur.

— Eh bien, si vous éclairiez ma lanterne ?

— L'un de nos éminents juristes locaux a monté une entreprise de services médicaux du côté de Lockerville, expliqua Diane. Voulez-vous du café, docteur ?

— Merci, avec plaisir. Plutôt serré, s'il vous plaît. Y aura-t-il seulement un accueil de jour ?

Diane haussa les épaules et nous entraîna dans la salle de repos, où elle s'affaira autour de la cafetière. Ashlee répondit à la place de l'autre infirmière :

— Service jour et nuit pour le premier établissement. Et ils ont prévu d'en ouvrir deux de plus au cours des cinq prochaines années. La polyclinique de Lockerville sera inaugurée à l'automne.

Je m'installai dans le fauteuil à haut dossier que je m'octroyais pendant mes nuits de garde.

— Qui est le juriste en question ?

Je connaissais la plupart des notables locaux. De longues années passées dans la région à l'occasion de mes congés scolaires — chez les parents de Marisa, puis chez sa tante Dee Dee, après le décès de ces derniers — m'avaient familiarisée avec ce petit monde

— Mitchell Scoggins. Nous étions dans la même classe de terminale au lycée, dit Trish, adoptant le débit légèrement saccadé particulier aux potins mondains chez les gens du Sud. Mitchell a fait une année de médecine avant de passer en fac de droit. Il a essayé de sortir avec moi au moment de sa séparation avec sa femme ; je connais donc très bien cette sordide histoire. Sa femme était accro au Valium et autres tranquillisants : elle roupillait toute la sainte journée. Mais je l'ai tout de même envoyé paître ; je ne sors pas avec les mecs mariés.

Elle souligna son propos d'un vigoureux mouvement de tête.

— Depuis, il s'est réconcilié avec sa femme et s'est lancé dans cette entreprise médicale avec un financement externe, précisa Ash. Il compte s'étendre sur les comtés de Dawkins, Ford et Lancaster. Le groupe s'appelle Medicom Plus, ou quelque chose dans ce goût-là.

— Il paraît qu'il rafle une bonne partie de nos bénéfices possibles. Et ils auraient probablement obtenu des informations confidentielles sur l'offre de l'hôpital, ajouta Trish en haussant ses sourcils décolorés d'un air entendu.

— L'offre... ?

Diane et moi regardions tour à tour Trish et Ashlee, subjuguées par ce flot d'informations dont nous n'avions pas la moindre idée. Il faut dire que, contrairement à nous, nos interlocutrices étaient nées dans la région, et qu'elles étaient passées maîtres dans ce véritable sport local qu'était le commérage. Née Chadwick — l'unique famille métissée de la région —, Ashlee devait pourtant être plus accoutumée à faire l'objet des ragots qu'à les propager.

— Oui, ils ont proposé un prix plus intéressant que l'hôpital en tant que fournisseurs de services de Sundown Chemicals, rétorqua cette dernière.

— Décidément, je me suis absentée plus longtemps que je ne croyais, murmurai-je.

— Eh, oui... Les choses évoluent, docteur, même dans ce trou perdu. Vous avez intérêt à vous tenir au courant, affirma Trish d'un air entendu. Et pour savoir ce qui se passe, il suffit de m'interroger : je sais tout.

Ce n'était pas une fanfaronnade. Comme l'ensemble du petit monde rural dans lequel je vivais à présent, Trish accordait une importance primordiale aux cancans. De fait, j'avais déjà entendu parler des produits chimiques Sundown. Au terme d'une longue étude à l'échelle nationale, la compagnie avait sélectionné le comté de Dawkins pour y installer son siège social et deux nouvelles usines de chlore. Ce n'était qu'une vague rumeur lors de mon départ en congé, mais les choses s'étaient visiblement confirmées.

— L'offre de l'hôpital était légèrement supérieure à celle de Medicom. Pour nous, ça représente un manque à gagner considérable sur les dix années à venir : examens médicaux des employés, tests de dépistage, accidents du travail et autres problèmes de santé dans l'entreprise. Il paraît que les H.S. sont furax de s'être fait rafler le marché !

— Pardon... les H.S. ?

— Les hautes instances, traduisit Ashlee. C'est-à-dire la direction de l'hôpital et le conseil régional. Bon, qui veut du café ?

— Qui participe à l'entreprise Medicom Plus, hormis Mitchell Scoggins et sa femme ? demandai-je.

La porte s'ouvrit soudain à la volée, et une femme en larmes, portant un enfant couvert de sang, entra en courant. La mère et l'enfant hurlaient.

Trish haussa les épaules tandis que Diane se précipitait pour aller chercher des pansements compressifs en salle de traumatologie.

— Quelqu'un bourré de fric, manifestement. Certains parlent d'un gros investisseur new-yorkais, ou d'une sorte de conglomérat. J'ai même entendu dire qu'il pourrait s'agir d'une famille du coin. Les Roseboro, peut-être ?

Après avoir racheté tous leurs concurrents, les Roseboro possédaient les trois entreprises de pompes funèbres du comté.

Diane emmena la femme en salle de traumato ; elle racontait à grands cris comment son bébé avait traversé une plaque de verre en tombant sur une table basse. Du sang giclait à travers la pièce, éclaboussant les rideaux qui séparaient les lits. Apparemment, une petite artère avait été sectionnée. La mère aurait pu arrêter l'hémorragie avant d'amener le petit, mais les notions élémentaires de premiers secours n'étaient pas très répandues, dans les endroits les plus reculés du comté. Le mari fit irruption à son tour dans le hall, jurant bruyamment et empestant la bière.

Par-dessus les cris et les divagations de l'ivrogne, la radio de l'équipe de secours se mit à grésiller.

— Urgences du comté de Dawkins, ici l'équipe 351. M'entendez-vous ?

Je saisis le micro pour prendre l'appel. La nuit promettait d'être longue.

Le patient amené par l'équipe de secours était un grand gaillard en piteux état, vêtu d'un jean boueux tout déchiré et d'une chemise de flanelle qui avait dû être bleue. L'homme était tout entier maculé d'argile rouge, ce qui masquait jusqu'à la couleur de sa peau et de ses cheveux. Il était sans doute de race blanche et probablement jeune — à en juger par la chaussure de sport qu'il portait au pied droit et la chaussette trouée du pied gauche.

Il était meurtri et couvert de sang, comme si on l'avait piétiné dans une mare de boue. Et il se débattait comme un diable dans les courroies qui le maintenaient sur la civière, brandissant des poings menaçants assortis d'invectives incohérentes.

Debout derrière le guichet de l'infirmerie, je pouvais observer mes deux patients sans gêner les déplacements des infirmières qui rassemblaient pansements stériles et aiguilles pour intraveineuses. Je n'avais pas un mot à dire : à ce stade, elles se débrouillaient parfaitement sans moi ; mon intervention n'était pas nécessaire.

Je regardai les quatre brancardiers — trois hommes et une femme — transporter le blessé boueux en salle de cardiologie. J'aurais préféré le voir en traumatologie, mais il valait mieux éviter de placer une personne grièvement blessée à côté d'un enfant. Pour le moment, je préférais n'avoir qu'un patient par salle. Nous disposions de cinq salles, sept lits, et manquions de personnel infirmier. J'appelai le bureau d'accueil et demandai à la standardiste de trier les appels selon le caractère d'urgence, et de garder dans le hall jusqu'à nouvel ordre les patients qui pouvaient attendre.

L'hémorragie de l'enfant fut rapidement jugulée par Diane, qui opérait avec une remarquable économie de gestes. Elle plaça trois bandages de compression sur la jambe blessée, et bloqua l'écoulement de l'artère avant de nettoyer les autres plaies à l'aide d'un désinfectant. Dès que le petit garçon fut hors de danger, elle se tourna vers moi et m'adressa un hochement de tête, comme pour m'encourager à aller m'occuper du dernier arrivant.

— Je vais le surveiller un moment, docteur.

J'opinai, satisfaite des soins administrés au petit, et me rendis en salle de cardiologie. L'un des secouristes pestait avec véhémence, en secouant sa main coincée entre les barres métalliques de la civière. Un paquet de boue tomba de son bras sur le carrelage. Je m'aperçus alors que tous les membres de l'équipe étaient aussi couverts de boue que le blessé... et que cette matière poisseuse n'était pas uniquement de la boue. De puissants relents commençaient à envahir le service des urgences.

Je plissai le nez avec écœurement.

— Pouah ! Vous avez trouvé ce type dans un égout, ma parole !

L'homme qui massait son doigt pincé émit un ultime juron.

— Cet abruti se baladait dans un pâturage, au beau milieu de la nuit !

Le patient rugit et projeta brusquement en l'air un poing impressionnant. Trois personnes se baissèrent pour esquiver le coup. L'individu, un véritable colosse, avait réussi à dégager un bras des liens qui l'immobilisaient. La secouriste plongea sur le membre et le bloqua sous le poids de son corps, tandis que l'un des hommes rattachait les courroies. Je cherchai le moyen de lui administrer une piqûre de calmants : l'unique piste susceptible d'indiquer la présence d'une veine était le filet de sang qui coulait de l'intérieur de son bras gauche à l'endroit de la veine fosse antécubitale.

— Ah oui, murmurai-je en identifiant l'odeur, on dirait bien du fumier.

— Il en est recouvert, dit la femme. Et de vomissure, aussi. Il nous a tous baptisés...

— Il faut découper ses vêtements sur lui, dis-je en battant en retraite. Et lui administrer une intraveineuse. Cinq milligrammes de Valium. Faites-lui aussi un brin de toilette, que je puisse l'examiner.

Le Valium risquait de brouiller le diagnostic, et ce n'était pas le meilleur remède à donner à un patient dont l'état restait à déterminer. Mais je n'avais pas le choix : si je ne le calmais pas rapidement, il pouvait casser un bras à l'un des membres du personnel.

Trish alla chercher une paire de ciseaux en soupirant, et je me félicitai secrètement de ne pas être infirmière.

Dix minutes plus tard, le blessé entièrement nu était attaché au lit par des courroies de cuir, et par deux draps noués sous le sommier qui lui entouraient la taille et les hanches. Trish contrôlait les effets de la piqûre de Valium qu'elle venait de lui administrer. Il commençait enfin à se calmer un peu.

— Avons-nous des papiers permettant de l'identifier ? demandai-je en regagnant la chambre.

— Non, docteur. Deux ados qui campaient dans l'ancienne ferme des Gibbons l'ont découvert et nous ont alertés.

— Il n'avait rien dans les poches, excepté ça, dit Trish.

L'objet en question était une seringue de dix millimètres, dont l'aiguille était sectionnée aux trois quarts de sa longueur. Trish la brandissait entre le pouce et l'index, les mains protégées par d'épais gants de latex bleu.

— Vous ne vous êtes pas piquée, j'espère ?

— Non, docteur.

— Placez-la dans un sac plastique. Ses vêtements aussi. L'air sera un peu plus respirable.

La pièce empestait tellement qu'on ne discernait même plus l'odeur des désinfectants vaporisés après le passage des derniers patients.

— Pas de marques sur lui pouvant servir d'indices ? demandai-je, songeant aux traces de piqûres des toxicomanes.

— Pas celles auxquelles vous pensez, répondit Trish.

Je haussai un sourcil interrogateur, mais personne ne parut remarquer ma question muette, qui demeura donc sans réponse. Je m'approchai pour examiner notre homme — un lascar qui mesurait près de deux mètres, et devait bien peser cent à cent dix kilos. Le sang suintait encore de son visage affreusement tuméfié. Trish me tendit une paire de gants semblables aux siens, et j'effleurai du doigt une contusion violacée qui couvrait presque un tiers de son mollet. De forme elliptique, elle se terminait par une pointe aux contours très nets. J'en remarquai une autre encore plus importante sur sa cuisse. Ajustant ma lampe frontale, je la dirigeai sur la blessure pour l'examiner de plus près. De vilaine apparence, elle remontait déjà à plusieurs heures. Il y en avait d'autres sur son torse, et une sur le côté du thorax. Notre inconnu était couvert de ces étranges contusions ovales. Comme s'il avait été frappé à coups redoublés.

Je levai les yeux pour interroger les infirmières, et surpris un coup d'œil de Trish à l'aide-soignante — une certaine Janet — dans lequel perçait une lueur d'amusement. L'un des membres de l'équipe de secours poussa son compagnon du coude et ricana comme s'il s'agissait d'une bonne blague. Même Ashlee, moins loquace que d'ordinaire, affichait un sourire, ses sourcils arqués d'un air innocent.

Je gardai ma question pour moi et repris mon examen. Ces marques m'étaient un vrai mystère, mais je savais que si l'équipe de secours n'avait pas alerté la police, c'est qu'à leur sens l'homme n'avait pas été victime d'une agression.

— Docteur ?

Je regardai Trish, qui pointait le menton vers le moniteur cardiaque. Son œil ne pétillait plus, tout à coup. Je suivis son regard et observai le tracé de la deuxième dérivation, sur l'écran à diode. La courbe vert fluo ne suivait pas le rythme sinusal habituel. A chaque battement de cœur, je remarquai un intervalle P-R prolongé — ce qui était anormal. De temps en temps, l'onde P disparaissait. Quelques battements de cœur plus tard, elle revenait. Ce schéma se répéta à plusieurs reprises. Cela ressemblait à un bloc AV (atrio-ventriculaire) de second degré, ce qui signifiait que l'onde électrique allant de l'oreillette au ventricule était ralentie, provoquant un trouble du rythme cardiaque. La tension artérielle était de 195 sur 140, son pouls de 95, et il ralentissait peu à peu. Si ses blessures amusaient la galerie, l'homme n'en était pas moins en piteux état.

— Otez-lui l'intraveineuse.

Je pouvais lui administrer de la trinitrine pour réduire le bloc atrio-ventriculaire, ou me contenter de le surveiller pendant quelque temps. D'ordinaire, on n'envoyait pas un patient aux urgences pour un BAV ; c'était une pathologie chronique à long terme.

— Electrocardiogramme, clichés de face, NFS, échographie abdominale, biochimie standard, cathéter urinaire et bilan toxicologique. Il ne faut rien négliger.

C'était là la série d'examens élémentaires destinée à vérifier l'état de ses reins, l'éventualité d'une hémorragie interne, d'une infection quelconque ou la présence de produits étrangers dans le sang — notamment le taux d'alcoolémie.

L'abdomen de l'inconnu se contracta, et il eut un renvoi. Ashlee détourna la tête, mais l'homme avait vidé depuis longtemps tout le contenu de son estomac.

— Phénergan 25 en intramusculaire, ajoutai-je.

Ashlee injecta dans la hanche du blessé le remède qui supprimerait ces nausées.

J'ajustai mon stéthoscope et en plaçai la plaquette sur son torse, entre la quatrième et la cinquième côte, pour écouter son cœur. Les battements étaient rapides, irréguliers. Les poumons étaient légèrement humides — le droit un peu plus que le gauche. Le côté droit de sa cage thoracique était nettement plus endommagé que l'autre, également ; les contusions ovales s'y chevauchaient, noires ou violacées. Le poumon droit émettait un bruit bizarre quand il respirait, comme du papier de verre sur du caoutchouc trempé.

— Ajoutez un thorax, ordonnai-je à mi-voix, jugeant qu'une radio s'imposait.

L'homme marmonna quelque chose.

— Comment vous appelez-vous ? lui demandai-je.

Il ne répondit pas.

— Savez-vous où vous êtes ?

Toujours pas de réponse.

Il eut encore un haut-le-cœur, gémit, et essaya de se dégager de ses entraves.

— Et vous, avez-vous pu en tirer quelque chose ? demandai-je aux membres de l'équipe de secours.

— Rien du tout. De simples divagations.

Ses pupilles étaient symétriques et réactives ; les réflexes de Babinski, sur ses pieds, identiques. Mais les réflexes profonds du tendon au bras, au genou et à la main droite étaient excessifs. La main droite était gravement blessée, à demi écrasée — l'annulaire tordu à angle droit. Je demandai également une radio de cette main.

Les contusions s'étendaient du torse de l'homme jusqu'au côté droit du bassin.

— A tout prendre, il me faudra aussi un rachis dorsal et lombaire, des cervicales, plus un bassin face et profil, dis-je avec un soupir.

Cela faisait pas mal de rayons X, mais avec un patient qui refusait de parler — ou en était incapable —, j'avais besoin d'étayer mon diagnostic par des examens approfondis. Grâce à toutes ces radios, j'aurais une vue d'ensemble de son dos, son abdomen et ses principaux organes. Trish acquiesça d'un air dubitatif, jugeant sans doute que j'en faisais un peu trop.

— Commencez par l'électrocardiogramme, puis la prise de sang — et ne lésinez pas sur les tubes —, au cas où nous aurions besoin d'examens supplémentaires, plus tard. Ensuite, le cathéter urinaire, puis les radios en dernier, demandai-je, procédant par ordre de priorité.

Lorsque je sortis, afin d'examiner l'enfant qui m'attendait dans la pièce voisine, une technicienne fixait des électrodes au torse du patient pour l'ECG.

— Voulez-vous prescrire quelque chose pour la tension ? me demanda Trish, alors que j'étais sur le pas de la porte.

— Non. Surveillez-le, sans plus. Si elle monte en flèche ou si son pouls dégringole, appelez-moi.

Blessé comme il l'était à la tête et au corps, je ne voulais rien faire qui pût aggraver l'état de l'homme. Il pouvait survivre avec de l'hypertension artérielle et un bloc atrio-ventriculaire, mais on risquait de le tuer, en faisant chuter brutalement sa tension.

Le gamin devait avoir quatre ou cinq ans. Tout pâle et maigrichon, il roulait des yeux agrandis par l'effroi. Sa peau était froide et moite au toucher, son teint légèrement terreux. Je lui pris le pouls et vérifiai sa respiration, essayant d'évaluer la quantité de sang qu'il avait pu perdre. Les symptômes que je constatais pouvaient provenir d'un traumatisme émotionnel ou d'une hémorragie.

Dans mon dos, j'entendis le père maugréer, de sa voix avinée :

— Je veux savoir quand un docteur va venir voir mon gamin ! Ça fait plus d'une demi-heure qu'on attend !

— C'est chose faite, répondis-je.

J'avais l'habitude que certains patients et leurs familles me prissent pour une infirmière. Les moins évolués d'entre eux s'attendaient à avoir affaire à un médecin de sexe masculin.

Je me tournai vers le petit garçon.

— On m'appelle docteur Rhea-Rhea. Et toi ?

L'enfant renifla et cligna des yeux pour refouler ses larmes.

— Cody. Toi, tu es une fille.

Je lui répondis par un grand sourire. Son pouls était presque normal, et il ralentissait encore, tandis que je lui tenais le poignet. Mais sa respiration beaucoup trop rapide et superficielle m'inquiétait. Il présentait une bonne douzaine de lacérations de surface, cinq plus profondes, et deux nécessitant des points de suture.

— Tu n'as jamais vu de fille médecin ?

— Les filles devraient rester à la maison pour s'occuper des enfants, au lieu d'aller travailler et de vadrouiller en cachette du mari.

— Cody ! gronda sa mère.

Je jetai un bref coup d'œil aux parents, mais m'adressai de nouveau au petit.

— Eh bien, moi, je n'ai ni mari ni enfants, mon bonhomme. Et quand bien même j'en aurais... Tu n'es pas content que je sois là, ce soir, pour recoudre tes coupures et t'empêcher de saigner ?

Le père émit un petit ricanement méprisant. La puanteur de son haleine me parvenait sans qu'il eût besoin d'approcher. Mais sans doute voulut-il m'en faire profiter davantage, car il fit trois pas chancelants vers moi pour me la souffler au visage. Au-dessus de sa ceinture, une bedaine conséquente débordait de sa chemise, qui l'empêchait sans doute de boutonner la veste matelassée qu'il portait par-dessus. Son fils avait hérité de ses beaux yeux bleus et, malheureusement, copiait déjà son attitude déplorable.

— Y zont pas de vrai toubib, dans c't'hosto minable ? Pour mon fils, je veux ce qu'y a de mieux ! Pas une bonne femme !

Cette déclaration n'eut d'autre effet que d'accentuer mon sourire. Quant à la tension qui envahit brusquement la pièce, elle n'eut aucune incidence sur le pouls qui battait sous mes doigts ; le pauvre gosse devait être habitué aux scènes.

— Et vous êtes monsieur... ?

Mon ton glacial, quasi comminatoire, ne parut pas impressionner l'homme, qui renifla en haussant le menton avec arrogance.

— Everett Neal. Le père de Cody.

— Everett, si nous allions poursuivre cette discussion dans le couloir ?

Je lâchai le poignet du garçon et pointai le doigt vers la porte.

Il prit la direction indiquée avec la mine triomphante d'un boxeur qui vient de remporter un round. Pourtant, s'il s'imaginait m'avoir intimidée, il en serait pour ses frais. Il me fallait simplement des témoins pour ce qui allait suivre — n'importe qui, sauf Cody. Je lui emboîtai donc le pas et jetai à Diane, par-dessus mon épaule :

— Sérum antitétanique si nécessaire, 4-0 Ethilon et Chromic.

J'allais devoir recoudre la peau sur plusieurs épaisseurs, en commençant par le derme profond.

— On peut utiliser quelques Butterflies, dis-je, faisant allusion à ces nouveaux pansements adhésifs constrictifs permettant de rapprocher les bords d'une plaie, en guise de points de suture. Et tant que vous y êtes, Diane, apportez aussi des autocollants pour Cody.

Les autocollants en question représentaient des personnages de bandes dessinées déclarant : « J'ai été courageux aux urgences », ou encore : « On m'a fait des points de suture. »

— Et puis il me faudrait aussi une oxy-hématie, s'il vous plaît, Diane. Une goutte au bout du doigt fera l'affaire.

Je voulais m'assurer que l'enfant n'avait pas perdu trop de sang.

Je refermai la porte derrière moi, isolant délibérément Everett Neal de sa femme et de son fils. Le sourire que j'arborais jusque-là pour le patient quitta mes lèvres. Derrière le bureau des infirmières, j'aperçus une silhouette vêtue de blanc.

— Everett, vous allez rester dans la salle d'attente pendant que je recouds votre fils.

L'homme changea de couleur et ouvrit la bouche. Sans lui laisser le temps de protester, je poursuivis :

— Si vous vous y opposez, j'appelle police secours et je vous fais arrêter pour ivresse et tapage dans un lieu public.

Neal serra les poings, et les veines de son cou enflèrent à vue d'œil. Dans une situation moins périlleuse, j'aurais pu en profiter pour noter les effets d'une brusque élévation de tension.

— Je me laisserai pas envoyer dans la salle d'attente par une bonne femme qui veut faire un boulot de cochon sur mon fils !

Dans le dos d'Everett, au fond du couloir, la silhouette que j'apercevais derrière le bureau décrocha le téléphone et composa rapidement un numéro. Une futée, cette Ashlee.

Everett fit trois pas dans ma direction.

6.

Corps étranger

Le sourire qui vint renaître sur mes lèvres n'avait rien d'avenant. A ma connaissance, aucune recommandation précise n'était faite aux médecins quant à l'attitude à tenir face aux préjugés sexistes. En toute circonstance, la violence, physique ou verbale, était bien évidemment bannie, mais rien ne m'obligeait pour autant à me laisser dénigrer sans rien dire. Je me penchai vers Neal et lui dis à mi-voix, afin qu'Ashlee et lui fussent les seuls à m'entendre :

— Il n'y a pas d'autre médecin que moi, ici. A présent, allez vous asseoir, et laissez-moi faire mon boulot, ou vous irez finir la nuit derrière les barreaux. A vous de choisir.

— Je vais emmener mon fils dans le comté de Ford ! Je veux pas qu'un docteur de second ordre essaie de le rafistoler tant bien que mal ! déclara Neal en faisant mine de me pousser pour entrer en salle de traumatologie.

Je ne cédai pas un pouce de terrain. Fortement tentée de balancer mon poing dans la figure de cet énergumène, je gardai néanmoins les mains sur mes hanches.

— Monsieur Neal, si vous essayez de faire sortir cet enfant de mon service sans mon autorisation, je vous envoie immédiatement les contrôleurs de la DDASS. Vous êtes tellement soûl que vous avez failli laisser mourir votre fils d'une hémorragie.

L'ivrogne marqua une pause et inclina la tête. Ce n'était pas grand-chose, mais j'avais marqué un point : il commençait au moins à m'écouter.

— Vous avez mis la vie de cet enfant en danger, poursuivis-je. Je parie que vous avez même pris le volant, pour venir ici : conduite en état d'ivresse. Vous avez peut-être affaire à une femme, mais c'est moi qui commande. Si vous causez le moindre incident en ces lieux, faites-moi confiance pour vous le faire regretter. Est-ce que vous avez bien compris ?

L'homme riva son regard dans le mien. De toute évidence, il n'appréciait guère d'être tancé de la sorte par une femme.

— Je vais vous dire ce que j'ai compris, commença-t-il en me détaillant de la tête aux pieds, avec un œil mauvais.

Il haussa nettement le ton et continua :

— Si vous bousillez mon gamin, je vous colle un procès, à vous et à cet hôpital. Je vous ferai cracher jusqu'à votre dernier sou. Voilà ce que j'ai compris, espèce de salope !

Très bien. Il n'avait donc pas écouté. Et voilà qu'on me traitait de salope pour la seconde fois en quelques heures ! A ce rythme soutenu, j'allais bientôt battre un record.

Ashlee, le teint blême, poussa un soupir de soulagement en voyant les portes du sas s'écarter pour livrer passage à deux policiers.

— Maintenant, vous me laissez passer ou je vais vous apprendre à rester à votre place ! tonnait l'alcoolique.

— Vous avez des ennuis, docteur ?

Neal pivota sur ses talons, pesta bruyamment et revint à l'attaque, le poing brandi dans ma direction. Avant qu'il ait pu mettre sa menace à exécution, l'un des agents lui saisit le bras et l'immobilisa d'une poigne solide. Neal se trouva nez à nez avec un gigantesque Noir au crâne rasé, qui arborait un petit sourire plein de promesses. Je reculai contre la porte et regagnai discrètement la salle de traumato tandis qu'une altercation éclatait dans le couloir,. Quelque chose me disait qu'Everett Neal n'appréciait pas plus les Afro-Américains que les femmes.

J'adressai à la maman de Cody un haussement d'épaules fataliste.

— Vous vous sentez capable de conduire pour rentrer ?

Elle ferma les yeux — de chagrin, d'inquiétude ou par simple résignation, peut-être.

— On l'a emmené au poste ?

Je jetai un coup d'œil sur son fils. L'enfant dormait profondément, le front trempé de sueur sous la main de sa mère. Ses cheveux d'un blond terne étaient emmêlés autour des doigts maternels.

— Oui, madame. Je crois qu'il a voulu frapper un policier. Je ne pense pas qu'il passera cette nuit à la maison.

Il fallait espérer qu'il aurait achevé de cuver son vin et sa colère avant d'être relâché.

Pendant que je recousais les blessures du gamin, j'eus tout loisir de penser au retard que je prenais dans le cas de Marisa. Mon amie était en train de végéter, et je perdais mon temps à me quereller avec un ivrogne agressif sous prétexte qu'il avait touché une corde sensible. Ridicule. J'aurais pu le laisser emmener le gamin dans le comté voisin... J'aurais ainsi gagné une bonne heure pour examiner les documents concernant Marisa. Et j'en avais encore pour plus d'une heure, avec le blessé resté en salle de cardiologie...

Mais au lieu de paperasserie, c'est à mes travaux d'aiguille que je me consacrai patiemment, réparant les coupures profondes de mon petit patient tout en songeant combien son innocence le rendait vulnérable, si facile à pervertir... Tout comme moi, autrefois.

Nous avions toutes deux sept ans, Risa et moi, à l'époque de notre rencontre. Et aujourd'hui encore, cette année-là demeure la plus belle de ma vie. Plus belle que ma dernière année de médecine, celle où John m'avait fait la cour — comme si je correspondais aux critères de sa famille ultra bourgeoise... Plus belle que l'année où je réussis mon concours d'internat et fus acceptée dans la spécialité de mon choix. Plus belle aussi que le merveilleux été de mes fiançailles avec John. Oui, plus belle, parce qu'il n'y avait alors ni trac, ni incertitudes, ni angoisse et complications hormonales assorties de doutes profonds : rien que le bonheur sans nuage des amitiés enfantines.

Nous nous étions rencontrées au bord d'un ruisseau qui serpentait à travers le faubourg de Willowcroft. Ce cours d'eau longeait à la fois l'ancienne plantation de riz et de coton appartenant aux parents de Risa, et la limite du nouveau lotissement résidentiel où maman avait loué une maison.

Bien qu'à peu près stable, à l'époque de notre installation, maman s'était ensuite remise à boire et nos provisions étaient épuisées. Le montant de sa rente mensuelle ne devait être versé sur son compte que sept jours plus tard. Et il n'y avait pas d'homme pour nous aider, mon père étant décédé peu avant ma naissance.

Affamée, révoltée contre la terre entière, j'avais amassé toutes les pierres, branches et gravats que j'avais pu trouver, et construit un barrage. D'un côté, l'eau débordait déjà, commençant d'inonder le petit terrain en contrebas, près de la maison où maman ronflait au milieu de ses vomissures, sur le carrelage de la salle de bains.

Je ne sais pas. J'avais peut-être voulu la noyer. Ou bien espérais-je attirer l'attention en inondant tout le quartier ?

Peut-être, tout simplement, avais-je envie qu'il m'arrive quelque chose. N'importe quoi. J'avais donc édifié un superbe barrage maçonné de débris et de colère impuissante.

Je jetais une nouvelle brassée de morceaux de contreplaqué quand une voix me fit sursauter.

— Très moche.

Sur l'autre rive, une petite fille de mon âge observait mon manège.

— Qu'est-ce qui est moche ? demandai-je, soudain furieuse. Moi ?

— Nooon, dit-elle d'un ton mélodieux. Pas toi. Le barrage.

Elle secoua ses boucles blondes.

— J'aime l'eau qui coule. Quand elle coule, elle scintille. Maintenant, c'est tout boueux. L'eau ne devrait jamais stagner, affirma-t-elle.

J'avais bien l'intention de faire couler l'eau, mais pas du côté habituel, pensai-je en contemplant la masse de gravats enchevêtrés, de planches, pierres, briques et branches pointées tels des doigts accusateurs vers le ciel. J'avais même ajouté une petite fenêtre cassée, découverte sur un chantier, avec sa vitre et ses montants. Cette fille avait raison. C'était moche. Tant mieux.

— Est-ce que tu veux partager mon pique-nique ? demanda-t-elle en brandissant un sac de papier brun. J'ai un sandwich au beurre de cacahuètes et à la confiture, des chips, du fromage à tartiner et une pomme verte.

J'examinai la fille qui m'invitait à ce festin. Elle était habillée comme je l'étais quand ma mère n'avait pas bu — avec des vêtements pimpants et de jolies sandales blanches. Je portais ce jour-là un vieux short en jean à la propreté douteuse, des baskets couvertes de boue et un corsage de soie appartenant à ma mère. Je l'avais déchiré en lançant la fenêtre cassée. Et j'avais bien l'intention de le déchirer davantage.

De toute évidence, la fille au pique-nique ne traverserait pas le ruisseau dans cette tenue. J'hésitais, néanmoins. Mon estomac vide gargouillait.

— Elle est acide, ta pomme? m'enquis-je bêtement.

— Une Granny Smith est toujours acide.

J'ignorais ce qu'était une Granny Smith, mais je m'abstins de le lui dire.

— Je m'appelle Rheane Rheaburn Lynch. Maman me surnomme parfois Rhealyn, mais, moi, je préfère Rhea. Elle, elle déteste.

— Enchantée de faire ta connaissance, répondit solennellement la fillette. Je m'appelle Marisa Sto... Marisa Carolyn Jacqueline Stowe, corrigea-t-elle.

Elle inclina légèrement son joli visage et me lança un sourire espiègle.

— Appelle-moi Risa, si tu veux. Ma mère va détester.

Nous échangeâmes un sourire complice. Je traversai tant bien que mal ma construction de fortune pour la rejoindre. Aujourd'hui encore, je me souviens du goût de cette pomme croquante et des tartines de confiture. De la marmelade de pêches. Je n'en avais encore jamais goûté — et c'était un délice.

Le déjeuner terminé, Risa ôta ses sandales et vint patauger avec moi. Nous démolîmes le barrage, et je n'en rebâtis jamais d'autre.

J'achevai précautionneusement le dernier point de suture, caressai les cheveux de Cody et souris à sa mère. Elle avait l'air épuisée. Quatre rouleaux de fil de soie et un paquet de Chromic m'avaient été nécessaires pour recoudre le gamin, que je rendis à sa maman avec des instructions précises pour éviter la surinfection, compenser la perte de sang et le traumatisme. Je demandai en outre à Diane de lui donner quelques notions de secours d'urgence pour stopper une hémorragie. Techniquement parlant, l'enfant aurait eu besoin d'être mis sous perfusion pour compenser le demi-litre de sang perdu, mais je n'avais pas envie de l'embêter davantage. Sa mère promit en revanche de lui donner l'alimentation liquide dont il avait besoin.

En sortant de la salle de traumato, je pointai le doigt vers Ashlee.

— Je vous dois un bon dîner.

Elle me fit un clin d'œil en me remettant les résultats des analyses et l'électrocardiogramme du blessé inconnu.

— J'opte pour une pizza. Je la fais livrer tout de suite ?

— Certainement. Moi, j'en prendrai une aux légumes.

J'examinai l'électrocardiogramme. On voyait bien un bloc atrio-ventriculaire, mais le schéma avait quelque chose d'étrange. Quelque chose m'échappait. Aucune trace des principaux stupéfiants dans l'analyse d'urine ; le taux d'alcoolémie — légèrement élevé — indiquait qu'il avait dû consommer quelques bières dans l'après-midi, mais rien plus récemment. Les résultats de la NFS demeuraient dans une fourchette normale, de même que l'analyse biochimique — à l'exception du taux de gaz carbonique, élevé quand je l'aurais cru insuffisant. Le blessé avait pourtant du mal à respirer, à force de se débattre, ce qui aurait plutôt tendance à faire diminuer le niveau d'oxyde de carbone dans le sang...

Bizarre, encore.

— Et les radios ?

— Dans la salle de fractures, sur le négatoscope. Au fait, docteur, Bev m'a chargée de vous dire qu'elle a recommencé le cliché pelvien. Elle a repéré un corps étranger dans cette région.

— Ash, vous êtes une infirmière de rêve.

— Promettez-moi une pizza et je vous obtiens tout ce que vous voulez, dit-elle en couvrant d'une main l'émetteur du téléphone.

Elle était en ligne avec Pizza Hut ; ils acceptaient de livrer.

— Commandez-en pour tout le monde, lui dis-je.

— Entendu. Merci, docteur.

La salle de fractures était plongée dans la pénombre — l'unique éclairage provenant du rectangle du négatoscope sur le mur du fond. Les clichés que j'y trouvai correspondaient à ce que je pensais : annulaire brisé — deux fractures bien nettes qui n'exigeaient pas forcément de chirurgie. Une autre fracture à la mâchoire, du genre de celles qu'un uppercut du droit occasionne aux boxeurs professionnels ou aux bagarreurs de bistrots. Rien de particulier pour le rachis dorsal ni sur les clichés de l'abdomen. Une petite fracture à l'orbite gauche — ce qui signifiait que nous n'allions pas le garder ici. Il serait expédié illico au centre de traumatologie de Richland.

Mais ce fut la radio du thorax qui me fournit le plus de réponses, et le cliché du bassin qui souleva de nouvelles questions. L'homme avait trois côtes cassées, et je découvris en dessous un petit hémothorax — un caillot qui suintait entre le poumon et son enveloppe. Ce qui expliquait le taux élevé de gaz carbonique et le bruit de caoutchouc entendu au stéthoscope. Le saignement pouvait cesser et le caillot se résorber. Mais s'il continuait à suinter, le poumon risquait de se comprimer, de se dégonfler — et ce serait le collapsus pulmonaire. Je consultai ma montre, sachant qu'il me faudrait une autre radio des poumons avant de laisser l'hélicoptère emmener le blessé.

— Ash ! appelai-je.

— Trop tard, docteur. Les quatre pizzas géantes sont déjà en route, répondit-elle, de l'extérieur.

— Je ne vais pas nous priver de pizza, c'est promis. Mais tâchez de joindre Russel au téléphone, et demandez un scanner. Ce type a une fracture du crâne. Il me faudrait aussi de quoi effectuer un tubage pulmonaire. Je n'en aurai peut-être pas besoin, mais il a un...

— Le nécessaire est sur le plateau à côté de son lit, docteur. L'appareil respiratoire est aussi à votre disposition. Le labo vient d'effectuer un gaz du sang et vous aurez le résultat dans quelques instants.

Je me retournai et découvris, serrée dans un ensemble mauve d'aide-soignante dont le pantalon trop ample godait autour des chevilles, la silhouette un peu ronde d'Ashlee.

— Ash, si je m'installe un jour à mon compte, je vous paierai une fortune pour être mon assistante.

— Quoi ? Et renoncer au stress des urgences ?

Je m'esclaffai.

— Au fait, est-ce que vous allez me dire d'où proviennent toutes ces contusions ? Est-ce qu'une pizza suffira à vous faire cracher le morceau ?

— Ce sont des coups de sabots de bétail, murmura-t-elle. Trish voulait voir si vous arriveriez à trouver.

— Des sabots ? Vous voulez dire qu'il aurait été piétiné par un troupeau en pleine débandade ?

— Les gros élevages sont prospères, dans la région. Des blessures de ce genre, ce n'est pas la première fois que j'en vois. Mais d'aussi graves, c'est quand même exceptionnel.

— Dites à Trish que je suis une citadine. Jamais je n'aurais pu identifier ces marques.

— J'ai demandé aux policiers, quand ils sont venus, de chercher à savoir qui est ce type. Sa disparition a peut-être été signalée.

— Hmm... Très bien.

Je retournai aux clichés, mais la silhouette demeura dans l'encadrement de la porte.

— M. Everett Neal est parti sans encombre ? demandai-je sans me retourner.

— Pas exactement. En plus d'ivresse et de tapage dans un lieu public, il s'est rendu coupable d'outrage à agent dans l'exercice de ses fonctions. Il risque de moisir un moment en prison... Vous comptez réellement alerter la DDASS ?

Je secouai la tête avec un soupir. Alcoolo et débandade de bétail...

— Eh bien, dites donc ! Quelle soirée !

Le problème respiratoire contrôlé, je m'intéressai à la radio du bassin. Un objet long et effilé apparaissait nettement sur le cliché, enfoncé dans la fesse du blessé. Il s'agissait vraisemblablement du corps étranger mentionné par Beverley.

Je regagnai la salle de cardiologie avec les clichés sous le bras. L'équipe de secours était partie pendant que je m'occupais de Cody, et Trish montait la garde auprès de l'homme. Ash m'avait emboîté le pas sans un mot.

— Sa tension s'est stabilisée à 165 sur 130, annonça Trish. Le bloc atrio-ventriculaire semble s'atténuer. Il présente maintenant un rythme sinusien.

Autrement dit, tout redevenait normal — ce qui était bigrement étrange. A ma connaissance, un BAV ne disparaissait pas ainsi, spontanément. J'appuyai sur un bouton du moniteur pour lancer une impression et garder une trace de ce changement anormal.

— N'oubliez pas de consigner tout cela dans le dossier. Je tiens à ce que d'autres que nous puissent constater ces anomalies.

Un nouveau coup d'œil à la radio du bassin me confirma la présence du corps étranger.

— Retournez-le.

Quand l'aide-soignante, à l'aide des draps, eût mis l'homme à plat ventre, j'orientai le faisceau de ma lampe frontale sur ses fesses. Sur la fesse gauche, l'une des marques différait totalement de celles dont son corps était recouvert — plus petite et oblongue, elle mesurait à peine un centimètre et demi de diamètre. Au centre, on voyait une trace de piqûre. Je la palpai avec précaution, appuyai sur la blessure. Il y avait effectivement quelque chose à l'intérieur.

— Ash, il me faut des forceps, s'il vous plaît.

— Tout de suite.

Je l'entendis s'affairer dans le placard du fond, et elle me tendit un sac autoclave dont je sortis le forceps par les poignées. Je l'ouvris et le refermai à plusieurs reprises, pour en assouplir le mouvement. Je n'avais pas précisé le type d'outil dont j'avais besoin, mais Ash m'avait fourni un porte-aiguille, un instrument à la pointe effilée, absolument adapté à l'usage que je lui destinais. Ash était vraiment l'assistante idéale ; elle lisait dans les pensées.

— Merci, dis-je, sans quitter des yeux la petite blessure.

Je resserrai la chair et les muscles autour de la contusion, et sondai délicatement l'intérieur avec la pointe du forceps. L'extrémité heurta un objet métallique profondément enfoncé dans le muscle. J'élargis la blessure avec les mâchoires de la pince et, au bout d'un moment, réussis à saisir le morceau de métal. En m'y reprenant à deux fois, je parvins à l'extraire de la chair.

J'examinai l'objet couvert de sang, serré entre les pinces de l'instrument, tout en palpant la blessure avec la main gauche. Il n'y avait plus rien. Le corps étranger ne s'était pas brisé en plusieurs morceaux ; j'avais tout retiré.

C'était une aiguille de cinq centimètres de longueur, dont une pointe était coupée en biseau. L'autre était toute tordue.

— Ash, faites-moi voir la seringue que vous avez trouvée dans sa poche.

L'extrémité de l'objet en question, scellé dans un sachet de plastique transparent, correspondait à celle de l'aiguille cassée. Je m'écartai du lit.

— Vous pouvez le remettre sur le dos, merci. Dites-moi, Ash, où se trouve le labo de référence le plus proche ?

— A Charlotte, répondit une voix qui n'était pas celle d'Ashlee.

— Je veux une chromatographie au gaz ou une spectophotographie du liquide qui reste dans cette seringue. Quand pourrai-je l'avoir ?

— Un coursier peut l'emporter en début de matinée, dit la même voix. Vous pourrez avoir les résultats demain vers cette heure-ci. Peut-être même un peu plus tôt.

Je levai les yeux vers Bess, la technicienne de labo qui s'était arrangée pour me procurer le dossier de Marisa. Je travaillais quotidiennement avec des dizaines de membres du personnel médical à la fois, et j'avais parfois du mal à les reconnaître ou à me rappeler leurs noms.

— Salut, Bess. Voudriez-vous faire cela pour moi ? demandai-je en lui tendant le sachet.

— Oui, m'dame.

Elle prit le petit sac et me tendit une cuvette pour l'aiguille cassée et le forceps.

— Faites attention, dis-je en jetant les objets dans le récipient. L'aiguille est cassée, dans le sac. Vous êtes de service, cette nuit ?

— Avec ma chance, je fais les gardes de nuit aujourd'hui et demain, en plus de mes journées. Ne vous inquiétez pas, je mettrai un capuchon sur la seringue, ajouta-t-elle.

— J'aurais dû deviner que c'était vous qui me tiriez d'un lit douillet pour me traîner dans un labo.

Je me retournai vers la voix masculine qui venait de retentir, et croisai les yeux sombres de Chris Russel, le radiologue en charge des scanners.

— Bonsoir, Chris. Je sais, je me fais souvent traiter d'enquiquineuse… J'ai un crâne pour vous : il me le faut sous toutes les coutures.

Je lui tendis la pile de clichés.

— Le bonhomme n'a rien trouvé de mieux que de se faire piétiner par un troupeau de vaches en furie.

— Vous plaisantez ?

— Pas du tout. Il avait aussi une aiguille cassée enfoncée dans la fesse, et une seringue dans sa poche. Le bilan toxicologique est négatif, il n'y a pas de sang dans l'urine : sa tension est élevée mais, dans l'état où il se trouve, je ne veux rien lui prescrire pour y remédier. Ah ! J'oubliais un bloc atrio-ventriculaire qui disparaît et réapparaît par intermittence.

Chris leva les yeux des radios qu'il avait commencé à examiner.

— Pas possible, ce type a dû passer et repasser sous une échelle toute la semaine...

Ash et Trish s'esclaffèrent consciencieusement.

— Bon, on l'embarque en radio.

Le blessé s'agita sur le lit.

— Herbe violette, herbe à volaille, murmura-t-il.

Je m'approchai légèrement de lui et l'observai.

— Chris, il se pourrait que je fasse appel à vos compétences, cette semaine. Puis-je vous téléphoner de chez moi ?

— Autant que vous voudrez, Rhea. Ou nous pouvons aussi prendre le temps de bavarder, un matin, avant votre départ.

Je hochai la tête en regardant mon patient s'éloigner sur un lit roulant. Tandis qu'on le poussait dans le couloir, je l'entendis encore crier :

— Tueur à moto ! Renversé !

Il était plus de 10 heures quand je réussis enfin à me libérer, au moment où l'activité du service commençait à se calmer. Si le traitement administré à mon blessé me satisfaisait, le diagnostic me laissait bien plus perplexe. Certes, l'hélicoptère venait de l'emmener au CHU de Richland, et ce n'était plus mon affaire : dès le décollage, il était passé sous la responsabilité d'autres médecins. Ma tâche aux urgences consistait à accueillir, soigner et renvoyer les patients chez eux ou les diriger ailleurs : une médecine fourre-tout où les gens passaient à toute allure, sans autre spécialité que traumatologie, pertes de sang, blessures par armes, violences en tout genre et consultations externes. Diagnostic définitif, chirurgie lourde et traitements à long terme étaient du ressort d'autres spécialistes. Si quelque chose m'avait échappé, eh bien, tant pis.

Cependant... Quelque chose me gênait, dans cette affaire. Et je ne parvenais pas très bien à discerner quoi, au juste. Peut-être étaient-ce les mots que Chris avait employés pour décrire la fracture du crâne : « Ce type a dû être piétiné par un taureau, ou quelque chose de ce genre. Schéma particulier d'épanchement sanguin, qui ne correspond pas à un traumatisme crânien habituel mais... » Il avait laissé sa phrase en suspens et marqué une longue pause, avant de poursuivre : « Richland renouvellera les examens dans les jours qui viennent, et nous aurons un tableau plus précis de la situation. Appelez-moi si on vous amène d'autres cow-boys, cette nuit », avait-il conclu avant de rentrer chez lui.

J'étais maculée de sang, et souffrais encore des crampes provoquées par la brutale interruption de ma course. Aussi avais-je besoin d'une bonne douche chaude, et de quelques élongations. Mais j'avais d'abord des radios à tirer et des coups de fil à passer. L'air faussement détaché, je sortis la fiche cumulative de Marisa que j'avais subtilisée, recopiai les numéros qui me seraient utiles et me rendis en radiologie.

Beverley Atkins était à son poste. C'était une fille apathique, et d'une lenteur exaspérante. On la surnommait généralement « Bev La Paresse », moins par référence au péché capital qu'au paresseux — captivant animal auquel elle faisait irrésistiblement songer.

Je m'appuyai à la porte basse du bureau.

— Bonsoir, Beverley. Vous avez une minute ?

— Docteur Rhea, dit-elle tranquillement. Que puis-je faire pour vous ?

— Je dois examiner les radios prises lors de l'admission d'une patiente aux urgences. J'ai tous les numéros nécessaires, mais je ne veux surtout pas vous déranger. Si vous m'indiquez où les trouver, je me débrouillerai volontiers toute seule.

Beverley réfléchit un bon moment avant de prendre sans hâte la feuille où j'avais noté tous les numéros nécessaires. Elle l'étudia tout aussi longtemps, et hocha la tête.

— Ceux d'en haut doivent être des numéros d'accès aux prescriptions de radios personnelles.

— Oui, en effet, répondis-je pour meubler la pause qui suivit et l'inciter à continuer.

— Nous classons les radios des patients par ordre chronologique, afin de les retrouver plus facilement. Le numéro d'en bas correspond sans doute à la plus ancienne. Toutes les autres radios doivent être rassemblées sous ce numéro, dans un seul dossier.

Bev fit pivoter son fauteuil qui émit un grincement déchirant. Puis elle désigna, dans la pièce contiguë, des rayonnages faiblement éclairés supportant des centaines de classeurs beiges.

— Vous devriez trouver ça sur la rangée du bas, au milieu. Laissez le dossier, quand vous aurez terminé ; je le remettrai en place.

— Merci, Beverley, dis-je, déjà prête à passer dans la pièce voisine.

Je ne supportais Bev La Paresse qu'à petites doses ; au-delà de cinq minutes, mon rythme cardiaque commençait à ralentir. Pouvait-on souffrir de bradycardie par pur mimétisme ? Marisa avait besoin de moi, et je n'avais pas de temps à perdre. J'avais cependant d'autres choses à demander à Beverley.

— Je serai ensuite obligée de me connecter sur Duke, pour converser avec un spécialiste, ajoutai-je. Est-ce que je devrai passer par vous, ou est-ce qu'il existe un manuel d'explications du système MODIS[(1)] ?

Beverley se retourna lentement et pointa un doigt devant elle. Je savais par expérience qu'il était inutile de la brusquer, bien que j'en eusse fichtrement envie : rien ne pouvait l'obliger à accélérer la cadence ; les réprimandes n'avaient pour effet que d'accentuer le phénomène, car elle se lançait dans d'interminables explications pour justifier sa lenteur. Je rongeai donc mon frein et suivis, jusqu'à ce qu'il s'arrête sur un petit opuscule, le trajet de son doigt sur une rangée de livres. Elle ouvrit ce livret à la page sept, et me le tendit avec componction.

1. MODIS : *Medical Online Diagnosis Interface System*. Système de communication interactive permettant aux médecins de différents établissements de comparer leurs diagnostics tout en examinant des clichés de radios ou autres documents sur ordinateur.

— Voilà ce que vous cherchez, docteur. Tout est expliqué en détail, et de manière très simple.

— Merci, Beverley. Je vous suis très reconnaissante de votre aide.

— A votre service, docteur Lynch. Il suffit de demander.

Sa réponse me parvint dans la pièce voisine, où j'avais déjà entrepris mes recherches. Je trouvai effectivement le dossier de Marisa à l'endroit désigné par Bev, et emportai mon butin dans le petit bureau réservé aux médecins sous contrat. Steven Braswell et Wallace Chadwick — le médecin responsable de tout le service — avaient leur propre bureau dans le couloir le plus proche du service des urgences. Confortablement installée dans le fauteuil pivotant, les jambes croisées sur la table, j'étudiai les clichés du crâne de Marisa à la lumière du plafonnier. Je les examinai deux fois de suite, puis une troisième, en allant les placer devant le négatoscope de la salle de fractures. Je les accrochai côte à côte, les comparai au diagnostic d'admission mentionné sur la fiche cumulative, puis à l'interprétation du scanner par le radiologue. Une main glacée me serra brusquement le cœur.

— Bonté divine, murmurai-je, qu'est-ce que c'est que ça ?

7.

Schéma particulier d'épanchement sanguin

De retour dans le petit bureau, assise dans la pénombre à la seule lumière du négatoscope, je composai de mémoire un numéro. Il était 10 heures et demie du soir, mais, à l'époque de la fac de médecine, Cam Reston était rarement au lit avant 2 heures du matin.

— Allô ?

La voix familière était tout ensommeillée, posée sur le bruit de fond d'un jazz langoureux.

— Je n'aurais jamais cru voir le jour où Cam Reston serait couché avant minuit.

— Rhea ? dit-il avec un plaisir manifeste. Rhea-Rhea Lynch ?

Je me calai dans le fauteuil et examinai mes chaussures tachées de sang — le sang du petit Cody.

— Comment ça va, Cam ?

— Cet internat est en train de m'achever ! Epouvantable... Je serais tiré d'affaire, aujourd'hui, si j'avais choisi les urgences, comme toi et John...

Si John avait effectivement entrepris cette spécialité, il l'avait ensuite abandonnée — et moi avec —, sous la pression de sa famille.

— Tu n'as plus le temps de faire la fête ? demandai-je d'un ton léger.

— C'est surtout que je n'en ai plus l'énergie.

Cam effectuait son internat au CHU de Duke, en neurochirurgie. Au terme de sept années de labeur éreintant, il serait sans doute l'un des plus éminents chirurgiens du pays.

— De plus, ma vie sentimentale s'est stabilisée, et je préfère nettement passer mes soirées avec ma dulcinée.

J'entendais effectivement une femme fredonner à mi-voix, aux accents du disque de jazz.

— Pas croyable ! Cam Reston, le play-boy de la fac de médecine, se serait finalement casé ?

— Consternant, n'est-ce pas ? Toutes mes anciennes chéries ont eu la même réaction ! Mais j'ai bel et bien la corde au cou, à présent. Et me voilà en train de ronronner avec la femme de ma vie dans un douillet petit nid d'amour.

— Je ne suis pas l'une de tes anciennes chéries, lui fis-je remarquer.

— Oh, mais si ! Je ne te l'avais jamais avoué, voilà tout. Que devient John ?

Je m'attendais à la question, mais n'en esquissai pas moins une grimace.

— John va très bien. Nous ne sommes plus ensemble.

— Aïe, Rhea... Tu as besoin d'en parler ?

— Je ne t'appelle pas au beau milieu de la nuit pour venir pleurer sur ton épaule, Cam.

— Tu pourrais, Rhea, si tu en avais envie. A n'importe quel moment du jour ou de la nuit.

Je savais qu'il était sincère, et le malaise que sa question avait provoqué se dissipa.

— Merci, Cam. En fait, je téléphonais pour te demander un service de nature très différente.

— Hmm, un appel professionnel, alors, dit-il d'un ton de regret factice. Moi qui espérais que tu allais me faire des avances... J'ai toujours eu un faible pour les femmes grandes et élancées. Et je me suis toujours demandé comment ça se passerait, entre nous.

— Tiens, c'est donc là notre nouveau Cam stabilisé, casé, domestiqué ?

— Domestiqué, oui. Mais pas décédé ! Il ne faut tout de même pas confondre...

— Je parie qu'elle est allée faire un tour aux toilettes ou dans la cuisine, dis-je d'un ton sarcastique.

Cam s'esclaffa.

— Revenons-en plutôt au service dont je te parlais, repris-je. Je voudrais te faxer le dossier d'une patiente, puis me connecter avec toi par ordinateur pour connaître ton opinion sur certaines radios. A mon avis, quelque chose a dû échapper à tout le monde.

Je décrivis le diagnostic d'admission aux urgences, et lui fournis quelques informations sur le dossier, sans préciser le nom de la patiente en question. Cam avait peut-être éprouvé une attirance passagère pour certaine femme élancée — comme pour la grande majorité des étudiantes, à l'époque — mais l'intérêt que lui inspirait Marisa n'avait rien eu de passager ou de superficiel. Il l'avait passionnément désirée ; et l'entendre dire aujourd'hui qu'il était enfin heureux avec quelqu'un d'autre signifiait qu'il avait parcouru bien du chemin. Je ne voulais surtout pas risquer de compromettre cette guérison de fraîche date.

Je pouvais effacer le nom de Marisa avec du blanc à gommer, avant de le faxer. Je tenais à ce que Cam examinât les faits de manière impartiale, avec une objectivité exempte de tout élément d'ordre émotionnel. Cam était doué d'une intuition exceptionnelle, en matière de diagnostic. S'il y avait autant d'anomalies que je le pensais dans le bilan de Marisa, il s'en apercevrait sans nul doute.

— Mon numéro de fax n'a pas changé, dit-il. Est-ce que tu l'as ?

— Oui, je l'ai.

— Envoie-moi ces documents ce soir, et je les examinerai demain matin. Quand puis-je te joindre sur MODIS ?

— Je suis de garde à partir de 7 heures du soir, pendant six jours. Je t'appellerai pour mettre ça au point.

— Et si tu changes d'avis à propos de nous deux...

Sa voix s'estompa de façon suggestive.

— Bonne nuit, Cam, dis-je avant de raccrocher.

Je rallumai la lumière du plafonnier, et étudiai le manuel concernant MODIS. Il s'agissait d'un nouveau système de liaison informatique permettant aux petits hôpitaux ruraux de la région d'envoyer des copies de radios aux CHU de Duke, de Charlotte ou de Charleston, et de converser en temps réel avec le spécialiste de leur choix. Le système nécessitait une caméra vidéo, un négatoscope, un scanner, un micro, des amplificateurs et tout l'attirail informatique habituel. Mais comme l'avait dit Bev La Paresse, il avait l'avantage de ne présenter aucune réelle difficulté d'utilisation.

La salle des urgences était déserte, quand je la traversai, quelques instants plus tard. Munie des radios et de la fiche médicale de Marisa, je gagnai ma chambre de garde avec mes vêtements souillés de sang. Je ne dormis pas beaucoup, cette nuit-là. Entre deux patients, je réussis à prendre une brève mais revigorante douche bien chaude.

Grâce à l'obligeante complicité de Trish, je réussis également à obtenir le dossier complet de Marisa, que je m'empressai de photocopier en masquant le nom de mon amie partout où il apparaissait. Puis j'envoyai le tout à Cam, par fax. Il fallait espérer que son imprimante ne manquait pas de papier : un rouleau entier serait nécessaire.

Après avoir rapporté l'original au bureau central, j'étudiai le dossier mot à mot, jour après jour, en le comparant aux radios, sur le lit de ma chambre de garde, entre deux appels. Cet examen ne fit qu'accroître mes inquiétudes. Trop d'incohérences apparaissaient entre la fiche cumulative et le dossier, entre les interprétations du scanner initial et les conclusions tirées de la seule observation des symptômes.

Apparemment, Marisa avait été admise à l'hôpital par le Dr Percy Shobani, en dépit des protestations indignées de son médecin personnel, le Dr Bryars. Comment comprendre ce brusque changement de praticien ? Jamais il n'y avait eu le moindre conflit, personnel ou professionnel, entre Steven et Douglas Bryars. Les soins prodigués à Marisa par ce dernier avaient toujours été satisfaisants — du moins, à ma connaissance ; et dans un hôpital tel que le nôtre, tout le monde était rapidement au courant à la moindre anicroche.

Shobani ne jouissait d'aucune formation particulière qui pût expliquer cette prise en charge. Plus étrange encore : personne n'ignorait que Braswell et Shobani entretenaient des relations désastreuses depuis plusieurs mois… Décidément, pour quelle fichue raison Steven avait-il subitement décidé de lui confier sa femme ?

D'ordinaire, un médecin lit le dossier du patient traité par un confrère en se référant aux remarques consignées par ce dernier, et en les comparant au diagnostic officiel. J'allai beaucoup plus loin que cela, et creusai bien davantage. Je comparai les résultats des analyses et les symptômes de Marisa, ainsi que les observations des infirmières et les remèdes administrés, au traitement appliqué par Steven et Shobani.

Je découvris des anomalies par dizaines — toutes sortes de détails apparemment contradictoires.

Lors de son admission aux urgences, Marisa présentait une tuméfaction de la région péri-orbitale gauche. Elle tenait des propos incohérents et semblait particulièrement agitée. Des examens avaient été prescrits, et un scanner devait être effectué par le Dr Russel, l'unique radiologue du comté.

Steven ayant demandé un scanner à contraste — qui consiste à injecter dans les veines du patient un produit permettant de mieux voir les détails, à mesure que ce fluide circule dans le sang —, le Dr Russel préféra remettre cette recherche à plus tard, optant pour une radio plus élémentaire — une tomographie à coupes multiples. Il estimait que si Marisa avait été victime d'un accident ischémique, on pouvait dissoudre un caillot éventuel par urokinase ou TPA — de puissants anticoagulants utilisés notamment en cas d'infarctus. En revanche, il fallait à tout prix éviter une interférence avec d'autres traitements — l'injection du produit de contraste risquant de provoquer une hémorragie.

Certes, le résultat souffrait d'imperfections ; en règle générale, ce type d'examen, pratiqué par tranches de dix millimètres, ne pouvait rien détecter en deçà de ces dix millimètres. On pouvait éventuellement apercevoir une ombre, ou un morceau de quelque chose — comme on pouvait très bien ne pas les voir. Néanmoins, c'était l'examen le plus couramment prescrit — celui pour lequel j'aurais moi-même opté, si j'avais été là.

Le scanner avait été pratiqué juste au-dessus de l'axe du méat orbital, pour préserver les yeux des radiations. Jusque-là, tout était normal. Voici ce que disait le premier compte rendu de Russel :

« On remarque un changement hémorragique dans le lobe frontal, consistant en une hémorragie sous-arachnoïdienne accompagnée d'une hémorragie sous-durale ; un schéma particulier d'épanchement sanguin évoquant l'existence d'un traumatisme. D'autres scanners de l'orbite dans l'axe de la voûte palatine à des incréments d'un millimètre seront nécessaires. »

A ce moment de ma lecture, je marquai une pause. *Un schéma particulier d'épanchement sanguin...* C'étaient, presque mot pour mot, les termes employés par Russel à propos du blessé non identifié que j'avais examiné un peu plus tôt. Songeuse, je repris le dossier de Marisa. Il n'était nulle part question d'os brisé au niveau du sinus — une esquille qui aurait pu percer l'enveloppe du cerveau, provoquant ainsi une fuite de liquide céphalo-rachidien. Cet os brisé, je m'attendais pourtant à le voir… Je l'espérais presque, dans la mesure où il aurait alors été possible d'agir, et de la soigner... Déroutée, je fermai brièvement les yeux.

A partir de là, le cas avait été confié à Shobani. Son diagnostic était le suivant : « Hémorragie sous-arachnoïdienne et sous-durale typique. » En d'autres termes, un accident cérébro-vasculaire — une attaque. Il ne mentionnait pas le scanner de l'os et des tissus entourant l'œil endommagé, le *scanner supplémentaire de l'orbite dans l'axe de la voûte palatine* prescrit par son confrère. Aucune explication non plus du *schéma particulier d'épanchement sanguin.* Il n'y avait pas de compte rendu final de Russel sur ce qu'il avait découvert. Et aucune mention de traumatisme dans le diagnostic définitif...

Du reste, où était donc le diagnostic définitif ? Je ne l'avais pas vu, dans la fiche cumulative que Bess m'avait remise. Il avait disparu. Je me demandai ce que Steven pouvait bien fabriquer dans le service de radiologie, le soir où il avait frappé la technicienne. Etait-il en train de chercher ce document ?

J'élevai les clichés vers la lumière, et les examinai un par un. L'irrégularité des saignements aurait échappé à la plupart des généralistes ; et même à bien des médecins des urgences. Mais, en fait, l'étude et l'interprétation d'un scanner relèvent plus de l'art que de la science. Il existe des dizaines de types d'appareils — chacun ayant ses propres caractéristiques et ses bizarreries.

Je notai qu'il faudrait demander à Bev de me chercher le compte rendu final du scanner. Je notai aussi que je devrais attirer l'attention de Cam sur le *schéma particulier d'épanchement sanguin*, et me demandai si je pourrais m'arranger pour y faire allusion dans une conversation avec Russel. Cette formulation me préoccupait.

D'autres détails me préoccupaient également — notamment, les horaires. L'ambulance avait amené Marisa peu avant 6 heures du matin, heure à laquelle Steven Braswell venait habituellement me relayer. Si je n'étais pas partie en congé la veille, je me serais trouvée là.

Le téléphone de ma chambre de garde sonna, et Ashlee m'annonça que j'avais un patient. Je laissai les clichés éparpillés sur le lit, mis les documents sous mon bras et m'engageai dans le couloir, plongée dans mes réflexions. Il me fallait une table, pour que je puisse y étaler ces papiers. C'était indispensable. Trish pourrait peut-être m'en trouver une. Je devrais me faufiler en dessous pour aller du lit à la porte, mais le jeu en valait la chandelle.

Le patient en question fut l'un des nombreux avatars propres à une longue nuit d'allées et retours aux urgences. On me payait pour faire ce travail, bien sûr, mais je ne pouvais m'empêcher d'être indignée qu'on nous tirât du lit pour des bobos ridicules — telle cette piqûre d'insecte. Qu'est-ce que cet homme attendait de moi ? Cela démangeait : et alors ? Ce n'était pas une piqûre d'araignée. Elle n'était pas infectée.

— Attendez. Ça passera, lui dis-je.

L'homme n'apprécia guère mon manque de compassion et, sous prétexte que je lui refusais l'arrêt maladie qu'il sollicitait, partit furieux.

Je vis également deux enrhumés qui auraient pu se soigner avec des remèdes courants, une bonne tisane et une longue nuit de sommeil. Je leur donnai de l'aspirine, un sirop pour la toux, et les renvoyai chez eux.

Il y eut deux lycéennes affolées parce que leurs petits copains avaient attrapé la chtouille. Je leur prescrivis un traitement et les mis en garde contre le sida et les MST. Elles repartirent la tête basse — comme les deux garçons, quelques heures plus tôt.

Je soignai un cow-boy avec deux orteils cassés — son cheval lui ayant malencontreusement posé le sabot sur le pied. Ce patient-là devait souffrir le martyre, lui. Je lui donnai des antibiotiques, un antalgique et lui adressai quelques paroles de réconfort. Je n'étais pas aussi dénuée de compassion qu'il paraissait.

Il y eut une femme battue de trente-neuf ans, empêtrée dans ses problèmes conjugaux, édentée et le visage tuméfié, dont l'époux violent attendait dans le hall. Elle refusait pourtant de porter plainte, ce que les lois de la Caroline du Sud m'interdisaient de faire à sa place. Jamais je ne réussis à la convaincre, et je dus la renvoyer dans son foyer, avec son salopard de mari.

Dans les intervalles, je poursuivis ma lecture des informations médicales concernant Marisa, et allai chercher dans ma voiture les exemplaires d'anciens journaux qu'on m'avait donnés, au *Herald*.

Je vis dans le dossier de mon amie, listées par les infirmières de service le jour de son admission, toutes sortes de symptômes dont Shobani ne faisait état nulle part. Ces femmes indiquaient notamment que Marisa, bien que réactive à la douleur, était incapable de répondre à des questions élémentaires, ne parvenait pas à s'orienter et ne pouvait obéir à des instructions simples. Curieusement, tous ses examens neurologiques étaient normaux — chose inhabituelle chez une victime d'accident cérébral —, mais elle tenait des propos incohérents. Elle manifestait une agitation et une anxiété extrêmes ; un liquide séreux coulait goutte à goutte de sa blessure au-dessus de l'œil. Elle s'accrochait désespérément à la main de l'infirmière, qui avait finalement dû lui administrer un calmant.

Shobani avait prescrit du Haldol — un remède habituellement réservé aux malades âgés souffrant de crises d'angoisse. Pourquoi Haldol plutôt qu'Ativan, par exemple ? En l'occurrence, il aurait été plus logique de prescrire un médicament dénué d'effets secondaires. Marisa semblait pourtant s'être finalement calmée, et les infirmières avaient pu s'occuper d'elle. Je rédigeai un pense-bête pour demander à Cam ce qu'il penserait de tout cela.

Je parcourus ensuite, dans les anciens journaux, les articles concernant l'agression de l'enseignante, après le match de football. Chacun de ces papiers insistait pesamment sur la tentative de viol, regorgeant de commentaires délirants sur l'état lamentable du pays, la délinquance, les libérations conditionnelles qui laissent les prisonniers sortir beaucoup trop tôt. En revanche, les détails sur les faits étaient parcimonieux, et je n'en appris guère plus que ce que Bess m'avait dit. Le nom du comparse n'était pas mentionné, car il s'agissait d'un mineur, mais celui d'Eddie Braswell — « fils d'un éminent praticien local » — était en revanche abondamment cité.

Sans aller jusqu'à la violation du secret d'un casier judiciaire d'adolescent, quelqu'un avait laissé filtrer assez d'informations pour que les difficultés passées du garçon pussent être lues en filigrane : les arrestations répétées d'Eddie, sa toxicomanie (évoquée à travers ses tentatives avortées de désaccoutumance), auxquelles s'ajoutaient les déclarations d'un flic qui l'avait ramené au domicile — en piteux état et prétendant qu'on avait volé sa voiture —, après une fugue d'une semaine. Je me demandai pourquoi Marisa n'avait jamais évoqué les problèmes de son beau-fils, à l'époque, lors de nos longues conversations téléphoniques hebdomadaires. Etais-je donc si absorbée par mon internat et ma vie avec John dans l'Ohio, qu'elle eût hésité à m'en parler ?

De plus en plus troublée, je me plongeai de nouveau dans le dossier médical. Durant ses premières heures en soins intensifs, le pouls de mon amie était tour à tour précipité et très lent, sa tension présentant la même instabilité. Sa température était montée à près de 40. Shobani avait bien prescrit une numération globulaire, qui indiquait un nombre de globules blancs supérieur à celui qu'elle avait lors de son admission, avec une polynucléose révélatrice d'un état infectieux. Toutefois, s'il avait prescrit des piqûres d'antibiotiques, il n'avait pas demandé d'hémoculture. Or, Percy avait toujours eu un faible pour les hémocultures : il en prescrivait même dans des cas où d'autres médecins auraient simplement bourré le patient d'antibiotiques sans approfondir les recherches.

Songeant à l'arrestation d'Eddie, je décortiquai le dossier pour vérifier s'il avait été question d'un viol — ou si elle avait subi un examen à ce propos. Mais il n'était question de cela nulle part.

Le lendemain de l'arrivée de Marisa à l'hôpital, Steven avait donné des instructions très strictes pour interdire les visites ; toutes les visites, mais plus particulièrement celles d'Eddie et de la tante Dee Dee, qui travaillait à l'hôpital. En fait, Marisa n'avait plus d'autre famille que cette parente, depuis le décès de ses père et mère. Sur mon pense-bête, je notai d'interroger les infirmières de service ce jour-là, sur les raisons de cette interdiction de visites.

J'avais toute une liste de questions sans réponses. Et mon amie continuait de végéter. Chaque fois que je fermais les yeux, je voyais les siens, vides et hagards. Je voyais aussi Eddie Braswell et son comparse en train de l'agresser, de la frapper. Je frémissais de rage impuissante.

Eddie adorait Marisa, quand elle avait épousé son père. L'été qui avait suivi ma première année de médecine, j'avais passé quelques semaines avec eux, à la ferme des Stowe. Ce séjour m'avait ramenée au bon vieux temps de notre adolescence, quand nous chevauchions à travers champs et flirtions avec les garçons du pays, tandis que miss Dee Dee nous enseignait l'équitation, les règles du savoir-vivre, le choix des vins et le maniement du fusil. Cet été-là, Eddie suivait partout sa belle-mère, conquis et ébloui. Je voyais encore ses petites jambes maigrelettes rebondir sur les flancs du cheval, lors de nos randonnées champêtres. Son visage rayonnait de joie. Que s'était-il passé, depuis lors ? Au nom de quoi se serait-il mis à la détester à ce point ?

D'après les explications portées au dossier, la tuméfaction autour de l'orbite gauche de Marisa n'était apparue que le second jour d'hospitalisation. Les contusions autour des poignets et des chevilles avaient été observées par les infirmières le même jour. *Poignets et chevilles...* L'avait-on maintenue de force en position allongée ?

J'avais parcouru les comptes rendus sur l'agression du professeur d'Eddie : aucun ne mentionnait de contusions aux poignets ou aux chevilles. Mais je pouvais chercher le nom de la victime dans le registre des urgences, et demander à Trish de me donner son dossier. Les observations du médecin me renseigneraient peut-être... Le tout était de savoir si j'oserais de nouveau demander à consulter un dossier sans la moindre raison médicale. Dans un accès de bravoure — ou de désespoir — j'appelai Trish et la priai de me confier le dossier en question.

Vers l'aube, je m'autorisai un petit somme, troublé hélas par un cauchemar. Un cauchemar récurrent depuis l'enfance, dans lequel je nageais sous l'eau en essayant vainement de regagner la surface. Je me réveillai oppressée, haletante et trempée de sueur, comme lorsque j'étais petite. A l'époque, je savais déjà que ces rêves étaient liés à ma mère — à cette sensation de suffoquer que j'avais, quand elle buvait.

En fac de médecine, ce rêve venait me visiter dans les périodes d'examens, lorsque j'étais stressée et surmenée. Aujourd'hui, c'était dans les moments d'angoisse et de solitude qu'il faisait ses apparitions. Ma mère n'était plus de ce monde. John et moi étions séparés. Je n'avais plus de famille nulle part. Je n'avais plus que mon amie Marisa, et peut-être sa tante Dee Dee.

Mais je n'avais même plus Marisa, à présent. Je pris conscience, en repoussant le drap au sortir de ce rêve, tout comme si j'essayais de me libérer du poids de l'eau qui m'étouffait, que j'étais vraiment seule, désormais. Et peut-être pour toujours.

Je consultai ma montre à la lumière de la torche de Mark, et laissai retomber ma tête sur l'oreiller. 5 heures et demie du matin. J'étais de garde jusqu'à 7 heures. Je me tournai sur le côté, en chien de fusil, et, bien qu'ébranlée par le cauchemar, sombrai cette fois dans un profond sommeil.

Je me réveillai en sursaut. Des voix, et le vrombissement d'un compresseur derrière ma porte, m'avaient arrachée au sommeil. Ma chambre spartiate n'avait pas de fenêtre, mais deux issues — l'une donnant dans la pièce elle-même, et l'autre reliant la salle d'eau au couloir. A l'extérieur, les deux formaient un angle droit, juste à côté du département de chirurgie générale. Un marteau commença à s'acharner contre le mur de la chambre, et les vibrations se répercutaient jusque dans mon lit. Grâce à un rai de lumière provenant de l'imposte, je pus lire l'heure sur ma montre : 6 h 40.

Un peu sonnée, je me levai et me débarrassai de ma blouse, propre mais toute froissée — ma seconde blouse en douze heures. Il m'était arrivé d'en changer jusqu'à cinq fois en une nuit. Sans allumer le plafonnier, j'enfilai mon T-shirt et mon pantalon de survêtement de la veille. Puis je passai un peigne dans mes cheveux, que je portais courts depuis ma première séparation avec John. A l'époque, je n'avais pas éprouvé plus de regrets à sacrifier ma magnifique chevelure qu'à rompre avec l'ensemble de ma future belle-famille, autoritaire et misanthrope, regroupée en un prospère cabinet médical de Charleston.

Quelle grimace mon ex-fiancé avait faite, en voyant ma nouvelle coiffure ! Moi, j'étais ravie par cette coupe naturelle et un peu sauvage, dont le seul inconvénient, au réveil, était de parsemer mon crâne d'indomptables épis. Je me mouillai légèrement les cheveux et disciplinai de mon mieux cette tignasse ébouriffée, fourrai ma trousse de toilette dans mon sac de voyage, et ôtai les draps, pour faciliter le travail des femmes de ménage.

Quand je fus prête à affronter le monde, un vacarme assourdissant semblait en avoir pris possession. Je déverrouillai la porte et passai la tête dans le couloir du service de chirurgie. Sous l'éclairage cru de quelques projecteurs, un véritable chaos s'offrit à ma vue, dans un nuage de poussière. La plupart des cloisons étaient démolies, et des monceaux de plâtre, des débris de briques et de bois, jonchaient le sol.

Le bruit d'un marteau piqueur résonnait dans ce qui avait été la salle d'orthopédie. Il y régnait un fracas à réveiller un mort — expression de circonstance, puisqu'une brèche dans le mur donnait à présent sur la morgue, à l'autre bout de la salle. La pièce de stérilisation, où serait placé l'autoclave, était en plein aménagement. La peinture gris clair séchait sur les murs, et les meubles de rangement attendaient dans un coin d'être disposés à leur place.

— Bonjour, docteur. On vous a réveillée ?

Un homme se tenait dans un coin de la pièce, assis à une table de fortune : une large plaque de contreplaqué soutenue par des tréteaux, couverte de plans roulés, de gants de travail et de divers outils — le tout recouvert d'une épaisse couche de poussière grisâtre. Au milieu de ce fatras, le quadragénaire trapu en jean et chemise à carreaux qui venait de m'adresser la parole, ses manches de chemise roulées sur des avant-bras musclés, paraissait presque impeccable.

— Ma foi, oui, avouai-je en bâillant et éternuant tout à la fois. Mais je quitte les lieux dans...

De nouveau, je consultai ma montre. Décidément, je n'avais aucune notion de l'heure, ce matin.

— Dans cinq minutes — donc, je n'ai pas à me plaindre. Depuis quand les travaux ont-ils commencé ? Mais au fait... n'est-ce pas samedi, aujourd'hui ? Il n'y a pas de règles syndicales, chez vous ?

— Nous avons entrepris cette tranche de démolitions il y a cinq jours, et nous les terminons ce week-end. Vous avez donc échappé au bruit.

J'avais « échappé au bruit », disait cet homme ! Je n'osai imaginer quel tumulte avaient pu causer ces travaux...

— Nous avons des délais stricts à respecter, continua-t-il, et nous travaillons sept jours sur sept. Demain, nous allons nous attaquer à la plomberie et au circuit électrique — ce qui pourra entraîner quelques désagréments dans l'utilisation des toilettes, le cas échéant.

Cela promettait d'être amusant. Je bâillai derechef et hochai la tête en lisant le nom de mon interlocuteur sur un badge accroché à son col : Matt Childers, chef de chantier.

— Nous devons terminer cette partie-là en un mois, et attaquer ensuite les salles de chirurgie générale. Nous allons donc vous gêner jusqu'au mois de mars. Je verrai avec le service des urgences s'il semble nécessaire de vous déplacer pour quelques jours. Dites-moi, combien de médecins utilisent la chambre de garde ?

— Pour les quelques jours à venir, je suis la seule et unique.

Plus que la rangée de dents chevalines que me fit découvrir son sourire radieux, c'était la jovialité de Matt Childers qui me perturbait, d'aussi bon matin.

— Alors, venez me voir, le matin, et je vous dirai quels travaux sont prévus pour la journée. Pour le moment, sachez que nous avons condamné la chirurgie générale, au bout du couloir, et qu'on ne peut entrer que par l'autre côté. A part ça et les problèmes de plomberie et d'électricité, tout est O.K.

Il me gratifia d'un nouveau sourire. Même à 7 heures du matin, ce type-là aimait son boulot.

— Oh ! Et les verrous ont été posés du mauvais côté dans une demi-douzaine de salles — un défaut de fabrication. Si vous allez faire un tour par là-bas, ne fermez aucune porte derrière vous. Le verrouillage est automatique, et vous pourriez rester bloquée à l'intérieur.

J'acquiesçai sans un mot et m'étirai légèrement, les yeux de Matt rivés à ma poitrine contre laquelle ce mouvement faisait danser le stéthoscope. La plupart des hommes avaient le même genre de regard, dans ces circonstances. Matt était pourtant plus excusable que ses congénères, dans la mesure où sa tête m'arrivait à peu près au niveau des seins.

— Merci, c'est gentil, dis-je, soucieuse d'observer un minimum de politesse avant de quitter son champ de vision.

Je me dirigeai vers les urgences, saluant brièvement médecins et infirmières au passage. Après une nuit de garde, je n'étais certes pas très communicative. L'hôpital reprenait vie chaque jour dès 4 heures du matin, et j'étais apparemment la seule à cligner encore des yeux. Une longue journée m'attendait, où j'aurais tout loisir d'étudier le dossier de Marisa.

C'était aujourd'hui, normalement, que nous devions aller faire des courses à Charlotte, elle et moi. J'avais freiné des quatre fers, lorsqu'elle m'avait pratiquement imposé ce projet. Que n'aurais-je donné pour que nous passions la journée ensemble, à présent...

Quel que soit le moment où il était préparé, le café de l'hôpital avait toujours un goût de goudron. De goudron frais, peut-être — mais de goudron tout de même. Telles étaient les réflexions que je me faisais lorsque Ashlee apparut par-dessus le bord de mon gobelet.

— Il est là ? demandai-je, faisant allusion à Steven Braswell.

Elle fit signe que oui et tendit le cou pour me parler.

— Il est arrivé il y a dix minutes, et il s'est aussitôt enfermé dans son bureau.

— Est-ce qu'il avait l'air agréable ?

— Disons qu'il ne s'est pas rué sur moi pour m'arracher les yeux avec les dents...

Je pris le dossier que Trish m'avait préparé. La patiente qu'Eddie et son comparse étaient accusés d'avoir agressée s'appelait Amelia Deere. Je parcourus la liste de ses blessures, en m'intéressant surtout aux contusions. Elle n'en avait pas aux chevilles, mais les deux poignets, les avant-bras, les cuisses et le torse étaient tuméfiés. Le souvenir d'Eddie se faufilant dans la pénombre du couloir, le jour où j'avais rendu visite à Marisa, me causa un sentiment de malaise. Comment pouvait-on le laisser entrer dans la maison ? Puis je me souvins de la porte reliant le garage au bureau de Steven : peut-être passait-il par là, auquel cas miss Essie ne savait rien de sa présence ?

Un homme pénétra dans le hall. Il perdait du sang, et un enfant au visage hagard le tirait par la main. Je sortis par le sas des ambulances dans l'air froid du matin. Ce patient était pour Steven. Ma nuit de garde était terminée.

Instantanément, l'air glacé me rappela mon cauchemar — cette impression d'humidité suffocante. Privée de mon épais polo molletonné, je claquais des dents. Je décidai pourtant de filer en vitesse voir Marisa, avant l'arrivée de l'infirmière, sans perdre de temps à passer chez moi pour m'habiller plus chaudement. Je conduisis à toute allure jusqu'à la maison, pris ma petite sacoche noire et abandonnai mon grand sac sur le siège du passager, verrouillai les portières de la voiture et traversai le bois en courant.

Essie, toujours impeccable, un grand châle mauve posé sur une robe-tablier à rayures, vint m'accueillir à la porte du fond.

— Entrez vite vous réchauffer, missy docteur Rhea. L'infirmière a appelé pour dire qu'elle serait en retard.

La cuisine m'enveloppa aussitôt. Comme le reste de la maison, elle était décorée dans des teintes claires avec quelques touches de vert pastel — les coloris favoris de Marisa.

— Je vous ai déjà dit qu'il faut porter un soutien-gorge, missy Rhea. Visez-moi ça : on croirait les *Twin Peaks* de ce feuilleton que missy Marisa suivait, le mois dernier… Moi, ça me plaît pas du tout, ces histoires. On voit plus que des horreurs, à la télé, de nos jours !

Je jetai un coup d'œil sur mon T-shirt. « L'effet *Twin Peaks* » dont parlait Essie était sans doute dû au froid... Mais les conditions climatiques ne justifiaient pas qu'on ait l'air d'une fille légère, pour cette vieille dame qui disait toujours ce qu'elle pensait, quitte à empiéter sur votre vie privée. Et lorsque j'avais à essuyer ses remontrances, elle omettait délibérément de m'appeler docteur : je n'étais plus que « missy Rhea », alors.

— Ne vous inquiétez pas, miss Essie, j'en mettrai un sitôt rentrée chez moi, dis-je d'un ton conciliant.

— C'est une honte de se balader comme ça ! C'est écrit dans la Bible, qu'une fille doit être modeste et vertueuse, si elle veut pas finir mal.

Essie ronchonnait et traînait les pieds plus que d'ordinaire, ce matin. Je remarquai aussi qu'elle tiraillait nerveusement les franges de son châle, un geste que je ne lui avais pas vu depuis l'agonie de M. Stowe, le père de Marisa. Aussitôt, le pressentiment de quelque chose d'anormal m'étreignit le cœur.

— Miss Essie, qu'est-ce qu'il y a ? Est-ce que c'est Marisa ?

Les yeux sombres de la vieille femme lancèrent des éclairs.

— Bien sûr, que c'est Marisa ! Ma petite qui bouge pas plus qu'un cadavre, M. Steven qui perd la boule et dort plus et picole à se rendre malade... Et miss Dee Dee et ce pauvre Eddie qu'ont plus le droit de mettre les pieds ici, et vous qu'êtes jamais d'accord avec M. Steven ! Et vous venez me demander si y a quelque chose qui cloche ?

Je m'approchai de la chambre de Marisa. La porte était close, et je posai la main sur le panneau de bois sombre.

— Steven s'est mis à boire ?

Je me remémorai ce relent d'alcool dans son haleine, à demi masqué par l'odeur d'une pastille mentholée.

— L'a pratiquement sifflé toutes les bouteilles du petit salon… Il marche toutes les nuits dans les couloirs, en parlant tout seul. On dirait que le bonhomme arrive plus du tout à dormir.

— Et Eddie ? demandai-je.

— Ils se sont disputés, son père et lui. Ça a bardé, ce jour-là ; le gamin est parti en claquant la porte. M. Steven m'a dit de plus le laisser rentrer. L'a flanqué ses habits par la fenêtre, comme on fait chez les Blancs des bas quartiers...

Elle laissa sa phrase en suspens, les doigts entortillés dans les franges du châle.

— Comme si je pouvais empêcher ce pauvre gosse de venir chez lui…

— Quand se sont-ils disputés, Essie ?

— Quand il a ramené ma petite à la maison.

Elle me jeta un regard inquiet.

— Vous l'avez vu, la première fois où vous êtes passée ici, hein ? J'ai laissé le pauvre gamin entrer pour prendre ses affaires — tout ce que son père avait pas fichu dehors. Je prends soin du garçon tout comme de vous et de ma petite.

Je souris à la vieille femme. Son visage sombre s'affaissait, marqué de rides de chagrin. Son regard était à la fois douloureux et farouche.

— Puis-je la voir ?

— Elle dort. C'est tout ce qu'elle sait faire, maintenant. Elle reste assise, les yeux dans le vide. Elle mange si on lui donne la becquée. Elle salit ses couches et urine par ce tuyau relié à une poche, qu'ils lui ont mis.

Elle leva les yeux sur moi — deux prunelles marron sur le globe d'un blanc jaunâtre.

— Vous sauverez ma petite, missy docteur Rhea ? Vous allez sauver ma Risa ?

Je la pris dans les bras et l'étreignis de toutes mes forces, ma sacoche appuyée contre son dos osseux. Je n'étais pas d'un naturel démonstratif, mais Essie m'inspirait des élans d'affection.

— J'ai son dossier et ses radios, miss Essie. Et il y a un autre médecin, au CHU de Duke, qui accepte de l'examiner. J'essaie, murmurai-je contre ses cheveux gris. Je fais tout mon possible.

— Il faut vous dépêcher, vous savez.

Elle se dégagea et me regarda dans les yeux.

— Elle est en train de mourir. Je le sais.

J'avais appris depuis longtemps à écouter l'avis des gens comme elle, des personnes âgées qui pensent juste et semblent savoir des choses qu'ignore le commun des mortels. Les plus vieux sentent l'odeur de la mort — comme l'approche de l'automne, ou l'arrivée de la neige. Certains médecins dédaignent cette parole et se fient à leur seule science. Moi, j'en tenais toujours compte.

— Je serai peut-être obligée d'emmener Marisa à l'hôpital, Essie, pour la soumettre à d'autres examens ; des scanners des os de la tête, qui auraient dû être faits pendant son hospitalisation. Mais il faudra que ce soit quand Steven n'est pas là. Je pourrais m'attirer des ennuis, en la soignant sans l'autorisation de son mari. De graves ennuis. Et si je la fais sortir d'ici à l'insu de Steven… Eh bien, ce sera comme un enlèvement, miss Essie. C'est parfaitement illégal. Et je ne pourrai pas le faire toute seule.

Le large sourire dont elle me gratifia révéla un dentier d'une blancheur éclatante.

— Vous me prévenez à l'avance et je vous aiderai. Je la porterai par les pieds.

L'écho de mon propre rire, comme je m'esclaffai malgré moi, me fit presque sursauter. Depuis quand n'avais-je pas ri ainsi ?

— Marché conclu, miss Essie. J'espère qu'en cas de pépin, on nous jettera dans la même geôle.

Nous rîmes ensemble, puis elle reprit son sérieux.

— Quand vous voulez venir, surveillez la maison avec le petit télescope que M. John vous a donné. Vous voyez ce pot de fleurs, sur le bord de la fenêtre ? Ces fleurs jaunes que missy Risa m'a offertes pour mon anniversaire, l'année dernière ?

Elle désignait un pot de jonquilles qui semblaient concentrer la lumière du soleil.

— Quand la voie sera libre, je l'enlèverai. Pas de fleurs, ça veut dire que vous pouvez venir.

L'espace d'une seconde, miss Essie m'apparut sous les traits d'une miss Marple version sudiste.

— Entendu : je surveillerai le pot de fleurs. Ce sera notre code secret. A présent, je voudrais la voir, s'il vous plaît, miss Essie.

J'écartai gentiment la vieille dame et pénétrai dans la chambre. Marisa était couchée en chien de fusil, la tête et le dos calés contre des oreillers. Le sommeil relâchait les muscles de son visage, et un filet de salive coulait sur sa joue. Je pris un mouchoir de papier sur la table de nuit pour l'essuyer, puis le jetai dans la corbeille, où il rejoignit d'autres mouchoirs utilisés de même par Essie.

Marisa respirait profondément, en soufflant l'air par la bouche. Je lui pris le pouls, la tension et la température. Hormis une légère fièvre (38,4°), tout paraissait normal. Je contrôlai ensuite ses réflexes qui, du côté droit, étaient un peu plus lents que la dernière fois. Le médecin que j'étais consigna rapidement toutes ces observations, puis c'est le regard de l'amie que je portai sur la jeune femme. Essie avait raison. Il y avait quelque chose de différent, ce matin. Un changement que je n'aurais su définir — sinon qu'elle avait besoin d'un bon bain.

L'odeur était nauséabonde ; son haleine, ses couches, son corps — toujours si frais et délicatement parfumé — empestaient littéralement. Je savais qu'Essie n'avait pas la force de la déplacer pour la changer, et je ne pouvais en aucun cas le faire moi-même. Si l'infirmière la trouvait propre en arrivant, elle pourrait croire que Steven s'était chargé de la toilette de sa femme avant de partir, et l'en remercier. Celui-ci ne serait pas long à découvrir la vérité : seules Dee Dee ou moi pouvions prendre ce genre d'initiative.

Pour quelque raison que je m'explique mal, et que j'attribuerai à l'intuition, je relevai la chemise de Marisa, écartai la couche et examinai le bas de ses reins. La peau était d'un blanc terreux, et ramollie par le manque d'exercice. Une longue égratignure, pas très profonde et déjà presque cicatrisée, barrait la fesse gauche en diagonale.

Le cœur battant un peu plus vite, je remis la chemise en place et remontai le drap sur le corps de mon amie.

— Miss Essie, si vous constatez un changement, aujourd'hui, si elle se met à respirer avec de longues pauses entre deux inspirations, si son pouls ralentit ou semble se dérégler, si elle vomit ou si sa température augmente, appelez-moi tout de suite. Avez-vous une montre avec une trotteuse ?

— Je ne vois plus l'heure à ma montre, mes yeux sont trop vieux, missy docteur Rhea. Mais je sais reconnaître un pouls normal. Je m'occupe de cette petite depuis si longtemps... Je compterai dans ma tête. Je vais veiller sur elle, et je vous appellerai au moindre problème. Vous avez toujours votre portable ?

— Oui. Le numéro n'a pas changé.

J'entendis une voiture arriver dans l'allée, et consultai ma montre. 7 heures et demie.

— Vous l'emportez partout avec vous, hein ? Partez vite, maintenant. L'infirmière va frapper à la porte, et il faut pas qu'elle vous voie ici.

J'embrassai Essie et m'éclipsai sans attendre, refermant doucement la porte vitrée derrière moi. Le soleil pointait à l'horizon, quand je regagnai ma maison à travers le bois aux arbres dénudés. Et une épouvante indescriptible m'étreignait le cœur.

8.

Savoir-vivre et problèmes particuliers

Je trouvai un véhicule qui m'attendait dans l'allée, derrière la maison. Une longue limousine noire aux vitres teintées, dont le moteur ronronnait avec la précision huilée des automobiles bien entretenues — le genre de voiture qu'affectionnent les parrains mafieux ou les souteneurs. Sa propriétaire n'exerçait pourtant aucune activité illégale, bien que nous l'eussions souvent taquinée là-dessus, Marisa et moi.

C'était miss Dee Dee.

Je ralentis le pas et soupirai. J'avais projeté d'aller rendre visite à ma bienfaitrice un peu plus tard, dans l'après-midi, pour l'interroger sur Marisa. Le fait qu'elle m'eût devancée signifiait que j'avais trop attendu. Elle ne plaisantait pas avec les convenances, et tenait à ce que Marisa et moi nous conformions scrupuleusement aux règles de savoir-vivre de la bonne société.

J'étais trop redevable envers Dee Dee — tant sur le plan personnel que professionnel — pour me permettre la moindre désinvolture à son égard. Elle avait entièrement financé mes études par des prêts à long terme que je devais lui rembourser plus tard, une fois ma situation bien établie.

Je pris mon grand sac fourre-tout dans la voiture, et frissonnai dans l'air froid du matin. La limousine démarra et vint s'arrêter à ma hauteur. Dee Dee en sortit à son tour, vêtue d'un tailleur Chanel dont le lainage noir rehaussait l'éclat de ses perles. Le sautoir était un bijou de famille — des perles fines rapportées d'Asie par le capitaine James Stowe, au début du siècle précédent. Elle s'en séparait rarement.

— Vous voici de retour, dit-elle en s'approchant.

Je me penchai vers elle et l'embrassai sur la joue. Sa peau sentait la poudre de riz et le N°5 de Chanel.

— Avez-vous fait un agréable voyage, chérie ?

— Oui, aussi agréable que possible — compte tenu des circonstances.

Dee Dee fit claquer sa langue contre son palais.

— Vous avez donc finalement décidé de ne pas vous marier avec John ?

Elle levait sur moi ses yeux bleus — le même bleu porcelaine que ceux de Marisa — dont les années n'avaient pas terni l'éclat.

— Je crois que je vais rester dans la région jusqu'à l'expiration de mon contrat, miss Dee Dee. Et John trouvera une autre femme médecin à accueillir au sein du cabinet familial. Ce rôle-là ne m'intéresse pas.

Je regrettai aussitôt d'avoir donné un tour si brusque à mes pensées. Mais il est vrai que j'étais fatiguée. Fatiguée et comme imprégnée de l'odeur fétide de mon amie, qu'aucun parfum de luxe ne pouvait me faire oublier.

Dee Dee haussa imperceptiblement le sourcil. Elle escomptait vraisemblablement plus de raffinement de ma part. Je songeai à tout ce qu'elle avait fait pour moi, et tâchai de me dominer, m'efforçant d'adopter un ton plus approprié à la conversation.

— Je vous inviterais bien à entrer, miss Dee Dee, mais je n'ai pas eu le temps de faire le ménage, depuis mon retour, avant-hier soir. Peut-être pourrions-nous aller prendre un café quelque part ?

— Non, ma chère. J'imagine que votre nuit de garde a dû vous épuiser. Je me rendais moi-même à l'hôpital pour travailler, et comptais simplement passer vous dire un petit bonjour.

Elle leva la tête vers les branches nues des arbres. Dee Dee savait que nous empruntions le sentier à travers bois, pour nous retrouver chez l'une ou chez l'autre, Marisa et moi.

— Vous l'avez vue ? demanda-t-elle, une fêlure dans la voix.

— Oui. A l'instant, murmurai-je.

— Il vous a laissée entrer ?

Le regard bleu s'était embué.

— Non. C'est miss Essie qui m'a ouvert. L'infirmière était en retard.

Comme elle détournait légèrement la tête, j'eus envie de lui apporter un peu de réconfort.

— Est-ce que, de chez vous, vous pouvez voir la fenêtre de la cuisine, miss Dee Dee ? Si oui, sachez que dès que la voie sera libre, Essie en ôtera le pot de jonquilles pour nous le signaler.

— Oui, j'aperçois la fenêtre depuis la chambre d'amis. Je regarderai.

Dee Dee serra brièvement ma main glacée, le regard rivé vers le petit bois qui nous séparait de Marisa. Dans ses yeux, ce rideau d'arbres semblait dresser un obstacle qu'elle aurait volontiers pulvérisé. Est-ce que quelqu'un avait déjà regardé dans ma direction avec une telle intensité ? pensai-je, avec un petit pincement au cœur.

Dee Dee n'était pas femme à faire étalage de ses sentiments. Sa détresse était patente, pourtant. Elle inspira profondément et se redressa.

— Comment va-t-elle ?

Je redoutais de lui dire la vérité. Comment lui avouer que sa nièce adorée baignait dans ses excréments ? Bien sûr, Dee Dee était dotée d'un diplôme d'infirmière. Mais, depuis longtemps, son emploi à l'hôpital ne la confrontait plus aux émanations corporelles et à la maladie. Dee Dee ne manipulait plus que l'argent, à présent.

En effet, ses merveilleuses capacités à gérer sa fortune personnelle — un patrimoine atteignant des sommes astronomiques, auquel s'ajoutaient les biens légués par ses trois maris — avaient incité l'administration de l'hôpital à lui confier le budget de l'établissement. Ce choix, jusqu'ici, s'était avéré judicieux.

Devant mon silence embarrassé, elle pinça les lèvres et haussa les sourcils.

— Vous réfléchissez à la manière d'épargner une vieille dame fragile, c'est ça ? Allons, ma chère, n'oubliez pas que j'ai été affectée à l'aile des tuberculeux, jadis, ou encore au service psychiatrique. Je ne suis plus infirmière, mais je sais parfaitement à quoi ressemble une personne gravement atteinte. Je ne suis pas une novice qui risque de tourner de l'œil à la vue du sang ou des déjections.

Je battis des paupières et rougis imperceptiblement.

— Vous avez raison, miss Dee Dee, excusez-moi... En effet, Marisa ne va pas bien. Pas bien du tout.

Au loin, dans les bois, on entendait le grondement assourdi de motos tout-terrain.

Les yeux bleus de Dee Dee s'enflammèrent.

— Cet homme est en train de la laisser mourir ! Il ne faut pas le laisser faire.

— Steven ?

— Oui, Steven ! Il...

Elle se mordit doucement la lèvre inférieure, comme pour endiguer un flot de paroles. C'était là sa manière de réprimer toute réflexion incorrecte. Dee Dee ne se laissait jamais aller à proférer des insanités.

— Je suis préoccupée par le traitement qu'il fait suivre à Marisa depuis sa sortie de l'hôpital, reprit-elle, formulant plus délicatement ses critiques. Son instabilité caractérielle n'est un secret pour personne. J'espérais un peu qu'à votre retour...

Elle marqua une pause, cherchant ses mots.

— Je ne veux pas qu'elle meure, murmura-t-elle finalement. Vous devez la maintenir en vie. A tout prix.

— Je fais ce que je peux, miss Dee Dee, répondis-je en serrant sa main dans la mienne. Pourquoi ne pas m'avoir appelée, à la montagne ? J'aurais accouru immédiatement ! Pourquoi avoir attendu mon retour ?

Cette question m'obsédait depuis le début, depuis le moment où j'avais découvert Marisa dans cet état lamentable.

— Au début, je n'ai pas songé à remettre en cause le traitement prescrit par ce Shobani, dit-elle. Ensuite, j'ai été prise au dépourvu. C'est moi que miss Essie a appelée, quand elle l'a trouvée ainsi, vous savez ? Pas Steven — moi. Et je crois que Steven m'en veut pour cela. Il n'apprécie pas que nous ayons continué à être si proches l'une de l'autre, après leur mariage.

— Je ne savais pas, dis-je en réprimant un frisson.

Je croisai les bras sur mon T-shirt pour tenter de me réchauffer.

En apprenant que sa nièce était amoureuse de lui, Dee Dee s'était intéressée de près au passé de Steven, à son parcours professionnel, ses fréquentations, ses revenus — et même, son arbre généalogique. Satisfaite des résultats de son enquête, elle avait pris en main l'amourette d'étudiante. Comme une véritable marieuse à la mode d'antan, elle avait écarté l'ex-épouse toxicomane, introduit le couple dans les milieux autorisés et veillé sur l'évolution de leurs relations. Steven la considérait comme une seconde mère. Qu'il lui interdît d'approcher Marisa montrait à quel point ses repères émotionnels étaient brouillés.

Dee Dee consulta sa montre et secoua la tête.

— Etes-vous de garde, ce soir ? Je comptais passer vous voir et vous demander une ordonnance pour mon petit problème, vous savez...

Elle laissa sa phrase en suspens puis reprit :

— Voilà que cela recommence à m'ennuyer. J'aurais pu vous apporter du rôti aux légumes, pour dîner. Emily l'a déjà préparé.

— Je dois être à mon poste à 19 heures, répondis-je. Mais vous n'aurez pas à souffrir jusque-là, miss Dee Dee. J'ai des échantillons de Bactrim sur moi.

J'ouvris ma sacoche et fouillai pour trouver les capsules en sachets unitaires. Dee Dee soufrait d'infections urinaires à répétition et, en attendant une intervention chirurgicale qui l'en débarrasserait définitivement, je lui fournissais les antibiotiques susceptibles de la soulager.

— Vous êtes un amour, dit-elle. Et précisez bien à toutes les infirmières qu'un repas leur sera livré pour dîner. Elles auront autre chose à se mettre sous la dent que la nourriture infâme de l'hôpital.

— Entendu, miss Dee Dee, je vous remercie. Et sachez que je fais tout mon possible pour secourir Marisa.

— Bien sûr, chérie. Allons, à ce soir, lança-t-elle par-dessus son épaule en regagnant sa voiture.

J'admirai la grâce de ses mouvements — cette élégance innée, inimitable, que possédaient les femmes bien nées du Sud américain jusqu'au début des années 60, et qui semble s'être perdue depuis lors.

Des motos passèrent à proximité, dans un grondement de moteurs, puis s'éloignèrent. Quelques instants plus tard, je les aperçus sur le chemin derrière la maison, tandis que la superbe limousine reculait dans l'allée. J'étais toujours sidérée qu'une femme aussi menue manœuvrât cette énorme auto avec une telle dextérité. Jamais Dee Dee n'avait employé de chauffeur. A l'époque où j'étais au lycée, elle conduisait elle-même un petit camion à plate-forme remorquant un fourgon, dans lesquels elle transportait des animaux de sa ferme du Kentucky aux écuries d'hiver du comté de Dawkins. Manifestement, elle n'avait pas perdu la main.

Littéralement frigorifiée, je ramassai mon grand sac et ouvris la porte d'entrée. A l'intérieur, l'air froid et humide avait des relents de moisissure. Je croyais pourtant avoir laissé le chauffage allumé. Si je m'installais pour de bon, j'allais vraiment être obligée de me mettre au ménage, cette fois. J'allumai le plafonnier du couloir, et me frayai un chemin jusqu'à un espace libre où je posai mon sac et ma sacoche de médecin.

J'entendis klaxonner devant la maison. Ce n'était pas l'avertisseur à deux tons de la limousine, mais un modèle plus récent, nettement plus sonore. Je revins sur mes pas, slalomai dans le corridor encombré, et m'arrêtai sur le seuil.

— Qu'est-ce que tu veux ?

Ce n'était pas tante Dee Dee, que j'avais en face de moi : avec un rustaud de flic, les règles de savoir-vivre étaient superflues.

Mark me sourit, les yeux cachés derrière des lunettes qui me renvoyaient mon double reflet miniature, hideusement déformé.

— Bonjour, docteur Lynch. Oh, vous êtes ravissante, aujourd'hui.

— Va te faire voir, Mark. Tante Dee Dee n'est pas là. Elle vient de partir — comme tu le sais déjà, j'en suis sûre. Qu'est-ce que tu as fait ? Tu t'es garé au coin de la rue en attendant qu'elle s'en aille ?

— On ne peut rien te cacher. Que veux-tu, je ne me rappelle même pas un dixième des cours de savoir-vivre que me donnait cette vieille bique aux vacances de Noël ! Je n'ai jamais pu me souvenir s'il faut d'abord présenter le duc ou sa mère. Du reste, je n'ai jamais eu l'occasion de rencontrer ces altesses. Je les imagine mal venant camper l'été à DorCity.

Je réprimai un sourire. Le dos abrité du vent glacial, j'avais un peu moins froid que tout à l'heure.

— Le duc pourrait être un chasseur chevronné qui aimerait aller se balader dans les bois avec toi et ta meute.

— Ah, mais dans ce cas, je saurais par qui commencer : je présenterais d'abord les chiens.

Je m'esclaffai, et vis les commissures de ses lèvres frémir imperceptiblement. Il me faisait souvent rire, mais c'était la première fois qu'il n'avait pas l'air en colère contre moi, depuis que je lui avais annoncé mon éventuelle réconciliation avec John.

— Tu as expédié un blessé au CHU, hier soir.

Je haussai les sourcils. Décidément, le bouche à oreille fonctionnait à une rapidité stupéfiante, dans cette bourgade.

— Ouais. Le type aurait été piétiné par du bétail, lors d'une débandade. Incroyable : il était couvert de blessures en forme de sabot ! Plus une vilaine fracture du crâne.

La mine éberluée de Mark m'enchanta. Bien peu de choses étonnaient l'inspecteur X. Il fronça les sourcils.

— On m'a remis ce matin le signalement d'une personne portée disparue — Willie Evans, un garçon de vingt-quatre ans, de race blanche. C'est un ouvrier agricole qui travaille à temps partiel dans plusieurs élevages du coin. Son père fait tout un cirque et affirme à qui veut l'entendre que son fiston est victime d'un acte criminel. Il veut à tout prix que je soumette tous les fermiers de la région à des interrogatoires musclés.

— C'est un ivrogne ?

— Ils le sont tous de père en fils, dans la famille.

Je secouai la tête. Dans les lunettes de Mark, mes deux têtes oscillèrent ensemble de façon comique. Je lui parlai de la seringue trouvée dans la poche du blessé et de l'aiguille enfoncée dans sa fesse.

— Ça ressemble à un trip de drogué qui aurait mal tourné. Peut-être sur les pâturages d'une ferme où il travaillait, au moment de nourrir les bêtes ? On n'a pas trouvé de substance illégale, à l'analyse, mais le labo peut garder un échantillon d'urine pendant quelque temps. Si le laboratoire de référence découvre quelque chose dans la seringue, je ferai rechercher la même substance dans ses urines.

Mark remonta ses lunettes sur le haut de son nez et soupira. Son haleine forma une petite tache ronde sur le verre réfléchissant.

— Hum, tu as sans doute en partie raison. Si votre blessé est bien Willie Evans, il déplaçait du bétail d'un pâturage récemment vendu. Trois hectares de terrain cédée à une nouvelle compagnie — Medicom Plus. Ce nom te dit quelque chose ?

Cet élément me laissa perplexe. Je confiai à Mark le peu que je savais sur Medicom Plus. A savoir que cette société, créée par Mitchell Scoggins, avait offert des tarifs plus avantageux que l'hôpital pour assurer les services médicaux des usines chimiques Sundown. Il hocha la tête, mesurant en silence la portée de l'information.

— Ma foi, ça peut nous être utile, dit-il enfin. Tiens, au fait. J'ai ça pour toi.

Sans quitter le volant, il me tendit un morceau de papier par la vitre de sa voiture. Je dus descendre les trois marches de mon perron pour aller le chercher. Les leçons de galanterie de Tante Dee Dee n'avaient guère laissé de traces chez cet homme, c'était indéniable.

— Qu'est-ce que c'est ?

— La facture du vétérinaire.

La chienne du cimetière me revint à l'esprit, avec son long poil soyeux et ses yeux caramel.

— Il n'y a pas de SPA, dans le comté ?

— Non. On ne peut compter que sur la compassion des gens de passage.

— Pourquoi moi ? Ce n'est pas ma chienne.

De plus près, je distinguai dans les lunettes de Mark mon double reflet grotesque — corps démesurés flanqués de têtes minuscules sur les côtés.

Mark remit le contact et fit ronfler le moteur de la jeep, dont la vitre commença à remonter lentement sous mon nez.

— Maintenant, si, dit-il en guise d'adieu.

Il remonta l'allée pour faire demi-tour et me laissa en plan, la facture à la main. Je jetai un coup d'œil sur le montant des frais et faillis m'étrangler.

— Génial ! Je ne veux pas de chien.

Je me remémorai pourtant le contact tiède et humide d'une langue sur ma main... Mais je refusai de m'attendrir : je me ressaisis, rentrai dans la maison et fermai la porte à clé derrière moi.

Il faisait plus froid qu'à mon arrivée, quelques instants plus tôt. Le chauffage fonctionnait à plein régime ; sur le mur du couloir, le radiateur soufflait de l'air chaud... Et pourtant, l'intérieur était glacial.

— Qu'est-ce...

Je me dirigeai vers le séjour, et trouvai le couloir moins sombre que d'ordinaire. L'odeur de moisissure n'était pas aussi forte, non plus. Au fond du corridor, je me cognai la jambe sur quelque chose et découvris mon poste de télévision sur le sol, l'écran brisé, comme si quelqu'un l'avait fait rouler jusque-là.

Dans la salle de séjour, je trouvai la porte vitrée donnant sur l'extérieur grande ouverte, avec une vitre cassée du côté gauche. Mon ordinateur était par terre, au milieu de la pièce, l'écran également en miettes. Chaises et fauteuils étaient renversés, les coussins du canapé éparpillés à travers la pièce. Quelqu'un était entré chez moi.

La panique s'empara de moi. *Il y avait peut-être encore quelqu'un...*

Affolée, je pivotai et m'enfuis par la porte forcée. La jeep de Mark s'engageait dans l'avenue.

— Mark ! criai-je à pleins poumons.

L'écho de ma voix se répercuta dans les branches nues. Je m'élançai à la poursuite de la voiture.

— Maaark !

La jeep ralentit.

Mark fit descendre sa vitre et son sourire moqueur se figea quand il vit mon visage.

— Monte.

Je ne me le fis pas répéter.

— Quelqu'un est entré chez moi, dis-je, haletante, en m'asseyant à côté de lui. On a cassé une vitre dans le séjour.

— Il y a encore quelqu'un à l'intérieur ?

— Je n'en sais rien.

Il composa un numéro sur son radiotéléphone, s'arrêta le long du trottoir et se tourna vers moi.

— Raconte-moi ce que tu as vu.

Je lui décrivis sommairement les dégâts que j'avais pu constater.

— Mais je viens de me rappeler quelque chose, ajoutai-je. Tout à l'heure, en arrivant, j'ai entendu un vrombissement de motos tout-terrain. Ensuite — il y a à peine sept ou huit minutes —, elles sont passées sur le chemin, derrière la maison. Il y en avait deux. Des motos rouges.

— Et les motards ?

— Ils portaient tous les deux des casques intégraux — un rouge et un noir, il me semble. Je crois que c'étaient des hommes, mais avec ces gros blousons rembourrés, difficile de savoir....

Mark prit une parka sur le siège arrière et me la tendit.

— Tu aurais besoin d'un peu de rembourrage, toi aussi. On ne t'a jamais appris à te couvrir ?

Je m'emmitouflai avec gratitude dans la parka beaucoup trop grande pour moi. Elle était toute tiède et imprégnée de l'odeur de Mark — un mélange d'after-shave épicé et d'odeur de chien.

— Quand je t'ai vue courir derrière ma voiture, j'ai cru que tu me rapportais un objet volé, dit-il.

— Pardon ?

— Ma lampe électrique. Elle appartient à la municipalité. Tu l'as gardée, il me semble.

Je haussai sèchement les épaules.

— Je l'ai laissée dans ma voiture. Tu peux la récupérer. Et c'est un fonctionnaire municipal qui me l'a prêtée. Je ne l'ai pas volée, maugréai-je.

Il s'esclaffa.

Un véhicule de la police s'arrêta à notre hauteur. Un policier que j'avais déjà vu avança la tête par la vitre ouverte.

— C'est vous qui avez appelé, inspecteur ?

— Oui. Il semble que des cambrioleurs aient pénétré par effraction chez le Dr Lynch. Rien ne permet d'affirmer qu'ils sont repartis. Nous irons donc visiter les lieux dès l'arrivée du 114. J'ai appelé pour que... Ah ! voilà le 114. C'est là-bas, le pavillon gris-bleu en retrait de la rue, dit-il en désignant ma maison.

Il coupa le moteur et me donna les clés.

— Si tu as froid, tu fais tourner le moteur. Et garde cette parka. Tu claques des dents.

Une bouffée d'air froid s'engouffra, quand il sortit. Je remontai mes genoux sous le menton et me blottis plus étroitement dans la parka. Elle était divinement chaude. Je pivotai à demi sur le siège et regardai les flics pénétrer chez moi. Ils avançaient prudemment, ramassés sur eux-mêmes, bras collés au corps et revolver en main, le canon pointé vers le bas.

9.

Effraction et portée de chiots

Vingt minutes plus tard, Mark revenait vers la jeep, les lèvres un peu ternies par le froid. J'avais fait tourner le moteur et remis le chauffage en marche. Il jeta sa lampe dans la boîte à gants et frictionna ses mains l'une contre l'autre devant la sortie d'air chaud.

— Bon, l'oiseau s'est envolé, mais ta maison est dans un état lamentable.

Il me regarda du coin de l'œil derrière ses verres réfléchissants.

— On ne peut pas imputer la poussière et la moisissure aux cambrioleurs, tout de même ?

J'enfouis le menton dans le col de la parka.

— Je suis partie en vacances, dis-je, d'un ton bourru.

Sur un registre plus honnête, j'ajoutai :

— Je ne suis pas vraiment une femme d'intérieur.

— Sans blague ? C'est pour ça que tu ne m'as jamais invité à entrer, après une sortie ensemble ?

— Non. Je ne t'ai jamais fait entrer parce que je craignais que tu ne te contentes pas d'une tasse de café et de ma conversation, me surpris-je à répondre.

— Je sais ce que veut dire «non », dit-il à mi-voix.

— Moi, je n'étais pas aussi sûre de le savoir, répondis-je, plus doucement encore.

La chaleur devint soudain oppressante et j'aurais voulu pouvoir retirer ce que je venais de dire. Trop tard, hélas... Sans le regarder, je savais qu'il me dévisageait.

— Ils n'ont rien emporté ? demandai-je après un long silence.

— Je suppose que si, car il y avait des endroits propres, au milieu de la poussière... L'examen des lieux est presque terminé. Tu peux y aller et commencer à jeter un coup d'œil. Il me faudra une liste des objets volés, avec les factures, si tu les as. N'oublie pas d'en remettre un exemplaire à ta compagnie d'assurances. Tu es toujours chez Selective ?

Je répondis par l'affirmative, contente que Mark ait eu le tact de laisser la conversation s'orienter vers un terrain moins périlleux.

— Je demanderai à Dan de t'appeler, dit-il encore.

Dan, le frère de Mark, était l'unique agent indépendant du comté, et j'avais souscrit tous mes contrats d'assurance par son intermédiaire.

— Tu crois que c'étaient les motards ?

— C'est fort probable. On a relevé des traces de pneus, dans l'herbe, à côté de la maison. Tu es probablement entrée juste après leur départ, comme tu le pensais.

Je hochai de nouveau la tête, et sentis la tension qui m'oppressait depuis plusieurs minutes se relâcher brusquement. Je resserrai plus étroitement la parka autour de moi.

— Je te dois une fière chandelle, lui dis-je. Et tu sais quoi, Mark ?

Les lunettes-miroirs se tournèrent vers moi.

— Deux choses, encore : d'abord, merci de t'être arrêté en m'entendant crier.

— Tu as la voix qui porte, ma grande.

— Ensuite, je déteste franchement ces lunettes.

Il esquissa un sourire.

— Fais changer la porte-fenêtre du séjour et par la même occasion, demande au serrurier de jeter un coup d'œil sur les autres ouvertures. Les verrous de sécurité de cette maison datent d'une bonne vingtaine d'années.

— Il faudrait aussi un meilleur revêtement d'isolation sur les murs, dis-je.

Par cette simple phrase, j'admettais que je m'installais pour quelque temps dans la région.

— Allons, viens, dit Mark. Je te raccompagne.

Il n'avait pas enlevé ses lunettes, et je me demandais ce qu'il fallait en déduire.

— Au fait, dit-il d'un ton désinvolte, tu aurais intérêt à prendre un chien de garde.

— Tu songes à un animal en particulier ?

— J'ai emmené une belle chienne noire chez le vétérinaire, hier soir.

— Je vais y réfléchir, dis-je en descendant de voiture et en me dirigeant vers ma maison.

Il me rejoignit sur le seuil.

Les dégâts étaient pires que je ne l'imaginais. Unc lampe était cassée ; l'armoire à pharmacie, saccagée. Les vêtements propres que je devais ranger jonchaient le parquet de la chambre. La porte de la douche pendait, ouverte, et on ne distinguait plus les traces de moisissure de la poudre à empreintes qui couvrait poignées et robinets. Je trouvai des papiers éparpillés dans toute la maison.

Mes disques compacts et la petite platine laser que je m'étais offerte récemment avaient disparu. Mon lit était saccagé — draps arrachés, matelas retourné par terre. On avait fouillé les placards de la cuisine, et je ramassai sur le carrelage le coffret à argenterie dont la serrure n'avait pas été forcée. Je le posai sur le plan de travail où j'avais déposé mon courrier, la veille. Les lettres avaient disparu. Mes disquettes informatiques, aussi.

— A première vue, il ne manque que mon lecteur de disques compacts, mes disquettes informatiques et le courrier de la semaine.

Je jetai un coup d'œil dans le couloir. Le matériel de camping avait l'air complet.

— Mais, apparemment, l'ordinateur et le téléviseur sont bons à jeter.

Mark me tapota l'épaule d'un geste réconfortant.

— Tu as perdu quelques objets de valeur, dit-il, et pris une bonne leçon : il faut changer ton système d'alarme et prendre un chien de garde. Tu t'en tires à bon compte, du reste, puisque tu es indemne. Voilà ; j'espère que tu te sens mieux ?

— Oh, infiniment mieux. Merci, Mark.

Les autres policiers échangeaient des petits sourires entendus en rassemblant leur matériel. La plupart d'entre eux ne m'étaient pas inconnus : je les avais déjà aperçus aux urgences, un jour ou l'autre. La présence des flics n'évoque généralement que les pires ennuis : accidents, viols, fusillades... Sans doute était-ce pour cela qu'inconsciemment, j'avais toujours tenu Mark à distance — en dépit de l'attirance que j'éprouvais pour lui.

Les flics sont des gens dangereux qui vivent des vies dangereuses, des individus drogués à l'adrénaline — plus encore que le personnel des urgences. Outre les blessures par armes blanches ou armes à feu, ils sont exposés à toutes sortes d'accidents du travail. Mark, par exemple, avait un jour dévalé un ravin avec l'homme qu'il poursuivait. C'est à cette occasion que j'avais fait sa connaissance, en lui ôtant une branche cassée profondément enfoncée dans la cuisse.

— Merci à tous, leur dis-je. Merci d'avoir inspecté ma maison.

— Rien de plus normal, docteur. Mais la prochaine fois, évitez de visiter les lieux avant nous. C'est comme ça que les gens se font tuer, parfois.

— Je ferai réparer mes serrures dès aujourd'hui, promis-je, en rendant à Mark sa parka.

— Ne croyez pas un mot de ce qu'elle dit, Jacobson. Le Dr Lynch préfère jouer les héros aux urgences qu'écouter le moindre conseil — ou la simple voix du bon sens, affirma Mark. Je parie qu'elle n'a même pas d'arme à feu pour se protéger.

— Si j'en avais eu une, elle serait maintenant entre les mains des cambrioleurs, rétorquai-je.

Jacobson s'esclaffa. Mark le fustigea du regard, et le policier s'éclipsa rapidement, l'air penaud.

— Une femme seule devrait toujours garder un revolver chez elle, insista Mark.

— Je ne veux pas d'arme.

— Non ; mais à mon avis, tu finiras bien par prendre un chien, dit-il, une petite étincelle dans l'œil.

Il remit ses horribles lunettes et sortit dans le jardin. Malgré moi, je ne pus m'empêcher d'admirer sa carrure et la souplesse féline de sa démarche. Il était si différent de John...

Je refermai la porte derrière lui, et la verrouillai soigneusement. Adossée au montant, je jetai un coup d'œil au champ de bataille qui se dressait autour de moi. Je n'étais pas douée pour les tâches ménagères, malheureusement. Et j'avais tant de choses à faire, aujourd'hui, pour Marisa... Je devais étudier son dossier pour pouvoir en parler à Cam en toute connaissance de cause. En m'écartant de la porte, je perçus un bruit de papier froissé dans ma poche, où je glissai la main.

La facture du vétérinaire. Je ne me souvenais pas de l'avoir fourrée là. Je ne me souvenais de rien — sinon de la panique que j'avais éprouvée en découvrant qu'on s'était introduit chez moi. Il était peut-être temps de prendre un chien, en effet. Un chien aux crocs aiguisés, aux aboiements dissuasifs... Avec une portée de chiots en prime.

Avant d'avoir pesé le pour et le contre, je me retrouvai installée au volant de ma décapotable, la main sur la clé de contact, lisant au dos de la facture l'adresse du vétérinaire. Une fois sur la route, j'appelai un serrurier, un vitrier, puis la Centrale du Bureau, où j'avais acheté l'ordinateur, espérant qu'il serait possible de récupérer mon disque dur.

Une heure plus tard, je quittais le parking du supermarché avec un sac de croquettes de vingt-cinq kilos, un flacon de produit contre les parasites, un collier pour chien et deux grandes gamelles. La chienne noire et les trois chiots qui avaient survécu, confortablement installés sur le siège arrière, reniflaient consciencieusement ma voiture, couvrant les vitres de buée.

Tout au long du chemin, je jetai des coups d'œil dans le rétroviseur et vis l'animal qui me regardait de ses bons yeux marron, la langue pendante. Je ne savais qui de nous deux était la plus heureuse, mais je devais afficher un sourire radieux, propre à réjouir tous les automobilistes que je croisais.

Pourquoi, jusqu'à présent, m'étais-je refusé ce plaisir ? Sans doute parce qu'une part de moi avait longtemps cru que je retournerais un jour à Charleston, pour retrouver John et Beca, notre chienne. Mais tous ces beaux projets avaient été définitivement balayés par la décision de mon fiancé de s'associer au cabinet familial, après le décès de son oncle.

La chienne noire et ses petits firent leur entrée chez moi sans fanfare, escortés du grand sac de croquettes. L'espace d'une minute, je m'interrogeai sur le degré de propreté que l'animal avait acquis chez ses anciens maîtres. Mais après tout, mon intérieur n'était pas irréprochable, loin de là. Je pouvais bien tolérer quelques petits accidents pendant la période d'adaptation de ma ménagerie.

Les cartons de mon déménagement étaient encore empilés dans la salle à manger. Je les avais gardés dans l'intention de les réutiliser bientôt, puisque je ne comptais guère rester dans la région plus de six ou sept mois. Maintenant que j'avais changé d'avis, le plus grand d'entre eux pouvait bien servir de lit à ma chienne et ses petits.

Je le plaçai dans le recoin situé entre la cuisine et le couloir, en garnis l'intérieur d'une vieille couverture de laine, et déposai les trois chiots dans ce nid douillet. Leur mère entra dans ce couchage improvisé, renifla ses petits endormis et tourna deux fois autour d'eux avant de s'installer à son tour. Avec ses beaux yeux humides levés sur moi et sa langue pendante, on eût dit qu'elle me souriait.

Je passai ensuite une heure à ramasser les débris et à ranger, complétant ma liste d'objets cassés ou volés. C'était le courrier qui me manquait le plus. Mes factures étaient réglées par prélèvement automatique, mais je ne pourrais jamais prendre connaissance des lettres personnelles. Et je n'avais pas non plus eu le temps de consulter mon courrier électronique — désormais inaccessible — depuis mon retour de vacances.

J'avais gardé l'emballage de mon ordinateur, aussi je pus y ranger l'appareil endommagé et le ranger dans le coffre de ma voiture. Après avoir dégagé un passage dans la maison et fait un brin de ménage, je m'accordai le droit de jouer un moment avec les chiens, en attendant l'arrivée du serrurier et du vitrier. Tout en caressant les chiots et en félicitant la mère d'avoir mis au monde ces petites merveilles — dans ce langage débile que parlent les amoureux des bêtes — j'appelai l'agence immobilière qui m'avait loué la maison et leur annonçai mon intention de l'acheter.

Comme pour la chienne, c'était là une décision irréfléchie. Mais j'avais mis ma vie entre parenthèses durant près d'un an, et j'avais envie de recommencer à faire des projets. L'image de Marisa telle que je l'avais trouvée lors de ma dernière visite, inerte et respirant faiblement, me hantait. Je revoyais son corps flasque, le filet de salive séchée au coin de sa bouche. Et c'était cette vision de mon amie qui, paradoxalement, m'incitait à envisager le futur : je rêvais d'un futur qui nous réunirait, et pour lequel il fallait se battre.

Essie avait raison : il n'y avait pas un instant à perdre pour essayer de la tirer de là. Et j'étais bien persuadée qu'on ne pouvait attribuer son état à l'hémorragie cérébrale diagnostiquée par les médecins. Le scanner du cerveau confirmait du reste mes soupçons. Malgré la présence d'épanchements sanguins, aucun de ces éléments — conjugués ou pas — ne suffisait à provoquer l'état de délabrement dans lequel je l'avais vue le matin même. Il y avait certainement autre chose.

Mes réflexions s'orientèrent vers le blessé non identifié qui pouvait être Willie Evans, actuellement soigné à l'hôpital de Richland. Lui aussi présentait un schéma inhabituel d'épanchement sanguin. Un épanchement provoqué par ses blessures ? J'envisageai de demander à Cam s'il voulait bien jeter aussi un coup d'œil aux radios de ce garçon.

La maison était presque silencieuse, à l'exception du cliquetis du chauffage central et des bruits de succion des chiots qui tétaient. Enveloppée dans un cocon d'air tiède, je m'assoupis, assise sur le sol à côté du carton des chiens, un bras posé sur le cou de la mère. L'arrivée des deux artisans me tira de ma léthargie.

Leurs véhicules respectifs n'avaient rien de commun. Le vitrier arriva dans une vieille guimbarde toute cabossée qui avait dû être grise, le serrurier au volant d'un fourgon blanc flambant neuf, aux chromes étincelants. Apparemment, l'une de ces activités était plus rentable que l'autre.

Pendant qu'ils réparaient les dégâts, la chienne m'accompagna au jardin où elle renifla les moindres buissons et arrosa consciencieusement les massifs de fleurs négligés, repérant son nouveau territoire. A un moment donné, des motos tout-terrain passèrent en vrombissant sur le chemin qui longeait le fond du jardin, et l'animal se mit à aboyer furieusement — poil hérissé et queue entre les pattes. L'un des engins était bleu, l'autre vert — je n'en vis pas de rouge, cette fois. En mon for intérieur, je me félicitai de ma nouvelle gardienne : si elle aussi détestait les motos tout-terrain, nous allions nous entendre à merveille.

Quand les motards se furent éloignés, elle quitta la lisière du bois et me rejoignit sur les marches où je m'étais assise, posa les pattes de devant à ma hauteur et se mit à me lécher à grands coups de langue. Bien que réticente à ce genre de démonstration, je la laissai faire, pour cette fois, en gage de sympathie réciproque. Je la poussai ensuite au bas des marches et la fis s'allonger sur le dos. Elle émit un petit grognement en remuant la queue tandis que je la maintenais gentiment mais fermement dans cette position. Nous venions d'établir ainsi un ordre hiérarchique qui nous convenait mutuellement. Je choisis sur-le-champ de la baptiser Belle.

Nous rentrâmes ensemble dans la maison, et Belle alla se coucher dans son carton. Elle leva les yeux sur moi, manifestement désireuse de me voir m'extasier sur ses bébés. Je me penchai et les caressai tour à tour.

— Oui, ils sont magnifiques. Et tu t'es débrouillée toute seule, sans l'aide du papa, hein ? J'ai souvent l'occasion de voir ça, tu sais, dans mon boulot. Un gros lourdaud de clébard s'est contenté de te mettre en cloque et après ça, pfft ! Plus personne.

Belle remua vigoureusement la queue et voulut me lécher le visage. Cette fois, j'écartai son museau et la grattai doucement derrière les oreilles. Elle ne parut pas s'en formaliser.

Au départ des artisans, j'étais en possession de deux factures acquittées, de serrures neuves et d'une nouvelle vitre sur la porte du séjour. Je leur demandai en outre des devis pour le remplacement de toutes les vieilles fenêtres et l'installation d'un nouveau système d'alarme. Mon statut de propriétaire allait s'avérer onéreux. Je devrais tenir compte du coût de la rénovation, dans l'estimation du prix d'achat.

Dehors, la température était montée de plusieurs degrés et l'envie me prit d'aller courir un peu. J'enfilai un survêtement et partis à travers bois en empruntant le même chemin que les motos tout-terrain. J'avais besoin de m'éclaircir les idées avant de m'attaquer de nouveau au dossier de Marisa.

Je pris rapidement un rythme soutenu, mes pieds martelant régulièrement la terre sèche et bien tassée. Le chemin longeait la rue sur une partie du parcours, et j'en profitai pour observer le quartier où je m'apprêtais à passer quelques années de ma vie. Chemin de l'Etoile. Ce nom me plut. J'aimais aussi les vieilles maisons de bois peint avec leurs porches dentelés, les hautes fenêtres à meneaux et les pignons abrupts. La plupart d'entre elles étaient entourées de pelouses soigneusement entretenues, même au beau milieu de l'hiver. Je décidai de m'offrir les services d'un jardinier et de faire repeindre ma façade, si l'affaire se réalisait.

Sur le chemin du retour, plusieurs motos tout-terrain me dépassèrent — et l'une d'elles était rouge. Je ne pus m'empêcher de frissonner, bien que les motards m'eussent adressé un signe amical au passage.

Le voyant de mon répondeur clignotait, quand je rentrai chez moi. Cam m'avait laissé un message, furieux que j'eusse effacé le nom du patient sur le dossier que je lui avais faxé. Il s'était empressé d'appeler l'hôpital et savait à présent qu'il s'agissait de Marisa.

Je n'ai pas peur de grand-chose, dans la vie. La rupture de mes fiançailles ne m'avait pas bouleversée outre mesure. La perspective d'un avenir solitaire aurait pu me démoraliser : il n'en était rien. Et même le cambriolage de ce matin ne m'avait pas affectée bien longtemps. J'avais épuisé tout mon potentiel d'angoisse en assistant à l'autodestruction de ma jolie mondaine de mère et à sa transformation en horrible harpie, sous l'effet de l'alcool. Je me sentais désormais capable de surmonter la plupart des épreuves dont l'existence pourrait m'accabler — hormis la perte de Marisa, et les réactions de Cam Reston concernant Marisa.

Cam avait passé sa première année de médecine à butiner de fille en fille avec une belle désinvolture — jusqu'à ce qu'il aperçût Marisa. Ce fut le coup de foudre. Ne parvenant pas à ses fins avec elle, il réagit comme tout étudiant immature en noyant son chagrin dans l'alcool au point d'aller tomber ivre mort sur la pelouse du pensionnat des filles. Elle n'avait que dédain pour ces extravagances. Elle jetait les fleurs dont il l'inondait et laissait sonner le téléphone sans répondre. Puis elle rencontra Steven Braswell, dont les manières et le raffinement d'homme mûr la séduisirent d'emblée. Le sort de Cam était réglé : jamais plus elle ne posa les yeux sur lui.

Quand elle abandonna ses études pour épouser Steven, puis qu'elle annonça, comblée, l'imminence d'un heureux événement, Cam sombra dans un désespoir dont la violence faillit le détruire. Il demeura longtemps inconsolable. Et voilà qu'aujourd'hui, il risquait d'apprendre que son unique amour était à l'article de la mort et entièrement à la merci de son rival de naguère.

Je composai lentement le numéro de son bip et lui laissai celui de mon téléphone. Puis je m'assis en attendant son appel. Mais j'étais incapable de tenir en place. J'allai me préparer du café bien corsé dont je bus coup sur coup deux tasses accompagnées de brioche aux myrtilles et de fromage blanc. Belle partagea mes tartines et se lécha les babines d'un air satisfait.

Quand le téléphone sonna, j'avalais la dernière bouchée de brioche.

— Allô, dis-je en décrochant, la bouche pleine et le cœur serré.

— Bon sang, pourquoi m'avoir caché qu'il s'agissait de Marisa ?

La voix de Cam, assourdie par la colère, était presque méconnaissable.

— Parce qu'il me fallait un diagnostic parfaitement objectif, répondis-je sèchement. L'émotion et le ressentiment risquaient de fausser ton jugement.

Je marquai une pause et un silence tendu s'installa sur la ligne. Je le rompis en ajoutant plus doucement :

— Elle a trop besoin de toi pour que tu te laisses influencer par des éléments d'ordre passionnel, Cam. Je sais : il y a quelqu'un dans ta vie, aujourd'hui. Mais tu as été très amoureux de Marisa, et j'ignore si ce sentiment est entièrement mort. Comprends-moi : je voulais être sûre que tu conserverais tout ton détachement professionnel.

Percevant un certain climat de tension, Belle quitta son panier, fit quelques allées et venues entre la porte du fond et celle du séjour avant de venir rejoindre ses petits, à la recherche d'éventuels problèmes à résoudre d'un bon coup de crocs, si l'intimidation ne suffisait pas. Tout au long de son inspection, elle émit de petits jappements de détresse.

Au bout d'un moment, j'entendis Cam soupirer.

— Je devrais donc te pardonner de n'avoir rien dit ? D'après le dossier, son admission à l'hôpital remonte à une quinzaine de jours.

— J'étais en vacances à la montagne. Marisa sait toujours où je vais, mais personne d'autre ne pouvait me joindre. Je n'ai découvert ce qui lui est arrivé qu'avant-hier soir, à mon retour. Il m'a ensuite fallu deux jours pour me procurer son dossier et ses radios.

— On ne t'a pas appelée en consultation ?

— Non. Je suis médecin aux urgences — pas neurochirurgien, lui rappelai-je. Et on ne t'a pas appelé non plus... Du moins, pas officiellement. Je me trouve dans une position assez périlleuse, Cam. En fait, je ne soigne pas Marisa. Je ne suis même pas censée la voir. Essie m'a fait entrer dans sa chambre à l'insu de Steven.

Je lui laissai le temps de digérer cette information.

— Crois-tu pouvoir examiner ce cas de manière objective ? demandai-je ensuite. Si tu ne t'en sens pas capable, il me faudra trouver quelqu'un d'autre pour m'aider, sachant que j'agis clandestinement, seule, et de mon propre chef.

— Je serai objectif, dit-il.

Il réfléchit un instant.

— Je devrais être auprès d'elle. Je peux prendre quelques jours et arriver demain après-midi, d'un saut de puce.

Cam possédait un petit avion de tourisme — un Cessna à moteur unique. Il avait appris à piloter à l'époque où Marisa s'était entichée de Steven. Voler l'avait aidé à surmonter son chagrin. Rétrospectivement, la chose n'était pas dépourvue d'ironie.

— Pourquoi ne pas attendre d'avoir vu les radios sur MODIS ? Tu n'y trouveras peut-être aucune raison de te déplacer. Il est possible que je me sois trompée et qu'il n'y ait absolument rien d'anormal.

Belle ressortit à pas feutrés de son carton et vint poser sa tête sur mes genoux. Ses beaux yeux expressifs sondaient mon visage avec inquiétude, et je lui grattai les oreilles d'un geste rassurant.

— Cela peut se produire, quand un médecin est personnellement impliqué dans l'analyse d'un cas et qu'il perd son impartialité, ajoutai-je. A mon avis, il est inutile que nous soyons deux dans ce cas de figure.

— D'accord. Tu as raison. Je crois que je risquerais de tordre le cou à cet enfoiré.

— Quel enfoiré ? demandai-je, distraite par la chienne.

— Steven Braswell. Tu ne vas pas me dire que c'est l'homme qu'il faut pour s'occuper d'elle, non ?

— Steven a littéralement perdu les pédales. Il m'a agressée, hier soir, aux urgences. J'ai dû le menacer d'alerter les flics et le service de sécurité.

— Vraiment ?

— Inutile de prendre ce ton réjoui.

Désarmé, Cam se mit à rire.

— Je serai au travail et tu pourras me joindre par MODIS à partir de 19 heures, dit-il. Je tiens à avoir le diagnostic définitif correspondant au premier examen du crâne, ainsi que le second scanner de son orbite.

— Il n'a pas été effectué, Cam. Il n'y a pas de second scanner.

Je l'entendis pester entre ses dents.

— Et je n'ai pas encore pu obtenir le dernier diagnostic. Mais je m'en occupe.

— Il me faut au plus vite un scanner du crâne, Rhea. Avec injection de produit de contraste, par coupes de dix millimètres, cette fois, pour que je puisse évaluer l'importance des dégâts. Une IRM serait sans doute l'idéal, mais, dans ce trou perdu, vous n'avez probablement pas d'appareil aussi sophistiqué...

— Non, maugréai-je, ulcérée. C'est tout juste si on a cessé d'employer des seringues réutilisables et de laisser nos parturientes accoucher dans les buissons.

— Hmm, excuse-moi. Je commence à devenir odieux, moi aussi.

— Ce scanner est-il vraiment indispensable ? demandai-je. Le retard pris dans le diagnostic aura-t-il une incidence importante sur son traitement ?

Cam marqua une légère hésitation avant de répondre.

— Non, dit-il enfin. Pas vraiment. Franchement, le mal est déjà fait. Désormais, il faut songer à réduire au minimum les séquelles.

Consternée, je ne trouvai rien à répondre.

— Merde ! rugit-il brusquement à l'autre bout du fil.

— Je ferai les radios, Cam. Je m'arrangerai, murmurai-je.

— J'attendrai.

Quand il eut raccroché, je caressai un long moment les oreilles de Belle. Le soleil achevait son déclin derrière la haie de troènes que j'apercevais par la fenêtre. Il serait bientôt l'heure de repartir à l'hôpital.

10.

Blessures par balles et MODIS

Comme tous les samedis soir, le service des urgences s'était transformé en asile de fous, quand j'arrivai sur place. Un patient atteint d'une balle au thorax et un autre qui avait reçu un coup de pic à glace occupaient les deux salles réservées aux cas extrêmes. Le pic à glace avait provoqué un tamponnement cardiaque — un épanchement sanguin dans l'enveloppe qui entoure le cœur, altérant son fonctionnement et pouvant même, à terme, l'empêcher de battre.

Trois autres blessés plus légers attendaient dans le couloir, dont un jeune homme blessé à la cuisse d'un coup de revolver. Je fis patienter les deux autres — qui s'en tireraient avec quelques points de suture — et examinai sur place la blessure à la cuisse. La balle avait traversé la chair et en était ressortie sans trop de dégâts. Comme sa tension n'avait pas chuté de façon inquiétante, je laissai l'homme assis sur sa chaise, avec une serviette nouée autour de la jambe.

La victime du coup de feu au thorax serait envoyée à Richland, et le tamponnement, à l'hôpital de Charlotte. Il y avait du sang partout dans les couloirs et la salle de traumato — le sol était maculé de flaques et d'empreintes de pas écarlates. En salle de cardiologie, c'était la panique. La famille du blessé jurait de le venger, et certains tournaient de l'œil dans les couloirs.

Je n'avais pas à m'occuper des patients grièvement blessés. Steven se chargeait du tamponnement, et Wallace Chadwick, de l'autre. Il arrivait très rarement que, comme ce soir, je n'aie qu'à croiser les bras et regarder les autres travailler. J'ouvris un paquet de chewing-gums, en glissai un dans ma bouche et allai m'appuyer contre un mur, à l'écart du passage. Ashlee, appelée ce soir-là en renfort, assistait son cousin Wallace et Percy Shobani. Trish assistait Ash, et tous travaillaient avec une efficacité et une cohésion remarquables. Il y avait dans la pièce une technicienne de labo, un anesthésiste-réanimateur et quelques membres de l'équipe de secours prêts à donner un coup de main pour déplacer le patient en cas de besoin. Un flic impassible, adossé au mur, prenait des notes sur un carnet à spirale. C'était Jacobson, le collègue de Mark, celui qui avait participé à l'inspection de ma maison, après le cambriolage. Quand j'entrai dans la salle, il leva les yeux et me salua d'un signe de tête, tout en rattrapant Ashlee qui glissait dans une flaque de sang. J'étalai sur le sol trois draps trouvés dans le placard à linge, pour éponger le liquide. Une Ashlee hors d'haleine me remercia. Elle tendit à Wallace un tube respiratoire et se précipita pour répondre au téléphone.

Alors qu'Ashlee avait la peau blanche et les yeux gris, son cousin Wallace était un mulâtre afro-américain au teint café au lait et aux yeux verts — traits caractéristiques de la famille Chadwick. Wallace et Steven étaient coresponsables du service des urgences — les deux hommes se relayant généralement durant la journée. J'admirais le dynamisme et la bonne humeur du premier. C'était un plaisir que de le voir travailler ; son sourire permanent réussissait à maintenir tout le monde — y compris le patient — calme et détendu, et ce jusque dans les situations les plus dramatiques.

Le visage protégé par son masque, Shobani assistait Wallace et lui tendait les instruments. Ses gestes étaient rapides et sûrs, son débit haché, avec un accent anglais prononcé.

Dans la salle où opérait Steven, le climat était radicalement différent. Il semblait s'ingénier à lancer des ordres contradictoires pour houspiller ensuite l'employée qui les exécutait. Il s'emmêlait continuellement dans les fils du cardioscope, obligeant la technicienne à les remettre en place à mesure qu'il les ôtait de la poitrine du patient. Bev se tenait dans un coin avec l'appareil de radioscopie portable. Un anesthésiste s'évertuait à maintenir le niveau d'oxygène suffisant pour le patient intubé, et une technicienne de labo prélevait les gaz du sang d'une artère fémorale. Des membres de l'équipe de secours passaient les instruments à Steven et se tenaient prêts à intervenir, le cas échéant. Le patient, livide, avait la poitrine maculée de sang. A moins que Steven ne parvînt à se ressaisir et à réorganiser son équipe, son état et sa situation paraissaient critiques.

Zack et Anne s'affairaient autour du blessé et tendaient à Steven les aiguilles cardiaques destinées à drainer le sang accumulé autour du cœur, à l'intérieur du péricarde. Steven avait les mains qui tremblaient.

Je quittai discrètement la pièce et allai examiner les deux parentes de nos blessés, qui s'étaient évanouies dans le couloir. Deux policiers les avaient écartées du passage et appuyées contre un mur sans trop de ménagement.

La moins jeune des deux — la quarantaine, environ — roula des yeux blancs quand j'examinai ses pupilles, et chercha à se protéger le visage quand j'essayai de laisser retomber son bras devant elle. Elle simulait. Je cassai une ampoule d'ammoniaque sous son nez et attendis qu'elle fût prise d'une quinte de toux, les yeux pleins de larmes. A mi-voix, je lui enjoignis de regagner dare-dare son domicile et de cesser de gêner le personnel des urgences, si elle voulait s'éviter des ennuis. Ce n'était pas très courtois ni même correct, en termes de comportement médical, mais j'ai toujours détesté les simulateurs.

La seconde avait une véritable syncope, et je dus me faire aider par un policier pour la porter sur un lit. Une piqûre de Valium suffirait probablement à la remettre sur pied, l'un de ses proches m'ayant avoué qu'elle omettait de prendre le phénobarbital qui lui était prescrit. C'était rarement moi qui pratiquais les intraveineuses, et je manquais un peu d'entraînement. Je lui laissai deux petits hématomes en guise de souvenir.

Entre deux allées et venues, j'entendis des éclats de voix provenant de la salle de garde. Je reconnus l'accent de Percy, qui semblait avoir une discussion assez vive avec Steven. J'abandonnai sans vergogne mes occupations et traversai le couloir pour écouter aux portes.

— Je n'en aurai pas pour plus de deux ou trois jours, disait Steven. Je ne peux tout de même pas installer mon père en maison de retraite en quelques heures ! Une infirmière vient s'occuper tous les jours de ma femme, et s'il y a le moindre problème, elle vous appellera.

— Et si son état empirait brusquement ? demanda Shobani, d'un ton anxieux.

Par l'entrebâillement de la porte, je ne pouvais le voir que de dos, mais il semblait se tenir sur la défensive — ses épaules rigides tendant l'étoffe de sa chemise.

— Vous vous débrouillerez, jeta Steven. Ecoutez, je n'ai vraiment pas le choix. Voilà trois fois que je reporte ce voyage — d'abord à cause d'Eddie, puis de Marisa. Mon père ne peut pas attendre davantage. Et ce n'est certes pas ma femme qui va se plaindre de mon absence, n'est-ce pas ?

Steven durcit encore le ton, comme s'il réagissait à une expression de Shobani que je ne pouvais pas voir.

— Vous gérez la situation, Percy. Compris ? Vous ne vous défilez pas.

Sans un mot, Percy lui tourna le dos et se dirigea vers la porte. Je m'éloignai vivement et regagnai mon poste.

Il fallut une bonne heure pour remettre d'aplomb la victime de la syncope. Quand j'en eus terminé avec elle, les deux hélicoptères des urgences avaient déjà emmené les blessés les plus graves. Wallace s'était chargé de la blessure à la cuisse, et avait renvoyé le patient chez lui avec un sérum antitétanique et une bonne dose d'antibiotiques. Steven était parti depuis longtemps. Les deux cas plus bénins me furent épargnés : les victimes s'étaient éclipsées, jugeant probablement qu'il y avait trop de flics à leur goût dans les parages.

Je me retrouvai seule en compagnie d'Anne et de Zack — les deux infirmiers en service au moment où Marisa avait été amenée aux urgences. Songeant à la petite altercation que j'avais surprise un peu plus tôt, je me demandai comment m'y prendre pour obtenir de Percy qu'il prescrivît un ou deux scanners supplémentaires à Marisa, en l'absence de Steven.

Dans les couloirs, comme dans les salles, on pataugeait dans le sang. Une femme de ménage en tablier de papier bleu, gants de latex et protège-chaussures en caoutchouc, étalait de l'eau rougie avec une serpillière tandis que son collègue ramassait les draps et vidait les poubelles dans les grands sacs plastiques accrochés au chariot. Appuyée au montant de la porte, Anne regardait la machine à café émettre un mince filet de liquide sombre, et Zack rechargeait le distributeur à serviettes de la salle de traumato. Personne ne parlait. Il fallait que je passe un moment seule avec eux pour me renseigner avant de retrouver Cam sur MODIS.

Il faudrait aussi que je trouve le temps de réfléchir à ce que Steven venait de dire à Percy — à savoir qu'il n'avait pu partir « *d'abord à cause d'Eddie, puis de Marisa* »... Dans son esprit, leurs situations respectives étaient-elles distinctes, ou bien liées pour une raison quelconque ? Je n'avais pas encore suffisamment d'informations pour me faire une opinion sur ce point. Il était presque 9 heures du soir, et je cherchais désespérément un moyen d'engager la conversation sur l'état de santé de Marisa.

Nous étions tous trois sur le point de nous asseoir quand Dee Dee fit irruption dans le service, en tailleur plus strict que celui du matin et chemisier blanc amidonné. Elle portait à deux mains un grand plat à four muni d'un couvercle.

— Je suis un peu en retard, lança-t-elle, mais je crois que vous avez été trop occupés pour trouver le temps de dîner, n'est-ce pas ?

L'odeur de viande rôtie qui se répandit dans le couloir me fit saliver. Zack s'avança vers Dee Dee avec un large sourire, ses dents éblouissantes tranchant sur sa peau sombre, et la déchargea obligeamment de son fardeau.

— Une belle femme et de quoi manger : un vrai don du ciel !

— Hé là, jeune homme ! Vous êtes aussi dragueur que l'était votre père il y a trente ans, répliqua-t-elle en rosissant, néanmoins flattée.

Tout le monde connaissait Dee Dee et l'aimait. Véritable institution, dans le comté, elle avait materné toute une génération d'employés des urgences — notamment à l'époque où Steven travaillait jour et nuit.

— Ne renversez pas tout, Zachary. Il y a une sauce maison, dans le fond, et les légumes d'accompagnement sont dans ma voiture. Vous avez faim ?

— Toujours, miss Dee Dee. Vos petits plats mijotés, c'est ce qui me manque le plus, depuis que le Dr Braswell ne fait plus de gardes de nuit.

Zack se tourna vers moi.

— Sans vouloir vous offenser, docteur Lynch.

— Il n'y a pas de mal, répondis-je.

Les seuls repas préparés à la maison que j'eusse connus dans mon enfance étaient les dîners chez Dee Dee. Ma mère n'achetait que des plats cuisinés surgelés — quand nous ne dînions pas tout simplement au snack-bar du coin.

— J'espère seulement que nous aurons le temps de nous régaler.

En guise d'écho à mes paroles, le récepteur du poste des urgences se mit à grésiller.

— Comté de Dawkins, ici le 67. M'entendez-vous ?

Nous fîmes tous la grimace. Une ambulance allait arriver dans deux minutes avec un patient. Je l'entendais rugir à l'arrière-plan, ses cris couvrant le bruit des sirènes. L'ambulancier semblait rien moins qu'affolé. Derrière moi, l'antenne de la police se mit aussi à grésiller. Une nouvelle nuit agitée semblait s'annoncer.

Habituée au rythme du service, Dee Dee remisa son plat dans le réfrigérateur de la salle de repos, et se tint à l'écart pour ne gêner personne. Je chassai de mon esprit la perspective d'un bon repas.

Le patient était jeune — vingt à trente ans, environ — et divaguait complètement. Il proférait des torrents d'injures et autres propos incohérents, accompagnés de rires et de gesticulations saccadées. Debout à l'entrée de la salle de traumato, je regardai les brancardiers l'installer sur une civière et lui ligoter mains et chevilles. Hormis l'absence de boue et d'empreintes de sabots, le scénario ressemblait étrangement à celui de la veille.

Je suivis les opérations d'un œil perplexe et attentif, en attendant mon tour d'intervenir. J'avais appris très tôt ce que nombre de médecins mettent longtemps à comprendre — que le véritable pivot des urgences, ce sont les infirmières. Les tâches les plus importantes sont entre leurs mains ; le médecin se borne à fournir des indications et à prendre certaines décisions. Bien souvent, il a même tout intérêt à écouter les soignantes expérimentées et à se fier à leur jugement.

Ma première impression fut que nous avions affaire à un drogué en état d'overdose — Phencyclidine ou LSD, ou encore quelque savant mélange de stupéfiants. Les toxicomanes semblaient généralement s'ingénier à nous compliquer la tâche.

— Tension : 180 sur 105.

— Pouls : 120. Saturomètre, maintenant.

Le saturomètre est un petit appareil qui utilise la lumière pour évaluer le taux d'oxygène dans le sang. Il se fixe à l'index gauche du patient et mesure à la fois le pouls et l'oxygène, en l'espace de quelques secondes. Je l'observai un instant. Normal.

— Qu'y a-t-il dans la perf, les enfants ? Du glucose ? demanda Anne.

Les secouristes opinèrent, hors d'haleine.

— Glucose, docteur, répéta la jeune femme.

— Pupilles symétriques et réactives, dit Zack. Mais il a saigné, de ce côté.

Je m'approchai et me penchai sur le patient en contournant les secouristes, qui s'effacèrent pour me faire place.

— Il était comme ça quand on l'a emmené, docteur. Ses proches disent qu'ils l'ont trouvé en plein délire en arrivant chez eux.

— Il saigne ?

— Oui. Ici.

Le brancardier repoussa en arrière la tête du patient, évitant les dents qui essayaient de mordre.

— Juste au-dessus du sourcil.

Je sortis une petite lampe de ma poche et pointai le faisceau lumineux sur l'œil gauche du jeune homme.

— Tampon.

Je tendis une main et quelqu'un y plaça un petit tampon de gaze. J'épongeai la blessure avec précaution, m'efforçant de ne pas appuyer trop fort en ôtant le sang et le liquide séreux agglutinés dans les cils et le sourcil. Je me figeai brusquement.

C'était une petite perforation circulaire d'un centimètre de diamètre, située juste au-dessus de l'arcade sourcilière. Les bords étaient nets et commençaient à se boursoufler légèrement. Etrange blessure. Je n'avais jamais rien vu de semblable.

Hormis chez Marisa...

Je fis un pas en arrière. *Marisa avait déliré... Marisa avait des contusions...* Je m'avançai de nouveau et remontai les manches du patient. Il n'y avait pas d'hématomes, mais je distinguai une légère odeur — pas une odeur d'alcool, mais celle d'un produit appartenant au quotidien d'un étudiant en médecine. Mon cœur fit une embardée.

— Je veux un bilan toxicologique et un dosage de l'alcool éthylique. NFS, biochimie standard, cathéter urinaire. Et conservez l'urine pour d'éventuelles analyses ultérieures. Respectez scrupuleusement les règles administratives. Surtout pas d'erreur. Apportez l'appareil portable pour une série de radios latérales du crâne.

Je me tournai vers les membres de l'équipe de secours.

— Il faudrait le dévêtir en découpant ses vêtements et me les remettre dans un sac qui ferme hermétiquement.

Si ma requête les surprit, ils n'en laissèrent rien paraître et se mirent aussitôt à l'œuvre, armés de ciseaux de chirurgie.

— Vous fouillerez ses poches à la recherche de l'attirail des toxicos : aiguilles et seringues, capsules, que sais-je encore ?

Je me souvins que le blessé de la veille avait une seringue, dans sa poche. Mais dans l'immédiat, d'autres préoccupations m'interdisaient de me pencher sur la question.

— Tâchez de savoir s'il est allergique à certains produits. S'il ne l'est pas, injectez-lui de l'Ativan à deux milligrammes immédiatement et continuez jusqu'à ce qu'il se calme. Pas plus de six milligrammes au total, tout de même, dis-je à Zack qui se dirigeait déjà vers la pharmacie.

Je regardai la technicienne de labo.

— Dites à votre remplaçant pour la nuit de commencer par le bilan toxicologique. On effectuera les autres tests plus tard. Il me faut les résultats au plus vite. Au fait, ajoutez une Phencyclidine aux tests de dépistage courants.

— Entendu.

Je passai aux réflexes neurologiques. Tout semblait parfaitement normal. Et le cœur battait régulièrement, les voies respiratoires étaient dégagées.

— Dès qu'il se tiendra tranquille, vous prendrez sa tension des deux côtés, allongé puis assis, si possible, poursuivis-je. Dans l'immédiat, achevez de le déshabiller, que je puisse examiner ses fesses. Je veux voir s'il n'y a pas de trace de piqûre récente.

Les ambulanciers lui ôtèrent ses derniers vêtements et entassèrent les morceaux dans un grand sac plastique. L'odeur que j'avais remarquée s'accentuait à mesure qu'on manipulait ce qu'il portait.

— Vous placerez dans deux sacs séparés le drap sur lequel il était allongé, et celui de la civière.

Je marquai une brève pause avant de reprendre.

— Sait-on qui est ce garçon ? Je voudrais parler à ses proches.

— Sa mère et son frère sont là, répondit quelqu'un. Ils remplissent les formulaires d'admission au secrétariat.

Je me tournai vers Anne qui s'apprêtait à commencer le cathéter.

— Voudriez-vous aller les chercher dès que vous aurez remis cet échantillon d'urine au laboratoire ? Conduisez-les au bureau et faites-les asseoir. Pourriez-vous me rendre un service ? demandai-je ensuite aux secouristes.

— Qu'est-ce qui se passe, docteur ? demanda l'un d'entre eux.

J'avais oublié son nom et consultai discrètement son badge.

— Je n'en sais rien au juste, Buzzy. Mais, hier soir, nous avons eu un blessé qui présentait des symptômes analogues.

J'ajoutai, un ton plus bas :

— Il y a une quinzaine de jours, deux ambulanciers ont amené une patiente dans le même état. C'était Mme Braswell, l'épouse du Dr Braswell. Pourriez-vous vous renseigner pour savoir qui est allé la chercher, et les avertir que la police pourrait être amenée à les interroger ?

Visiblement dérouté, il n'en acquiesça pas moins. Je détournai un moment le regard, le cœur serré dans un étau. Il *fallait* que je me trompe... Il le *fallait*.

Anne porta aussitôt l'urine au laboratoire, et Zack inséra deux milligrammes d'Ativan dans la perfusion. Il surveilla le patient pour voir s'il réagissait.

— A-t-il des allergies ? demandai-je.

— Aucune, selon la mère. Mais il fume un paquet de clopes par jour et il picole pas mal.

— Pas de drogue ?

— Pas à sa connaissance.

Le patient était complètement nu, à présent. Je fis signe qu'on le retournât pour me permettre d'examiner ses fesses. Elles étaient intactes. Aucune trace de piqûre. Ni hématome ni égratignure.

Vaguement déçue, je fis un pas en arrière et l'homme fut replacé dans sa position initiale. A mesure que le tranquillisant se répandait dans son organisme, il se calmait. Anne revint du labo et s'employa à desserrer les courroies qui l'attachaient au lit. J'en profitai pour examiner les bras du jeune homme, et découvris une trace de piqûre récente, assez discrète. Je ne l'aurais sans doute pas remarquée si je ne l'avais pas particulièrement cherchée.

J'entendis l'appareil de radio portable bourdonner dans le couloir.

— Prenez-lui la tension et arrêtez l'Ativan. Laissons-le tranquille un moment.

Zack retira l'aiguille de la perfusion.

— Quel âge a-t-il ? demandai-je.

— Entre vingt et trente... Euh, vingt-quatre ans, exactement, dit Zack en jetant un coup d'œil sur la fiche du patient, au pied du lit.

Je m'écartai et regardai Bev La Paresse installer une plaque métallique sous la tête du patient. Totalement détendu, le garçon se taisait, à présent, et se laissait faire sans résistance. Les gestes de Bev étaient d'une lenteur exaspérante, mais je savais que les radios seraient parfaites du premier coup. Son efficacité était proportionnelle à sa lenteur.

J'observai les yeux du patient. Ils roulaient incessamment de haut en bas, signe d'un grave problème neurologique. Sa poitrine se soulevait et s'abaissait régulièrement. Je quittai la pièce.

Les yeux de Marisa ne roulaient pas ainsi... C'était probablement bon signe...

— Sa mère et son frère sont dans le bureau, docteur Lynch. Le frère a bu. Son haleine empeste l'alcool.

Je regardai le tracé de la deuxième dérivation sur le moniteur cardiaque. L'onde P apparaissait puis disparaissait — pour reparaître de nouveau. L'homme souffrait d'un léger bloc atrio-ventriculaire intermittent. Je me demandai s'il allait se résorber spontanément, comme chez le blessé de la veille.

— Merci, dis-je à Zack, en prenant le hall en direction du bureau réservé aux médecins contractuels.

La porte était légèrement entrouverte.

— Avertissez-moi au moindre changement et appelez Russel. Je vais probablement lui demander un scanner, voire deux. Dites au labo de ne pas traîner pour le bilan toxicologique. Et qu'ils n'oublient pas de garder l'urine et le sang prélevés.

Zack me promit de s'en charger. Je poussai la porte du bureau et entrai dans la pièce.

La mère du patient était une quadragénaire corpulente aux cheveux châtains qui commençaient à grisonner par endroits. Ses yeux noisette — de la même teinte que ceux de ses fils — étaient ravagés d'inquiétude.

Le garçon qui l'accompagnait avait une vingtaine d'années, les yeux injectés de sang et le menton hérissé d'une barbe naissante. Il empestait la bière et la transpiration, mais, à mon grand soulagement, n'avait pas l'air agressif. J'avais horreur d'aggraver l'anxiété des gens dans ce genre de situation, mais il m'était déjà arrivé de faire emmener un garçon que l'alcool rendait dangereux.

Après m'être présentée, je leur demandai le nom du blessé, et leurs liens de parenté avec lui. La femme répondit qu'elle était la mère de Raymond Abel, le patient. Elle s'appelait Rebecca Abel.

— Madame Abel, commençai-je, votre fils manifeste des signes de troubles neurologiques assez graves.

Les yeux de Rebecca s'embuèrent. Elle sortit les mains de ses poches et entrecroisa nerveusement ses doigts.

— Ce phénomène peut être provoqué par diverses causes — notamment une attaque cérébrale, un traumatisme crânien ou l'usage de stupéfiants, expliquai-je. Il faut me dire franchement s'il prend une drogue quelconque. Je ne suis pas de la police et en ma qualité de médecin, je suis liée par le secret professionnel.

L'infirmière lui avait déjà posé la question, mais il arrivait que les réponses des gens varient considérablement d'un moment à l'autre, quand la situation prenait une tournure inquiétante. Je voulais les effrayer suffisamment pour leur faire avouer la vérité sans aller jusqu'à les paralyser de terreur. Il ne fallait pas leur faire perdre leur sang-froid et leurs capacités de réflexion.

— Ray boit beaucoup trop, dit la mère. Son père était alcoolique, lui aussi. Mais aucun de mes fils ne se drogue, docteur.

Elle se tourna vers son cadet.

— Lloyd, saurais-tu quelque chose qu'il faudrait dire au docteur ?

Le garçon rougit et baissa la tête.

— Tu dois tout nous dire. Dans l'intérêt de ton frère, ajoutai-je gentiment. Tu ne l'aiderais pas, en nous cachant la vérité.

Lloyd haussa ses épaules osseuses.

— Il a peut-être fumé quelques pétards, mais je crois qu'il a arrêté, maman. C'était juste pour essayer.

— C'est tout ? Rien que du haschich ?

— Ouais. C'est tout. Excuse-moi, m'man. Il m'avait dit de pas le répéter.

Le regard triste et désemparé de Rebecca resta un moment fixé sur son fils.

— Pourriez-vous me dire comment vous avez trouvé Raymond ? demandai-je. Savez-vous ce qu'il a pu faire aujourd'hui ? Et qui il a vu ?

Lloyd détourna vivement les yeux. Le garçon savait quelque chose qu'il préférait cacher à maman.

— Eh bien, dit-elle, nous sommes rentrés du supermarché vers 20 h 30, et Ray titubait au milieu du séjour, comme s'il avait bu. Mais il ne sentait pas l'alcool — plutôt cette odeur qui colle à ses habits quand il travaille au garage, chez Mac Ardles.

— Ah bon, votre fils est mécanicien ? A-t-il travaillé, aujourd'hui ?

Mme Abel se tourna vers Lloyd, qui évita encore son regard et bafouilla quelque réponse inintelligible. Elle se leva et lui prit le menton d'une main étonnamment ferme. Fascinée, je la regardai l'obliger à lever le visage vers elle.

— Si tu as quelque chose à dire, c'est le moment, gronda-t-elle. Si je découvre que tu m'as caché quelque chose et que ça a fait du tort à ton frère, tu auras affaire à moi !

Elle parlait d'une voix sourde, énergique ; je n'aurais pas voulu que ces menaces me fussent adressées, car cette femme-là les mettait sans aucun doute à exécution. Apparemment, Lloyd en était convaincu, lui aussi.

Il dégagea son menton et frictionna sa mâchoire endolorie.

— Ray est allé traîner avec des copains, aujourd'hui. Ils ont fait un billard, et puis ils sont partis faire un tour à moto. Mais je sais pas où, ni avec qui. Je t'assure, maman. Il ne me dit pas toujours tout. Surtout depuis quelque temps.

— Comme la fois où il a eu des ennuis ?

— Oui, m'man. Un peu comme ça.

Mme Abel pivota sur sa chaise et me regarda franchement.

— Mes fils ont été élevés sans père. Je leur flanquais de bonnes raclées quand ils le méritaient, mais, de temps en temps, ils ont quand même trouvé le moyen de faire des bêtises. Ray s'est mis à avoir de mauvaises fréquentations, et un soir, il est rentré ivre mort. La bande avait dévalisé un magasin et roué de coups l'employé. Il a pris trois ans de prison. Il est en liberté conditionnelle depuis neuf mois. Et s'il recommence à voir ces voyous, j'alerterai moi-même son contrôleur judiciaire.

J'approuvai d'un hochement de tête.

— Avait-il l'air d'être tombé, dans la maison ? Avez-vous remarqué quoi que ce soit d'anormal, à votre retour ?

— Non. Tout était comme d'habitude ; sauf que la télé n'était pas allumée. Ray adore *La Roue de la fortune*. Il regarde l'émission tous les soirs — même les rediffusions. Là, il ne regardait pas la télé.

— Depuis combien de temps était-il rentré, à votre avis ?

— Nous étions partis au supermarché vers 7 heures. Il n'y avait donc pas plus d'une heure et demie qu'il était là.

— Comment est-il rentré ? Au volant de sa voiture ?

La mère et le fils se regardèrent.

— Je n'y avais pas pensé, répondit Lloyd, mais sa voiture était sur le trottoir, maman. Et Ray n'aurait jamais garé son auto sur le trottoir. Il adore cette bagnole. Il la protège de la pluie avec une bâche. Il l'a repeinte et équipée lui-même, expliqua-t-il à mon intention.

— Il est donc possible que quelqu'un d'autre l'ait raccompagné avant de garer sa voiture. Ou bien Raymond a conduit lui-même et, dès ce moment-là, il manifestait un comportement insolite.

Mme Abel et Lloyd hochèrent lentement la tête — deux paires d'yeux comme des soucoupes, fixées sur moi.

— Je vous remercie, leur dis-je. Veuillez patienter un moment dans la salle d'attente, je reviendrai vous parler. Il me manque quelques résultats d'examens pour savoir ce qui est arrivé à Raymond, mais il est entre de bonnes mains, madame Abel.

Elle prit ma main et la serra un moment entre ses doigts glacés.

— Merci, docteur.

Nous sortîmes dans le couloir. En passant devant la salle où Anne et Zack s'occupaient de Raymond, Mme Abel s'arrêta et esquissa le geste de frapper à la porte. Puis elle parut se raviser et desserra le poing, posant un instant sa paume sur le métal de la paroi coupe-feu. Finalement, elle se retourna et suivit son cadet dans la salle d'attente. Je me félicitai que quelqu'un ait eu la présence d'esprit de tirer cette porte.

Anne l'entrouvrit alors et passa la tête dans le couloir. Elle était grande et blonde, avec des yeux bleus à l'expression sérieuse.

— Docteur, les radios sont sur le négatoscope, en salle de fractures. Vous trouverez la NFS et la biochimie standard sur la fiche médicale.

— Rien de particulier ?

— Non. Tous les chiffres sont dans la fourchette normale.

— Comment va-t-il ?

— Il est calme. Zack surveille son évolution.

— Quand aurai-je le résultat du bilan toxicologique ?

— Dans deux ou trois minutes, docteur.

Je hochai la tête et obliquai sur la gauche pour entrer en salle de fractures. Tout était éteint, et l'unique source de lumière provenait du négatoscope, dont le faisceau éclairait les radios du crâne du garçon.

Je les observai attentivement. J'avais demandé la série de clichés latéraux dans l'espoir de découvrir la cause de la petite perforation au-dessus du sourcil de Ray. Mais je ne m'attendais pas vraiment à trouver une balle ou de la grenaille — quelque corps étranger logé à cet endroit. En effet, il n'y avait rien de tel. Les radios étaient tout à fait normales. Je fis demi-tour en soupirant et allai demander à Anne si Russel avait rappelé. J'étais désormais convaincue qu'il me faudrait une série de scanners.

— Il est en route, docteur Lynch. Il sera là dans cinq minutes, environ.

Tout en parlant, la jeune femme fixait un masque à oxygène au visage de Raymond et insérait une canule dans chacune de ses narines. Je regagnai la salle de fractures, où, dans l'obscurité, j'attendis songeusement l'arrivée de Russel. Je contemplais les contours de la tête du garçon sans les voir réellement. L'image de Marisa flottait comme un écran devant mes yeux.

Je ressentais des fourmillements dans les doigts comme toutes les fois où j'étais certaine d'avoir élucidé un problème sans en détenir encore la preuve formelle. Je savais ce qui était arrivé à cet homme. J'en avais la conviction absolue. Et de ce fait, je savais aussi ce qui était arrivé à Marisa.

La porte s'ouvrit derrière moi, et je me retournai.

— Bonsoir, Rhea. Anne m'a dit que vous aviez besoin de moi. Que puis-je faire pour vous ?

Je décrivis brièvement au radiologue l'état du patient, lui fis part des résultats des examens, et lui montrai les radios en précisant pourquoi je les avais demandées, soulignant la présence de la petite perforation au front. Debout près de moi dans l'obscurité, il écouta attentivement et posa quelques questions bien ciblées.

— Il me faut un scanner de la tête sans contraste, dis-je en conclusion, puis un scanner de l'orbite à incréments d'un millimètre.

Je pris une profonde inspiration avant d'ajouter :

— Autrement dit, des examens identiques à ceux que vous auriez pratiqués sur Marisa Braswell si on vous avait autorisé à le faire — à ceci près que l'angle qui m'intéresse, dans ce cas, est situé au-dessus du sourcil, pas au-dessous.

— Que cherchez-vous, Rhea ? demanda-t-il à mi-voix.

J'observai un bref silence avant de répondre :

— La trace du passage d'un corps étranger introduit par l'arcade sourcilière dans la cavité sinusienne, jusqu'au cerveau. A mon avis, Chris, ce garçon a été lobotomisé.

11.

Soupers fins et bloc AV

Chris omit d'élargir la question au cas de Marisa. Je m'abstins pour ma part d'y faire allusion. Au bout d'un moment, il pivota et quitta la pièce sans ajouter un mot. Des voix me parvinrent depuis le couloir ; celle de Chris, reconnaissable à son ton feutré, donnant des instructions ; celle d'Anne, qui lui répondait. Le téléphone sonna, et Zack alla décrocher. Une civière, dont une des roues grinçait, passa devant la porte. Elle conduisait mon dernier patient au scanner.

J'entendis tout cela comme dans un état second. Le visage amorphe de Marisa, son regard vide, son menton baveux restaient imprimés sur ma rétine. J'avais froid et chaud en même temps. Finalement, je quittai à regret la pénombre de la pièce, et accostai Bess, qui regagnait le laboratoire. Elle se tenait un peu voûtée, ses cheveux mi-longs encadrant un visage fatigué. Les réductions de personnel obligeaient chacun à enchaîner les nuits de garde, ce qui était épuisant.

— Dites-moi, Bess. Avons-nous des nouvelles du labo de Charlotte, à propos du contenu de la seringue d'hier ?

— Euh, une petite minute, docteur. Je vais aller jeter un coup d'œil. Je crois avoir entendu le fax fonctionner, pendant le repas. J'ai oublié de vérifier.

Quelques instants plus tard, elle me rapportait un compte rendu détaillé du laboratoire de référence. Ils avaient isolé et identifié une substance narcotique. La perspective de pouvoir enfin émettre un diagnostic pour mon patient de la veille aurait pu me communiquer un peu d'entrain, mais, à vrai dire, ce que j'avais découvert à propos de Marisa m'avait littéralement assommée. J'étais comme insensibilisée à toute émotion.

Je parcourus le fax sans m'arrêter à la composition chimique du produit découvert dans la seringue, de la *Xylazine.* Ce nom ne m'évoquait rien, il ne s'agissait pas d'un stupéfiant courant. J'allai prendre, sur une étagère, le Répertoire des produits pharmaceutiques à l'usage des praticiens, et le feuilletai rapidement. Xylazine, commercialisée sous le nom de Rompun. Il s'agissait d'un sédatif destiné aux grands herbivores, principalement utilisé pour le bétail. On ne s'en servait pratiquement plus en médecine, à cause de fréquents effets secondaires tels que vomissements et léger bloc atrio-ventriculaire — lequel, toutefois, se résorbait spontanément dès que l'organisme évacuait le produit.

— Tiens, tiens, murmurai-je.

Le blessé de la veille avait été découvert sur les terres d'un élevage. Se pouvait-il qu'on ait subtilisé un flacon de sédatif pour s'en servir comme d'un stupéfiant à moindre coût ?

Dans la salle de repos, je trouvai Dee Dee et Zack engagés dans une partie de rami. A en juger par la pile de pièces jaunes accumulée près d'elle, c'était la gestionnaire hors pair qui menait le jeu. Je m'approchai d'eux.

— Excusez-moi, Dee Dee. Puis-je vous parler un instant ?

— Certainement, chérie.

Elle empocha ses gains sous la mine dépitée de Zack.

— J'étais pourtant sûr de vous battre, cette fois, miss Dee Dee, dit-il. En fait, je n'arrive pas à gagner plus d'une fois sur cinq, ajouta-t-il à mon intention.

— Pas mal, pour un amateur, répondis-je.

Je m'abstins de préciser que, moi aussi, je m'étais fait plumer plus souvent qu'à mon tour par sa redoutable partenaire.

— Que puis-je faire pour vous, Rhea chérie ?

Je lui montrai le répertoire pharmaceutique.

— Connaîtriez-vous par hasard un produit à usage vétérinaire baptisé Rompun, qu'on utilise pour calmer le bétail ?

— Bien sûr, ma petite Rhea. Tout le monde se sert du Rompun. C'est l'un des sédatifs les moins chers du marché, et le plus courant.

Elle leva sur moi un regard intrigué.

— Tous les élevages du comté en ont sur leurs étagères. J'ai même dû en donner une ou deux fois à mes chevaux — bien que je préfère en principe utiliser d'autres produits. Pourquoi ?

Il n'y avait donc aucune difficulté à se le procurer. Je refermai le gros bouquin et gardai un doigt à l'intérieur, pour marquer la page.

— L'un de mes patients avait une seringue, dans sa poche. Le labo de référence de Charlotte y a découvert des traces de Rompun.

— Ah...

Elle hocha la tête en silence, puis revint à la charge au bout d'un instant.

— Allez-vous enfin vous accorder une petite pause pour dîner, mon petit ? Si vous voulez, je vais vous préparer une assiette, avant de partir.

— Merci, miss Dee Dee. Avec plaisir.

Ce que je venais d'apprendre me troublait. J'emportai le répertoire pharmaceutique dans le bureau, et relus la description de la Xylazine. Les détails concernant les effets secondaires du Rompun sur l'être humain étaient plutôt sommaires. A faible dose, le patient pouvait présenter les symptômes que j'avais constatés — variations de tension, bloc AV, vomissements. A dose plus importante, la situation se compliquait. Dix millilitres suffisaient à provoquer la mort. Je me remémorai la position de l'aiguille dans la fesse de Willie Evans : impossible qu'il eût lui-même tenu la seringue. On pouvait plutôt supposer qu'il s'était débattu, au vu des dégâts provoqués par la piqûre.

Après quelques secondes de réflexion, je décrochai le téléphone et composai le numéro du labo de l'hôpital.

— Bess, demandai-je en reconnaissant la voix de la jeune femme, auriez-vous entendu parler du test de Liebermann, par hasard ?

— Non, madame, mais je peux me renseigner.

— Bon. Si vous pouvez le pratiquer ici, j'en voudrais un pour notre blessé d'hier soir, qui s'appelle Willie Evans. Et un autre pour...

Je jetai un coup d'œil sur le dossier de mon dernier patient, dont j'avais oublié le nom.

— Raymond Abel.

— Entendu, docteur.

Je raccrochai et réfléchis à ce qu'il convenait de faire, à présent. Marisa devait subir de nouveaux examens. Ce soir. Tout de suite. Seulement, Marisa n'était pas ma patiente. Et je ne voyais pas très bien comment exiger de Shobani qu'il la fît revenir. Du reste, à en croire son dossier, elle n'avait jamais eu de bloc AV. Et j'avais étudié son électrocardiogramme sans y trouver le moindre indice d'un effet secondaire du Rompun.

Mes réflexions étaient dans cette impasse lorsqu'un policier se présenta avec une entaille au bras, occasionnée par un coup de couteau. Je reconnus aussitôt Bobby Ray Shirley, un brave gars du pays au crâne chauve et luisant, doté de la bedaine du buveur de bière. La blessure, de profondeur moyenne, n'exigeait pas de points de suture ; je demandai à Anne de la désinfecter et d'y appliquer un pansement compressif, prescrivant en outre un sérum antitétanique pour éviter tout risque inutile. Ces soins élémentaires ne rendaient pas ma présence indispensable : je commençais à m'éloigner quand j'entendis Bobby Ray parler avec Anne d'un viol récemment commis dans le comté de Ford. Le nom d'Eddie Braswell me fit tendre l'oreille.

— Eddie Braswell ? répétai-je en revenant sur mes pas.

Le policier leva les yeux sur moi.

— Je parie que vous aussi, vous connaissez le père.

J'acquiesçai d'un signe de la tête.

— Le gamin était en liberté conditionnelle. Il a fallu qu'il aille se promener là-bas pour dégotter une fille et la violer… Une ancienne petite amie, paraît-il. On l'a collé sous les verrous vite fait ! Et son cher papa aura du mal à tirer les ficelles pour le sortir de là, cette fois-ci !

Dans sa bouche, le mot « papa » était chargé de mépris.

— « Tirer les ficelles » ? Vous voulez dire qu'après l'agression de la prof, Steven Braswell a fait en sorte que son fils soit libéré ? lui fis-je préciser, désireuse de m'assurer que j'avais bien compris.

Les soins pratiqués par Anne arrachèrent au policier épuisé une petite grimace de douleur.

— Exactement, confirma-t-il. Le docteur joue au golf avec le juge, voyez-vous. Ces messieurs se rendent des services mutuels, et c'est une pauvre gamine qui paie les pots cassés...

Je hochai la tête et m'éloignai, la tête pleine d'interrogations. Marisa, elle aussi, payait-elle la note des frasques d'Eddie ? Et est-ce que Steven, une fois de plus, allait tout faire pour couvrir son fils ?

Sur ces entrefaites, un ambulancier amena un petit bonhomme de quatre ans qui souffrait d'otalgie bilatérale. Il avait les joues rouges et inondées de larmes, tout comme sa maman. Je soignai l'enfant, dont le tympan gauche était perforé, et le dirigeai sur un spécialiste du comté de Ford. L'opération semblait inévitable, et la perte auditive consécutive au traumatisme était difficile à évaluer.

Comme la mère et l'enfant quittaient l'établissement, Bess me rappela du laboratoire.

— Oui ? dis-je en prenant le téléphone. Vous avez trouvé quelque chose ?

— Procédons par ordre, dit-elle. D'abord, le bilan toxicologique n'a rien donné. Ensuite, le test de Liebermann est très facile à effectuer. Vous savez que c'est un test de dépistage courant, n'est-ce pas ?

— Oui, je sais. Faites-moi plaisir et dites-moi qu'il est positif pour mes deux patients.

— Vœu exaucé : positif pour Evans et pour Abel ! Voulez-vous que j'expédie les résultats au labo de référence, pour les faire confirmer ?

— Oui, s'il vous plaît, Bess. Et puis, je sais que c'est beaucoup vous demander, mais j'aimerais avoir la réponse dès ce soir. Il faudrait envoyer un coursier.

Bess ne put retenir un petit soupir.

— Je vais demander à Mike de s'occuper des formalités, docteur. Vous savez que, maintenant, chaque demande d'expédition par coursier doit être signée par le responsable du labo ? On dirait qu'ils s'ingénient à compliquer toutes les procédures…

— Merci, Bess. Je vous suis vraiment reconnaissante de vous donner tout ce mal. Comment vont vos petits ? Ont-ils échappé à l'épidémie de grippe ?

Instantanément, sa voix reprit de l'allant.

— Oh, ils sont en pleine forme ! Leur maman n'est pas souvent là, mais j'ai ma journée libre, demain. Nous allons louer des cassettes vidéo et nous faire une orgie de Disney !

L'image de Marisa déguisée en Blanche-Neige, en dernière année d'école primaire, me revint aussitôt à l'esprit. Dans le petit spectacle que nous jouions alors, j'interprétais le rôle de Prof — comme par hasard... Si Bess remarqua à quel point mon rire de circonstance sonnait faux, elle n'en montra rien. Je la remerciai de nouveau et raccrochai.

Après la sixième, les ressources familiales ayant fondu comme neige au soleil, j'avais quitté l'enseignement privé pour le public. Nous nous étions donc retrouvées dans des établissements différents, mais n'avions pas moins réussi à garder le contact, Marisa et moi. Notre amitié était d'une solidité à toute épreuve.

— Zack, où est le sac qui contient les vêtements de Raymond Abel ? demandai-je.

Le jeune homme abandonna son repas et disparut dans l'arrière-salle.

— Vous devriez laisser ce garçon se restaurer un peu, Rhea, intervint Dee Dee. Il est maigre comme un clou. Et si vous veniez plutôt manger un bout, vous aussi ? Votre assiette est en train de refroidir.

— J'arrive, miss Dee Dee. Dans trois minutes.

— Hmm... j'ai déjà entendu ça. Bon, vous me rapporterez mon plat à four demain. Et il a intérêt à être vide. Allons, à table ! ordonna-t-elle en enfilant son manteau avant de sortir.

Le courant d'air froid qui s'engouffra dans son sillage emporta ma réponse.

— Voilà les fringues, docteur Lynch. Le sac est encore fermé, annonça Zack en me tendant trois sachets de plastique munis d'étiquettes de couleurs différentes.

Il les désigna successivement du doigt.

— Drap de la civière ; drap de l'ambulance...

Je lui pris le troisième des mains et l'ouvris. L'odeur qui s'en échappa était reconnaissable entre mille. Je le refermai hermétiquement et attrapai le téléphone.

Il y avait des mois que je n'avais pas composé ce numéro, mais mes doigts en avaient conservé la mémoire : ils pianotèrent sur le clavier sans la moindre hésitation.

J'obtins une réponse à la quatrième sonnerie. En bruit de fond, un air de musique folk — Clint Black, me sembla-t-il, qui pleurait son amour perdu.

— Aââllôô...

— A l'huile, répondis-je machinalement, me mordant aussitôt les doigts d'oser de telles gamineries.

Comme mon divin humour parut laisser mon interlocuteur de marbre, j'enchaînai, sur un ton plus professionnel :

— Ecoute, Mark, excuse-moi de te déranger à cette heure-ci, mais il y a du nouveau à propos du blessé d'hier — ce Willie Evans.

— Oui...

Le ton était plus impatient qu'interrogateur.

— Les résultats des analyses ont mis en évidence la présence d'un sédatif pour bétail dans son organisme. Et à mon avis, ce produit lui a été administré contre son gré.

La musique s'arrêta subitement.

— Je suis là dans dix minutes.

Un déclic, puis la tonalité.

— Bien, à tout de suite, grommelai-je entre mes dents.

Je raccrochai tout en me demandant s'il était seul ou s'il avait dû se débarrasser de quelqu'un, avant de partir.

Sympathique et séduisant, Mark avait beaucoup de succès auprès des femmes — les terres et la coquette fortune héritées de son grand-père, ajoutées au prestige de l'uniforme, devaient également participer de son charme. Mais je haussai bientôt les épaules : à quoi bon m'appesantir sur le sort d'un lourdaud de flic ? J'entrepris de me consacrer à un patient nouvellement arrivé, qui se plaignait de douleurs à la gorge et aux oreilles.

J'en avais terminé avec cet homme quand Mark arriva en coup de vent, vêtu d'un jean moulant et d'une veste-chemise sur un T-shirt noir. Trish, que l'ensemble ne laissait apparemment pas insensible, émit à son passage un petit soupir rêveur. Pour ma part, je redressai les épaules et le conduisis sans un mot jusqu'au bureau, où je lui mis sous le nez le sac contenant les vêtements de Raymond Abel.

— Sens-moi ça, lui dis-je sans préambule.

— Bonsoir, chère madame. Ma foi, je vous trouve ravissante, ce soir.

Je ne pus m'empêcher de sourire.

— Les leçons de miss Dee Dee commenceraient enfin à porter leurs fruits ?

— Va savoir… En tout cas, je te trouve vraiment bonne mine.

Il ouvrit le sac de plastique et l'approcha de son nez.

— Qu'est-ce que c'est que cette odeur ? demanda-t-il en grimaçant.

Je m'installai dans le fauteuil à haut dossier, derrière le bureau, et croisai les mains devant mon fidèle stéthoscope.

— Du chloroforme. Quand je t'aurai dit tout ce que j'ai à te dire, tu voudras peut-être faire analyser ces vêtements pour chercher des indices. Assieds-toi.

Je lui parlai d'abord de Willie Evans, le blessé de la veille — de son problème cardiaque qui se résorbait spontanément, de l'aiguille que j'avais retirée de sa fesse, et du produit que contenait la seringue trouvée dans sa poche. J'expliquai ensuite l'étrange analogie de ses symptômes avec ceux de Raymond Abel.

— Dans les deux cas, le test de dépistage a fait apparaître la présence d'une substance narcotique — la Xylazine. La localisation de la piqûre et l'importance de l'hématome laissent supposer que le produit leur a été injecté par un tiers — et peut-être de force.

Je marquai une brève pause avant d'ajouter :

— A mon avis, il est possible que ces deux hommes aient été lobotomisés.

Pareille révélation aurait dû le faire bondir de sa chaise. Comme le silence se prolongeait et qu'il ne montrait aucune réaction, je croisai les bras sur la table.

— Sais-tu ce qu'est une lobotomie, Mark ?

— A vrai dire, non.

Son regard vint se poser sur moi comme au sortir d'un rêve.

— Explique-moi, demanda-t-il.

— C'est un acte chirurgical. Autrefois — il y a vingt ou trente ans —, les médecins prescrivaient parfois la lobotomie en cas de maladie mentale incurable ou d'attaque cérébrale. L'intervention se pratiquait sous calmants, avec le choix entre plusieurs procédés : soit en ouvrant le crâne pour ôter une petite partie du cerveau, ou bien en insérant un objet pointu à travers la cavité sinusienne par perforation au niveau du front ; soit, enfin, en insérant le même genre d'objet par les narines, jusqu'au cerveau. Ce troisième type de lobotomie est particulièrement difficile à identifier, et ne peut être diagnostiqué qu'à l'aide d'un scanner d'un genre particulier. Très peu d'indices permettent de dire que cet acte a été effectué, lorsqu'on choisit de passer par la narine.

Mark plissa légèrement les yeux, attentif à chacune de mes paroles.

— La lobotomie est tombée en disgrâce quand on s'est aperçu que cette ablation provoquait de graves troubles du comportement — passivité anormale, accès de violence irrépressible ou incapacité de communication. Certains patients devenaient catatoniques.

Un frisson me parcourut, lorsque je songeai aux traits figés et au regard éteint de Marisa. *Pourvu, pourvu que je me sois trompée...*

— Merde, alors ! Quels barbares, ces toubibs ! Vous êtes pires que certains criminels condamnés à perpète. Ton histoire me fait penser à *La Planète des singes* !

Il n'avait pas tout à fait tort. J'avais vu le film, et je visionnai très bien le personnage auquel il faisait allusion : un homme au visage barré d'une horrible estafilade, et dont le regard vitreux évoquait celui de mon amie... Je baissai les yeux sur mes mains.

— Je crains que les deux hommes aient été drogués à la Xylazine et lobotomisés par la seconde méthode. Raymond Abel, le patient qui m'a été amené ce soir, est en train de subir divers examens. J'ai remarqué une petite perforation juste au-dessus de son sourcil gauche. Quant à Willie Evans... Je m'apprêtais justement à appeler Richland pour parler au médecin qui l'a examiné lors de son arrivée. J'espère qu'il prescrira aussi des examens complémentaires.

Je levai les yeux sur Mark et continuai :

— La Xylazine ne te dit peut-être rien, mais tu dois connaître le Rompun, qu'on utilise couramment pour calmer le bétail. Chez l'être humain, ce produit a des effets secondaires désastreux. Ces deux tests positifs pourraient bien inaugurer une série d'agressions...

— Deux cas, c'est bien peu pour parler de série, répliqua-t-il.

J'eus toutes les peines du monde à poursuivre. Quand les mots franchirent enfin mes lèvres, ma voix n'était qu'un souffle.

— Avec Marisa, cela ferait trois.

— Ton amie, Marisa Braswell ?

— A mon retour de vacances, j'ai découvert qu'elle avait eu une attaque. Je n'ai pas encore trouvé le moyen de les interroger, mais Anne et Zack, les infirmiers qui sont de service ce soir, étaient présents, quand elle a été admise aux urgences. Son cas me semble présenter des analogies troublantes avec celui de Raymond Abel. Et peut-être que Willie Evans avait lui aussi la petite perforation au front que j'ai constatée chez Abel. Son visage était si tuméfié qu'elle aura pu m'échapper.

— Quand penses-tu en savoir davantage ?

— Sur mon patient de ce soir, dans une heure ou deux. Pour Willie Evans, un peu plus tard dans la nuit, si je peux obtenir la coopération du médecin de Richland. Quant à Marisa...

Je marquai une pause et plongeai mon regard dans le sien.

— Quant à Marisa, elle a effectivement une petite perforation sous le sourcil gauche... Je ne suis pas son médecin, Mark. Je suis allée la voir chez elle malgré l'interdiction de son mari. Ce que je te dis doit rester entre nous.

— O.K. Je n'ai rien entendu, opina-t-il, le visage grave. Et tu ne dois en parler à personne, sous aucun prétexte. Tu ne m'as rien dit. Compris ?

— Oui.

Je baissai de nouveau les yeux sur mes mains.

— Dis-moi ce que tu sais de Mitchell Scoggins, reprit-il.

Surprise par ce coq-à-l'âne, je relevai la tête.

— C'est un juriste. Le bruit court qu'il participe à la création de Medicom Plus, une société de services médicaux destinés aux nouvelles usines chimiques qui s'installent dans les parages.

— Tu n'en sais pas davantage ?

— Je... Non. Trish le connaît mieux que moi. Apparemment, il aurait essayé de la draguer, un soir, en boîte de nuit. Tu pourrais la questionner.

— Mitch a dû tenter sa chance avec tout ce qui porte jupon, par ici. Mais j'interrogerai cette Trish. Elle est ici, ce soir ?

— Elle était à côté de moi, quand tu es arrivé dans le hall.

— Ah, bon ? dit-il d'un ton léger.

Une lueur espiègle dansa dans ses prunelles vertes.

— Quand je te vois, je ne remarque généralement personne d'autre. Bon, je vais essayer de me renseigner un peu en posant quelques questions. Je te tiendrai au courant.

— Mark ?

Il attendit la suite, sourcils arqués. Je ne lui avais pas encore parlé d'Eddie, mais à vrai dire, je ne savais pas grand-chose. Sinon que le garçon semblait consommer de la drogue et se montrer de plus en plus agressif avec les femmes. Marisa pouvait elle avoir été sa première victime ?

— Est-ce que tu voudrais me rendre un service ? J'aimerais savoir si Eddie Braswell était en liberté, au moment où Willie Evans et Raymond Abel ont eu leurs petits problèmes...

Je laissai ma phrase en suspens.

Mark acquiesça d'un signe de tête, les yeux dans le vague, comme s'il évaluait ma requête à la lumière des développements récents.

— Oui, oui, je peux faire ça, murmura-t-il.

Je n'aurais su dire si ces mots s'adressaient à moi ou s'il parlait tout seul.

L'instant d'après, sa chaise était vide. Mark était sorti en coup de vent, laissant la porte grande ouverte derrière lui. Un peu déconcertée, je me levai à mon tour et le suivis dans le couloir.

12.

Graisse à traire et compétition

Une fois n'est pas coutume, j'avais pu joindre sans difficulté le médecin responsable des admissions aux urgences de Richland. Et pour une fois, un toubib de l'immense CHU s'était montré coopératif. Il avait immédiatement demandé un scanner comparatif du crâne de Willie Evans, pour vérifier la présence d'une éventuelle lésion interne. L'intermittence puis la résorption spontanée du bloc AV et les variations de tension de son patient l'avaient laissé perplexe. Il fut satisfait d'en découvrir la cause. Il promit de me communiquer les résultats du scanner avant le lendemain. Ces progrès concernant deux diagnostics difficiles m'auraient enchantée, si je n'avais pas été aussi inquiète pour Marisa.

De 10 heures à minuit, je vaquai à mes occupations, l'esprit préoccupé. Mark interrogea Anne, Zack et Trish, à propos de Marisa, de Willie Evans et de Mitchell Scoggins, les convoquant individuellement, l'un après l'autre, dans mon bureau. Il s'en était approprié l'usage sans m'en demander l'autorisation, et je ne lui fis même pas remarquer son sans-gêne. Le temps n'était pas à la guéguerre et aux récriminations : il importait avant tout d'obtenir des réponses à mes questions.

Je cherchai à me souvenir, tout en travaillant, des potins qui auraient pu circuler à propos de Mitchell Scoggins. Mais, si j'en avais entendu, ils étaient entrés par une oreille et sortis par l'autre. Pourquoi diable Mark s'intéressait-il à cet avocat ?

— Est-ce que tu aurais une petite minute ?

Je levai les yeux, occupée à me laver les mains dans l'évier. Le savon désinfectant m'irritait la peau, et j'avais laissé ma crème hydratante dans mon sac. Je pris le tube de graisse à traire et étalai une grosse noix de produit entre mes paumes. Mark me regardait faire, nonchalamment appuyé au montant de la porte.

— Tu sais à quoi sert ce truc, dans la région ?

— A enduire les pis des vaches en hiver pour éviter les crevasses, dis-je d'un ton dégagé. Ça marche aussi pour les mains. Je te sers une tasse de café ?

— Merci, avec plaisir.

Il me suivit dans la salle de garde et prit la tasse que je lui offrais. Comme de juste, ce café vieux de plusieurs heures sentait le mazout. Je le bus néanmoins avec satisfaction. Cela faisait un certain temps que je n'avais pas connu de bonne nuit réparatrice ; j'avais besoin de carburant, pour continuer à avancer.

— Zack dit que l'œil de Marisa Braswell saignait, quand on l'a amenée aux urgences. Le même genre de blessure que ton patient de ce soir.

Je baissai les yeux sur ma tasse, et quelques larmes troublèrent la surface du liquide. J'avais donc vu juste, hélas. J'aurais tant voulu m'être trompée...

— J'ai fait établir un mandat de perquisition pour avoir accès au dossier de ton amie, reprit Mark. Ce saignement et cette blessure ne sont pas mentionnés dans les observations du médecin. Pas plus qu'il n'y est question des contusions aux poignets et au cou dont Zack et Anne m'ont parlé. Officieusement, est-ce que tu as vu ces marques ?

J'acquiesçai de la tête en m'efforçant de contenir mes larmes.

— J'ai même pris des photos, murmurai-je. Elle avait aussi une longue écorchure en voie de cicatrisation, sur une fesse. Peut-être a-t-on essayé de lui faire une piqûre.

Mark s'abstint de tout commentaire et poursuivit comme s'il n'avait rien entendu :

— Est-ce que ça ne te paraît pas étrange ? Un médecin qui omet de faire état de contusions ou de blessures de ce genre — des blessures qui peuvent attester d'une agression ?

— Non, s'il estime que la nécessité de maîtriser le patient sur place a pu les provoquer. A plus forte raison si le médecin en question est aussi l'époux de la patiente, et qu'il est sous l'emprise de l'affolement.

J'avais repris contenance et pouvais lever les yeux.

— Steven travaillait à l'hôpital depuis douze heures, quand on a amené Marisa. Il faisait la garde à ma place. Il devait être dans un état lamentable. Par conséquent, il n'y a rien d'étonnant à ce qu'il ait oublié de mentionner certaines choses. Ce qui me gêne davantage, c'est que personne n'ait corrigé ces omissions par la suite et qu'aucun examen complémentaire n'ait été effectué.

— Il faudrait que j'interroge les ambulanciers qui ont pris Marisa en charge.

Il consulta brièvement sa montre et ajouta, laissant sa phrase en suspens :

— Si ce sont eux qui ont provoqué les contusions à ses poignets et ses chevilles...

Je lui fournis les noms des ambulanciers et but ma tasse de boue noirâtre d'un trait.

— Tu peux appeler le coordinateur des trajets pour lui demander de t'envoyer les ambulanciers au poste. On les a prévenus de s'attendre à être convoqués.

Mark haussa légèrement les sourcils.

— Eh bien, merci infiniment, docteur Lynch. Je n'y aurais jamais songé tout seul.

Je lui adressai un coup d'œil oblique.

— En d'autres termes : « Mêle-toi de tes affaires ! »

— Exactement.

— Compris, chef. Je ne m'y risquerai plus.

Mark expédia sa tasse en plastique dans la poubelle en s'esclaffant.

— Voilà une promesse que je serais étonné de te voir tenir.

— Une promesse ? Qui m'a entendue faire une promesse ?

— Je te tiendrai au courant, Rhea. Et toi, dès que tu sauras quelque chose à prop...

Il s'interrompit en apercevant Chris Russel qui sortait de la salle de radiologie, au fond du couloir.

— Est-ce que ce sont les résultats que nous attendons ? demandai-je en m'avançant en tremblant vers mon confrère, mon anxiété décuplée par l'effet de la caféine.

Le visage mince de Russel était empreint de gravité. Sans un mot, il nous fit signe de le suivre en salle de fractures et alluma le négatoscope. Il plaça d'une main experte plusieurs clichés dans les encoches. Les contours du crâne et du cerveau apparurent. N'importe qui aurait pu distinguer l'épanchement sanguin qui stagnait dans l'enveloppe entourant le cerveau de Raymond Abel.

— Le malade présente un épanchement sanguin anormal que nous avons cependant déjà rencontré ailleurs, ces temps-ci. Notez les changements hémorragiques du lobe frontal, avec hémorragie sous-arachnoïdale et hémorragie subdurale. A cet égard, un examen standard à dix millimètres aurait suffi. Ce que nous voyons avec le scanner à incréments d'un millimètre démontre de façon beaucoup plus probante le type de lésion à l'origine de cet épanchement.

Russel parlait d'un ton calme et posé, aussi précis que s'il venait de répéter sa tirade dans le couloir.

— Vous remarquerez cette petite cavité qui commence juste au-dessus de l'arcade sourcilière et pénètre ici, dans le sinus frontal.

Il désignait une petite tache ronde sur l'un des clichés.

— Elle suit le trajet du sinus jusqu'à la matière grise et au cortex cérébral, là-haut. Il y a des traces d'obstruction ici et là, expliqua-t-il en montrant quelques zones sombres et claires dans la cavité et du côté de l'enveloppe du cerveau. Il peut s'agir de liquide céphalo-rachidien, de sang, ou même de caillots.

Je gardai le silence. La chaleur devenait oppressante, dans la petite pièce.

— Tout cela me semble assez intéressant, dit Mark, mais qu'est-ce que ça signifie au juste, en langage courant ? Est-ce une confirmation de la lobotomie que le Dr Lynch mentionnait tout à l'heure ?

Chris ne répondit pas, et je hochai imperceptiblement la tête.

— Oui, c'est bien ça.

— Serait-il possible qu'il se soit fait cela lui-même ? Qu'il se soit blessé tout seul ?

Russel se tourna vers lui et le regarda dans la pénombre.

— Je ne vois pas très bien comment. S'il avait voulu se suicider d'une balle dans la tête, il y aurait des traces de brûlure autour de la perforation frontale. Et la balle serait forcément ressortie ailleurs. Or, on ne voit pas d'autre perforation, sur ces clichés, ni de plomb. S'il s'était enfoncé quelque chose dans la tête lors d'une chute accidentelle, soit l'objet serait toujours là, soit l'homme l'aurait retiré et cela aurait causé d'énormes dégâts. Et ce n'est pas non plus le cas.

Il esquissa une grimace accentuée par le contraste entre l'obscurité et la lumière crue de l'appareil.

— Ce type ne s'est sûrement pas blessé en courant avec des ciseaux à la main.

Sa réflexion sarcastique instaura un climat pesant. Je gardai les yeux fixés sur les clichés accrochés au négatoscope, sans oser un geste.

— Je dois pourtant m'en assurer, docteur, dit Mark. Merci tout de même de m'avoir éclairé.

Russel haussa les épaules sans répondre.

— Nous aurions sans doute vu la même chose sur un scanner analogue de l'orbite gauche de Marisa Braswell, n'est-ce pas ? demandai-je au radiologue.

— Je ne sais pas, dit-il. Je pensais découvrir une lésion quelconque consécutive à l'attaque cérébrale — due à une chute sur le front, par exemple. Une fracture orbitale, peut-être. Mais compte tenu de la similitude entre les hémorragies internes de Mme Braswell et celles de nos deux patients... je ne sais vraiment plus que penser, Rhea.

— Chris, j'ai un ami à Duke qui souhaite voir les clichés. Il est interne en quatrième année de neurochirurgie. Accepteriez-vous que je sollicite son avis par MODIS ?

— Accepteriez-vous que j'assiste à l'entretien ?

J'opinai avec un sourire.

— Certainement. Les explications de Cam Reston me dépassent parfois quelque peu. Vous pourrez me servir d'interprète.

.— Ravi de constater que je ne suis pas le seul à avoir besoin de traduction, enchaîna Mark. Dites-moi, y a-t-il ici quelqu'un de la famille Abel ? J'aimerais jeter un coup d'œil sur les lieux du crime. Poser deux trois questions.

— La mère, Rebecca, est dans la salle d'attente. Le frère cadet, Lloyd, l'accompagne. Il était un peu ivre quand je l'ai vu, il y a deux heures. Je les appelle pour les mettre au courant de la situation, ensuite, tu les interroges dans mon bureau.

Mark me jeta un coup d'œil lourd de sens.

— C'est *mon* affaire, d'accord ?

— Pas avant que j'aie fait mon boulot. Ce sont *mes* urgences, d'accord ?

Il haussa les épaules et me demanda d'un air onctueux :

— Voyez-vous un inconvénient à ce que j'assiste à la conférence, mon cher docteur ?

— Pas le moindre... cher inspecteur.

Chris nous regarda l'un et l'autre d'un air perplexe.

— Quelque chose m'aura échappé ? murmura-t-il.

— Rien de déterminant, répondis-je. Une simple histoire de frontières à délimiter. La conférence sur MODIS débutera dans une dizaine de minutes, Chris. Merci infiniment d'être venu ce soir.

— Désormais, je crois que viendrai camper ici chaque fois que vous serez de garde, grommela-t-il.

Quelques instants plus tard, je faisais entrer les Abel dans mon bureau. La mère avait les traits tirés, le teint blafard et des cernes noirs sous les yeux. Le fils semblait à peu près dégrisé. L'attente avait accablé l'une et rétabli l'autre. Rebecca nous considéra, Mark et moi, d'un œil interrogateur.

— Asseyez-vous, madame Abel.

Instinctivement, Lloyd alla se placer derrière la chaise de sa mère et posa une main sur son épaule. Il est vrai que Rebecca allait avoir besoin d'un solide soutien, et il fallait espérer que son cadet ne flancherait pas.

— Madame Abel, j'ai demandé à l'inspecteur Stafford d'assister à notre entretien. Il semble que votre fils Raymond ait été victime d'une agression.

Lloyd accentua la pression de sa main sur l'épaule de sa mère.

— En fait, poursuivis-je, il a subi une lésion qui provoque une hémorragie interne, à proximité du cerveau.

Je parlais lentement, en surveillant attentivement le visage de la femme. A mesure que je livrais les informations dont je disposais, je voyais sa bouche se crisper et la main de Lloyd s'agripper à l'étoffe de son anorak.

— Le cerveau a été endommagé, mais il est encore impossible d'évaluer quelles diminutions des fonctions physiologiques peuvent en résulter. Je souhaite envoyer Raymond au CHU de Duke, où je le confierai aux soins d'un spécialiste dont je peux garantir la compétence. Je sais que c'est loin de chez vous, et si vous préférez un établissement plus proche — ou si votre assurance ne suffit pas à couvrir les frais pour Duke —, nous pourrons prendre d'autres dispositions. Mais à mon avis, avec ce genre de blessure, c'est Duke qui lui offrira le maximum de chances d'amélioration.

Les yeux rivés aux miens, Rebecca attendit la suite.

— Ils disposent des appareils les plus modernes et les plus sophistiqués, comme le scanner tomographique à émission de positrons ou l'IRM — imagerie à résonance magnétique —, permettant des examens neurologiques approfondis. Toutefois, si Duke est vraiment trop loin...

— J'ai une sœur qui habite du côté de Raleigh, coupa Rebecca. Je pourrai m'installer chez elle pendant la durée du traitement.

Je hochai la tête.

— Très bien. Je connais un médecin là-bas qui sera certainement tout disposé à s'occuper du cas de Raymond.

— Vous dites qu'il a été victime d'une agression. Ça veut dire que quelqu'un l'aurait frappé sur le crâne ?

Je jetai un coup d'œil vers Mark.

— Pas exactement, madame. En fait, il semble plutôt qu'on lui ait introduit un objet pointu dans la tête, jusqu'au cerveau. C'est ce qui expliquerait le saignement au-dessus de son œil, dû à une perforation qui remonte par le sinus. Il y a donc aussi une hémorragie interne. Ecoutez, veuillez m'excuser, mais à présent, l'inspecteur Stafford va devoir vous poser quelques questions pour tenter de découvrir qui aurait pu faire cela.

— Mais je veux accompagner mon fils à l'hôpital.

— Ce sera certainement possible. Je vais demander qu'on vous réserve une place dans l'hélicoptère qui l'emmènera. En attendant que tout soit prêt, vous aurez le temps de répondre aux questions de l'inspecteur. Est-ce que vous vous en sentez capable ?

Les yeux de la malheureuse s'emplirent de larmes. Je m'en voulais de l'obliger à répondre aux questions de Mark. Ce serait particulièrement difficile pour elle, dans l'état de détresse où elle se trouvait, avec son fils grièvement blessé dans une salle voisine.

— J'imagine ce que vous pouvez éprouver, ajoutai-je doucement. Je suis vraiment navrée.

Je regardai de nouveau Mark, qui observait la mère et le fils d'un œil attentif — son œil aiguisé de fin limier. Je savais que les proches de la victime étaient toujours considérés comme les principaux suspects, jusqu'à plus ample information. Mais, dans l'intérêt de la famille Abel, j'espérai qu'il songerait aux autres blessés présentant des lésions analogues, et s'efforcerait de relier les affaires, au lieu de risquer l'erreur judiciaire. Je le laissai s'acquitter de sa tâche, et quittai discrètement la pièce.

13.

Manque de sommeil et test de Kernig

Je téléphonai à Cam vers 1 heure du matin. Il somnolait au bar des médecins de l'hôpital de Duke en attendant mon appel. Immédiatement réveillé, il m'expliqua le fonctionnement du système MODIS, échangea quelques plaisanteries avec Chris Russel, puis entama le transfert de documents. Avec ses quelques années d'existence, le Système Informatique de Diagnostic Médical Interactif était parfois sujet aux bugs ou à de menues incommodités pouvant ralentir le transfert des clichés et troubler l'image. Il nous fallut plus d'une heure pour envoyer à Duke la totalité des scanners pratiqués sur Raymond Abel, Willie Evans et Marisa.

Totalement dans son élément, Cam analysait avec Chris les zones ciblées, les angles de scannage et les niveaux de densité des différents tissus et sérosités. Je me bornai surtout à écouter, capable de suivre mais infiniment soulagée que Chris fût là pour se charger de la partie technique de la discussion. Assise près de la porte de la pièce plongée dans la pénombre, je pouvais entrer et sortir en toute discrétion pour superviser les soins prodigués à Raymond Abel, l'organisation de son transport au CHU de Duke et l'arrivée sporadique de nouveaux patients tout au long de la nuit.

J'étais dans la salle de conférence quand Cam émit son diagnostic.

— Chris, je ne peux que me ranger à votre avis, dit-il d'un ton accablé. Nous sommes apparemment en présence d'une lésion cérébrale provoquée par un traumatisme invasif.

En langage courant, mon patient avait été lobotomisé.

Ce verdict officiel me donna la nausée. J'eus envie de vomir en songeant à ce qu'on avait infligé à Willie Evans, à Raymond Abel. A Marisa. Le café dont je m'abreuvais depuis des heures me retournait maintenant l'estomac. J'appuyai la tête contre le mur et faillis fondre en larmes. Mais il y avait trop à faire pour céder à la mélancolie. J'informai Mark de la confirmation donnée par Cam, bus encore force café, et achevai les préparatifs pour le transport en hélicoptère. Une fois à Duke, Raymond Abel serait soumis à toutes sortes d'analyses et d'examens approfondis ; il recevrait un traitement destiné à éviter l'œdème cérébral, des antibiotiques ciblés et, si nécessaire, subirait une intervention de neurochirurgie. Après une rééducation progressive, les médecins pourraient évaluer ce qui restait de sa mémoire, de ses fonctions créatrices et verbales — un traitement et des soins auxquels Marisa n'avait pas accès. J'aurais volontiers étranglé Steven et Shobani, qui empêchaient mon amie de bénéficier des progrès de la science...

Cette nuit-là, je ne pouvais pas faire grand-chose pour elle. Mark devait au préalable établir que Marisa avait été victime d'une agression. Puis il faudrait convaincre Steven que son état nécessitait d'autres soins. Sauf impondérable, j'étais totalement hors circuit.

A Richland, Willie Evans disposait lui aussi d'une attention médicale irréprochable ; il était soigné dans un CHU équipé d'appareils bien plus perfectionnés que ceux dont je disposais. Encore une fois, tout ce dont Marisa ne pouvait profiter... Profondément écœurée, mais soucieuse de l'état de mon ancien patient, j'appelai le standard de Richland et obtins le médecin qui s'occupait de Willie. Il avait également de mauvaises nouvelles. Les clichés du dernier scanner faisaient apparaître le même type de lésion que celle de Raymond Abel. Je le mis en téléconférence avec Cam et Chris et, grâce aux haut-parleurs, prêtai une oreille distraite à ce flux de jargon technique et neurochirurgical.

J'étais spécialiste des urgences, pensai-je en écoutant. Et j'excellais dans ma spécialité. Durant cette heure trépidante qui suit un grave accident, quand le blessé est en suspens entre la vie et la mort, je pouvais me vanter d'être parmi les plus aptes à prendre les bonnes décisions et à choisir le traitement approprié. Les meilleurs hôpitaux de la côte Est m'avaient fait des propositions. On m'avait même offert un poste d'associée dans un établissement de prestige, le centre de traumatologie John Hopkins — offre que j'avais déclinée à l'époque pour rester auprès de John.

Mais quelle était ma contribution à la conversation qui se tenait actuellement ? Je n'y avais guère plus de place qu'un simple généraliste. Depuis qu'avait débuté mon internat, c'était la première fois que je me sentais aussi inefficace — aussi inutile.

C'était Cam, désormais, qui allait prendre en main le traitement de Raymond Abel. Je ne pouvais plus faire grand-chose pour le jeune homme.

Je quittai discrètement ma chaise près de la porte, et cherchai un bureau vide où me réfugier dans le noir, la tête pleine d'images de Marisa. Nous étions plus proches que des sœurs, et je ne lui étais d'aucun secours...

Marisa m'avait sans doute épargné de graves ennuis, autrefois, lors de notre rencontre au bord du ruisseau. Sans son intervention, j'aurais certainement terminé mon barrage et inondé une partie du quartier. J'avançais sur la corde raide, ce jour-là ; j'oscillais entre raison et colère, entre projets d'avenir et autodestruction. Sans ma chère Risa, sans sa famille qui m'avait accueillie, j'aurais pu aisément me retrouver en maison de redressement ou en foyer de placement. Mon amie m'avait évité le pire, et permis par la suite de rester dans le droit chemin. Sans elle, qu'est-ce que j'allais bien pouvoir devenir ? Elle était toute ma famille.

J'avais le cœur serré dans un étau. J'enfouis ma tête dans mes mains et, l'espace de quelques minutes, laissai exploser le flot de larmes qui menaçait de m'étouffer. Cela seul me donna la force de me lever, d'aller me rafraîchir le visage et de me remettre à la tâche.

Peu après 4 heures du matin, alors que Chris et Mark étaient rentrés chez eux depuis un moment, l'hélicoptère de Raymond arriva enfin. Mme Abel, prête à s'envoler pour la Caroline du Nord, avait organisé son hébergement à Raleigh et envoyé son petit dernier préparer les bagages. Il n'y avait plus de patients, aux urgences. J'étais seule dans le service, avec les infirmiers et l'équipage de l'appareil.

Anne et Zack procédèrent à l'échange de matériel ; ils troquèrent fils d'électrodes, canules d'oxygène et perfusions de l'hôpital contre ceux apportés par le personnel de Duke. Trish prépara du café, remplit les Thermos des voyageurs et s'arrangea pour tourner un moment autour du pilote, un beau gosse en combinaison kaki et bottes de combat. Quelques instants plus tard, la civière de Raymond franchissait le seuil et Rebecca m'étreignait avec émotion.

— Merci, docteur, merci infiniment. Je vous tiendrai au courant. Et je vous amènerai Raymond, quand il sera rentré chez nous, pour que vous puissiez voir un garçon à qui vous avez sauvé la vie.

Je l'étreignis à mon tour en lui adressant le sourire le plus réconfortant de mon registre ; j'espérais tant que tout se passerait pour le mieux...

— Bon courage, lui dis-je. Je prendrai des nouvelles de Ray.

— Merci encore, docteur.

Elle me pressa une dernière fois contre elle et partit en courant vers l'hélicoptère, pliée en deux dans l'air que brassaient les immenses pales.

Bientôt, l'appareil ne fut plus qu'un point lumineux qui disparut rapidement derrière les frondaisons des érables bordant le parking. En revenant sur mes pas, j'aperçus dans la grande porte vitrée un visage pâle et des joues creusées par la fatigue — un reflet qu'il me fallut bien reconnaître comme étant le mien. A tout le moins, j'avais fichtrement besoin de prendre quelques kilos.

Il me restait deux ou trois heures de sommeil, avant le concert matinal des marteaux piqueurs. J'adressai un petit signe de main aux infirmiers, et me dirigeai vers la chambre de garde.

— Je vais prendre une bonne douche, les enfants, et essayer de dormir un peu. Gare à celui qui me réveille pour un bobo à la gorge.

— Compris, docteur, répondit Zack.

C'était un pieux mensonge : il n'hésiterait pas une seconde à m'appeler pour un furoncle ou une pustule. Son boulot l'exigeait. Mais au moins, l'intention était louable.

Je verrouillai les deux portes de la salle d'eau et me tins sous le jet tiède de la douche pendant un long moment, laissant l'eau qui ruisselait drainer avec elle toute la fatigue de mon corps. Une friction énergique à la serviette-éponge et un film d'huile de jojoba appliqué sur ma peau achevèrent de me réconforter. Je réussis même à me traîner jusqu'au lit, avant de sombrer dans le sommeil. Je m'écroulai sur le matelas, éteignis la lumière et remontai le drap sous mon menton avec un soupir d'aise.

Et mon téléphone portable se mit à sonner.

Je proférai un mot que la morale réprouve suivi d'une bordée d'interjections aussi peu avouables, en même temps que je cherchais l'interrupteur à tâtons, dans l'obscurité. Ce n'était pas un appel des urgences ; ils auraient utilisé le poste fixe. Avec ma chance, ce devait être un faux numéro. A la quatrième sonnerie, je trouvai l'interrupteur et mon appareil.

— Oui, dis-je en décrochant.

— Missy docteur Rhea, excusez-moi de vous déranger ; je sais bien que c'est vraiment pas l'heure.

— Miss Essie ?

J'étais totalement réveillée, tout à coup.

— C'est missy Risa. Elle a une poussée de fièvre.

Mes mains se mirent à trembler.

— Importante ?

— J'ai pris sa température avec ce nouveau thermomètre digital que l'infirmière a laissé, et que je peux lire avec ma loupe. 40,8°, c'est beaucoup trop, pour ma petite fille ! Qu'est-ce que je dois faire ?

— Faites venir une ambulance, miss Essie. Je vous retrouve aux urgences.

— J'y vais, missy docteur Rhea. Il faut que je la garde au chaud jusqu'à ce qu'ils arrivent ?

— Non, miss Essie, au contraire. Déshabillez-la. Mouillez des serviettes à l'eau froide et appliquez-les sur sa peau. Et préparez-lui un sac. Elle restera peut-être quelque temps.

— Vous croyez que je dois appeler ce docteur ? Cet Anglais, là... Shobani ?

— Pas encore. Je lui téléphonerai si nécessaire.

— Bon. A tout à l'heure, missy Rhea.

Le déclic du téléphone résonna à mon oreille et je jetai l'appareil dans mon sac. Je laissai finalement ma tête retomber sur l'oreiller. *Rien que cinq minutes. Si je pouvais juste me reposer cinq minutes...*

Je me réveillai une demi-heure plus tard et m'en voulus à mort pour cela. J'étais si étourdie quand Anne m'appela des urgences, que j'eus l'impression de revivre ma première journée à New York avec John, trois ans plus tôt. Après un tour de garde de vingt-quatre heures non-stop, nous avions pris un petit avion en provenance de Chicago et atterri à l'aube. Au lieu d'aller dormir un peu à l'hôtel, nous avions simplement déposé nos bagages et flâné dans les rues, pris un petit déjeuner à une terrasse et recommencé. A la tombée de la nuit, nous avancions comme des automates. Il nous avait fallu toute une semaine pour récupérer. Malheureusement, je n'avais pas une semaine devant moi pour récupérer, cette fois-ci, pensai-je en regagnant mon service au pas de course.

Marisa était inerte sur sa civière. Une perfusion fixée à son bras gauche lui distillait une solution d'eau salée et de dextrose. Le tensiomètre indiquait 159 sur 130 ; son pouls battait à 122. Des chiffres beaucoup trop élevés. Elle respirait vite, à petits coups saccadés, et son corps était parcouru de frissons. Sa température était montée à 41°.

Sans attendre mes instructions, Anne et Zack avaient continué à lui appliquer des serviettes mouillées. Un technicien de labo lui faisait une hémoculture et remplissait des éprouvettes pour une série d'analyses.

— Il me faut une NFS, une biochimie standard, un cathéter urinaire avec culture. Et faites aussi un test de coagulation sanguine.

Quand le technicien eut retiré l'aiguille, je me penchai sur Marisa pour l'ausculter.

— Ses poumons sont humides. Faites-moi un thorax et un gaz du sang. Désolée, ajoutai-je à l'attention du technicien.

La mesure des gaz du sang me permettrait d'évaluer la manière dont s'opérait l'échange d'oxygène et de dioxyde de carbone. En arrivant un peu plus tôt, j'aurais épargné du travail au technicien et une piqûre supplémentaire à Marisa.

— Combien d'hémocultures avez-vous ?

— Une série, c'est tout. Voulez-vous que j'en fasse une autre tout en prenant les gaz du sang ? demanda le technicien.

L'homme, que je n'avais même pas encore eu le temps de regarder, était Macintosh Spivey, un Noir entre deux âges qui travaillait de nuit au labo, aidé pour les prises de sang par une seule assistante — du moins, quand elle daignait se montrer.

— Oui, merci, Mac. Vous travaillez seul, cette nuit ?

— Ouais, dit-il avec un soupir. La petite Lita est encore malade. J'ai jamais vu de gamine aussi souvent malade.

— Il faut vous trouver quelqu'un sur qui vous puissiez compter.

— Sans blague ? dit-il en s'efforçant d'entreprendre un test d'Allen sur le poignet gauche de Marisa. Faudrait d'abord qu'ils payent un salaire convenable. Et ça, avant qu'ils acceptent... Bon, le pouls périphérique est faible, à ce bras-ci. Je vais mesurer l'autre.

Le test d'Allen se révéla négatif. La main de Marisa n'était donc irriguée que par une seule artère principale. L'artère brachiale, qui descend du bras, est censée irriguer de plus petites artérioles, en arrivant au poignet. Chez Marisa, l'irrigation était nulle ou trop faible. La moindre difficulté à piquer cette veine pouvait provoquer un caillot susceptible de bloquer la circulation. Les probabilités d'un tel accident restaient faibles, mais le risque n'en existait pas moins.

— Bravo, Mac. Vous êtes le seul que j'aie jamais vu faire ça. Les autres techniciens se contentent de trouver un pouls qui bat et de planter l'aiguille.

— Les autres ont jamais vu quelqu'un perdre une main. Dans le service, moi, je me souviens de ce type qui n'avait plus que sa main gauche. Tout ça à cause d'un technicien qui avait saboté le boulot, en oubliant le test d'Allen. Je m'amuserais sûrement pas à ça. Tiens, l'autre poignet est bon.

Il se tourna vers l'infirmier.

— Zack, tu veux bien placer le tensiomètre sur l'autre bras ? Merci. Vous aurez les gaz du sang dans deux secondes, docteur.

— Quelle est sa température, maintenant ?

— 41,3°.

— Allez chercher de la glace. On va la rafraîchir et envelopper aussi la perf dans la glace, par la même occasion. Deux grammes de Rocéphine en intraveineuse, et préparez un lavement de sérum physiologique glacé. Où sont ses médicaments ?

— Ici, missy docteur Rhea. Je les ai tous apportés.

Je pivotai et découvris miss Essie, dont je n'avais pas encore remarqué la présence.

— Merci, miss Essie.

Je pris le sac qu'elle me tendait mais n'y trouvai rien qui correspondît à l'état actuel de Marisa : un tube d'Ampicilline à moitié vide, un tube d'antalgiques encore intact, des ampoules de Tylénol à la codéine et une boîte de pilules contraceptives datant du mois d'août.

— A-t-elle pris l'Ampicilline ?

— Non, miss. Ce docteur anglais a dit qu'elle avait plus besoin d'en prendre.

— La température est à 41,6°, docteur. Elle grimpe en flèche. Vous voulez un suppositoire de Tylénol ?

— Hmm, pas encore. Allongez-lui les jambes et enveloppez-la de glace. Mettez-en aussi sous les bras. Autour du cou et de la tête, autour des poignets. Et commencez le lavement, plus une douche vaginale de solution saline glacée. Allez-y, les enfants, vite. Quelqu'un peut-il me donner le numéro personnel de Shobani ?

Je m'écartai pour faire place aux infirmiers et allai me servir une tasse de café dans la pièce annexe. Ce liquide atterrissant dans un estomac vide me fit grimacer. Je n'avais pas mangé le repas préparé par Dee Dee et commençais à le regretter amèrement.

— Voilà les gaz du sang, docteur.

Mac me tendit les résultats imprimés par l'appareil servant à tester les prélèvements artériels. Dans un petit hôpital comme le nôtre, ce n'était pas le service de thérapie respiratoire, mais le labo lui-même, qui se chargeait de cette tâche. J'obtenais donc les résultats plus rapidement, n'ayant pas à attendre qu'une imprimante me les livre.

Le pH sanguin de Marisa était trop bas — signe d'acidose — et elle rejetait trop de CO_2, ce qui augmentait son taux d'oxygène par hyperventilation. Les chiffres étaient alarmants, mais la situation n'était pas aussi catastrophique que je le craignais. Je me sentais capable de la gérer. La vie de mon amie n'était pas en danger immédiat. Quelque peu rassérénée, je regagnai la salle de cardiologie et ordonnai de débrancher l'oxygène.

— Placez-lui un masque respiratoire, demandai-je. Sa température est encore montée ?

— Pour l'instant, elle s'est stabilisée à 41,6°. Elle est sous Rocéphine.

— Donnez-lui un peu de bicarbonate pour faire remonter le pH.

Je jetai un coup d'œil sur le moniteur cardiaque. Rien n'avait changé.

— Je vais faire un examen neurologique.

Les infirmières s'écartèrent et je renouvelai la série de tests déjà effectués lors de mes consultations clandestines. Tout le côté droit était hyper-réflexif — évolution qui ne me plaisait pas du tout. Je commençai à établir mentalement un diagnostic et un schéma de traitement provisoires.

Si Marisa avait subi une lobotomie comme les deux hommes dont nous avions étudié les scanners, et si elle continuait à perdre du liquide céphalo-rachidien par le nez, les bactéries avaient donc accès à son cerveau par le même passage. Sa poussée de fièvre pouvait être due à une méningite ; quelques heures plus tôt, elle réagissait encore à la douleur...

— Il va falloir l'asseoir pour pratiquer le test de Kernig, annonçai-je.

Il s'agissait de placer le patient en position fœtale assise pour exercer une pression sur le cerveau. Zack redressa la tête du lit à un angle de quatre-vingt-dix degrés, pour que le corps de Marisa fût droit à partir de la taille. Je lui relevai ensuite les jambes et les appuyai contre son abdomen, genoux pliés. Enfin, très lentement, je lui fis baisser la tête vers les genoux, exerçant ainsi une tension sur sa nuque. Marisa émit un petit gémissement de douleur. Je relâchai la pression et libérai ses jambes. Le test de Kernig confirmait mon hypothèse. Elle souffrait certainement d'une méningite provoquée par quelque bactérie qui se développait dans les sinus : un staphylocoque, peut-être, voire une simple levure.

Deux solutions s'offraient à moi. Je pouvais opérer une ponction lombaire pour examiner le liquide rachidien ainsi prélevé, ou simplement attendre que l'antibiotique produisît son effet. Une ponction lombaire allait ouvrir un passage artificiel dans l'organisme de Marisa, avec les éventuels contrecoups que ce délicat acte médical, s'il n'était pas correctement effectué, pouvait avoir. Mais si je renonçais à faire la ponction, Shobani pourrait ensuite se permettre de suspendre l'administration de l'antibiotique sous prétexte que je n'avais pas opéré de vérification pour confirmer mon diagnostic. Je contemplai Marisa. Son visage était rouge, son front plissé sous l'effet de la douleur.

Les infirmières avaient fixé un saturomètre à son index gauche. Le niveau de saturation de l'oxygène était de quatre-vingt-dix-neuf pour cent. Il descendit de un pour cent pendant que je regardais le cadran. Le masque faisait son effet. Sa propre respiration finirait sans doute par corriger l'acidose.

— Apportez-moi un plateau pour la ponction et demandez au labo de se préparer à analyser le LCR.

— La température est redescendue à 41°, docteur.

— Bon. Interrompez la glace, pendant la ponction lombaire. Il ne faut pas qu'elle tremble.

— Voilà le numéro personnel de Shobani, docteur Lynch, dit Anne en glissant un morceau de papier dans ma poche.

Je la remerciai et me tins en retrait tandis que les aides soignants ôtaient les sacs emplis de glace pilée qui enveloppaient Marisa. A la voir ainsi exposée, nue et pâle sous la lumière crue des spots, je réprimai l'envie d'aller la couvrir.

Anne et Zack apportèrent le matériel nécessaire à la ponction lombaire et retournèrent mon amie. Pendant ce temps, je lavai et brossai mes mains pendant les cinq minutes réglementaires sous l'eau brûlante du robinet. Ma peau déjà sèche vira au rouge écrevisse, et je la séchai avec une serviette stérile avant d'enfiler mes gants de latex.

— Dites au standard de filtrer rigoureusement les appels. Tous ceux qui ne sont pas d'une extrême urgence resteront en attente.

— Entendu, dit Anne.

Marisa était maintenant allongée sur le côté gauche, le dos éclairé par les spots orientables. Ensemble, Anne et Zack lui remontèrent de nouveau les genoux contre la poitrine et poussèrent sa tête vers le bas. La position fœtale exerçait une tension sur la colonne vertébrale, augmentant la pression interne du liquide céphalo-rachidien jusqu'à l'enveloppe du cerveau. Son dos désinfecté à l'aide d'un mélange de Bétadine et d'alcool avait pris une teinte orangée. Anne le recouvrit d'un linge stérile perforé d'un trou circulaire, qu'elle plaça exactement sur les quatrième et cinquième vertèbres lombaires. Je pris ensuite la longue aiguille creuse qu'elle me tendait, palpai du bout des doigts l'endroit que je voulais piquer et insérai l'aiguille d'un geste sûr.

Au passage de la pointe acérée, la peau, puis le tissu musculaire et le cartilage entourant le disque opposaient toujours une brève résistance, comme s'il fallait percer une balle de caoutchouc. J'atteignis enfin l'endroit voulu, et quelques gouttes de liquide céphalo-rachidien apparurent à l'autre extrémité du trocart[1]. Je tendis ma main libre vers Anne, qui me remit un tube dans lequel je recueillis un peu moins de trois centimètres cubes de liquide. Elle m'en tendit aussitôt un autre et reboucha le premier. C'est au total une dizaine de centimètres cubes que nous recueillîmes, dans quatre éprouvettes. Je retirai ensuite l'aiguille et comprimai l'endroit de la piqûre avec un tampon.

— Faites-moi voir, demandai-je à Anne en me redressant.

1. Trocart : aiguille creuse servant à pratiquer les ponctions lombaires. (N.d.T.)

Elle me tendit l'un des récipients. Le liquide, qui aurait dû être aussi fluide et transparent que de l'eau, était d'apparence laiteuse, comme si on y avait délayé une goutte de crème — ce qui confirmait indiscutablement mon diagnostic. Aucun confrère ne pourrait plus intervenir pour modifier le traitement de Marisa.

— Il me faut une coloration de Gram, une culture antibiogramme et un comptage cellulaire. Dites à Mac de s'occuper d'abord de la coloration de Gram. Je veux savoir ce que j'ai à soigner. Merci, les enfants, vous m'avez bien facilité la tâche. Sa température est à combien, maintenant ?

— 40,5°, et elle continue à descendre, répondit Zack.

— Laissez-la comme ça pendant une demi-heure. Surveillez ses paramètres, et maintenez-la sous perfusion de sérum isotonique normale. Si, au bout des trente minutes, la température remonte, recommencez la glace. Sinon, continuez simplement les serviettes mouillées jusqu'à ce qu'elle redescende à 39,5°. Ensuite, vous pourrez lui donner un suppositoire de Tylénol et demander à Chris un scanner de la tête — identique à celui qu'il a déjà pratiqué. Quand nous aurons les résultats, nous appellerons le médecin de Mme Braswell.

— Maintenant, c'est vous, son docteur.

Je me tournai vers miss Essie, dont la présence était si discrète que je l'avais une nouvelle fois oubliée. La vieille dame avait donc dû assister à la ponction lombaire — ce qui n'était guère réglementaire.

— Je suis médecin des urgences, miss Essie. Je ne pourrai plus soigner Marisa, quand elle sera hospitalisée.

— Dans ce cas-là, gardez-la ici.

En effet, j'avais bien l'intention de garder Marisa le plus longtemps possible. Mais à 7 heures du matin au plus tard, lorsque Adam Hoffman viendrait me remplacer, elle devrait avoir quitté le service.

— Venez, miss Essie. Allons prendre un petit café.

— Un café ? Avec les quantités de ce truc que vous avalez, c'est un vrai miracle que vous soyez pas aussi noire que moi !

— J'en bois beaucoup trop, en effet.

Je la pris par le bras et l'entraînai vers la porte.

— Et vous mangez guère plus qu'un moineau, insista-t-elle.

— C'est vrai aussi.

— Et vous vivez dans une porcherie.

Cette avalanche de réprimandes m'arracha un sourire. Je guidai la frêle Essie vers la salle de garde, l'installai dans le fauteuil à haut dossier que je me réservais d'ordinaire, et servis deux tasses de café. Je fermai ensuite la porte donnant sur le couloir, et lui fis part de mes dernières découvertes. J'expliquai ce que Marisa avait probablement subi, pour se retrouver dans cet état. Jc parlai lentement et exposai en termes simples ce qui avait dû se passer, la nuit où on l'avait retrouvée gisant sur le sol, ainsi que les négligences dont elle avait été victime par la suite et la manière dont je comptais essayer d'y remédier, dans la mesure du possible.

Dans d'autres conditions, et pour n'importe quel autre patient, j'aurais sans doute préféré établir au préalable un diagnostic complet, afin d'éviter toute méprise. Mais en l'occurrence, j'étais sûre que tous les résultats d'examens rejoindraient ceux de Raymond Abel. J'en avais l'intime conviction. Les observations de ces derniers jours ne laissaient aucune place au doute. Marisa avait subi une lobotomie. Et je n'avais pas l'intention de le cacher plus longtemps à miss Essie.

14.

Scanners et harcèlement sexuel

Lorsqu'il revint à l'hôpital, Chris avait les yeux battus et le cheveu en bataille. Il paraissait épuisé, mais n'émit pas le début d'une protestation. Avec la température élevée que présentait Marisa, il ne souhaita pas l'emmener au bloc radio. Et il ne consentit à procéder au scanner que lorsque je me proposai de rester près d'elle pendant la durée de l'examen. Comme elle demeurait inerte, il fallait la maintenir avec des courroies, lui stabiliser la tête, l'envelopper de couvertures pour l'empêcher de frissonner et lui administrer un léger sédatif. Les couvertures et le sédatif allaient faire remonter sa température, mais je n'avais pas le choix. Il ne me restait que très peu de temps pour établir mon diagnostic. Dès que Shobani serait là, je ne pourrais plus superviser les soins.

Les résultats de la coloration de Gram me parvinrent au moment où nous installions Marisa pour le scanner. Mac avait découvert deux organismes dans le prélèvement de liquide céphalo-rachidien. Je lui demandai de les analyser en détail, ainsi que tous les organismes isolés par les hémocultures. Si les bactéries avaient accès au cerveau, il pouvait être envahi par n'importe quoi. Convaincue d'avoir demandé toutes les analyses possibles, j'achevai de préparer mon amie pour l'examen.

Après l'avoir attachée et aidé Chris à positionner sa tête entre des sacs de sable, j'enfilai un tablier de plomb en guise de protection, et m'installai au bout de la table mobile, les coudes placés à côté de ses pieds, pour soulager un peu mon dos. La table d'examen avançait millimètre par millimètre, sous le portique émettant un faisceau circulaire de rayons qui fournirait à Chris la série de coupes dont il avait besoin.

Pendant toute la durée de l'opération, je ne quittai pas Marisa du regard. J'avais posé les mains sur sa voûte plantaire et sentais à quel point ses pieds étaient glacés. Les ongles de ses orteils étaient violacés, et ses os minuscules semblaient aussi fragiles sous mes doigts qu'une aile d'oiseau. Paupières closes, elle demeura inerte pendant les dix-sept interminables minutes que dura l'examen.

Maintenue à seize degrés pour le bon fonctionnement du matériel électronique, la pièce était plutôt froide. Vers la fin du scanner, nous nous mîmes toutes deux à frissonner, Marisa et moi. Sa température recommençait sans doute à augmenter ; quant à moi, j'avais des crampes dans le dos et me sentais accablée de fatigue et d'anxiété. Je serrai doucement ses pieds dans mes mains pour tenter de la rassurer, qu'elle sentît ma présence.

Dès l'examen terminé, je la réinstallai sur sa civière pour la reconduire aux urgences, la perfusion oscillant sur sa perche tandis que je poussais le lit le long des couloirs. Elle était pâle et semblait endormie, ou plongée dans un état comateux. Je me refusais à croire que la vitalité, l'énergie de mon amie eussent pu disparaître à jamais. Je devais être en mesure de faire quelque chose pour elle.

Il était presque 6 heures du matin et ma marge d'action arrivait bientôt à son terme. J'avais demandé à Chris de me rédiger rapidement un compte rendu provisoire de cet examen, ainsi que celui, définitif, du premier scanner. Quand ces documents seraient établis, je ne pourrais plus faire autrement que d'appeler Shobani. Seul l'état critique de sa patiente m'avait permis de la soigner aussi longtemps sans prévenir son mari ni son médecin personnel. J'agissais à l'extrême limite d'une éthique que je n'aurais jamais cru avoir à transgresser.

Je remis Marisa aux mains des infirmières et étudiai sa NFS et les résultats des analyses biochimiques. Le nombre de globules blancs était beaucoup trop élevé. L'important déplacement vers la gauche était signe d'une infection bactérienne. En réaction à la septicémie, son taux de glucose était excessif et le CO_2 était insuffisant, conformément aux résultats des gaz du sang. Marisa était une malade très gravement atteinte. Elle allait être hospitalisée pendant longtemps, après une première admission en soins intensifs.

Si son scanner du cerveau ressemblait à celui de mes deux patients lobotomisés, elle devrait être soignée par l'un des meilleurs spécialistes de neurochirurgie du pays. Hélas, dans son état, il n'était pas question de la transporter où que ce soit dans l'immédiat. Il fallait d'abord enrayer la septicémie et traiter tous les problèmes urgents. A dire vrai, la perspective de la garder à Dawkins me rassurait un peu. Je n'avais pas envie de la laisser s'éloigner. En l'ayant encore près de moi, je pourrais peut-être découvrir ce qui lui était arrivé.

La numération globulaire et le différentiel sur le liquide céphalo-rachidien correspondaient aux résultats de la coloration de Gram : elle souffrait bien d'une méningite, conformément à mon intuition initiale.

J'étais dans un certain état d'excitation, lorsque je vis Chris Russel arriver du fond du couloir, les épaules affaissées, les traits marqués par la fatigue. Il avait travaillé une bonne dizaine d'heures, la veille, puis enchaîné scanner sur scanner tout au long de la nuit, pour se retrouver à présent à son poste après une nuit blanche. J'avais un peu honte — tout en sachant qu'en cas de besoin, je n'aurais aucun scrupule à le déranger de nouveau. Il tenait à la main les clichés de Marisa, et je le suivis sans mot dire en salle de fractures. Une fois de plus, il alluma le négatoscope et plaça les clichés entre les pinces, puis s'éclaircit la voix.

— Ce nouveau scanner de Marisa Braswell fait apparaître une ancienne hémorragie. On discerne la présence de quelques caillots en voie de dissolution. Vous voyez, le sang frais apparaît de manière plus brillante sur l'image, parce que sa densité est plus élevée que le sang plus ancien, dont vous apercevez les traces ici et là.

Dans la pénombre de la pièce, sa voix lasse rendait un son caverneux.

— Ces ombres, de ce côté, dit-il en désignant de l'index l'endroit en question, confirment l'existence d'une méningite ; et naturellement, on voit ici la trace sombre du passage de l'instrument qui a provoqué la blessure — la lobotomie.

Bien que je m'y attendisse, bien que j'y fusse préparée, je chancelai sous le choc. La formulation brutale de mon diagnostic me coupa les jambes et je me laissai tomber sur le siège le plus proche. La Marisa que j'avais connue était peut-être disparue à jamais : c'est ce qu'assenaient sans détour ces résultats. Un frisson me parcourut l'échine.

— Celui ou celle qui a fait cela...

Chris laissa sa phrase en suspens.

— Savait très bien ce qu'il faisait, terminai-je à sa place.

— Indubitablement. Mais on pouvait procéder autrement — notamment en passant par une narine, ce qui aurait laissé moins de traces. On pouvait aussi enfoncer davantage l'instrument. L'épanchement sanguin de Mme Braswell est beaucoup moins important que ceux des deux autres victimes.

L'agression n'a pas été perpétrée avec la même intensité. Le sang qui a stagné dans le cerveau a endommagé la matière grise, mais ce sang n'était pas en quantité importante. L'auteur de cette agression s'est montré plutôt... plutôt hésitant, si l'on peut dire.

— Cela signifierait qu'il aurait souhaité laisser des indices ?

Russel haussa les épaules.

— Je ne sais pas. En tout cas, il était certainement indécis. Cette lobotomie m'a tout l'air d'un acte inachevé. Evidemment, la victime a été privée de soins adéquats durant près de deux semaines ; les conséquences pourraient donc être pires pour elle que pour les autres. Qu'allez-vous faire, maintenant ?

— Eh bien, je vais rappeler l'inspecteur pour lui annoncer qu'il a trois victimes dans le même cas. De votre côté, pourriez-vous reprendre tous les scanners que vous avez effectués ces derniers mois, et me dire si vous ne trouvez pas d'autres cas similaires ?

Je contemplai la trace de la petite perforation pratiquée dans le cerveau de Marisa, et réprimai une brusque envie de hurler.

— Pendant ce temps, poursuivis-je d'une voix étranglée, je préviendrai son mari et son médecin.

— Vous allez alerter la police avant d'appeler son mari ?

Je hochai affirmativement la tête.

— Il était en service depuis la veille, quand elle est arrivée ici, objecta Chris. Il ne peut pas avoir fait cela. C'est impossible.

— Je sais. Mais Eddie Braswell a été arrêté ce soir dans le Comté de Ford, pour un viol qu'il aurait commis. J'aimerais savoir si, lors de son interpellation, il était en possession d'un pic à glace.

Nous regardâmes en silence les scanners parfaitement alignés sur le négatoscope, dont la lumière projetait sur les murs des ombres inquiétantes. Au bout d'un moment, Chris sortit sans un mot, me laissant seule face aux preuves accablantes de l'agression commise sur mon amie. Quand j'eus recouvré suffisamment de sang-froid, je quittai à mon tour la petite pièce obscure. J'avais quelques appels à passer.

Mark arriva à l'hôpital vers 6 heures et demie. Il faisait encore nuit, et la pluie s'était mise à tomber. Il me salua d'un bref signe de tête, sans un sourire, la mine renfrognée, son humeur apparemment assortie au temps maussade. Au téléphone, il m'avait demandé de ne prévenir personne jusqu'à son arrivée. Je l'avais donc attendu pour appeler Shobani — ce que je fis depuis mon bureau, tandis qu'il écoutait la conversation par haut-parleur interposé. J'étais contente d'avoir un témoin.

Furieux de n'avoir pas été averti dès l'entrée de sa patiente aux urgences, Percy annonça qu'il arrivait tout de suite. Elle n'aurait pas dû être admise sans son approbation, déclara-t-il d'une voix vibrant de colère contenue. Il ne fallait pas la déplacer, pas la soigner, pas la toucher... Le flegmatique gentleman de l'hôpital de Dawkins faisait une véritable crise de rage.

Quand je lui répondis que je m'étais simplement conformée à la procédure courante et à ses propres instructions concernant l'admission des patients aux urgences, il me raccrocha au nez.

Indignée, je posai violemment le récepteur sur son support et continuai la conversation avec l'appareil de bakélite.

— Ton approbation ? lançai-je au téléphone muet. Ne pas la soigner ? Ne pas la toucher ? Si tu crois qu'elle va retourner chez elle avec une infection généralisée, une méningite et une lobotomie, tu peux toujours courir, espèce de taré !

Je levai les yeux sur Mark.

— Je la ferai hospitaliser ! Quitte à demander au tribunal de la placer sous tutelle judiciaire...

Il esquissa un sourire.

— J'adore les bagarreuses ! Ça met de l'électricité dans l'air et leurs yeux lancent des étincelles...

— Accumule les réflexions de ce genre, et je porte plainte pour harcèlement sexuel, moi...

— Vas-y ! Porte plainte !

— Tu veux bien rester, pendant que j'appelle Steven ?

— Absolument. Dis-moi simplement une chose : l'auteur d'une agression de ce genre doit-il forcément disposer d'une certaine formation médicale ?

Je haussai les épaules.

— On peut apprendre comment se pratique une lobotomie dans un film d'horreur, à la télévision ou dans un bouquin. Même un gamin de dix ans pourrait se renseigner sur Internet. On a accès à tout, de nos jours — il paraît que c'est le progrès... Oh, à propos : j'ai demandé à Russel de passer en revue les scanners qu'il a effectués ces derniers mois, à la recherche de cas analogues qui auraient pu nous échapper. Et j'aimerais savoir si Eddie Braswell avait un pic à glace sur lui, lors des agressions qu'il a commises.

Mark quitta brusquement le bout de bureau sur lequel il s'était assis.

— Une petite précision, Rhea, dit-il. Il s'agit de *mon* affaire — tu es au courant de ça ?

Un flot de sang me monta immédiatement au visage.

— Le médecin, ici, c'est moi ! rétorquai-je. Ose dire que sans moi, tu aurais pu soupçonner le quart de cette histoire ! Que tu aurais diagnostiqué trois lobotomies criminelles en moins de vingt-quatre heures ! Et maintenant, tu voudrais m'écarter et prendre la relève ? Rien que ça ?

Je me levai à mon tour et me penchai sur le bureau qui nous séparait, martelant mes mots pour bien me faire comprendre.

— Marisa est *mon* amie ! Chacune des personnes agressées a été *mon* patient ! Cette affaire est *la mienne* ! Ne t'avise pas de l'oublier... Tu aurais peut-être eu l'idée de faire réexaminer tous les anciens scanners par Russel, pendant que tu y es ?

— C'est bien possible, répondit Mark avec un calme olympien. Dis-moi, continua-t-il sur le même registre, ça fait combien de temps que tu n'as pas dormi ?

On m'eût jeté une bassine d'eau froide au visage que je n'aurais pas été plus saisie. Malgré ma colère, je perçus instantanément le bien-fondé de cette remarque, et me fis violence pour ravaler la réplique haineuse qui me venait aux lèvres. Nous nous défiâmes un moment du regard, sans un mot, tels deux boxeurs sur le ring. Décidément, toute occasion était bonne pour nous affronter comme des gamins en cour de récréation… Je pris une profonde inspiration et m'assis à demi sur le coin du bureau.

Oui, j'étais épuisée. Je ne tenais plus debout que par perfusions de café… Et, sur le plan légal, Mark pouvait me faciliter ou me compliquer la tâche à volonté, dans les mois à venir. L'existence de Marisa et ma participation éventuelle à son traitement dépendaient grandement de ses décisions et de la façon dont il mènerait son enquête. J'aurais vraiment tort de me buter pour des vétilles.

— D'accord, tu marques un point, admis-je à contrecœur.

J'ajoutai sur un ton plus aigre — si tant est que ce fût possible :

— En tant que médecin, il va de soi que, dans l'intérêt de mes patients, je continuerai à accorder la priorité aux impératifs médicaux, et que je ne t'informerai qu'ensuite. En revanche, dans le cas de blessures que je serais amenée à constater sur d'autres malades, je n'hésiterai pas à te dire quelle orientation donner à une éventuelle enquête médicale.

Etaient-ce mes propos ou mon air guindé — voire les deux ? Visiblement, Mark s'amusait beaucoup, à m'écouter. J'eus une envie subite de le gifler, que je ne pus contenir qu'en enfouissant mes mains au plus profond de mes poches. Marisa avait besoin de moi, ici. Ce n'était pas le moment de me faire coffrer pour voie de fait sur un représentant de l'ordre.

Je restai calme et ajoutai cette ultime précision, qui me paraissait nécessaire :

— Toutefois, si quelque élément susceptible de faire avancer l'enquête policière me parvenait d'une manière ou d'une autre, je te le transmettrai, au lieu de faire cavalier seul.

— Très bonne idée.

— Est-ce que, toi, tu me tiendras au courant de ce qui concerne Marisa, sur le plan légal ?

— Non.

Je me levai lentement, prête à en découdre.

— Officiellement, non, poursuivit-il. Officieusement, oui. Je te dirai ce que j'aurai appris, dans les plus brefs délais. Je m'abstiendrai de te faire part des soupçons, des intuitions, des probabilités ou des réactions irraisonnées qui pourraient nous mettre sur la mauvaise voie. Est-ce que tu pourras me montrer les photos que tu as prises des chevilles et des poignets tuméfiés de Marisa ? A titre confidentiel, s'entend.

— Oui.

Je n'étais pas très sûre d'être gagnante dans cet arrangement, mais Mark semblait s'être radouci et je me sentais soudain trop lasse pour batailler.

— Je dois aller surveiller l'état de ma patiente. Shobani ne va pas tarder à arriver.

— J'attendrai à l'accueil. Je veux être là quand tu lui expliqueras la nature de la lésion de sa patiente. Je veux voir sa réaction.

— Tu ne crois pas que Percy est impliqué dans cette affaire, n'est-ce pas ? Notre fringant petit Percy ?

— Pour le moment, je vous considère tous comme des suspects en puissance. Même toi.

— Merci. C'est tout à fait ce que j'avais besoin d'entendre.

Je me dirigeai vers la porte. Mark m'emboîta le pas.

— Deux petites questions, encore. Dans le cas où son mari et son médecin auraient su quel type d'agression elle avait subi, est-ce qu'ils ont pris les décisions qui s'imposaient et pratiqué les soins adéquats ?

— Non. Marisa aurait dû être immédiatement évacuée vers un centre de neurotraumatologie.

— Je ne connais pas très bien la loi dans ce domaine ; un médecin a-t-il le droit de laisser végéter son patient ?

Je captai le regard de Mark et, pesant soigneusement mes mots, je répondis :

— Aucune loi ne régit le choix du traitement à administrer aux patients dans une situation donnée. Le médecin doit être libre de pratiquer son art, et de prendre les décisions de son choix. Donc, en principe, un patient peut très bien être privé des soins adéquats par la faute de son médecin. Il existe cependant certains mécanismes de contrôle, à l'intérieur du corps médical, et la jurisprudence peut également intervenir pour sanctionner de telles fautes. Mais encore faut-il que la famille du malade porte l'affaire devant les tribunaux.

— Tout de même, si un mari laisse sa femme dans cet état... Comme dans le cas de Marisa...

Mark laissa sa phrase en suspens. Ses réflexions s'orientaient dans une direction que je n'avais pas trop envie d'approfondir.

— A mon avis, ce serait un cas de négligence conjugale. Pas un acte criminel.

— Mais, de par la loi, je dispose tout de même d'une certaine latitude pour faire parler Shobani.

— Pas tant que ça, répliquai-je. Il se retranchera derrière le secret médical.

— Pas si cette négligence peut lui être partiellement imputée. Ce serait alors un cas de non-assistance à personne en danger.

Il m'adressa un clin d'œil plein de sous-entendus et poursuivit :

— Il suffit parfois simplement de trouver la qualification qui convient. Tout dépend de la manière de présenter l'affaire. Voilà pourquoi je veux éviter que tu interfères.

Je lui jetai un bref coup d'œil par-dessus mon épaule, tandis que nous marchions dans le couloir.

— Je serai très prudente, Mark. Je ne marcherai pas sur tes plates-bandes. Je te le promets.

Le ricanement incrédule que je reçus en réponse me laissa coite. Une vraie dame doit rester imperturbable en toute circonstance — c'est du moins ce qu'affirmait ma mère, autrefois. Je ne sais si la pauvre aura su me montrer l'exemple, mais elle m'a au moins inculqué le principe.

Mark était en train d'examiner les photos des contusions de Marisa, quand Percy Shobani enra en coup de vent par le sas des ambulances. Il prit sans un mot la feuille de soins que je lui tendais et me tourna délibérément le dos.

Son attitude coléreuse et guindée avait quelque chose d'irrésistiblement comique. Malgré moi, je me sentis gagnée par un fou rire nerveux que venait sans doute aggraver mon état de fatigue. Shobani releva la tête, l'air surpris et choqué. Mark avait discrètement replacé les photos dans leur enveloppe, et il s'approchait de moi. Je donnai libre cours à mon hilarité pendant trois secondes, au terme desquelles mon rire s'arrêta net.

— Marisa Braswell a subi une agression antérieure à sa première admission, déclarai-je dans un silence de mort. Vos observations initiales, sur sa feuille de soins, n'en font pas mention, pas plus que vos remarques ultérieures. Vous n'avez pas jugé nécessaire de donner suite aux examens recommandés par le Dr Russel, après son premier scanner. Et je n'ai trouvé aucune justification de cette omission dans le dossier.

Mon hilarité s'était dissipée, cédant la place à une colère implacable.

— Pourriez-vous m'expliquer pourquoi vous avez décidé de ne pas approfondir davantage le diagnostic de Mme Braswell ?

La tension et le manque de sommeil me faisaient passer d'un extrême à l'autre. Je n'étais pas dans mon état normal. En d'autres circonstances, je ne m'en serais jamais prise ainsi, publiquement, à un confrère. Mais, pour lors, c'était la colère qui me menait, et mon comportement ne m'inspirait aucune honte.

Shobani se retourna lentement vers moi, et son regard froid croisa le mien. Son expression était indéchiffrable, son visage totalement hermétique. Du coin de l'œil, je vis Anne et Zack se réfugier dans la salle de garde et refermer la porte derrière eux, sans doute par délicatesse. Je m'efforçai de me ressaisir et contournai le bureau pour venir me planter devant le médecin, escortée par Mark.

— Marisa Braswell et deux autres personnes du comté ont été victimes de lobotomies, durant ces quinze derniers jours. Certes, la chose pouvait aisément passer inaperçue ; toutefois, vous lui avez prescrit un traitement sans même rechercher l'origine de ses problèmes. J'ai donc demandé son admission en soins intensifs en votre nom et en précisant qu'il s'agissait de votre patiente.

Des rides profondes se creusèrent entre les sourcils de Shobani. Il détourna le regard, visiblement contrarié.

— A mon avis, poursuivis-je, outre la lobotomie et la méningite, il y a un œdème au cerveau. Il vous appartiendra de déterminer les moyens de résorption qui s'imposent, docteur — solu-medrol ou autre combinaison de remèdes. Elle est actuellement en voie de stabilisation, aussi je vous suggère d'agir sans tarder.

Shobani se redressa de toute sa petite taille, et il me dévisagea sans aménité

— Votre amie est la femme d'un confrère, docteur Lynch. Le traitement entrepris à mon initiative et approuvé par son époux ne vous concerne en rien. Si vous persistez à essayer de vous substituer à son médecin traitant, je m'adresserai à la direction de cet établissement et requerrai un blâme, voire votre licenciement.

Il posa bruyamment le dossier de Marisa sur le bureau.

— Ai-je été assez clair ? Il s'agit de *ma* patiente, dit-il en détachant distinctement les syllabes.

— Vous avez fermé les yeux sur une agression criminelle et négligé de soigner la victime comme il convenait, rétorquai-je. Je suis en mesure de le prouver. Alertez la direction, espèce d'enfoiré, et je vous mets en cause ! Je leur dirai tout !

Mon confrère blêmit et recula comme pour parer un coup. Profitant de ce repli inattendu, j'enchaînai :

— La police est déjà informée de la situation. Je n'avais pas l'intention d'alerter la direction ou de m'immiscer dans le traitement de Marisa, mais, considérant votre réaction et les dispositions que vous manifestez envers la patiente, je contrôlerai désormais l'évolution de son état. Si cela ne vous plaît pas, allez-y, alertez qui vous voulez !

J'avançai encore vers lui sans chercher à contenir la fureur qui me faisait frémir.

— Mais soyez assuré que si Marisa Braswell ne reçoit pas les soins que je juge indispensables à son rétablissement, nous vous traînerons devant les tribunaux, sa tante et moi, pour que vous ne puissiez plus la soigner.

J'avais chaud et je tremblais comme à la suite d'un jogging trop long et trop rapide. Les muscles de mon visage étaient agités de petits mouvements spasmodiques.

Mark s'avança et s'interposa physiquement entre nous.

— Inspecteur Stafford, se présenta-t-il. Je suis le responsable de l'enquête sur ces affaires. Puis-je m'entretenir un instant avec vous, docteur ?

Shobani le toisa d'une manière presque insultante, et se vit renvoyer un sourire qui n'avait rien de conciliant.

— Peut-être pourrions-nous emprunter le bureau du Dr Lynch ?

— Certainement, dis-je d'un ton sec.

Je tournai les talons et sortis sans ajouter un mot.

15.

Petits sommes et casques jaunes

Mark occupa mon bureau pendant près d'une demi-heure. Lorsque le Dr Hoffman arriva pour me remplacer, il y était encore. J'aurais pourtant dû être partie depuis longtemps, à ce moment-là. Je n'étais pas salariée et, au tarif élevé d'une heure de médecin, je ne pouvais permettre que l'hôpital me payât des heures supplémentaires. Pourtant, pas question de quitter Marisa tant qu'elle n'était pas installée en soins intensifs et que son mari n'était pas prévenu. J'allai donc pointer à la sortie, et revins attendre en salle de repos. J'en profitai pour enfin me restaurer. Miss Dee Dee avait demandé qu'on lui rendît son plat vide — vœu que je n'eus aucune peine à exaucer. Je dégustai avec reconnaissance ce pur délice de viande rôtie aux légumes, et commençai à me sentir mieux, une fois repue. J'avais réussi à faire hospitaliser Marisa et à établir un diagnostic complet, m'octroyant ainsi l'opportunité de contrôler son traitement. En fin de compte, je pouvais bel et bien lui venir en aide.

Mon repas terminé, j'appelai Cam et promis de lui faire parvenir le dernier scanner par MODIS. Il avait passé une nuit blanche, lui aussi, et semblait éreinté. Il n'en ponctua pas moins ma description de l'état de Marisa de quelques jurons indignés et bien sentis. Tandis que je lui faisais mon rapport, j'avais à portée de main le dossier clinique de mon amie — une copie des fiches établies lors de sa première admission aux urgences, que je m'étais procurée par des moyens fort peu orthodoxes et gardais depuis lors en ma possession.

De son côté, Cam avait quelques informations pour moi. Raymond Abel avait été admis dans son service et confié aux soins d'un confrère. Il allait probablement subir une intervention chirurgicale destinée à soulager sa tension cérébrale. Libre de quitter Duke pour venir s'occuper de Marisa, Cam pouvait prendre l'avion dans la journée et comptait partir le plus tôt possible. J'étais trop épuisée pour essayer de l'en dissuader ; et à vrai dire, j'allais avoir besoin d'un maximum de soutien, dans les jours à venir. Il me faudrait vraisemblablement affronter Shobani, Steven, et tous les membres de la direction.

J'appelai donc Abigail Staton, la secrétaire administrative de l'hôpital, et lui demandai la procédure à suivre pour que Cam pût venir exercer provisoirement sa spécialité à Dawkins. Elle me rappela gentiment que nous étions dimanche, et je lui présentai mes excuses pour l'avoir dérangée à son domicile.

Abigail se préparait à aller à la messe ; elle prit néanmoins le temps de m'expliquer la marche à suivre. Ce n'était pas aussi compliqué que je le craignais et je lui fournis tous les renseignements nécessaires pour qu'elle pût entreprendre les formalités dès le lundi matin. L'autorisation officielle dépendait de la décision de Wallace Chadwick, médecin en chef de l'hôpital, cette année-là. Chadwick accepterait sans nul doute la demande de Cam ; probablement lui proposerait-il d'effectuer des gardes aux urgences le week-end.

Cette question réglée, je remerciai Abigail, renversai la tête contre le dossier du fauteuil et fermai les yeux. Mes paupières me paraissaient aussi rêches que du papier de verre. J'étais à bout de forces.

Aux alentours de 8 heures, lorsque Mark et Shobani vinrent me réveiller, l'un de ces étranges caprices du corps humain fit que je me sentais en pleine forme. Ce petit somme de trois fois rien m'avait insufflé une énergie et une clarté d'esprit étonnantes — phénomène purement artificiel et de courte durée, mais dont le bénéfice était immédiat.

— Le Dr Shobani a été informé des incidences juridiques de l'affaire, aussi bien en son état actuel que dans ses développements possibles, dit Mark.

Cela signifiait qu'il s'était permis quelques petites entorses à la vérité pour inciter le médecin à coopérer. Parfait. Je le remerciai d'un sourire et il m'adressa un petit clin d'œil discret avant de poursuivre :

— Il est d'accord pour vous permettre de surveiller l'évolution de sa patiente — une décision dont il informera le Dr Braswell. Il accepte en outre de coopérer avec la police pour les besoins de l'enquête. Tout ceci, à condition que vous garantissiez de ne pas dénoncer à la direction les fautes professionnelles que vous auriez pu constater ou constateriez par la suite dans le traitement de Mme Braswell. Cela vous paraît-il acceptable ?

— Non.

Shobani me considéra d'un œil sombre. Mark se rembrunit. Je pouvais démolir en un clin d'œil ce qu'il avait mis une heure à échafauder.

— J'accepterai toutefois de consulter le Dr Shobani à propos de toute anomalie que je pourrais découvrir et d'écouter son point de vue avant de prendre quelque décision que ce soit. Sommes-nous d'accord ?

Après une brève hésitation, Shobani acquiesça d'un hochement de tête.

— Je ne puis pas dire que ce soit l'arrangement idéal, mais je m'en contenterai.

Mark se détendit visiblement.

— Je n'essaie pas de vous enlever votre patiente, Percy. Et je n'ai pas non plus l'intention de vous attirer des ennuis.

Shobani opina encore, l'air indécis.

— Vous êtes son médecin, je n'en disconviens pas, ajoutai-je. Je ne me suis occupée d'elle que dans le cadre d'une situation d'extrême urgence. Allez-vous appeler Steven ce matin ?

— J'ai essayé de lui téléphoner depuis votre bureau. Il n'était pas dans sa chambre. Je lui ai laissé deux messages — l'un à son hôtel, l'autre à la maison de repos de son père. D'après ses instructions, je ne devais en aucun cas faire hospitaliser Mme Braswell. Toutefois, compte tenu des circonstances, je la ferai admettre en soins intensifs de mon propre chef. Et je continuerai à essayer de le joindre jusqu'à ce qu'il soit informé.

— Vous êtes responsable de cette malade. J'ai surpris la conversation au cours de laquelle il vous a chargé de soigner sa femme. En cas de besoin, vous aurez un témoin.

Ses yeux s'agrandirent une fraction de seconde, puis il détourna vivement le regard.

— Merci, docteur Lynch. Cependant, le Dr Braswell était fermement opposé à ce que son épouse fût de nouveau hospitalisée dans cet établissement. Je pense qu'il ne sera pas content du tout.

— Aïe, dit Mark.

Il hocha la tête d'un air compatissant devant le petit sourire dépité de Shobani.

— Il faut que j'aille dormir un peu, dis-je. Je fais un crochet par ma chambre de garde et puis je file chez moi me reposer. A ce soir, Percy. Salut, Mark.

Je pris soin d'emporter avec moi le premier dossier de Marisa.

Dès que j'entrai dans la chambre, une chaleur étouffante m'accueillit. Et je remarquai immédiatement que mon sac de voyage avait changé de place : il était sur le lit, alors que j'étais certaine de l'avoir laissé par terre. Lorsque j'étais partie aux urgences retrouver Marisa, je n'avais touché à rien.

Je fouillai le sac pour m'assurer que rien ne manquait, y rangeai le dossier de Marisa, et ressortis. Pas de marteaux piqueurs ni de scies électriques, ce matin. Seuls un plombier et un électricien travaillaient dans une excavation dont ils dépassaient jusqu'à la taille, le plus gros des deux chiquant du tabac. Ils s'employaient à encastrer les canalisations et les circuits électriques.

— Bonjour, lançai-je. Dites, auriez-vous vu quelqu'un entrer dans la chambre de garde qui est au bout du couloir, il y a un instant ?

Les deux hommes se regardèrent et esquissèrent une moue d'ignorance.

— Non, désolé, m'dame, dit l'homme à la chique.

Il tourna la tête et cracha un long jet brunâtre dans un gobelet d'étain. Je sentis mon estomac se soulever et réprimai tant bien que mal mon écœurement.

— Où est Matt Childers, le contremaître ? demandai-je.

— Là-bas, au bout du couloir. Mais il vous faut un casque. Même les infirmières doivent en mettre, sur le chantier.

— Je suis médecin, pas infirmière. Où sont les casques ?

Je dus enjamber l'affreux crachoir pour aller à l'endroit qu'ils m'indiquaient. Coiffée de la coque en plastique jaune, je partis à la recherche de Childers.

Chemin faisant, je constatai que cloisons et carrelage avaient disparu en maints endroits, laissant la place à des traces de démolition. Çà et là, dans un nuage d'épaisse poussière, d'autres installations commençaient à prendre forme. Ces travaux me semblaient menés d'une manière quelque peu anarchique, mais après tout, je n'étais pas experte en rénovation.

Dans tout le pays, les petits hôpitaux disparaissaient à un rythme effarant, engloutis par les grands complexes ou simplement étranglés par un système où l'assistance médicale et les régimes d'assurance maladie gouvernementaux, de plus en plus exsangues, faisaient l'objet de joutes politiques incessantes, tandis que les frais continuaient à grimper en flèche. Grâce à une gestion avisée, Dawkins avait pu échapper au piège qui se refermait sur d'autres, moins chanceux. L'établissement avait bénéficié de subventions providentielles ; et même si nous avions connu des périodes difficiles, les comptes étaient actuellement créditeurs. Je me demandais d'ailleurs, tout en cherchant Matt, quel organisme pouvait bien financer les travaux en cours.

Plusieurs cartons étaient empilés à l'entrée du nouveau bloc opératoire, dans lequel je vis Childers parler avec un ouvrier. J'attendis en retrait la fin de leur conversation et jetai machinalement un coup d'œil sur le contenu des cartons. Il s'agissait d'instruments de chirurgie orthopédique — bistouris, scies, lancettes, pinces et daviers flambant neufs, recouverts d'une fine couche de poussière dans leurs mallettes ouvertes. Des mallettes dont les poignées étaient nettement plus épaisses que d'habitude, et d'une forme mieux adaptée à la préhension. Afin de mieux me rendre compte, j'en attrapai une et la soupesai.

— C'est à vous ?

Je me tournai vers Matt avec un sourire.

— Eh, non ! Mais j'aime bien ces mallettes d'instruments, on les tient bien en main.

— Elles ont été livrées hier vers midi, et je ne savais pas où les fourrer. A l'intérieur, on dirait des trucs dont on se sert sur les chantiers.

Il s'esclaffa en exhibant sa dentition de mulet, un peu jaunie par la nicotine.

— La chirurgie des os et la rénovation présentent en effet quelques analogies, dis-je, d'un ton léger. D'ailleurs, on compare parfois la chirurgie esthétique à du ravalement de façade... Dites-moi, Matt, vous n'auriez pas vu quelqu'un entrer dans ma chambre, par hasard ?

— Eh non ! fit-il en m'imitant. On vous a pris quelque chose ?

— A première vue, non, mais il m'arrive de laisser traîner des dossiers et je ne voudrais pas trahir malgré moi le secret médical.

Je m'efforçai d'énoncer ce demi-mensonge avec le plus grand détachement. La vision de mon sac posé sur le lit avait ravivé le malaise ressenti devant mon domicile mis à sac, la veille. Se pouvait-il qu'on se fût également introduit dans ma chambre de garde ?

— Ça fait plus de deux ans que je bosse avec ces gars, et j'ai confiance en eux. Mais je les interrogerai quand même, promit Childers. Je vais leur rappeler qu'ils n'ont pas accès à cette pièce sans mon autorisation.

— Si l'un d'entre eux a aperçu quelqu'un, j'aimerais bien qu'il me le décrive, dis-je avec une désinvolture qui devait sonner un peu faux, à en juger par sa réaction.

Il posa un pied sur la pile de cartons et glissa un cure-dent entre ses incisives.

— Qu'est-ce qui se passe, docteur ?

— Oh, pas grand-chose, sans doute ! Je suis si fatiguée que je vois des malfaiteurs partout... Mais je vous serais tout de même reconnaissante d'avoir l'œil — à tout hasard.

Je fis mine de m'éloigner et contournai les cartons. Au passage, le bonhomme soupesa mes seins du regard comme s'il se fût agi de deux melons sur l'étal d'un marchand de primeurs.

— Certainement, répondit-il. Vous avez terminé votre garde ?

— Ouais. Dure nuit...

En voulant m'éloigner au plus vite, je me cognai la cheville contre l'angle d'un carton ; la grimace de douleur qui m'échappa parut amuser le contremaître.

— Faites gaffe, docteur, me lança-t-il en riant. Oh ! avant de partir : vous n'aurez peut-être pas d'électricité dans votre chambre, ce soir. Si vous avez un instant, je vais vous montrer où sont les disjoncteurs, au cas où j'oublierais de remettre la lumière en partant. Et si la chasse d'eau ne marche pas, tirez-la à plusieurs reprises. Ça devrait finir par couler, si vous n'avez pas mis trop de papier. Venez, par ici.

— Génial, absolument génial, grommelai-je entre mes dents, en boitillant dans son sillage.

— Aujourd'hui, vous aurez de l'eau chaude, mais je ne peux rien promettre pour l'eau froide, poursuivit-il. Demain, par contre, vous risquez de n'avoir que de l'eau froide. Mais j'essaierai de pousser les cartons de côté, pour qu'ils ne vous gênent pas. Et on surveillera votre chambre.

Dans l'ensemble, le ton ouvertement goguenard de l'homme me laissait indifférente. S'il me prenait pour une gourde un peu paranoïaque, tant mieux, dans le fond : en bon macho qu'il était, il veillerait sur moi.

J'eus droit à un cours accéléré sur les disjoncteurs et à une présentation sommaire d'ouvriers en casque jaune et souliers boueux. A 8 h 30, je maîtrisais l'éclairage de tout le bloc opératoire et étais assurée que personne n'avait été vu entrant dans ma chambre. Aux yeux des gars, je devais être cataloguée comme la nana parano — celle avec le bleu à la cheville… Difficile dans ces conditions de battre en retraite le plus dignement possible.

Je mis à profit mon temps de liberté pour aller flâner du côté du bureau de Shobani, afin de savoir s'il avait pu joindre Steven. Son cabinet était situé à l'extérieur, un peu à l'écart des bâtiments principaux. Il y avait de la lumière, dans le local, mais je frappai sans obtenir de réponse. Une petite pluie glacée, semblable à de la neige fondue, me tombait sur la nuque ; je remontai frileusement mon col.

A travers la fenêtre, j'aperçus un mur totalement tapissé des diplômes du médecin. Je ne pus me défendre de trouver cet étalage ridicule ; jamais il ne me serait venu à l'idée d'exhiber ainsi les miens.

Je regagnai donc bredouille le service des urgences, et trouvai Shobani aux soins intensifs, plongé dans l'observation de l'électrocardiogramme de Marisa. Le rythme cardiaque de mon amie suivait un tracé régulier. Sa tension artérielle, son pouls, son niveau d'oxygène : tout était redevenu normal. Je vérifiai que la perfusion contenait toujours de la Rocéphine et la solution saline que j'avais prescrite aux urgences.

— Rassurez-vous, docteur Lynch. Je n'ai rien modifié.

Je me tournai vers le médecin sans relever son sarcasme. Nos yeux se croisèrent et nous nous considérâmes en silence, comme dans l'attente d'un échange qui peinait à se faire. Le grincement plaintif d'un chariot d'entretien, dont une des roues achoppait, nous parvint du fond du couloir. Percy finit par détourner le regard.

— Ce n'était... Ce n'était qu'un simple geste de courtoisie, dit-il enfin.

Je ne savais pas de quoi il parlait.

— Le fait de permettre à Steven de... de soigner son épouse, continua-t-il. Vous n'avez peut-être pas encore assez d'expérience pour le savoir, mais cela se pratique couramment, entre confrères.

Comme je me taisais, il poursuivit, d'un ton quelque peu suffisant :

— Il n'y a rien d'inhabituel à ce qu'un médecin soigne personnellement un membre de sa famille et qu'il confie la signature des ordonnances à un collègue. Cela ne constitue pas une entorse à la déontologie ; ce n'est rien d'autre qu'une marque d'obligeance, voilà tout.

— Et si Steven s'était trompé ?

Un lourd silence suivit, au bout duquel Percy me regarda de nouveau.

— Rétrospectivement, je dois admettre que j'ai commis une erreur en suivant son traitement à la lettre, sans approfondir les examens.

J'approuvai d'un hochement de tête.

— J'imagine que vous allez faire en sorte de réparer cette omission, à présent, docteur. A propos, un ami personnel des Braswell, Cam Reston, interne en quatrième année de neurochirurgie, doit arriver ce soir par avion. Il restera en contact avec les médecins de Duke et de Richland qui s'occupent des deux cas analogues dont je vous ai parlé. S'il estime que Marisa doit être soignée dans l'un de ces établissements, Cam se chargera de son transport en urgence.

Dans le silence, la pluie tambourinait aux fenêtres. Shobani déglutit péniblement et regarda ailleurs, en secouant imperceptiblement la tête. Il lâcha dans un murmure :

— Steven... le Dr Braswell... ne permettrait pas qu'un médecin étranger à l'hôpital prescrivît un traitement à sa femme

— à plus forte raison, qu'on la transportât ailleurs. Il faudrait que la vie de l'intéressée soit réellement en danger.

J'observai attentivement le visage de mon confrère. Visiblement tenaillé par l'angoisse, il transpirait abondamment et parlait d'une voix étranglée — lui que je n'avais jamais vu se départir de son flegme.

— Pourquoi vous a-t-il demandé de vous occuper de Marisa ? demandai-je à voix basse. Son médecin attitré était aussi compétent que vous, et elle n'avait jamais été votre patiente. De plus, vous n'avez aucun diplôme de neurologie, Percy, et personne n'ignore que Steven ne vous appréciait pas tellement.

Une expression étrange et furtive passa dans son regard. Il me tourna soudain le dos sans dire un mot, et il quitta la pièce.

Je fronçai les sourcils en écoutant le bruit de ses pas décroître dans le couloir. Avais-je rêvé, ou bien la lueur que j'avais cru saisir dans ses yeux était-elle réelle ? Et comment l'interpréter, dans ce cas ? Etait-ce de la crainte ? De la panique ? De l'affolement ? Percy Shobani savait-il depuis le début de quoi souffrait sa patiente ? Et s'était-il abstenu d'intervenir en toute connaissance de cause ?

Je m'approchai de Marisa et glissai la main sous la couverture. Ses pieds étaient d'une froideur terrifiante. Des larmes de détresse et d'épuisement me montèrent aux yeux, que je refoulai tant bien que mal. Je remontai mon sac sur mon épaule et, avant de sortir, glissai à mon amie quelques paroles d'affection.

16.

Vitres lavées et chasseurs

Au volant de mon cabriolet, j'étais comme ivre de fatigue. Il avait plu tout le long du chemin : une pluie glacée qui ne commença à se dissiper qu'au moment où je m'engageai dans l'allée de mon jardin. Et déjà, une lueur dorée semblait annoncer la fin du temps humide. Le front orageux s'éloignait, laissant planer un air plus doux au sommet des arbres. C'était bien là le climat capricieux de Caroline du Sud, où le temps pouvait passer d'un extrême à l'autre en quelques heures, voire en quelques minutes.

Je garai mon bolide, et une brise au parfum printanier me conduisit jusqu'à la porte de ma maison.

Ce sont les aboiements de Belle, à l'intérieur, qui m'avertirent que j'avais de la visite — et ce, avant même que je n'atteigne le seuil. Assise au bas des marches, une jeune fille de couleur m'attendait. Elle était petite et menue, de ce type physique que je connaissais bien, et que partageaient nombre de mes camarades de classe, autrefois. Elle arborait en outre une coiffure compliquée — cheveux tressés en nattes innombrables parsemées de perles de couleur —, et une moue boudeuse qu'expliquait sans peine, dans la fraîcheur du matin, sa tenue légère.

— Vous rentrez toujours chez vous aussi tard ? maugréa-t-elle d'un ton irrité, en guise d'entrée en matière.

— Ça m'arrive.

Je pressai ma sacoche contre ma poitrine et serrai le dossier de Marisa sous mon bras.

— Qui êtes-vous ? demandai-je.

— Je m'appelle Arlana. C'est mamie Essie qui m'envoie. Elle m'a dit que vous viviez dans une porcherie et qu'il fallait que je vienne faire du ménage, vu qu'aujourd'hui on va pas à la messe. Mais je suis pas domestique, hein !

Elle pinça les lèvres et poursuivit :

— Je suis infirmière. Enfin, je le serai à la fin de mes études, dans quelques années.

— Et pourquoi n'allez-vous pas à la messe ? m'enquis-je, par pure curiosité.

A ma connaissance, Essie et Marisa n'avaient jamais manqué l'office du dimanche.

— Parce que le prêtre s'occupe de plusieurs paroisses, et qu'il ne vient ici que le premier et le troisième dimanche du mois. Pour le ménage, ça vous coûtera quarante dollars.

Je réprimai un sourire.

— Il y a une liste d'attente de deux ans, au Centre de Formation Technique de Ford. C'est là que vous êtes inscrite ?

— Oui. J'ai déjà commencé la théorie. Les cours pratiques débuteront dans dix-huit mois. Est-ce qu'il faut qu'on continue à se geler ici, ou est-ce qu'on pourrait pas plutôt parler à l'intérieur ?

— Quel est au juste votre lien de parenté avec miss Essie ?

— Je suis sa petite-fille. Je vous piquerai pas vos petites cuillères, si c'est ça qui vous inquiète.

— Il n'y a rien qui m'inquiète, répondis-je en cherchant la clé de la porte dans mon trousseau. Suivez-moi. Vous savez préparer le café ?

— Je sais le moudre et le préparer ; mamie Essie m'a appris. Je peux vous le faire bien serré, comme elle m'a dit que vous aimez.

— Vous aimez les chiens ?

— Plus que les chats.

Je poussai le battant de la porte, et Belle s'élança comme une flèche dans le jardin, en reniflant à peine Arlana au passage. Elle trouva un endroit à sa convenance et se soulagea longuement. La pauvre bête n'en pouvait plus d'attendre : je devrais songer rapidement à un système lui permettant de sortir en mon absence.

— Oh là là, j'hallucine, s'étouffa Arlana en entrant à ma suite dans la maison, la gorge saisie par l'odeur de chien et de moisissure.

J'eus le sentiment très vif qu'elle regrettait d'avoir fixé son tarif à quarante dollars. Sans lui laisser le temps de changer d'avis, je me tournai vers elle.

— Les produits d'entretien sont sous l'évier, l'aspirateur dans le placard du couloir, la serpillière et le seau contre le mur, près de la porte du fond.

Elle jeta un coup d'œil horrifié autour d'elle.

— Mamie Essie m'avait prévenue que c'était sale, mais à mon avis, elle n'est pas venue depuis un bon moment. Si elle voyait comme c'est dégueulasse, elle tomberait à la renverse...

Je fis celle qui n'avait rien entendu et appelai Belle. La grosse chienne noire poussa la porte de sa truffe, et se précipita vers moi, langue pendante et frétillant de tout le corps.

Elle nous inspecta toutes deux puis alla bientôt compter ses petits, qu'elle renifla sous toutes les coutures. Apparemment satisfaite de leur état de santé, elle revint vers moi et émit un jappement bref.

Beca jappait ainsi, à l'heure du repas ou de sa promenade. Ce langage m'était si familier qu'instantanément j'en eus les larmes aux yeux. Je pris un air affairé pour masquer mon embarras, et m'activai à remplir la gamelle de la chienne et à chercher sa laisse, mettant cette faiblesse passagère sur le compte de l'épuisement. De fait, il n'était guère dans mon style de fondre en larmes pour si peu.

— Nous revenons dans vingt minutes, Belle et moi, dis-je à Arlana. Ensuite, je piquerai un roupillon, pendant que vous ferez le ménage. Si vous n'y voyez pas d'inconvénient, vous nettoierez la chambre et la salle de bains, après mon réveil.

La jeune fille soupira.

— Comment dois-je vous appeler ?

— C'est vrai, j'aurais dû faire les présentations. Mon prénom est Rhea, et voici Belle. Enchantée, Arlana.

Mes paroles la firent s'esclaffer, sans que je sache trop pourquoi. Mon rire se joignit au sien, et ce moment de joie inopinée me suivit tout au long de mon jogging, dans lequel Belle m'accompagna pour la première fois. Une situation qui ne semblait pourtant pas nouvelle, pour la chienne : elle ne tirait pas sur la laisse et, malgré sa taille, se laissait guider facilement. L'imbécile auquel elle devait cette éducation parfaite avait dû l'abandonner à cause de l'arrivée des chiots. Tant pis pour lui. Tant mieux pour moi.

La toute jeune maman demandait à être ménagée, aussi nous n'allâmes pas bien loin. Je ne me sentis pas moins revigorée, après cette courte balade dans le vent tiède. La terre du sentier s'était amollie, et des plaques de givre tombaient des branches avec un tintement cristallin. Pour une fois, je ne croisai pas une seule moto tout-terrain.

Lorsque je remontai les marches du perron, je tombais littéralement de sommeil. Je pris tout de même le temps d'effectuer quelques élongations et d'échanger trois mots avec Arlana. Ensuite, plus rien. Pas même le souvenir d'un rêve.

Je me réveillai vers 16 heures, les paupières à demi collées et le cœur battant la chamade. Une sourde angoisse me nouait le ventre et j'appelai aussitôt l'hôpital, pour prendre des nouvelles de Marisa. Sa température était descendue à 39° et elle dormait profondément. Ma respiration revint lentement à la normale.

Je donnai la consigne que personne ne fût autorisé à la voir, hormis sa tante et miss Essie. J'aurais dû penser plus tôt à laisser ce genre de directives : Marisa avait été sauvagement agressée, et nous ignorions par qui.

Je demandai ensuite au labo le résultat des cultures de liquide céphalo-rachidien. Les germes responsables de la méningite sont *Staphylococcus epidermis* et *Klebsellia pneumoniae* : la Rocéphine ayant une action sur les deux, il était inutile de modifier le traitement.

L'infirmière de service m'apprit que Cam Reston avait téléphoné de l'aérodrome, où la surveillante avait pris l'initiative d'aller le chercher. Dans l'état d'épuisement qui avait été le mien, j'avais en effet oublié d'informer Cam de l'absence totale de taxis, à Dawkins. Je me demandai soudain si j'étais censée le loger chez moi, durant son séjour — auquel cas, j'aurais besoin d'un convertible ou d'un lit pour la chambre d'amis. Mais il me parut plus simple de l'installer à l'hôtel le plus proche, ce que je chargeai l'infirmière de lui transmettre.

Ayant raccroché, je me levai et m'interrogeai dans la pénombre de la chambre : qui avait lobotomisé Marisa ? Et pourquoi ? Eddie Braswell ? Si c'était lui, comment le relier aux deux autres victimes ?

J'entendis renifler sous la porte et aperçus le bout d'une truffe noire. Belle savait que j'étais réveillée, et elle venait aux nouvelles.

— On va se promener, ma jolie ?

Elle émit un petit jappement.

Arlana, occupée à épousseter les meubles du séjour, ne m'entendit pas descendre. Je pris la chienne en laisse et sortis sans rien dire, par la porte du fond. Un nuage de poussière flottait dans l'air, et les fenêtres d'ordinaire opaques resplendissaient, les rideaux crasseux décrochés et empilés sur le sol. La cuisine étincelait, et je fus stupéfaite de découvrir que le carrelage en était blanc, quand je l'avais toujours cru beige clair... Pour un tel travail, qui tenait du miracle, Arlana méritait plus de quarante dollars.

Belle et moi courûmes un peu plus vite et un peu plus loin, cette fois. La chienne était visiblement heureuse de s'évader de la maison, elle aussi. La température avoisinait à présent les vingt degrés, et le ciel d'un bleu éclatant me faisait cligner des yeux. Quel contraste avec les interminables hivers glacés de l'Ohio...

De retour à la maison, je libérai Belle et rejoignis Arlana. Ses manches étaient retroussées, ses cheveux protégés par un foulard noué sur la nuque. Elle fronça les sourcils en me voyant mais je pris rapidement les devants.

— Ce travail vaut bien le double de la somme convenue. Quatre-vingts dollars couvriraient-ils le nettoyage des fenêtres et les difficultés supplémentaires ?

La jeune fille se dérida.

— Disons quatre-vingt-dix et je viendrai danser à votre mariage.

J'acquiesçai en songeant à la couche de crasse sur le carrelage de la salle de bains. Arlana n'avait pas encore vu le pire… La lumière n'entrait même plus par la fenêtre, dans mes appartements.

— Venez m'aider à décrocher les doubles rideaux de ma chambre, et je m'occuperai de nettoyer les vitres.

— Comment allez-vous dormir, le matin ? Votre fenêtre n'a pas de volets.

— Pas de problème. Je peux dormir n'importe où, et récupérer dès que l'occasion se présente. C'est l'un des impératifs auxquels l'internat vous entraîne.

Nous décrochâmes les rideaux saturés de poussière et les déposâmes directement dans le coffre de ma voiture, avec les autres ; s'ils n'étaient pas irrécupérables, je les ferais nettoyer. La réfection des fenêtres, dont les encadrements de bois mouluré étaient fabriqués à la main, à l'ancienne, était au-dessus de mes moyens. Un bon nettoyage rendit cependant un semblant de jeunesse à l'ensemble. Les vitres de verre soufflé, avec leurs petites bulles et leurs imperfections, bougeaient légèrement, à l'intérieur des cadres : à défaut de les faire remplacer, j'aurais au moins la satisfaction de les voir propres. J'utilisai tout un rouleau de papier absorbant pour nettoyer une seule fenêtre, pendant qu'Arlana passait l'aspirateur et la serpillière dans la pièce. Après quoi elle me laissa seule pour s'occuper des fenêtres de la façade.

Je décidai bientôt de m'octroyer une pause et de prendre mon premier café de la journée. Je formulai alors une idée qui m'avait traversé l'esprit.

— Arlana, savez-vous que j'ai financé mes études de médecine en travaillant comme gouvernante ?

La jeune fille haussa les sourcils et promena sur la pièce un regard éloquent.

— Gouvernante ? Pour qui ? Pour un aveugle sourd-muet dépourvu d'odorat ?

J'esquissai un sourire.

— Pas du tout. Pour miss Dee Dee Stowe. Et elle n'a eu qu'à se féliciter de mes services, figurez-vous. C'est peut-être ce qui explique ma négligence actuelle pour mon intérieur, car je n'ai jamais vraiment aimé ça.

— Non, sans blague ? Qui l'eût cru..., dit-elle d'un ton gouailleur.

Une pétarade de moto, au loin, me fit tendre l'oreille. Belle poussa un seul aboiement bref, comme pour écarter l'intrus de son territoire. Le silence revint sans que le véhicule ne se fût rapproché. Belle retourna lécher ses petits, et ma main crispée sur la tasse se détendit.

— Et vous, Arlana ? Comment allez-vous financer vos études ? demandai-je en reportant mon attention sur la conversation.

— Pas en jouant les femmes de peine chez vous, en tout cas.

— Et si je vous épargnais les gros travaux ? Vous n'auriez plus à nettoyer les vitres que deux fois par an. Je vous offre quarante dollars par semaine pour deux jours de travail, et vous aurez en prime ma caution pour emprunter auprès d'une banque.

Arlana plissa légèrement les yeux.

— C'est parce que je suis noire ? Vous pensez que, parce que je suis noire, je dois prendre un boulot de domestique ?

— Non. Je pense que, parce que vous êtes une femme, vous partez avec un sérieux handicap. Vous pouvez travailler chez Hardee ou comme serveuse au McDo, ou bien chez moi, où vous choisirez vos horaires. J'ai besoin d'un coup de main et à mon avis, une caution pourrait vous être utile. Qu'est-ce que vous en pensez ?

— Je vais réfléchir. Mais si j'accepte, ce sera soixante dollars par semaine, sûrement pas quarante, affirma-t-elle avec un aplomb qui me fit sourire.

— Bon. Appelez-moi quand vous aurez décidé. Je vais terminer mes vitres.

Je regagnai ma chambre impeccable avec ma tasse de café. L'une des hautes portes-fenêtres était rutilante, et je m'arrêtai sur le seuil pour admirer mon œuvre. Pour la première fois, je remarquai en outre l'entrelacs des veines du parquet, et combien le bois blond était magnifique — du chêne, sans doute, ou du châtaigner.

Un bruit sec me fit soudain tressaillir, et ma tasse vola en éclats entre mes mains. En une seconde, les vitres que je venais de laver étaient en miettes, et j'étais couverte de café brûlant. Aussitôt, un nouveau coup de feu retentit.

— Des chasseurs ! hurlai-je en me jetant au sol. Couchez-vous !

Plus un bruit. Je m'efforçai de calmer les battements de mon cœur. Le silence était revenu. J'avais atterri parmi des débris de verre, et il me sembla que je saignais.

— Arlana, ça va ?

— Voilà pourquoi je déteste habiter près des bois, cria-t-elle. On se fait descendre dans son propre jardin... Ils sont partis ?

Je relevai la tête et jetai un coup d'œil vers la fenêtre en miettes. En me redressant à genoux, j'aperçus une silhouette, à l'orée du bois. Une silhouette d'homme qui tenait un fusil. Pointé dans ma direction.

Il tira et je vis l'arme reculer entre ses bras. J'eus juste le temps de plonger de nouveau : un éclat de verre s'enfonça dans ma hanche tandis que d'autres me pleuvaient dessus, m'éraflaient la peau des mains, des bras, du cou... Il y eut un quatrième coup de feu. Ce n'était pas là le tir accidentel d'un chasseur : ce type me visait délibérément...

— Restez couchée, hurlai-je, plaquée au sol.

Belle aboyait comme une folle dans le couloir.

— Arlana, restez couchée !

Deux déflagrations se succédèrent en une fraction de seconde. J'étais recouverte de verre brisé. Une moto vrombit. Sur le pas de la porte, Belle montrait les dents et grondait, babines retroussées. Je rampai vers la table de nuit, tirai le téléphone à moi et composai le 911 tout en criant :

— Arlana ! Vous n'avez rien ? Belle, assise ! Reste là ! Arlanaaa !

— Oh là là, vous avez plus de coffre qu'une chanteuse d'opéra, répondit la jeune fille. Je n'ai rien. Votre chien n'a rien. On est toutes saines et sauves. Si vous vous taisez un peu, vous entendrez que ça va.

— Police secours. Quel est le motif de votre appel ?

— On tire sur ma maison ! criai-je. Envoyez-moi de l'aide, vite !

Le premier véhicule arriva, suivi par un escadron de voitures de police. En les entendant, je me précipitai dans le couloir. J'étais couverte de verre brisé et de sang, et Belle essayait de me lécher, la queue entre les pattes comme si elle avait fait une bêtise. Je dus la retenir pour accéder à la porte, une main ensanglantée passée dans son collier neuf. Elle voulait se faire pardonner Dieu sait quoi en attaquant les nouveaux venus et aboyait furieusement.

Jacobson me trouva sur le pas de la porte et s'arrêta en me voyant, la mine effarée.

— Ce n'est que du verre cassé. Je n'ai pas reçu de balle, dis-je. Mais le malfaiteur s'est sauvé. Sur une moto tout-terrain.

Je pointai le doigt dans la direction où il avait disparu. Ma main était agitée de tremblements convulsifs.

— Bonté divine ! Venez vous asseoir, docteur.

Jacobson écarta Belle, m'entraîna dans la cuisine et m'installa sur une chaise. J'étais intarissable.

— Mais il est parti, maintenant... On me tirait dessus — sur mon chien, ma maison. Il tirait, tirait... Il me visait.

— Combien de fois ?

— Oh, beaucoup ! Des dizaines...

— Il y a eu six coups de feu, dit Arlana, très calme, sur le pas de la porte. Peut-être sept. Des coups de fusil, pas de carabine.

— Et combien de tireurs ?

Des sirènes retentirent en bas de l'allée, se rapprochant de la maison.

— Un seul, répondis-je. Un homme en tenue de camouflage, avec une moto tout-terrain. Rouge. Une moto rouge. Un casque rouge. Le moteur avait des ratés. Ce type me tirait dessus !

Ma maison était pleine de flics en vêtements militaires et bottes de combat. Quatre, cinq... Je ne risquais plus rien.

— On me tirait dessus ! On me visait directement !

— On se calme, Rhea. Vous êtes en vie. Je suis en vie. Il a raté son coup, dit posément Arlana.

Elle haussa les épaules. Son constat tranquille me cloua le bec et mon radotage céda la place à un fou rire nerveux, totalement irrépressible. Belle grimpa sur mes genoux et s'y installa, le museau contre mon visage. Sous son poids, des débris de verre s'enfoncèrent dans mes cuisses.

— Aïe, Belle ! Descends de là. Aïe... Oh, zut, je saigne comme un cochon qu'on égorge.

— Ouais, vous êtes couverte d'éclats de verre.

Arlana écarta les flics et me remit debout, faisant tomber la chienne par terre.

— On va nettoyer tout ça et ensuite, vous parlerez aux policiers. Avec ce sang qui coule, vous salissez mon sol tout propre. Et vous, les gars, allez donc faire un tour dans le jardin, par-derrière, pour chercher des indices et tout le bazar.

Mark apparut sur le seuil. Il avait les traits crispés, le teint blafard. Je ne l'avais jamais vu aussi furieux.

— Il s'est tiré ? demanda-t-il à Jacobson.

— Ça fait un bon moment. J'étais à huit cents mètres d'ici, environ. J'ai foncé en entendant le premier coup de feu. L'oiseau s'était déjà envolé quand je suis arrivé.

— A partir de maintenant, vous ne vous éloignez plus d'ici.

— Vous voulez que je reste garé dans l'allée, inspecteur ?

— Allez ouste, dehors, répéta Arlana. Surtout si vous commencez à vous enguirlander. Je vais aider Rhea à se laver. Après, vous pourrez discuter avec elle tant que vous voudrez. Du balai, les enfants. Il fait trop beau pour jouer dedans.

Je me remis à rire tandis qu'Arlana me conduisait vers la salle de bains comme une gamine qui se serait écorché le genou en tombant. Elle ferma la porte derrière nous, m'assit sur la cuvette des WC et entreprit de me déshabiller. Des débris de verre tombaient tout autour de nous avec un bruit cristallin. Belle reniflait sous la porte, repartait en courant vers ses petits puis revenait, ne sachant plus où donner de la tête. Brusquement, je me mis à pleurer.

— Ouais, moi aussi j'ai chialé, la première fois qu'on m'a tiré dessus. Après, j'ai piqué une crise. Allez-y, pleurez un bon coup, mais plutôt sous la douche. Vous voulez pas que le beau gosse vous entende, non ? Merde. Cette cabine de douche est vraiment dégueulasse. On doit choper des maladies rien qu'en entrant dedans. Mais bon, vous êtes docteur, hein ? Vous vous ferez une ordonnance. Dites donc, avec toute cette moisissure et cette saleté incrustées, va falloir augmenter mon tarif à cent dollars, aujourd'hui. Mamie Essie aurait une syncope, rien qu'à voir ça.

Elle ouvrit le robinet et me poussa sous la douche sans cesser de parler, pour couvrir le bruit de mes sanglots. L'eau mêlée aux débris de verre se mit à ruisseler sur mon corps, rougie par le sang.

— Si vous bougez, je ne pourrai jamais vous ôter tous ces éclats de verre de la plante des pieds, continua-t-elle. Restez où vous êtes. Voilà. Du shampooing, du savon... Pas besoin de gant. A mains nues, vous sentirez mieux les endroits où il reste du verre. Bon sang, une balle est arrivée jusqu'ici ! Regardez ce trou, dans le carrelage... Il est tout frais. Et allez : un truc de plus à nettoyer !

Les sanglots s'estompèrent et le fou rire me reprit, au spectacle de cette jeune fille de dix-huit ou dix-neuf ans qui prenait soin de moi, masquant sa propre angoisse sous un torrent de paroles. Puis, à son tour, mon hilarité se calma peu à peu. L'eau chaude avait emporté le sang, la mousse et le verre qui brillait à mes pieds, dans le bac à douche. J'appuyai la tête contre le mur.

— Vous trouverez de l'eau oxygénée dans l'armoire à pharmacie et une paire de mules sous le lit, murmurai-je. Je ne peux pas sortir de là pieds nus.

Arlana disparut et revint avec mes mules en éponge dans une main, un jogging et des sous-vêtements propres dans l'autre. Elle arrêta le robinet et entra dans la cabine de douche pour m'asperger d'eau oxygénée. La douleur me fit grimacer.

— Merci, dis-je. Donnez-moi ça.

Je pris la bouteille et achevai de me désinfecter moi-même.

— Avez-vous eu récemment un rappel de vaccin antitétanique ? s'enquit la jeune fille.

La question me fit encore rire — moins nerveusement, cette fois.

— Je suis tout de même médecin, non ? Dites-moi, c'est toujours comme ça que vous surmontez les chocs des fusillades ? En crânant et en vous occupant des autres ?

— Ça vaut mieux que de pleurer comme une fontaine, non ?

J'attrapai une serviette propre et épongeai soigneusement mes bras lacérés.

— Combien de fois vous a-t-on tiré dessus, Arlana ?

— Trois fois. La première, c'était en classe de quatrième. L'un de mes camarades, Lee De Wayne, avait raté une composition. Il a sorti un flingue et tiré sur la prof. J'étais debout à côté d'elle. Elle n'est pas morte, mais je n'ai jamais pu récupérer mon pull préféré, inondé de sang. La deuxième fois, j'ai échappé de justesse à une fusillade, dans la rue, pas très loin de chez moi. Des types qui passaient en voiture ont tiré sur tout le monde, comme ça, sans raison particulière. La troisième, c'est aujourd'hui.

Elle pointa l'index vers mon cou.

— Vous saignez encore pas mal, ici.

Je pris une profonde inspiration. Moi, personne ne m'avait encore prise pour cible, jusqu'ici. J'avais mené une vie protégée, élevée dans les beaux quartiers jusqu'au décès de ma mère, qui m'avait laissée sans le sou. Ensuite, miss Dee Dee avait pris le relais et s'était occupée de moi. Elle m'avait permis de poursuivre tranquillement mes études.

— Merci encore, Arlana, murmurai-je en prenant les vêtements propres qu'elle m'avait apportés.

— Merci pour quoi ?

— Pour m'avoir emmenée avant que je me ridiculise.

— Hum... Malheureusement, vous m'avez prise de vitesse. Disons que je n'ai réussi qu'à vous empêcher de vous ridiculiser *totalement.*

— Bon... Eh bien, c'est déjà ça.

Elle partit d'un grand rire.

— Séchez vos cheveux et maquillez-vous un peu, maintenant, dit-elle. Le grand flic, celui qui est arrivé en dernier, je suis sûre qu'il en pince pour vous. Et vous êtes dans un état lamentable, ma pauvre...

— Ouais, dis-je dans un soupir. Enfin, merci encore.

Je fus prête en moins de dix minutes. En jogging et baskets, les cheveux presque secs, un soupçon de rouge sur les lèvres, j'ouvris la porte de ma chambre et examinai les dégâts. Un vent frais s'engouffrait par la fenêtre béante. Quelqu'un devait brûler des feuilles dans son jardin, à proximité. *Quel désastre...*

Sur le panneau que j'avais lavé, seules trois vitres étaient intactes ; les autres avaient volé en éclats. Quant au panneau sale, j'avais de la chance : il n'y restait plus une vitre. Cela m'épargnerait la peine de les nettoyer.

Je me figeai brusquement en regardant les bois, au fond du jardin. La moto tout-terrain était partie en direction de la maison de Marisa. Etais-je en danger pour avoir porté secours à mon amie ? Pour avoir découvert les lobotomies et alerté la police ?

Je redressai les épaules et gagnai la porte du fond. Si Arlana avait trouvé le moyen de se cuirasser contre la violence, je pouvais bien en faire autant. Je pris Belle en laisse pour aller retrouver les policiers qui inspectaient la maison et le jardin. Comme ma chienne, j'avais perdu mon entrain mais retrouvé mon sang-froid. Grâce à Arlana.

17.

Beau gosse et vieux cantique

Il faisait presque nuit, quand je regagnai l'hôpital. De novembre à mars, la nuit tombe de bonne heure, dans la région. Et j'avais envie de courir ailleurs que dans mon quartier, où je ne me sentais plus en sécurité. Le parcours de santé était bien éclairé, il y avait du passage et de l'animation — aussi ne risquais-je pas grand-chose, par là. Je laçai mes chaussures et me mis en marche en effectuant quelques étirements.

La température était encore douce, et bien que l'air se fût rafraîchi en soirée, mon souffle ne se condensait pas devant ma bouche. Le vent était retombé ; tout était calme, immobile. J'accélérai le pas, mes semelles claquant sur le sol ferme.

En passant devant le bureau de Shobani, j'aperçus une silhouette derrière une fenêtre. Mon confrère était apparemment en train de déplacer des meubles. Je ralentis pour observer la scène, et le vis décrocher les stores et les cadres des murs, ôter ses diplômes et ses certificats — peut-être s'apprêtait-on à repeindre les locaux ? Je repris un rythme normal pour traverser le parking, et mes pensées revinrent à ce qui s'était passé chez moi.

Les policiers étaient restés sur place, après mon départ. Ils avaient retourné les feuilles mortes que je n'avais pas pris la peine de ratisser à l'automne, et trouvé dans l'herbe des cartouches de laiton. Pour remplacer les carreaux qui manquaient à ma fenêtre, Mark m'avait promis de clouer des morceaux de contreplaqué.

Arlana avait accepté de terminer le ménage. Quand je l'avais quittée, elle était en train de défaire mon lit et de passer l'aspirateur sur le matelas pour ôter les derniers débris de verre.

J'entrai dans les bois, et pris une profonde respiration pour chasser l'anxiété qui venait subitement de m'étreindre. Je n'avais pourtant rien à craindre : personne ne savait que j'étais ici, me raisonnai-je en continuant ma course.

Le lendemain, à mon retour, la maison serait habitable. Je n'étais pas sûre de vouloir encore y demeurer, cependant. Un logement offrant une si piètre protection perdait beaucoup de son charme. Etait-il trop tard pour retirer mon offre d'achat ?

Tout à coup, une ombre se détacha d'un arbre, et je fis instantanément un écart pour m'accroupir. Il ne s'agissait que d'un hibou chassant au crépuscule, me rendis-je bientôt compte. Je me redressai avec une petite grimace et poursuivis mon parcours. Quelque honte que j'en éprouve, force m'était de reconnaître que la peur avait sa place dans mon existence, désormais. Une peur de tous les moments, pour moi et pour Marisa.

Dans les fourrés, la plainte aiguë d'un petit animal me fit encore hâter le pas. Au vu du bref échauffement que je m'étais accordé, je courais pourtant déjà trop vite. Je n'échapperais pas aux crampes, ce soir — mais tant pis. Je franchis à toute allure les cent mètres qui me séparaient du prochain lampadaire à vapeur de sodium, essoufflée par ce sprint prolongé.

Pas de moto tout-terrain à l'horizon, et personne pour me viser avec un fusil : je n'étais pas en danger. Je n'en continuai pas moins à accélérer, comme poussée par quelque chose de plus fort que moi. Je ne ralentis qu'en atteignant l'endroit — le mieux éclairé du parcours — où le chemin jouxte les urgences. Percluse de courbatures, je m'efforçai alors de reprendre un rythme plus tranquille. Personne ne savait où j'étais. Personne n'aurait pu se douter que j'étais assez stupide pour aller courir seule dans les bois à la nuit tombée.

Cette idée, que je trouvais plutôt comique, m'arracha un sourire. En fin de compte, j'avais besoin de m'éprouver, au moral comme au physique : faire encore mon jogging sans céder à la panique, c'était comme un défi à relever, pour moi. Prendre conscience de cela me permit de récapituler les événements de manière plus rationnelle.

L'individu qui m'avait tiré dessus aurait dû m'atteindre. Son viseur était braqué droit sur moi, et il avait tiré avant que je me fusse jetée à terre. A cette distance, comment avait-il pu me manquer ? Simple maladresse, ou geste d'intimidation ?

Avant que je ne parte travailler, Mark m'avait sérieusement mise en garde. Plus l'enquête avançait, plus l'affaire révélait de violence, disait-il — et pas seulement en ce qui concernait les agressions commises à mon encontre. Pendant sa lobotomie, Marisa avait été maintenue de force — il en avait la preuve. Au moment où les ambulanciers étaient venus la chercher chez elle, la première fois, ses poignets et ses chevilles présentaient de multiples tuméfactions. L'information ne me surprenait guère : j'avais soupçonné cela dès le départ. J'étais convaincue de la nécessité de placer Marisa sous protection rapprochée, et Mark préconisait les mêmes mesures à mon égard... Effectivement, dans l'intérêt de mon amie, peut-être eût-il été plus sage de renoncer à aller courir pendant quelque temps. Je ne pouvais lui être utile que dans la mesure où il ne m'arrivait rien de fâcheux.

Au lieu de boucler mon circuit habituel, je l'abrégeai de trois kilomètres et bifurquai en direction de l'aile abritant les soins intensifs. La fenêtre du bureau des infirmières était éclairée, et je reconnus quelques silhouettes familières, derrière les vitres. Cela signifiait que sous un autre angle, Marisa aussi devait être repérable. J'effectuai quelques élongations en essayant de me figurer la position de sa fenêtre, et quel angle choisirait un tireur pour l'atteindre.

J'allai chercher mon sac de voyage dans le coffre de ma voiture, glissai le premier dossier de Marisa sous le tapis de sol et regagnai le bâtiment au pas de course. Tout essoufflée, je tambourinai à la fenêtre et fis signe aux infirmières de venir m'ouvrir la porte de secours la plus proche. La chaleur de la salle m'accueillit, avec les odeurs coutumières de désinfectant, de talc, d'alcool, d'urine et d'ammoniac.

— Vous m'avez fait peur, docteur Lynch, en frappant ainsi aux carreaux !

— Je suis désolée, Gloris, veuillez m'excuser... Quoi de neuf, aujourd'hui ? Le Dr Reston est-il arrivé ?

— Oh, c'est le garçon le plus séduisant que j'aie jamais vu ! Toutes les filles du service papillonnent autour de lui... J'avoue que j'en ferais bien autant, si j'avais quelques années de moins. A les regarder s'extasier sur lui, on le croirait descendu ici-bas pour le salut de la gent féminine.

— C'est bien l'idée qu'il se fait de lui-même, oui.

— J'ai cru remarquer, en effet, dit-elle en riant. N'empêche qu'il est beau gosse.

Tout en discutant, nous prîmes le couloir qui menait à la chambre de Marisa. En approchant de la porte ouverte, j'aperçus quelqu'un debout à son chevet, penché sur elle, un oreiller entre les mains.

Eddie Braswell.

Mon sang ne fit qu'un tour ; je fonçai sur lui comme un ouragan. Il leva de grands yeux étonnés vers moi, et recula d'un pas maladroit. L'oreiller lui tomba des mains.

Au même instant, une infirmière se releva, un récipient d'urine à la main. Elle fit un écart pour éviter l'oreiller et l'urine éclaboussa sa main gantée de latex.

— Qu'est-ce qui se passe ? maugréa-t-elle.

Un lourd silence planait dans la pièce. Tous les regards convergeaient sur moi.

— Que fait-il ici ? demandai-je.

Je me tournai vers le garçon pétrifié.

— Je te croyais en prison !

— Libéré... sous cau... caution, bredouilla-t-il, les yeux agrandis par la peur.

Il avait peur de moi ? Je respirai profondément et desserrai imperceptiblement les poings.

— J'ai donné l'ordre que cette patiente ne reçoive aucune visite, grondai-je. Cela s'applique aussi à Eddie Braswell. *Particulièrement* à Eddie Braswell.

Le garçon battit des paupières. Ses yeux hagards étaient cernés de noir. Il les porta un instant sur Marisa, dont le corps inerte gisait sur le lit. Il parut sur le point de fondre en larmes, mais je n'aurais su dire si c'étaient des larmes de chagrin ou de remords.

— Mais enfin, c'est son fils ! dit l'infirmière.

Je ne relevai pas la remarque.

— Si jamais tu remets les pieds ici, murmurai-je, je te fais embarquer sur-le-champ. Disparais tout de suite.

Il ne se le fit pas dire deux fois. Bien que d'une maigreur squelettique, et d'un teint aussi blafard que celui de sa belle-mère, il était animé de cette énergie frénétique qu'ont parfois les toxicomanes.

— Docteur Lynch ? interrogea doucement l'infirmière.

— Eddie n'est pas son fils, mais celui de son mari, expliqua Gloris. Et il a violé une fille dans le comté de Ford.

La soignante siffla doucement entre ses dents.

— Il avait l'air tellement gentil...

Elle baissa les yeux sur son flacon, et alla vider l'urine dans le lavabo.

— Tellement gentil, répéta-t-elle.

J'étais encore secouée par la scène, et le sang me battait violemment aux tempes. Le danger était pourtant éloigné — si tant est qu'il y ait réellement eu danger.

— Comment va Mme Braswell ? demandai-je d'une voix altérée.

Je m'approchai du pied du lit et évaluai la distance qui le séparait de la fenêtre : pour pouvoir viser Marisa depuis le parking, il aurait pratiquement fallu être un géant.

L'infirmière avait quitté la pièce, et ce fut Gloris qui me répondit.

— Sa température est descendue à 38,5° et reste stationnaire depuis plus de quatre heures. La tension et les fonctions vitales sont stables. Le Dr Reston lui a prescrit toutes sortes de remèdes que nous n'avons pas ici, et la pharmacienne s'arrache les cheveux. Mais à part ça, tout va bien. Il est en bas, aux cuisines, en train de grignoter un casse-croûte avec quelques admiratrices. Au fait, je suis désolée, docteur Lynch. J'avais pourtant transmis vos instructions concernant les visites...

J'interrompis ses excuses d'un geste bref.

— Bon, je vais aller les rejoindre. Mais auparavant, je voudrais que les stores de cette chambre soient fermés à la tombée de la nuit. Complètement fermés. Installez une petite pancarte pour qu'on y pense. Et fermez aussi ceux de toutes les autres chambres.

— Ma foi, d'accord, si vous y tenez, dit Gloris, la mine perplexe.

— Mme Braswell a subi une agression, Gloris. Je ne veux pas fournir au coupable l'occasion d'achever ce qu'il a commencé.

— Quelqu'un l'a frappée ? demanda-t-elle en tournant la petite manivelle qui commandait la fermeture des stores.

— Elle a été victime de violences physiques, oui.

J'étais surprise que la nouvelle ne se fût pas encore répandue dans l'hôpital.

— Et si la fenêtre de Marisa est la seule qui soit fermée, poursuivis-je, il suffit de procéder par élimination pour savoir où elle est. Si quelqu'un demande au téléphone son numéro de chambre, passez-moi immédiatement l'appel. Et ne fournissez aucune information sur son état à une personne que vous ne connaissez pas personnellement, d'accord ?

— Oui, docteur. Je transmettrai le message à tout le personnel et aux infirmières de la relève. Pauvre petite... Dire qu'elle était si jolie.

— Très jolie, oui, murmurai-je en regardant mon amie. Dites-moi, Gloris, savez-vous pourquoi son mari avait interdit toutes les visites, lors de son précédent séjour ?

— Bien sûr. Le moindre événement la mettait dans tous ses états. Elle empêchait tout le monde de dormir avec ses cris et ses divagations, surtout quand la famille était passée la voir. Le prêtre était la seule personne que le Dr Braswell autorisait à l'approcher. Sa présence semblait l'apaiser considérablement.

Ces éléments me laissèrent songeuse et vaguement soulagée. Dans le fond, peut-être que Steven ne craignait pas qu'Eddie fît du mal à Marisa. Peut-être aussi avait-il eu de bonnes raisons de la garder chez lui, plutôt que de la faire admettre dans un centre de neuro-traumatologie. Il se pouvait que je me sois trompée sur toute la ligne... Cela me semblait pourtant peu probable.

— Dites-moi franchement : est-ce que vous aviez l'intention de me donner des nouvelles de ma nièce, à un moment ou à un autre ?

Je me retournai vivement et découvris miss Dee Dee sur le pas de la porte, très chic dans son tailleur couture bleu glacier. Une évidente expression de reproche se lisait dans son regard.

— Ou bien est-ce que vous comptez m'empêcher de voir ma petite chérie, vous aussi ? C'est un comble : il aura fallu que je consulte la liste des admissions par hasard pour découvrir que ma nièce était hospitalisée !

— Oh, miss Dee Dee, je suis vraiment navrée. Je...

— N'en croyez pas un mot, docteur Lynch. J'ai suivi vos instructions et appelé miss Dee Dee dès que l'état de sa parente s'est stabilisé.

— Mes instructions... ?

— Bien sûr. Et miss Dee Dee a été très touchée par votre sollicitude, croyez-le bien.

— Gloris, c'est très gentil à vous d'y avoir pensé. J'avais donc laissé une recommandation de ce type ?

La jeune femme se dirigea vers la sortie et m'adressa un clin d'œil au passage. Je la remerciai d'un sourire.

— Vous auriez pu m'appeler vous-même, insista Dee Dee avec une moue boudeuse.

Je passai un bras autour de ses épaules minces et l'étreignis gentiment.

— Je suis vraiment désolée, miss Dee Dee. Mais je suis contente que Gloris s'en soit chargée pour moi.

— J'avais raison, à propos de Steven, n'est-ce pas ? Il ne lui a pas procuré les soins nécessaires...

Elle scrutait implacablement mon visage, tandis que je gardais le silence.

— Evidemment, continua-t-elle, vous ne pouvez pas me le dire. Mais il ne l'a pas soignée, je le sais. Il l'a gardée à la maison, où son état s'est détérioré sans que personne puisse savoir si on s'occupait d'elle ou pas.

Je détournai les yeux et observai Marisa. Les contusions s'estompaient, et son œil tuméfié commençait même à désenfler. Quelqu'un lui avait lavé les cheveux — sans doute à la requête de Cam Reston. A moins qu'il ne s'en fût chargé lui-même, ce dont il était tout à fait capable.

Elle avait été si belle : pourvu qu'elle le redevînt un jour…

— Je vais l'emmener loin de lui, murmura Dee Dee.

Sa mine abattue la vieillissait terriblement. Jamais, jusqu'à présent, elle ne m'était apparue comme une personne âgée. Miss Dee Dee était de ces gens qui ne changent pas — une sorte d'icône, immuable et intemporelle.

— J'ai des relations, dans ce pays, poursuivit-elle avec détermination. Des magistrats, des députés. Steven ne m'éloignera pas de mon unique parente. Je vais l'emmener quelque part. Marisa a plus besoin de moi que de l'automate sans cœur qui lui tient lieu de mari. A mon avis, c'est lui qui l'a mise dans cet état...

Ces paroles me firent l'effet d'une douche froide. J'ôtai mon bras de ses épaules et reculai d'un pas.

— Il travaillait à l'hôpital depuis près de douze heures, quand miss Essie a découvert Marisa, protestai-je. Matériellement, Steven ne pouvait pas...

Je n'achevai pas ma phrase. Je ne voulais pas suivre miss Dee Dee sur cette piste. Pas Steven, pas son propre époux… L'idée m'en avait déjà traversé l'esprit, cependant. Je crus entendre la voix de Mark : *Chacun est un suspect en puissance. Même toi.*

— Je sais bien qu'il a un alibi, chuchota Dee Dee. Mais mon intuition me souffle que c'est lui le coupable.

— Rentrez chez vous. Dînez tranquillement. Reposez-vous, recommandai-je. Je vous promets de vous appeler en cas d'imprévu.

Elle redressa légèrement le dos et haussa un sourcil dubitatif.

— Et qu'est-ce que vous diriez de rédiger un petit mot à l'intention de Gloris, pour qu'elle me téléphone ?

Le clin d'œil qu'elle ajouta disait clairement qu'elle n'avait pas été dupe de mes prétendues recommandations à l'infirmière.

— Ne sous-estimez pas le discernement de vos aînés, ma chère, poursuivit-elle. Vous ne bernerez pas miss Dee Dee.

— Je me souviendrai de la leçon, répondis-je en me sentant rougir.

— J'en doute fort, mon petit, j'en doute fort.

Elle quitta la pièce de sa démarche altière. Une personne de sa classe aurait toujours le dernier mot.

Les paupières de Marisa s'ouvrirent lentement. Je vis son regard se diriger au-dessus du lavabo, vers la pendule murale dont la grande aiguille tournait avec un tic-tac rassurant.

— Coffre à joujoux, l'entendis-je articuler du bout des lèvres.

Je me penchai aussitôt sur elle et lui pris la main, cherchant machinalement son pouls. Sa peau était fraîche sous mes doigts.

— Bonbon rose à la violette...

Elle respira profondément.

— U...ne pou...le sur un mur...

Je portai sa main à ma joue, et me mis à chanter doucement :

— Sur une lointaine colline... Se dressait une vieille croix rouillée... Emblème de souffrance...

Marisa soupira et ferma les yeux. Tandis que je chantais, je la vis sombrer de nouveau dans le sommeil, le visage apaisé.

Assis entre miss Essie et trois infirmières, Cam régalait son auditoire d'une anecdote de son enfance. Il rapportait comment, apprenant à pêcher avec son oncle, il avait découvert avec horreur qu'il fallait embrocher un ver vivant sur l'hameçon. L'histoire n'était pas spécialement drôle, mais j'avais remarqué que, quoi qu'il pût raconter, les femmes riaient toujours. Ce séducteur-né avait le chic pour les embobiner.

Je me préparai un plateau avec une salade verte, une soupe et du pain au maïs — dîner typique du dimanche soir à l'hôpital du comté de Dawkins. J'ajoutai un Coca et rejoignis le groupe, dégustant ma laitue craquante, mon pot-au-feu et le pain cuit à l'ancienne, avec des petits morceaux de lardons fumés.

La dernière bouchée avalée, je décidai de mettre un terme aux récits de Cam, dont je connaissais le répertoire par cœur. Lui était si absorbé par ses propres chroniques qu'il ne m'avait même pas vue m'installer.

— Cam, est-ce que tu aurais un moment à m'accorder ?

Il tourna la tête dans ma direction et son visage s'illumina aussitôt d'un sourire.

— Rhea-Rhea ! La femme de mes rêves !

Il se leva, se pencha au-dessus d'une jeune infirmière pâmée et voulut me prendre entre ses bras.

— D'accord, Cam, ça va comme ça, dis-je en repoussant gentiment ses mains et en esquivant son baiser. Tu n'as pas changé d'un iota depuis notre première rencontre.

— Souviens-toi : le coup de foudre dès le premier regard !

— Le coup de foudre, oui. Pour la jeune fille qui m'accompagnait... Je m'en souviens comme si c'était hier, Cam. Mesdames, vous voudrez bien nous excuser ? Je n'ai pas beaucoup de temps, ce soir, et nous devons discuter d'un cas délicat, tous les deux. Arrête, Cam.

Il essayait encore de m'embrasser sur la bouche et je devais le repousser.

Les infirmières quittèrent la pièce, l'une d'elles gloussant sottement en nous lançant des regards à la dérobée. Je pensai aussitôt que les gens qui gloussent, minaudent ou pouffent de rire m'étaient insupportables, un comportement de ce type ne pouvant convenir à un adulte... Et une certaine honte m'envahit quand je pris conscience que cette pensée dérivait directement des préceptes édictés par ma mère — préceptes dont j'aurais pourtant dû bien connaître la valeur. Je me levai, allai chercher un second Coca et en proposai un à Cam.

— Merci, tu es gentille, dit-il de sa voix caressante, une mèche brune retombant sur son front.

Les fossettes qui avaient eu raison des impératifs moraux d'innombrables pucelles et établi sa réputation de don Juan creusaient ses joues hâlées, ombrées d'une barbe naissante. Gloris avait raison : ce garçon à l'œil velouté était irrésistible.

— Considère cela comme un geste de courtoisie confraternelle — à ne pas confondre avec l'empressement des femmes de ton harem.

Il eut un petit rire et me considéra des pieds à la tête.

— Je n'ai peut-être pas grandi, Rhea, mais toi, si. Tes jambes sont un régal pour les yeux.

— Et si nous parlions plutôt de Marisa ? répliquai-je.

— Elle est beaucoup moins cyanotique, enchaîna-t-il sans transition. Son cœur et son rythme respiratoire se sont stabilisés. Elle semble réagir au traitement que tu as entamé aux urgences, ainsi qu'aux deux médicaments qui m'ont été livrés. Ce sont des produits tout récents, apparemment impossibles à se procurer ici. On a vraiment l'impression d'être au bout du monde et privé de tout, dans votre patelin...

— Il y a plus de labos que tu ne peux te le figurer et on obtient les gaz du sang avec une rapidité surprenante. Et puis, les infirmières ne sont pas des automates pressés de quitter le service à l'heure, ici. Elles traitent les patients comme des êtres humains.

Cam ignora mes remontrances et il poursuivit ses explications.

— A en croire son médecin traitant — qui, entre nous soit dit, ne raffole pas de ma compagnie —, l'hémiplégie du côté droit a diminué, depuis son hospitalisation initiale. Toutefois, elle n'a pas repris conscience et c'est plutôt mauvais signe.

— Elle s'est réveillée il y a environ vingt minutes. Elle a dit quelques mots à la pendule murale et s'est rendormie.

— Ouiiiii ! s'exclama Cam en se levant d'un bond et en renversant la moitié de mon Coca.

Je mis un certain bémol à son enthousiasme en lui faisant part d'autres éléments que j'estimais reliés au cas de Marisa, comme le cambriolage de ma maison ou les coups de feu dont j'avais été la cible. J'ajoutai à cela des informations que Mark m'avait données avant mon départ pour l'hôpital.

— D'après le labo de la P.J., le produit qui imprégnait les vêtements de mon second patient serait du chloroforme — ce qui corrobore mes soupçons. L'auteur des lobotomies semble donc perfectionner sa technique : Marisa — sa première victime, à ma connaissance — n'a pas été calmée à la Xylazine, mais maintenue de force, pendant son... son supplice.

Je vis s'assombrir le visage de Cam, dont je ne comprenais que trop bien l'écœurement et la colère. L'image de mon amie en butte à ses agresseurs hantait mes nuits et me donnait des sueurs froides. Ses cris résonnaient dans ma tête de la même manière que si j'avais assisté à la scène.

Je mentionnai les différentes omissions que j'avais relevées sur les fiches médicales de Marisa, par rapport aux observations initiales.

— La deuxième victime, elle, a été lobotomisée sous sédatif, poursuivis-je. Mais la Xylazine a provoqué un bloc AV, comme chez l'autre patient. Aucun des deux ne semble avoir été maintenu de force durant l'opération. Pour l'instant, la police n'a encore aucune piste. Mark s'occupe activement de l'enquête. Ah ! J'allais oublier de te parler d'Eddie Braswell.

Je lui fis part des deux agressions dont le garçon était accusé.

— Je l'ai aperçu, à mon retour de vacances, ajoutai-je. Il était d'une maigreur affreuse, le visage émacié comme à la suite d'une grave maladie ou d'un abus de stupéfiants. Ces manifestations de violence m'ont fait craindre pour la sécurité de Marisa, et je viens justement de le surprendre au chevet de sa belle-mère, un oreiller dans les mains comme s'il s'apprêtait à l'étouffer...

Cam bondit comme un diable hors de sa boîte, et je le retins par le bras.

— Ce n'était probablement qu'une impression. En fait, une infirmière se trouvait dans la pièce. Le fait qu'il puisse l'approcher sans difficulté m'a tout de même causé un choc. Je l'ai fichu dehors, et ça m'étonnerait qu'il revienne. Je lui ai collé une sacrée frousse, je crois. A lui et aux infirmières, du reste.

— Tu as piqué une colère ? J'aurais bien voulu voir ça, tiens ! Je suis sûr que ça doit valoir le coup. Ah, le feu sous la glace...

J'ignorai cette réflexion déplacée. Cam était décidément incorrigible...

— Bon, tant pis, dit-il avec un soupir. Ecoute, je ne quitterai pas la chambre de Marisa, demain. Je pourrai me reposer le soir, quand tu prendras la relève. Ainsi, l'un de nous deux sera toujours auprès d'elle.

J'acquiesçai et l'informai que j'avais ordonné la fermeture des stores de toutes les chambres, en soins intensifs.

— J'ai bien envie d'engager un garde du corps pour la protéger, en attendant que nous trouvions un moyen de l'évacuer sur Duke.

— Je suis tout à fait capable d'assurer sa défense, dit-il à mi-voix, une flamme brûlant dans son beau regard.

— Tu fais toujours du karaté ?

— J'ai aussi appris le taekwondo et le tai-chi. Je donne même des cours, à présent.

— Oh, bravo ! Mais, s'il te plaît : tâche d'épargner Steven...

Je vis un nouvel éclair briller dans ses yeux, qui en disait long sur ses sentiments.

— Bon, je passerai te voir avant de rentrer à l'hôtel, conclut-il. A propos, je n'avais pas l'intention de me faire héberger chez toi, mais ça ne te coûtait rien de me le proposer…

Il se pencha vers moi, les yeux rivés sur ma bouche.

— Je t'aurais aidée à oublier John !

J'avalai mon Coca de travers et m'étouffai presque, maudissant le satané pouvoir de séduction qu'il fallait bien concéder à l'animal. Je ne trouvai qu'une raison pratique à opposer à ses avances.

— N'oublie pas que ma maison a subi quelques dégradations, Cam. Estime-toi heureux de dormir ailleurs.

18.

Courrier retrouvé et suspect

Ce soir-là, parmi les patients qui défilèrent aux urgences, une bonne dizaine auraient pu prendre un cachet d'aspirine et me laisser dormir en paix. Mes seuls moments de détente se résumèrent à une douche, un petit somme de près de quatre heures, et un moment passé au chevet de Marisa. Mon amie ne reprit pas conscience, cette fois-ci, mais je constatai une nette amélioration de son état. Il suffisait de la regarder pour deviner qu'elle allait vivre.

Le lundi, à 7 heures du matin, j'accueillis un Cam rasé de frais, lui expliquai comment obtenir un dossier en règle auprès d'Abigail Staton, au bureau administratif, repoussai ses sempiternelles avances et mimai la plus totale désinvolture quand il me serra dans ses bras devant le bureau des infirmières. Je regagnai ensuite ma voiture et pris le chemin de la maison. Les jours commençaient à rallonger ; lorsque je sortis Belle dans le jardin, il faisait presque clair. Comme par l'action d'une bonne fée, le matériel de camping que j'avais entassé en désordre dans le couloir était soigneusement rangé le long du mur, et je n'eus pas à enjamber le sac à dos, le duvet, les ustensiles en fer-blanc et les boîtes de plastique d'où avaient coulé, je ne sais comment, des restes d'aliments. Le carrelage de l'entrée était impeccable, et tous les récipients alignés en ordre sur une étagère de la cuisine.

Belle, qui avait visiblement envie d'aller se promener, dut se contenter d'une partie de tire-oreilles — jeu consistant à esquiver ma main en tournant vivement la tête — et d'une séance de baballe. Plus je découvrais la douceur et l'intelligence de cet animal parfaitement éduqué, plus j'avais de peine à me figurer quel genre d'individu avait pu l'abandonner en couches dans un fossé.

J'aperçus l'enveloppe alors que nous jouions depuis près d'un quart d'heure.

Elle était bien en vue sur le plan de travail. Un Post-it jaune l'accompagnait, sur lequel il était écrit :

« J'ai trouvé ceci par terre, sous vos affaires de camping. J'ai rangé les aliments dans les placards. J'accepte votre offre d'emploi, mais pas comme femme de ménage. Comme gouvernante. Arlana.

P.S. : vous ne m'avez pas payée, hier. »

Je décollai le Post-it de la grande enveloppe bise, et le mis de côté. Je n'avais aucun souvenir de la lettre que je tenais dans les mains. Le couloir était si obscur : j'avais dû poser mes affaires dessus, à mon retour, sans remarquer que quelqu'un l'avait glissée sous la porte. Depuis lors, elle était restée cachée là.

Mon prénom y était rédigé au stylo. Un frisson d'appréhension me parcourut quand je reconnus la belle écriture ronde de Marisa. Ma respiration s'accéléra, et je décachetai nerveusement l'enveloppe.

Elle contenait une feuille de papier et quelques photos. Ma main tremblait, et mes joues se couvraient de larmes, tandis que je découvrais avec plusieurs jours de retard ce que m'avait écrit mon amie.

« Ma chère Rhea-Rhea,

» Tu n'es pas là et j'ai tant de choses à te dire. J'ai l'impression que mon cœur se brise et je ne peux pas encore en parler à tante Dee Dee ; elle serait anéantie. Je ne sais pas quoi faire, je me sens tellement désorientée... Je ne comprends même pas comment tout cela a pu se produire.

» Steven a une liaison. J'avais remarqué un changement entre nous, et sans rien dire à personne, j'ai engagé un détective pour le faire suivre. Je crois que je vais mourir. Je suis peut-être en train de mourir...

» Mon Dieu, je dois te paraître complètement débile... Si tu étais là, tu me secouerais et me dirais de me ressaisir, et qu'il pourrait m'arriver pire. Mais je ne suis pas sûre que ce soit possible.

» La maîtresse de Steven est une technicienne de labo qui se prénomme Sarah ; une très jolie brune aux yeux bleus. Je la hais... Je la hais de toute mon âme. Je joins les clichés et le rapport du détective à cette lettre. Je ne prendrai pas de décision avant ton retour. J'attendrai d'avoir ton avis, mais je crois que je dois le quitter. Je ne peux pas supporter de vivre avec un homme que j'aime passionnément, tout en sachant que je ne lui suffis plus.

» Je sais que le divorce sera un vrai désastre avec ces preuves accablantes, et puis les restrictions sur mon héritage... Tout cela me rend malade. Je pleure sans arrêt, du matin au soir, et la nuit aussi. S'il te plaît, appelle-moi dès ton retour de voyage. J'ai besoin de parler. Tout compte fait, je vais peut-être prévenir Dee Dee. C'est vraiment trop lourd à porter, surtout maintenant. Ma vie aurait dû être merveilleuse — il y avait du nouveau — et maintenant, voilà...

» Je t'embrasse,

Risa »

Je posai la lettre sur le buffet de la cuisine et me juchai sur un tabouret du bar. Jamais je n'avais autant pleuré que ces derniers jours, et voilà que je sanglotais encore à chaudes larmes ! Marisa, toute seule. Et son mari... *Espèce d'enfoiré*, murmurai-je. *Espèce de sale enfoiré* !

Les propos de miss Dee Dee me revinrent brusquement : « A mon avis, c'est lui le coupable... » Et les paroles de Mark : « Pour le moment, tout le monde est suspect, à mes yeux. »

Je me sentais glacée jusqu'aux os. Inquiète, Belle s'était couchée en rond à mes pieds pendant que je lisais. Elle s'assit et posa la tête sur mon genou. Je la grattai doucement derrière les oreilles — ses longues oreilles en pointe, épaisses comme du velours — et elle me lécha la main en retour.

Si tout le monde était suspect... Si l'agresseur avait une formation médicale... Si Steven ne pouvait être incriminé parce qu'il travaillait cette nuit-là... Alors, peut-être, cette Sarah...

Je visualisais à peu près la jeune femme, employée à l'hôpital, mais je la connaissais très peu. Je feuilletai le rapport du détective privé, un certain Ty Yarborough, installé dans le comté de Ford. Il avait suivi Steven pendant dix jours, et remis à Marisa une liste d'hôtels, de dates et d'heures, ainsi qu'une série de clichés. Il avait même enregistré sur micro-cassette une conversation privée entre les amants, au restaurant.

Sur les photos, on voyait Steven tenir la jeune femme par la taille en quittant la voiture ; puis le couple assis face à face, front contre front, à une table du Varsity, dans le comté de Ford ; Steven et sa maîtresse marchant main dans la main sur une plage, chaudement vêtus... Steven riait de bon cœur — spectacle rarissime —, les yeux plongés dans ceux de Sarah. Il y avait des traces de doigts tout autour de cette photo-là : sans doute avait-elle fait tout particulièrement souffrir Marisa.

Mes larmes s'étaient taries. Steven ou Sarah... Sarah ou Steven... Je composai le numéro du bip de Mark. Je n'avais pas la mémoire des chiffres — les noms et les associations d'idées étaient davantage mon fort —, mais les numéros de Mark semblaient faire exception à la règle. Il me rappela cinq minutes plus tard, délai dont je profitai pour moudre et préparer du café, un pur arabica de Colombie très serré, comme je l'aimais. Quand je lui fis part de la découverte d'Arlana, il raccrocha sans un mot. Dix minutes plus tard, il sonnait à ma porte. Le commissariat n'était pourtant pas si proche...

Je ne cherchai pas à savoir d'où il m'avait appelée ni à quelle vitesse il avait conduit. Je lui servis simplement une tasse de café avec deux sucres et un nuage de lait, selon son goût, accompagné d'un croissant réchauffé au micro-ondes. Je le regardai boire et grignoter en parcourant le rapport du détective privé. Il avait l'air fatigué, et des cernes sombres faisaient ressortir le vert changeant de ses prunelles. Je pris soudain conscience que ce visage constituait l'une des raisons principales pour lesquelles j'avais décidé de rester à DorCity, au lieu de rejoindre John. Ce visage. Cette mâchoire carrée, ce teint hâlé, ces petites rides d'expression au coin des yeux et de la bouche, l'éclat de ces yeux plongés dans les miens, tour à tour rieurs et graves... Mark m'avait terriblement manqué.

— Rappelle-moi où tu as trouvé cette lettre, me demanda-t-il subitement.

Je me ressaisis et lui fis sommairement le récit de mon retour d'excursion, avec le matériel jeté en vrac dans le couloir jusqu'au passage d'Arlana.

— Tu vis dans un véritable capharnaüm, dis-moi, me fit-il remarquer avec un sourire.

— Plus maintenant. J'ai une femme de ménage. Enfin, non : une gouvernante, rectifiai-je.

Il s'adossa au tabouret de bar et sirota son café.

— Est-ce qu'autre chose t'est revenu, en ce qui concerne Medicom Plus et Mitchell Scoggins ? demanda-t-il entre deux bouchées de croissant.

Je me servis un second café et réfléchis. C'était la troisième fois qu'il m'interrogeait sur cette entreprise et son directeur. Tenace sans être buté, il devait avoir de bonnes raisons d'y voir un rapport avec notre affaire.

— Je ne me rappelle rien de plus que ce que je t'ai dit à l'hôpital. Contrairement à toi, je ne suis pas d'ici. Tu sais que je n'ai longtemps fait que passer les vacances d'été chez Marisa. Pourquoi cette question ?

Il joua un instant avec sa cuillère à café sans rien dire, comme s'il faisait le tri entre ce qu'il voulait, ce qu'il pouvait et ce qu'il devait me confier. Pour ma part, je ne suis pas du genre impatient. La médecine m'a appris la valeur du temps, et combien la guérison, par exemple, peut être un processus lent.

— Scoggins est l'avocat de Steven, lâcha-t-il enfin. Et Raymond Abel effectuait des travaux de jardinage et de bricolage pour lui.

Il but encore quelques gorgées et me regarda, une petite étincelle dans l'œil.

— Willie Evans, lui, a été arrêté il y a un an environ, en possession d'une bonne dose de marijuana. Mitchell Scoggins l'a tiré d'affaire en dénichant un vice de procédure. Les trois victimes ont donc un rapport avec ce type.

— Et Eddie Braswell ?

— Il donnait de temps en temps un coup de main aux fermiers du coin pour l'entretien du bétail, par l'intermédiaire d'une petite boîte de recrutement — celle dans laquelle Abel était inscrit, comme par hasard. Il semble même que les deux garçons aient travaillé ensemble au moins une fois...

Il marqua une pause pour ménager son effet et me tenir en haleine.

— ... sur les terres de Scoggins. Lequel assure aujourd'hui la défense d'Eddie.

Je m'efforçai de situer Mitchell, mais je n'en conservais qu'un souvenir des plus flou. Etait-il venu au réveillon du jour de l'an, chez Marisa ? Lui avions-nous été présentés, John et moi ?

— Mitchell a fait une année de préparation au concours de médecine avant de s'orienter vers le droit, dis-je lentement, essayant de me rappeler de qui je tenais cette information — Trish, peut-être ? Il est donc possible qu'il ait acquis les connaissances de base suffisantes pour pratiquer une lobotomie.

— Quel est le nom de famille de ta Sarah ? dit Mark en feuilletant le rapport du détective privé.

— Gibbons, murmurai-je.

Où avais-je déjà remarqué ce nom-là ? Mark vint aussitôt me rafraîchir la mémoire.

— Willie Evans a été retrouvé sur les terres d'un certain Frank Gibbons. Serait-ce le mari de Sarah ? Ou bien son père, peut-être ?

— Possible, dis-je.

— Willie aidait Gibbons à déplacer du bétail d'une parcelle vendue à Medicom Plus. Scoggins a l'intention d'y faire construire l'un des bâtiments de la compagnie, expliqua Mark, songeur.

J'allai poser ma tasse vide sur le bar et me tournai de nouveau vers lui.

— Qui sont les principaux actionnaires de Medicom Plus, hormis Mitchell ?

— Deux de mes hommes sont en train de se renseigner là-dessus.

— Je vais veiller à ce que Sarah Gibbons ne puisse plus approcher Marisa, à l'hôpital. Je t'avertirai immédiatement si je remarque quoi que ce soit d'insolite.

— Evite quand même de jouer les héroïnes d'Agatha Christie, dit Mark avec un petit sourire.

Le genre de sourire qui avait dû chavirer bien des cœurs alentour... Je détournai vivement le regard, soudain consciente de le dévisager avec trop d'insistance.

— *Ton* affaire, *ma* patiente, enchaînai-je d'un ton que je voulais cassant. Ne t'en fais pas, j'ai bien saisi où se situe la limite.

— Crois-tu ? murmura-t-il d'un ton lourd d'insinuation. En tout cas, d'une manière ou d'une autre, Mitchell Scoggins, Medicom Plus et la petite amie de Steven sont certainement au cœur de cette sombre affaire.

— Je renouvelle ma proposition : je te préviendrai s'il se passe quoi que ce soit à l'hôpital.

— A titre de réciprocité, je te ferai part de ce que je pourrais découvrir concernant Scoggins et sa compagnie. C'est bien ce que tu veux m'entendre dire, n'est-ce pas ?

Je lui rendis son sourire et m'approchai de la cafetière pour me servir de nouveau. Brusquement, ses bras m'enlacèrent et il m'attira doucement sur ses genoux. Je sentis sa bouche contre mes cheveux, son souffle tiède sur ma tempe.

— Fais bien attention à toi. Pas d'actes de bravoure, me chuchota-t-il à l'oreille.

J'opinai et réprimai une brusque envie de nouer les bras autour de son cou.

— Je serai prudente. Tâche de l'être aussi, dis-je en posant ma joue contre la sienne, le visage incliné pour l'empêcher de m'embrasser — ou pour résister à la tentation de le faire moi-même.

Il me redéposa sur le sol et m'entraîna vers la porte, un bras autour de mes épaules. Mon cœur se serra subitement lorsque je vis qu'il tenait la lettre de Marisa et les photos du détective. Je compris qu'il garderait en sa possession ces documents particulièrement importants pour l'enquête.

— Je suis content que tu sois revenue vivre ici, Rhea.

— Moi aussi. Est-ce que... Pourrai-je récupérer la lettre de Marisa, un de ces jours ? C'est la dernière chose que j'ai d'...

Je ne pus achever ma phrase.

Il ouvrit la porte et sortit dans l'allée sans me lâcher la main. La sienne était chaude et ferme — son contact, rassurant.

— Je veillerai à ce qu'on te la rende. En attendant, si tu faisais remplacer tes vitres ?

— Pas tout de suite. Dans quelques jours, seulement. On ne sait jamais... Les malfaiteurs ne peuvent pas me voir à travers le contreplaqué.

— Ce n'est peut-être pas une mauvaise idée, admit-il. Appelle police secours au moindre problème. Jacobson effectue des rondes dans les parages. Je lui ai demandé de rester à proximité. Le soir, je peux venir jeter un œil pour m'assurer que tout va bien.

Je le remerciai d'un sourire et regardai nos mains jointes.

Au même instant, une voiture arriva. Je reconnus le ronronnement du moteur avant de voir la limousine monter dans l'allée. Miss Dee Dee nous observait à travers le pare-brise.

Mark me lâcha la main.

— Aïe, à une minute près, j'aurais pu la manquer, maugréa-t-il entre ses dents.

— Attention ! Surveille tes manières, recommandai-je en riant.

— J'ai intérêt, si je ne veux pas qu'elle aille raconter à ma mère que j'ai été grossier.

Il lança à voix haute :

— Bonjour, miss Dee Dee. Vous êtes ravissante, aujourd'hui.

— Bonjour, inspecteur Stafford. Je vous remercie. Comment va votre maman ? Cela fait une éternité que je n'ai pas vu Clarissa.

Je réprimai un sourire en voyant Mark abréger ces mondanités et s'esquiver en vitesse. Il regagna sa jeep garée à côté de mon cabriolet.

— Quel charmant garçon. Il me rappelle ce pauvre Théodore, mon troisième mari, déclara Dee Dee. Tiens, serait-ce un fumet de café que je sens là ?

— Oh, oui, répondis-je, renouant moi-même avec mes quelques notions de savoir-vivre. Voulez-vous entrer, miss Dee Dee ? Je viens tout juste de le préparer. J'ai aussi des croissants et de la confiture.

— Je prendrai seulement une petite tasse de café, ma chère. Ma foi, votre maison est impeccable. Essie m'a dit qu'elle vous avait envoyé Arlana. C'est une enfant remarquable, dit-elle en s'installant au bar. Mais il vous faudrait une belle table de salle à manger. J'en ai une superbe, au grenier, en orme marqueté, avec six chaises assorties. C'est un meuble du siècle dernier, mais en parfait état.

Je lui servis du café et consultai ma montre à la dérobée. Dee Dee était en retard à son travail, ce qui signifiait qu'elle n'était pas uniquement venue me parler de mobilier. Or, j'avais hâte d'appeler l'hôpital pour demander que Sarah Gibbons fût tenue à l'écart de Marisa.

Avec son élégance coutumière, Dee Dee parla un moment de l'air du temps avant d'en venir au fait.

— Comment se fait-il que le sémillant Dr Reston soit venu s'occuper de Marisa ? Je ne l'avais pas revu depuis l'époque où il courtisait ma nièce avec une ardeur toute juvénile.

J'expliquai les raisons de sa présence à l'hôpital, ce qui m'obligea à fournir quelques détails sur le nouveau traitement de Marisa. De toute façon, si Dee Dee avait l'intention de solliciter la séparation du couple en justice, je serais forcément mêlée à l'affaire — perspective assez peu réjouissante. Je lui brossai donc un tableau complet de la situation, sans oublier ma plus récente découverte : la lettre concernant la liaison de Steven. A en juger par la réaction de ma visiteuse, Marisa n'avait pas eu le temps de la mettre au courant.

Visiblement ébranlée, miss Dee Dee blêmit et se figea, sa tasse de café à la main, les yeux perdus au loin. Elle portait ce jour-là un ensemble de lainage rose pâle, dont la teinte chaude animait son sautoir en perles d'un joli reflet. Elle posa lentement sa tasse sur le plateau.

— Risa n'aurait donc pas tardé à le quitter, murmura-t-elle enfin.

— Peut-être.

— Il ne l'aurait jamais laissée faire, vous savez.

— Ah, bon ?

— A cause du legs de ses beaux-parents.

Je me souvins de l'allusion à cet héritage, dans la lettre. Je remplis de nouveau nos tasses. Un fourmillement dans les doigts m'avertit qu'il s'agissait d'un détail d'importance. J'avais envie d'en savoir davantage, mais toute question de ma part pouvait être considérée comme une indiscrétion — l'une des plus graves entorses aux règles du savoir-vivre, selon les principes professés par Dee Dee. Je posai la cafetière et attendis, la regardant boire son café à petites gorgées, perdue dans ses pensées.

— Le jour de ses trente-cinq ans, reprit-elle, Risa recevra la totalité d'un legs en fidéicommis dont elle n'avait jusqu'ici que l'usufruit. La somme avoisine les trois millions de dollars. En cas de divorce ou de décès de sa femme sans héritiers, Steven n'aurait droit à rien. Mais l'infirmité de son épouse ferait de lui le curateur de ses biens. Comme vous le voyez, les conditions sont un peu compliquées. En tout cas, Steven a tout intérêt à avoir une épouse infirme.

— A condition qu'elle ait eu l'intention de le quitter. Et si vous réussissez à obtenir leur séparation...

— Il perdra tout, et c'est moi qui prendrai soin de ma nièce à sa place. En ce qui concerne ses biens, il faudra que je trouve le temps de les gérer en plus des miens. Je me ferai aider, le cas échéant.

Elle secoua la tête et leva sur moi un regard las et triste.

— La vie est parfois si... si étrange, n'est-ce pas, Rhea chérie ?

— Certes, madame, certes, répondis-je, un peu déconcertée.

De sa part, je m'attendais plutôt à une explosion de colère. Son code moral intransigeant, ses notions rigoureuses du bien et du mal s'accompagnaient d'un caractère ombrageux. A ses yeux, une femme bien née avait parfaitement le droit d'exprimer une colère légitime, tout en restant dans les limites de la bienséance. Ses accès de fureur légendaires conservaient en effet une sorte de majesté indiscutable. Pourtant, en l'occurrence, elle semblait trop abattue pour s'emporter. Je posai mes mains sur les siennes et les serrai affectueusement.

Dee Dee me sourit tristement.

— Merci, chérie. Mais je vous en prie, soyez très prudente. Laissez la police mener cette enquête. Vous m'êtes beaucoup trop précieuse pour devenir la cible d'individus sans scrupule. Je n'ai pas envie que mes deux petites se fassent...

Elle s'interrompit et regarda de nouveau par la fenêtre.

— Restez à l'écart de tout cela, Rhea, dit-elle en serrant mes doigts dans les siens. Je vous en prie.

La tendresse de son regard me réchauffa jusqu'à l'âme. Dee Dee et Marisa me tenaient lieu de famille ; je n'avais qu'elles au monde.

— Je serai prudente, promis-je. Et il y a quelque chose que vous pourriez faire pour aider Marisa, miss Dee Dee. Le compte rendu initial de son admission aux urgences a été recopié sur l'ordinateur, mais la copie diffère quelque peu de l'original — notamment en ce qui concerne les ecchymoses aux poignets et aux chevilles, qui ont disparu de la version informatique. Pensez-vous qu'elle ait pu être falsifiée ?

Miss Dee Dee s'anima aussitôt, ses yeux bleus étincelant entre les cils discrètement maquillés.

— C'est tout à fait possible. Et si le coupable a laissé des indices, je pourrai peut-être remonter jusqu'à la source. Dans ce cas, nous le tiendrions, n'est-ce pas ?

Je répondis par l'affirmative et elle m'étreignit avec émotion.

— Merci, ma chérie. L'idée de pouvoir faire quelque chose pour ma pauvre petite me réconforte un peu.

Elle me caressa la joue d'un geste affectueux, et je la raccompagnai à la porte.

Après son départ, j'appelai l'hôpital pour demander que Sarah Gibbons fût tenue à l'écart de Marisa, et parlai un instant avec Cam, à qui j'expliquai le pourquoi de cette décision. Je téléphonai ensuite à Mark. Je lui fis part de l'affaire du legs et de l'impact que l'état végétatif de Marisa pouvait avoir sur les finances de son époux. Finalement, je me mis au lit tout habillée et sombrai dans un sommeil peuplé de cauchemars.

D'étranges images s'y succédaient, comme les instantanés d'un film totalement décousu. Je vis Marisa, baignant dans ses propres déjections, se défendre à coups de poing contre Steven. Je vis Dee Dee en tailleur Chanel, la tête inclinée de côté, le regard affectueux. Shobani rédigeant les fiches médicales de Marisa. Mark prenant mes mains dans les siennes. Un troupeau affolé, en pleine débandade. Mark jouant avec ses chiens, son fusil de chasse en bandoulière. Dee Dee à cheval, en jean et chemise à carreaux, avec ses diamants aux doigts. Marisa adolescente, jouant aux cartes et buvant un verre de vin avec une expression d'adulte. Cam, complètement ivre sur la pelouse du campus, pleurant son amour perdu. Les murs nus du bureau de Shobani. Pour finir, un homme armé me mettait en joue... et cet homme était Mark.

A deux reprises, je me réveillai en sursaut, trempée de sueur. J'essayai vainement de chasser ces images, qui revenaient à l'assaut dès que je fermais les yeux.

A 5 heures de l'après-midi, j'entendis frapper vigoureusement à ma porte. J'ouvris et trouvai Arlana sur le seuil.

— Vos pneus ont été crevés, dit-elle. Tous les quatre. Décidément, quelqu'un vous en veut.

L'esprit encore embrumé de sommeil — le décalage consécutif à plusieurs nuits de travail d'affilée provoque au réveil une sorte d'étourdissement —, je sentis mon sang se glacer. J'avais saisi le message : *Renonce. N'insiste pas. Ne te mêle pas de l'agression de Marisa.*

Je respirai à fond pour chasser la panique, et fis entrer Arlana avant d'appeler Mark. Puis, d'une main étonnamment assurée, je composai le numéro d'un garagiste et lui demandai de changer mes pneus, au cas où les miens ne seraient pas réparables. Je fis ensuite sortir Belle pour ses petits besoins du soir, et rédigeai le chèque d'Arlana. Ces occupations me procurèrent un semblant de calme.

Considérant les vitres étincelantes de propreté sous les reflets du soleil couchant, le préjudice causé par la fusillade, la chasse sans merci menée contre la moisissure et la poussière, j'estimai le montant de ma dette à cent cinquante dollars. Arlana ne me contredit pas. Elle me proposa — à titre gratuit — de m'emmener au travail dans sa vieille guimbarde.

Nous nous préparâmes du chocolat chaud en attendant l'arrivée des flics et de la dépanneuse. Arlana entretint une conversation à bâtons rompus sur les dégâts de la veille, le coût de quatre pneus de rechange et les pistes à suivre pour découvrir l'auteur des faits. Je m'émerveillai de sa désinvolture à envisager la situation et, d'une manière ou d'une autre, cette désinvolture finit par déteindre sur moi. Je fus bientôt à même de relativiser : tout compte fait, n'étais-je pas saine et sauve ? Les pneus seraient remplacés. A quoi bon en faire une histoire ?

Mark accueillit l'acte de vandalisme avec moins de décontraction. Il pesta contre Jacobson — qui avait pourtant jeté un coup d'œil sur la maison avant de boucler sa journée de travail — et contre Belle, qui n'avait pas aboyé à l'approche des malfaiteurs.

Le dos rond, la queue entre les pattes, la pauvre chienne entendait ce ton de reproche, à défaut de comprendre le propos. Elle paraissait terriblement mortifiée. Je lui grattai les oreilles pendant que Mark divaguait, lui murmurai qu'elle n'était pas censée voir à travers le contreplaqué, et que j'étais toujours contente d'elle. Un peu réconfortée, elle m'apporta l'un de ses chiots pour me le faire admirer. C'était une femelle beige clair, toute dodue. Et bien que Belle fût très fière de toute sa progéniture, elle semblait marquer une nette préférence pour celle-là.

— Quel joli bébé, roucoulai-je. Tu as fait du bon boulot.

Mark ronchonna entre ses dents puis se tut et sortit en claquant la porte, bientôt rejoint par Jacobson.

— Ce type est dingue de vous, Rhea, dit Arlana. Vous n'avez jamais... vous savez...

Elle frétilla des épaules de façon suggestive.

— Non, nous n'avons jamais...

Je frétillai des épaules comme elle.

— Eh bien, vous devriez peut-être.

— Et vous, vous devriez plutôt vous mêler de vos affaires, dis-je d'un ton destiné à masquer ma gêne et mon amusement.

— O.K. A condition que vous me laissiez décorer votre chambre.

— Décorer ma chambre ?

Je n'avais pas très bien saisi le rapport. Il n'y en avait sans doute aucun, du reste.

— Oui. Je pourrais vous faire confectionner des doubles rideaux et un couvre-lit. Il faudrait aussi recouvrir le fauteuil, dans l'angle, pour que tout soit assorti. Une gouvernante se charge bien de ce genre de tâches, non ?

— Et combien cela va-t-il me coûter ?

— Demain, je vous apporterai des échantillons avec un ordre de prix.

— Si c'est là le tarif d'un trajet jusqu'à l'hôpital, je n'ai pas les moyens de me l'offrir. Je préfère marcher.

— Pfft... vous êtes toubib. Vous pouvez vous offrir tout ce que vous voulez.

— Oui, bon… Pour l'instant, contentez-vous de m'emmener à mon boulot, Arlana. Demain, je jetterai un coup d'œil sur vos échantillons et sur vos prix. J'aime surtout le blanc cassé, ton sur ton. Ni volants ni chichis.

Elle lorgna du côté de la jeep garée dans mon jardin, gyrophare allumé.

— Hmm, ouais… J'avais cru remarquer.

19.

Pièges et bébé

Il était plus de 6 heures du soir, quand j'entrai dans la salle de soins intensifs. La nuit s'infiltrait déjà à travers les stores tirés. Auréolée d'une vague odeur de cheval, Dee Dee, en jean et chemise à carreaux, enseignait les rudiments du rami à Cam et à deux infirmières. Contraste étonnant à sa tenue rustique, ses superbes diamants étincelaient à ses doigts, tandis qu'elle battait les cartes. Si, lorsqu'elle s'occupait de ses chevaux, elle se séparait systématiquement de ses perles, elle n'enlevait en revanche ses bagues — qu'elle glissait alors dans la poche de sa chemise — que lorsqu'elle devait nettoyer une litière. Je ne me rappelais pas les lui avoir vues, d'ailleurs, ce matin — signe patent de la fatigue qui devait être la mienne.

Tout en jouant, Dee Dee régalait son auditoire d'un exposé savamment documenté sur les meilleurs vignobles français. Le nom d'un grand cru bordelais me ramena à certaine soirée passée dans son manoir, à Charleston, où Marisa et moi avions goûté des vins délicieux et appris la terminologie du dégustateur avisé — vin bouqueté, corsé, étoffé, charpenté, capiteux, gouleyant... Grâce aux leçons de Dee Dee, j'avais pu me constituer une cave qui faisait la joie de nos invités, à l'époque où je vivais avec John.

J'entrai dans la chambre de Marisa. Elle avait repris conscience et parcourait la pièce du regard, de la porte à la fenêtre, de la pendule au téléviseur allumé. Depuis son lit, elle ne pouvait pas voir la salle des infirmières et je me demandai si elle aurait remarqué l'animation qui y régnait.

Ses yeux se posèrent sur moi — pas précisément sur mon visage, mais sur le stéthoscope qui se balançait à mon cou. Sans doute était-il encore trop tôt pour qu'elle s'attache à une physionomie.

Je lui pris le pouls, contrôlai la chaleur de sa peau, son élasticité, la circulation du sang. Sa pupille droite était normale, et la gauche se rétrécit imperceptiblement, sous le faisceau de ma petite lampe de poche. C'était là un signe très encourageant. Cela prouvait que le nerf optique n'avait peut-être pas été définitivement endommagé par la pression exercée sur l'œil. Marisa aurait des chances de récupérer sa vision, de ce côté-là.

Tandis que j'étais penchée sur elle pour l'ausculter, un vacarme subit se déclara dans le couloir, fait de vociférations et de bruit de chaises renversées.

Marisa sursauta violemment, et Steven fit irruption dans la chambre en gesticulant comme un forcené. Il exigeait de voir Shobani, réclamait à grands cris l'assistance d'une infirmière. Ecumant de rage, il lança un coup de pied dans la table de matériel médical, et l'envoya rouler sur le sol avec tous les instruments qui s'y trouvaient. Tout à coup, il m'aperçut au chevet de sa femme.

Son visage passa instantanément du rouge au cramoisi. Ses yeux se réduisirent à deux fentes, d'où filtrait l'éclat métallique des prunelles.

— Espèce de salope ! éructa-t-il. C'est toi qui as fait ça ! Mais pour qui tu te prends ?

Tout s'enchaîna très vite, dans une sorte de brouillard. Il s'élança vers moi dans l'intention évidente de me frapper. Je vis Cam, vif comme l'éclair, bondir pour lui saisir le bras. Des infirmières criaient. Dee Dee attrapa l'autre bras de Steven, et je reculai précipitamment, me cognant au mur et appuyant par inadvertance sur le signal d'alarme. L'alerte se déclencha dans le bureau des infirmières, et les haut-parleurs émirent un bruit de Klaxon feutré, entrecoupé d'appels répétés : « Code 99, soins intensifs. Code 99, soins intensifs... » Depuis son lit, Marisa hurlait une litanie déchirante :

— Aïe aïe aïe, très mal, là, douleur aiguë, douleur aiguë...

Mark apparut sur le pas de la porte. Il prit le relais de Cam et poussa Steven contre le mur sans ménagement, pour lui passer les menottes. Le médecin se débattait en hurlant des torrents d'injures. La pièce s'emplit de personnel médical alerté par le code 99, qui signale un arrêt cardiaque ou respiratoire. Le couloir était plein de policiers en uniforme. Mark emmena Steven dans une autre pièce, tandis que Marisa continuait à geindre. Cam et Dee Dee leur emboîtèrent le pas. Je suivis le mouvement, et laissai mon amie aux mains des infirmières.

— Vous avez le droit de ne rien dire, disait Mark. Vous pouvez demander...

— Je connais mes droits, merde ! Je veux un avocat ! J'engagerai des poursuites contre vous, espèce d'enfoiré !

— Pourquoi avez-vous laissé votre femme dans cet état ? Elle a failli mourir ! gronda Cam, l'air menaçant, couvrant la voix des deux autres. Pourquoi ne pas avoir signalé l'agression qu'elle avait subie ?

— Elle n'allait pas si mal, quand je suis parti !

— Ben voyons... Elle était mourante, pauvre abruti ! rétorqua Dee Dee.

— Et si vous appeliez ce bon vieux Mitch à la rescousse ? suggéra Mark d'un ton sarcastique. Vous voulez un avocat, et moi, j'aimerais entendre ce que Scoggins pourrait avoir à nous dire ! Nous ferions d'une pierre deux coups.

D'une bourrade, il poussa Steven devant lui, vers le couloir, tout en continuant à lui énumérer ses droits. La porte du local à pharmacie se referma derrière eux. Cam voulut les y suivre, mais je lui barrai le passage. Dans son élan, il me heurta de plein fouet.

— Non, murmurai-je tandis qu'il essayait de me repousser. Non, il ne faut pas. Arrête, Cam, arrête ! Laisse Mark faire son travail. Il va le piéger, tu comprends ? Il joue avec lui comme le chat avec la souris. Il ne faut pas t'en mêler.

Frémissant de colère et d'indignation, Cam finit par capituler. Les muscles de son torse se détendirent peu à peu sous mes paumes de main, et sa respiration se calma. Il posa la tête sur mon épaule. Bientôt, je sentis ses larmes imprégner ma blouse.

Je fis signe à Dee Dee de nous laisser. Elle n'en menait visiblement pas large non plus, mais je ne pouvais pas les réconforter tous deux.

— Allez voir Marisa, ordonnai-je doucement.

Dee Dee obtempéra sans discuter.

Je pris mon ami dans mes bras et le laissai sangloter tout son soûl, évacuer sa colère et son désespoir. Quand ses larmes furent taries, il s'écarta de moi et alla s'appuyer contre le mur d'en face, la tête posée sur ses bras repliés.

— Décidément, cela ne m'arrive qu'avec toi, dit-il.

Il n'y avait rien à répondre à cela.

— La dernière fois que j'ai pleuré, c'était quand Marisa a épousé cette espèce d'enfoiré… Et je crois bien que là encore, c'est sur ton épaule que je suis venu m'épancher.

Je hochai la tête, bien qu'il ne pût me voir.

— Qu'est-ce que cela fait de moi ? Une confidente ?

— Une amie.

— Entendu. Va pour une amie.

— Ma meilleure amie.

Il se retourna lentement vers moi, les yeux rougis.

— Je me souviens de ce que j'éprouvais pour toi, à la fac. Jamais je n'aurais pu me confier ainsi à quelqu'un d'autre.

— Je consolais les mecs avec qui j'aurais pu sortir... Quelle gourde !

— Tu étais belle et inaccessible. Tu l'es encore. C'est peut-être pour ça que je t'aime tant. Je peux te parler, parce que je sais que tu n'as pas envie de coucher avec moi.

Quelle erreur, Cam. J'en ai toujours secrètement rêvé, même quand j'étais avec John... Seulement, je ne voulais pas être l'une de tes innombrables conquêtes. Je m'abstins sagement de formuler ma pensée, et me contentai de sourire en silence.

— Très bien, beauté énigmatique... Est-ce que je suis présentable, maintenant ?

— Mouche-toi le nez.

Il s'essuya le visage d'un revers de la manche, avec son air irrésistible de garnement espiègle.

— Bon. Allons plutôt voir ce qui se passe dans la réalité, dit-il.

Dee Dee nous attendait un peu plus loin dans le couloir. Elle semblait à présent en proie à une vive excitation, le regard brillant et comme en alerte.

— Savez-vous ce que je viens d'apprendre ? dit-elle dès qu'elle nous vit la rejoindre. Figurez-vous que la nuit où

Marisa a été agressée, Steven est resté introuvable pendant trois quarts d'heure !

— Qui vous l'a dit ? demandâmes-nous d'une seule voix.

— Vers 4 heures du matin, Zack et Anne sont allés frapper à la porte de sa chambre de garde, pour qu'il vienne s'occuper d'un nouvel arrivé. En vain. Pensant qu'il prenait une douche, ils ont insisté pendant quinze minutes, puis ils l'ont cherché en soins intensifs et en salle de réanimation. Le vigile de service a mis près d'une heure à le dénicher.

La situation était assez courante : dans un espace aussi vaste, un médecin souffrant d'insomnie pouvait errer un bon moment, avant qu'on ne le localise. Le seul point gênant était que l'absence prolongée de Steven eût eu lieu précisément cette nuit-là.

— Et où était-il, quand on l'a retrouvé ?

— Il... il est revenu par l'entrée du parking des médecins. Il était donc sorti de l'hôpital.

— Il faut avertir Mark, dis-je en me dirigeant vers le local des infirmières pour téléphoner.

— Mark est déjà au courant.

Je dévisageai Dee Dee d'un air interrogateur. Ses yeux bleus, luisant de larmes contenues, rivalisaient d'éclat avec ses diamants, et elle arborait une expression farouche, presque triomphante, comme si elle se réjouissait d'avoir réussi à piéger Steven.

— Anne et Zack le lui ont dit, hier ou avant-hier, ajouta-t-elle. Vous ne le saviez pas, chérie ?

— Non. Je l'ignorais.

De fait, en dépit de ses promesses, Mark ne m'avait rien dit de tel. Nous avions débattu ensemble de l'alibi du médecin, de ses occupations cette fameuse nuit ; nous en avions conclu qu'il ne pouvait être l'auteur de l'agression perpétrée sur sa femme, et voilà que cet enfoiré de flic — selon la récente épithète de Steven, à laquelle j'adhérais pleinement — m'avait caché cet élément qui changeait tout... J'étais ulcérée.

Un flot de découragement et d'émotions contradictoires me submergea sur-le-champ. Ma séparation d'avec John, les cachotteries de Mark, la présence de Cam, le cambriolage et les coups de feu — et surtout, l'état de Marisa : tout cela était trop lourd à porter, soudain, pour moi...

Je repris immédiatement la direction des urgences, et fis halte au beau milieu du couloir, au niveau du service de radiologie. Le shérif Gaskins se tenait sur le seuil du bureau de Chris Russel. Il me tournait le dos, appuyé au montant de la porte. Son rire tapageur, faussement enjoué, était celui du politicien à l'œuvre. En Caroline du Sud, le shérif est l'élu qui occupe le poste le plus élevé dans la hiérarchie policière du comté ; c'est un acteur incontournable de la vie politique locale.

Cela faisait trois fois, en un peu plus d'un an, que je le voyais à l'hôpital. Il nous avait rendu visite lors de l'assassinat d'un notable, puis après une émeute consécutive au décès d'un célèbre footballeur du cru, dans des circonstances douteuses. Et voilà qu'il refaisait surface, avec ses santiags bien lustrées, son Stetson rejeté en arrière, son rire reconnaissable entre mille — ce rire bon enfant qui inspirait confiance aux électeurs, et qui, depuis sa victoire électorale en 1988, le conservait en place.

Je glissai un œil dans la pièce. Assise près de Chris, je vis Dora Lynn, la technicienne que Steven avait frappée. L'avocat de l'hôpital se tenait près d'elle, une main posée sur son épaule. La visite du shérif était donc officielle — et certainement pas étrangère à l'arrestation du médecin. Malgré moi, j'enfonçai mes ongles dans mes paumes, aux aguets de ce que j'allais entendre.

— Hmm, à en juger par la réaction de sa femme quand elle l'a vu, il semble que nous le tenions, disait Gaskins en se grattant nonchalamment l'aisselle. Il va tout de même falloir se bagarrer avec ses avocats, car un type aussi influent n'est pas facile à coincer — surtout avec une victime réduite à l'état de légume, et incapable de se défendre. En tout cas, merci encore de votre témoignage. Il nous sera infiniment précieux.

Je fis un pas en arrière et regagnai les soins intensifs, laissant la discussion se poursuivre sans moi. J'étais furieuse, et adressais mentalement à Mark les pires malédictions. Il aurait dû m'avertir… S'il m'avait dit que le coupable était Steven, je lui aurais épargné la peine de l'arrêter. J'aurais réglé moi-même son compte à ce salopard.

Sur le moment, je ne pensai pas à Eddie. Ce ne fut que plus tard, avec un peu de recul, que je revis le garçon au chevet de Marisa, un oreiller entre les mains. Je songeai alors à ce qu'un père désemparé est capable de faire, pour protéger son enfant.

Je m'arrêtai sur le seuil de la chambre de Marisa, dont la porte était grande ouverte. Au bout du lit, Cam tenait les pieds de la jeune femme dans ses mains, comme je l'avais fait moi-même un peu plus tôt. Assis dans un fauteuil, Percy Shobani rédigeait des observations sur la fiche médicale. Mon amie était allongée sur le dos, immobile, les muscles du visage relâchés, la mâchoire pendante. Cette attitude ressemblait à une grave rechute, et une terrible appréhension m'envahit. Sous l'effet de l'angoisse, ma colère contre Mark se dissipa, et les larmes me montèrent aux yeux.

— Marisa ?

Voyant mon inquiétude, Cam vint gentiment m'entourer l'épaule.

— J'ai dû lui administrer un sédatif, expliqua-t-il, on ne pouvait pas la calmer. J'ai prescrit de l'Ativan à un milligramme

— le dosage le plus faible possible. Ça l'a assommée, mais je crois qu'elle va mieux. Ses réflexes continuent à s'améliorer. Tout va bien, Rhea, je t'assure.

J'enfouis ma tête dans son épaule et laissai échapper un sanglot étouffé. Dieu merci, elle était vivante ! Il y avait de l'espoir... Je respirai profondément.

Cam me caressa les cheveux comme j'avais caressé les siens, quelques instants plus tôt, et mes larmes cédèrent la place au rire. Décidément, nous faisions la paire, tous les deux, comme pleurnicheurs !

— Désolée, murmurai-je en relevant la tête.

— Ecoute, reprit-il, j'ai aussi demandé qu'elle soit légèrement attachée pendant un ou deux jours. Elle a vraiment piqué une crise, en voyant Steven. Il faudrait qu'on en parle, Rhea. Dans l'intérêt de l'enfant.

Je me dégageai brusquement des bras de Cam, et portai sur mon amie inerte un regard incrédule.

— L'enfant... Elle est enceinte, dis-je dans un souffle.

Soudain, les termes de sa lettre s'éclairaient, dans mon esprit. « Tout devrait être merveilleux... *Surtout maintenant...* »

J'écartai le drap et palpai doucement son abdomen, au-dessus de l'os pubien ; puis un peu plus haut, en appuyant davantage. Ce n'était encore qu'une boule de la grosseur de mon poing, mais je sentis distinctement le bébé de Marisa. Les battements de son cœur étaient déjà parfaitement audibles, au bout de mon stéthoscope.

— Nous venions tout juste de découvrir sa grossesse, quand Steven est arrivé, continua Cam d'une voix émue. Elle doit en être à trois mois ou trois mois et demi. J'ai prescrit du Sustacal, pour lui redonner des forces. J'ai aussi alerté son gynécologue-obstétricien, qui exerce dans le comté de Ford. Il faudra lui délivrer une autorisation spéciale pour qu'il puisse venir l'examiner sur place.

— Cela doit pouvoir s'arranger, dis-je en prenant la main de Marisa dans la mienne. Et pour l'accouchement, Michelle Geiger est tout à fait compétente.

Un bébé ! Mes lèvres accueillirent le sourire le plus extatique qu'elles aient connu depuis des jours et des jours... La grossesse compliquerait sans doute le traitement, mais la nouvelle n'en constituait pas moins un petit miracle ! Et comment ne m'en étais-je pas aperçue, lors de mes précédents examens ? Evidemment, j'étais à des lieues de m'en douter, et jamais ne me serait venue l'idée de vérifier.

— Le bruit court, déclara Percy Shobani sans lever les yeux du dossier de Marisa, que Steven n'avait pas l'intention de renouveler son contrat avec l'hôpital lorsque celui-ci serait arrivé à échéance, en mai prochain. En fait, il devait être engagé comme directeur chez Medicom Plus.

Sans même que nous y réfléchissions, le même élan protecteur nous avait fait nous placer entre Marisa et Shobani, Cam et moi. Cette réaction était sans doute un peu ridicule... Toutefois, depuis plusieurs semaines qu'il était son médecin attitré, comment la grossesse de Marisa avait-elle pu lui échapper ?

Je me promis d'étudier soigneusement la nouvelle fiche d'admission de mon amie. Elle avait été admise quarante-huit heures plus tôt, et je n'avais pas encore eu le temps d'éplucher ce document. Ainsi, j'exercerais un contrôle sur Shobani — ce qui n'était guère conforme à l'éthique médicale, mais le bonhomme ne m'inspirait pas confiance. Quelque chose me disait que d'une manière ou d'une autre, il était impliqué dans l'agression subie par Marisa — sans que je pusse au juste m'expliquer en quoi... Mais pourquoi lui ? Pourquoi diable Steven l'avait-il choisi pour s'occuper de sa femme ?

Sachant que Cam montait la garde, je quittai les deux hommes et regagnai mon travail aux urgences. Pour ce faire, je pris soin d'éviter le service de radiologie, où le shérif devait encore pérorer. La découverte du bébé m'avait aidée à recouvrer mon sang-froid. Désormais, j'avais une tâche à accomplir, pour laquelle je me sentais à même de canaliser mon énergie. Mark ne perdait rien pour attendre. Je réglerais en temps utile mes comptes avec lui.

20.

Mensonges par omission et doubles mulligans

Un vent glacial souffla toute la nuit que Steven passa derrière les barreaux, interrogé par la police en présence de son avocat. Les prévisions de la météo pour les cinq jours à venir ne laissaient guère espérer d'amélioration : il était plutôt question de chutes de neige et de températures en forte baisse. Le temps, dans cette région à mi-chemin entre la chaîne des Appalaches et la côte atlantique, était toujours incertain. En revanche, nous étions sûrs d'une chose : les premiers jours de très mauvais temps, l'activité diminuait énormément, aux urgences — quitte à augmenter par la suite. Et effectivement, il y eut peu de patients, cette nuit-là ; je dormis comme une souche durant six heures d'affilée.

A 7 heures du matin, prête à regagner mes pénates, j'étais au volant de mon cabriolet aux pneus flambant neufs. Je ne démarrai pourtant que dix bonnes minutes plus tard, temps nécessaire à dégivrer le pare-brise et chauffer l'habitacle.

C'était une matinée épouvantable. J'avais hâte que mes sept jours de garde prissent fin. J'avais beau tout juste revenir de vacances, je ne me sentais vraiment pas reposée.

Je trouvai la jeep de Mark qui m'attendait dans l'allée, devant la maison. La colère que j'éprouvais à son égard, un temps dissipée à l'annonce de la grossesse de Marisa, refit surface en un éclair. J'empoignai ma sacoche et descendis de voiture en affichant ce que je croyais être une détermination de guerrier viking.

— Oh là là, pauvre petite ! Quelqu'un t'a piqué tes bonbons ou quoi ? me lança Mark d'un ton moqueur.

Je le défiai d'un regard noir.

— C'est à moi que tu t'adresses ?

— Aïe ! J'imagine que tu as appris comment j'ai épinglé Steven...

J'eus envie de lui décocher une repartie bien sentie, mais rien d'assez cinglant ne me vint à l'esprit. Je me contentai de l'ignorer et de libérer ma chienne, enfermée depuis la veille. La pauvre ne se tenait plus : je devrais faire installer d'urgence une porte spéciale. Ainsi que des fenêtres neuves.

— Je ne pouvais rien te dire, Rhea : tu ne m'aurais jamais laissé utiliser Marisa comme appât. Je devais voir quelle serait la réaction de Steven, quand il débarquerait à l'hôpital. Je parie que tu n'as même pas remarqué la caméra que j'ai installée dans la chambre de ton amie, avec l'aide de Reston. Ce type est vraiment calé en électronique.

Je n'y avais vu que du feu, en effet. Et Cam n'avait pas non plus jugé nécessaire de me parler de ladite caméra… Il est vrai qu'il pouvait penser que Mark m'avait mise au courant.

Dès qu'elle se fut soulagée, je rappelai Belle et m'enfermai avec elle dans la maison, claquant la porte au nez de Mark. Il la rouvrit aussitôt et apparut dans le couloir. Cette tête à claques affichait un sourire radieux en brandissant mon trousseau de clés, que j'avais laissé à l'extérieur. Un oubli révélateur ? Pour ma part, la psychologie d'arrière-cuisine me fait horreur… Une chose me semblait claire : je ne voulais pas de Mark chez moi.

Il m'enlaça au moment où je me penchais pour emplir d'eau fraîche la gamelle de Belle, déterminée que j'étais à ne pas tenir compte de sa présence. J'éclaboussai le plan de travail en pestant, et il m'étreignit de nouveau.

— Pour la caméra, j'ai dit à Cam que l'idée venait de toi, dit-il en me prenant la gamelle des mains. Et je voulais également filmer ta réaction face à Steven.

Comme je ne desserrais pas les lèvres, il ajouta :

— Ce silence boudeur n'est-il pas un peu puéril ?

— Ça vaut mieux qu'une paire de claques, tu ne crois pas ? Qui me dit que tu n'as pas truffé ma maison de caméras, pour m'épingler en flagrant délit de brutalité envers un représentant des forces de l'ordre ?

Mon comportement était puéril, en effet. Mais pour rien au monde je n'en serais convenue, à ce moment-là.

— Tu t'es servi de moi ! continuai-je dans la même veine grognonne. Tu m'as menti !

— Je ne t'ai *pas* menti !

— Si ! Par omission ! Tu étais ici, chez moi ! Nous avons parlé de Steven, et une demi-heure plus tard, tu l'arrêtais à l'hôpital !

Je me dégageai prestement de son étreinte et retournai à la gamelle de Belle, que je remplis bien plus qu'il n'eût fallu. Tournant toujours le dos au lourdaud de flic, je me penchai ensuite sur le panier des chiots, dont il devenait urgent de changer le papier absorbant. Je m'affairai à cette tâche peu ragoûtante dans une furie de propreté qui laissa Mark pantois.

— J'ai été débile, dit-il au bout de quelques secondes.

L'aveu me prit au dépourvu. Je me relevai lentement, le papier urineux entre les mains.

— C'est vrai, j'aurais dû te prévenir, poursuivit-il. C'est à cause de ce petit jeu entre nous, cette espèce de rivalité que nous entretenons... A mon avis, cela vient du fait qu'il y a quelque chose d'inabouti entre nous, Rhea. Et il faut y mettre un terme.

— Quelque chose d'*inabouti* ? Et quel genre de chose, Grand Dieu ?

— Ce genre-là.

Avant que j'eusse pu réagir, il m'avait prise dans ses bras pour m'embrasser sur la bouche. Comprimé entre nos deux corps, le papier des chiots exhalait une odeur fétide, qui me montait jusqu'aux narines.

Notre différend ne pouvait certes pas se régler par un simple baiser. Cela ne résoudrait rien, un baiser, et dans un sens, c'était aussi puéril que de bouder ou d'administrer des gifles à tour de bras. Cependant, c'était si bon... Je le serrai contre moi et m'abandonnai à l'enlacement, prolongé par l'incursion sous mon T-shirt de deux mains partant à l'assaut de mes seins. Je dus bientôt me faire violence pour repousser Mark avec douceur, et ne pas chavirer complètement. Il n'insista pas. Ses mains battirent en retraite, mais il resta contre moi, son visage à quelques centimètres du mien.

— Excuse-moi, murmura-t-il.

Je hochai la tête et il recula d'un simple pas.

— J'étais venu te dire qu'on a retrouvé Ty Yarborough, le détective engagé par Marisa. Plus précisément, on a retrouvé son corps.

Je sentis aussitôt que cette nouvelle était importante, et m'installai sur un tabouret du bar pour écouter Mark.

— Pendant que tu étais à la montagne, le cadavre d'un inconnu a été repêché dans une rivière, à proximité de l'intersection avec la nationale 77. Un individu de sexe masculin, de taille moyenne. Le corps a séjourné dans l'eau durant plusieurs jours, environ une semaine. Nous l'avons fait examiner par le médecin légiste de Newberry.

Il marqua une pause, le regard grave.

— Il a été identifié ce mat... non, pardon, hier matin. Je n'ai pas dormi correctement depuis si longtemps que j'ai tendance à perdre la notion des jours. Une pointe acérée était enfoncée dans son crâne. Ses poignets et ses chevilles portaient des marques de liens. Apparemment, l'homicide a été perpétré à la même date que l'agression de Marisa. L'homme a succombé à une crise cardiaque. J'ai fait pratiquer un examen pour rechercher une éventuelle trace de Xylazine. Il n'y en avait pas. Cela étant, après une aussi longue immersion, le produit a pu disparaître.

— Crois-tu que ce soit Steven... qui l'ait tué ?

— Possible. Il avait un beau mobile : trois millions de dollars à la clé... Il avait aussi l'occasion et les moyens de le faire, ainsi que la compétence nécessaire.

J'enfouis mon visage dans mes mains, comme pour me laver de toutes ces horreurs.

— Justement, répondis-je après quelques secondes. Il avait tous les atouts en main, et c'est bien ce qui me chiffonne.

— Quoi ?

Ce que je m'apprêtais à dire dépassait l'entendement. Comment imaginer que j'allais prendre la défense de Steven ?

— Il était *trop* compétent. Pour ne pas se faire prendre, il lui suffisait de procéder autrement. Pourquoi ne pas pratiquer les lobotomies en passant par les sinus, au lieu de faire une perforation sous l'arcade sourcilière ? S'il n'y avait pas eu cette trace de blessure, je n'aurais peut-être jamais remarqué que du liquide céphalo-rachidien s'écoulait du nez de Marisa. Steven est trop intelligent pour commettre une bévue pareille. Voilà pourquoi j'en reviens toujours à Eddie.

Mark demeurait perplexe. Il arborait l'expression hermétique, indéchiffrable, du parfait inspecteur de police. Il me dévisagea un court instant, puis changea de sujet.

— J'ai un mandat me donnant accès au premier dossier médical de Marisa, celui établi lors de son admission après l'agression.

Il tira de sa poche intérieure une feuille pliée qu'il posa sur le bar, à côté de moi.

— Je n'en ai qu'une photocopie, répondis-je, mais je te la confie volontiers. Ça t'évitera d'aller perquisitionner aux archives de l'hôpital.

Mark m'accompagna au-dehors, et j'ouvris le coffre du cabriolet. Je soulevai le tapis de sol : le dossier de Marisa n'y était plus... Je réprimai un frisson en songeant à ce que cela signifiait : quelqu'un s'était procuré mes clés et avait fouillé ma voiture.

— Le dossier s'est envolé, dis-je bonnement à Mark. Désolée. En fin de compte, il faudra que tu ailles à l'hôpital.

Il cilla imperceptiblement, mais ne parut pas autrement surpris.

— Steven a refusé de donner la raison de son absence, la nuit où sa femme a été agressée, dit-il en me reconduisant vers la maison. Le moins qu'on puisse dire, c'est qu'il ne s'est guère montré coopératif. Malheureusement, nous n'avons pas pu le garder en détention provisoire. Mitchell Scoggins a réussi à convaincre le juge Burgess de le relâcher avant la fin du délai de garde à vue. A mon avis, continua-t-il, l'assassinat du privé qui enquêtait sur ses aventures extra-conjugales va nous fournir de quoi l'arrêter de nouveau. Et cette fois, nous l'inculperons. Entre Medicom Plus et l'agression de Marisa, il aura du mal à prétendre qu'il n'est pas impliqué dans cette affaire.

— Combien de temps va-t-il rester en prison ?

— Il ne manque pas de ressources. Il sera probablement libéré sous caution moins d'une heure après l'inculpation. Je ne pense pas que le juge retiendra le risque de fuite à son encontre. Braswell et lui se retrouvent assez souvent sur le green, paraît-il. Ah, le golf...

— On m'a dit que Steven s'assure une certaine popularité parmi les joueurs en accordant des doubles mulligans [1] à ses partenaires. Est-ce que tu penses pouvoir l'empêcher d'approcher Marisa ?

— Ne te ronge pas les sangs, Rhea, murmura Mark. Nous nous arrangerons pour la placer nuit et jour sous surveillance.

Il m'attrapa par la taille et, comme si j'avais été sur le point de m'effondrer, me jucha sur un des tabourets de bar.

— La situation se complique, poursuivit-il. Je crains que tu ne sois en danger. Est-ce que tu pourrais t'installer quelque temps chez des parents ou des amis ?

Je repoussai vigoureusement cette idée, qui me semblait de la pure lâcheté.

— Non. Ma seule amie est ici. Je ne quitterai pas Marisa.

Et où aurais-je bien pu me réfugier, du reste ? Mes amis étaient éparpillés aux quatre coins du pays, et les couples que je fréquentais avec John ne me donnaient plus signe de vie. Quant aux parents… Cela faisait bien longtemps que ma sphère familiale se réduisait à Marisa et Dee Dee.

— Bien, opina Mark. Dans ce cas, je vais te placer sous surveillance durant les heures où tu n'es pas à l'hôpital.

Je ne pus m'empêcher de rire.

— Pas question, Mark ! Je n'ai plus eu de baby-sitter depuis l'âge de dix ans.

1. Mulligan : faveur qui consiste à laisser le partenaire rejouer un départ manqué, lors d'une partie de golf amicale. (N.d.T.)

Je sautai du tabouret pour rincer la cafetière et refaire un peu de café.

— Je connais un flic retraité qui s'ennuie à mourir, reprit-il en s'efforçant de me faire changer d'avis. Il s'appelle Reuben. Je sais qu'il participe bénévolement à des opérations de surveillance, sous les ordres du shérif. Il fera le boulot gratuitement.

— Non.

Avant que je n'eusse ajouté une parole, il m'avait reprise dans ses bras. Il me renversa en arrière et m'embrassa à pleine bouche.

— Si. J'insiste.

— Non.

Mais il y avait beaucoup de persuasion, dans ses lèvres tièdes et sensuelles. Une vague de chaleur se répandit en moi.

— Je n'ai pas besoin qu'on veille sur moi.

Il m'étreignit contre lui, et je sentis monter son désir.

— S'il te plaît, chuchota-t-il. Je me sentirais tellement mieux, si tu acceptais.

— Tricheur, rétorquai-je d'une voix rauque.

Mes jambes commençaient à lâcher ; Mark me portait pratiquement dans ses bras.

— Dis oui. Je t'invite à dîner au Silver Criquet, le meilleur restaurant français de Charlotte, si tu acceptes. Allez, dis-moi oui...

Il glissa le bout de sa langue entre mes lèvres.

— Oui !

— Merci, dit-il dans un souffle.

Sans chercher à approfondir la raison pour laquelle il me remerciait, je nouai les mains autour de sa nuque et attirai sa bouche contre la mienne.

— Tiens, vous voilà finalement ensemble, tous les deux !

Je sursautai et voulus m'arracher à l'étreinte, mais Mark, une main sur son holster, me plaqua contre lui et se tourna vers la porte.

Arlana nous contemplait d'un air amusé.

— Il vaudrait mieux que je vous laisse, hein ? Maintenant que la maison est propre, vous avez toute la place qu'il vous faut pour faire joujou.

Mark me libéra en souriant, et il gagna la porte donnant sur l'arrière.

— Bonjour, mademoiselle la fée du logis, dit-il en serrant la main d'Arlana. Au fait, est-ce que je vous ai dit que vous aviez fait très forte impression sur Malcolm Haskins, notre nouvelle recrue ? Il m'a demandé toutes sortes de renseignements sur vous, l'autre jour, après la fusillade. Une chose qui semble l'obséder, c'est de savoir si vous avez un fiancé...

Je descendis du tabouret et remis un semblant d'ordre à ma coupe de garçon. Zut ! A quoi donc est-ce que je venais de m'engager, moi ? Mark Stafford était vraiment un être sournois — aux lèvres merveilleusement douces... Non, non et non : il ne me roulerait pas dans la farine avec un bécot ! Je ne me laisserais pas imposer un garde du corps.

— Vous direz à votre Malcolm que je vais à la messe le dimanche à 10 heures, répondit Arlana du tac au tac. Si maman le trouve bien, peut-être concéderai-je à le fréquenter.

Elle lorgna dans ma direction d'un air entendu.

— Maman ne se trompe jamais sur les gens, vous savez ? Au premier coup d'œil, elle peut vous dire si un gars est un bon à rien ou pas.

Elle revint vers Mark et haussa un sourcil aguicheur.

— Et cet homme-là, eh bien, elle ne lui trouve que des qualités, roucoula-t-elle. Vous avez décroché le gros lot, Rhea. C'est maman qui vous le dit !

— Reuben arrivera vers 9 heures. Il aime le café corsé et bien sirupeux.

— C'est le garde du corps que vous avez trouvé pour Rhea ? Ma grand-mère m'a parlé de ça, quand je suis passée la voir, tout à l'heure. Vous en faites pas, je serai encore là, à 9 heures. Je le ferai entrer.

— Pas de garde du corps ! répétai-je avec obstination.

— Miss Essie a dit qu'il vous faut un garde du corps, affirma Arlana. Alors, arrêtez de faire des histoires, Rhea. Venez, Mark, je vous raccompagne à votre voiture, et vous me direz à quoi il ressemble, pour que je ne fasse pas entrer n'importe qui.

Elle prit Mark par le bras et sortit avec lui tout en bavardant comme une pie. Réduit à sa merci, il en oublia de me dire au revoir.

Un garde du corps... Cette simple perspective m'horripilait. Il est vrai pourtant que j'avais besoin de me sentir protégée, depuis quelque temps. D'*être* protégée. Je n'étais pas très rassurée, autant l'admettre. Et nonobstant toute mon affection pour Marisa, je n'avais pas envie de suivre ses traces.

Je me dirigeai vers ma chambre et me glissai tout habillée sous l'édredon, où je sombrai bientôt dans un sommeil sans rêves.

La sonnerie du téléphone posé sur ma table de nuit me réveilla peu avant midi.

— Ouais ? fis-je en décrochant d'une main encore engourdie.

— C'est moi, Mark.

Sa voix légèrement éraillée accusait la fatigue des jours derniers.

— Tu es réveillée ?

— A peu près.

— Steven a un alibi. Plus ou moins bancal, mais valable.

Je m'assis dans mon lit et remontai les couvertures sur ma poitrine.

— Raconte.

— Vers 10 heures du matin, nous l'avons inculpé pour l'agression de sa femme. Environ une heure plus tard, Sarah Gibbons s'est présentée spontanément en déclarant qu'elle était avec lui au moment où les infirmiers des urgences le cherchaient. Elle affirme qu'ils s'étaient donné rendez-vous en salle de kinésithérapie. Et effectivement, une infirmière les aurait vus en sortir peu de temps après.

— Il y a une porte de secours qui donne sur l'extérieur, en salle de kiné. Il m'arrive de passer par là, quand on m'appelle de toute urgence et que je veux prendre un raccourci.

Mark soupira et je perçus sa lassitude, à l'autre bout du fil.

— Je vérifierai. Mais à moins d'inculper la fille de complicité par assistance, je ne vois pas comment le coincer. En plus de ça, je ne crois pas que ça marcherait ; un jury d'assises nous enverrait promener. Et en ce qui concerne les agressions de Willie Evans et de Raymond Abel, Braswell a de solides alibis. On commence à s'intéresser à l'emploi du temps de son fils, Eddie. Il se peut que tu aies vu juste depuis le début.

Un courant d'air avait réussi à s'infiltrer entre les panneaux de contreplaqué cloués à la place des vitres manquantes, et je me serrai un peu plus étroitement dans les couvertures. Ma chambre était glacée. J'entendais la pluie tambouriner sur le bois. Apparemment, le redoux n'avait été qu'une accalmie trompeuse, le mauvais temps sévissait de nouveau.

— Je te tiendrai au courant, Rhea, mais sois très prudente. Et appelle-moi s'il te vient une idée quelconque. Tu entends ?

Une sourde inquiétude perçait dans sa voix ; je crus y discerner aussi un soupçon de tendresse.

— J'entends, Mark. Merci.

Après avoir raccroché, je restai un moment immobile, songeuse. Quelle formule avait-il eue, pour qualifier nos relations ? *Quelque chose d'inabouti...* C'était à la fois poétique et concret. Je me décidai enfin à repousser les couvertures et courus me jeter sous la douche. Les faïences blanches qui m'entouraient, je les avais longtemps imaginées beiges, pensai-je sous le jet d'eau tiède. De la même façon, il y avait décidément beaucoup de choses que j'ignorais, et sur lesquelles je gagnerais à me pencher de plus près.

Réchauffée et ragaillardie, j'allai retrouver Arlana et mon garde du corps, Reuben, qui dégustaient des beignets à la crème arrosés de thé aux épices. La cuisine embaumait comme une pâtisserie. Je leur adressai un petit signe de tête et me joignis à eux.

— Rhea Lynch, dis-je en tendant la main à Reuben. C'est moi que vous êtes chargé de protéger.

— Vous serez en sécurité, désormais.

Il se leva pour me saluer. L'homme mesurait plus d'un mètre quatre-vingt-dix et devait peser dans les cent dix kilos — principalement concentrés autour de la taille. Il avait un visage rubicond, le front dégarni et des yeux gris clair au regard étonnamment jeune. Sa ceinture à poches multiples était équipée d'un radiotéléphone et d'un holster d'où dépassait le canon d'une arme de calibre 38. Le sourire dont il me gratifia révéla la blancheur éclatante de son dentier.

— Mark m'a dit le plus grand bien de vous, m'dame.

— Nous parlions de votre idylle avec l'inspecteur, dit Arlana.

— Je n'appellerais pas vraiment ça une idylle, rétorquai-je dans un soupir.

— Hmm, moi, je crois ce que je vois. Et ce que j'ai vu ce matin... Enfin, bref, passons. Tenez, j'ai apporté les échantillons de tissu pour votre chambre, avec un devis estimatif. Vous voulez y jeter un coup d'œil ?

Nous passâmes l'après-midi à grignoter des beignets en buvant du thé épicé. Reuben avait renoncé depuis peu au café, qu'il remplaçait par du chocolat chaud ou du thé. Je choisis une belle étoffe à rayures beige, ivoire et mauve grisé, pour le couvre-lit et le fauteuil, plus un tissu ivoire uni pour les doubles rideaux. Nous discutâmes du coût de toutes ces transformations, fîmes quelques parties de rami, et parlâmes de nouveau argent. Le tissu me semblait décidément bien au-dessus de mes moyens, mais Arlana réussit à me persuader de redécorer entièrement ma chambre dans les plus brefs délais. J'étais contente de ma gouvernante-décoratrice-demoiselle de compagnie, même si elle allait me mettre sur la paille ; c'était un peu comme si miss Essie me prenait sous son aile. Et la présence de mon garde du corps achevait de me rassurer.

En fin d'après-midi, j'appelai l'hôpital pour prendre des nouvelles de Marisa. Elle commençait à suivre des yeux les mouvements, m'informa-t-on ; elle avait même croisé le regard de Cam, à deux ou trois reprises. Notre ami était aux anges. En revanche, à l'idée que Steven avait été remis en liberté, Dee Dee se rongeait les sangs. Rien ni personne ne pouvait la calmer, et je me promis de lui rendre une petite visite dès que possible.

J'allais pouvoir me remettre à mon jogging quotidien, maintenant que je disposais d'un ange gardien. Reuben n'était pas enchanté par cette idée, qu'il trouvait risquée, mais j'étais têtue et il lui fallut bien m'accompagner.

Comme il lui était impossible de conduire sur les sentiers forestiers environnant la maison, il fallut trouver un arrangement. Au grand dam de Belle — dont je feignis de ne pas remarquer le regard suppliant, lorsque je l'enfermai — nous convînmes d'aller sur le parcours de l'hôpital. Je montai donc dans mon cabriolet, la mini Chrysler de Reuben dans mon sillage. La prochaine fois, pensai-je en conduisant, il faudrait vraiment que j'emmène ma chienne ; elle commençait à montrer des signes patents de claustrophobie.

Sur le trajet, la pluie givrante s'atténua sensiblement, tandis qu'un ciel noir semblait pousser les nuages. Emmitouflée dans mon caleçon thermo-isolant et ma parka poids plume, j'effectuai d'abord quelques élongations. J'entamai ensuite le parcours, accompagnée par Reuben, bien au chaud dans sa minuscule auto. Il leva ostensiblement son gobelet de thé comme pour boire à ma santé et entreprit de me suivre sur la piste cyclable parallèle au chemin, phares éteints pour m'éviter d'être aveuglée par les reflets sur les plaques de verglas. Malgré moi, je dus reconnaître que je le trouvais sympa. Mark avait eu raison d'insister.

Le sol détrempé rendait l'exercice assez périlleux, et je devais regarder où je mettais les pieds, mais au moins, personne d'autre que moi ne serait assez intrépide pour braver le temps. L'accalmie était certainement provisoire ; je devais en profiter. Une dentelle de givre soulignait les branches des arbres et les rares feuilles mortes qui s'y accrochaient encore. Le spectacle était féerique.

A l'approche du ruisseau, le bruit de l'eau se fit plus impérieux. Les pluies abondantes l'avaient transformé en un torrent tumultueux qui dévalait les rochers avec fracas. Le vent chargé d'humidité me fouettait impitoyablement le visage. J'accélérai la cadence pour me réchauffer et tenter d'atteindre l'hôpital avant l'arrivée de l'averse.

Hélas, la pluie me gagna de vitesse. J'eus l'impression de heurter un mur liquide dont le froid me pénétra jusqu'aux os. Déjà, j'étais trempée, et mes jambes commençaient à s'engourdir. Jamais je ne l'eusse avoué à quiconque, mais je me pris à regretter cette expédition.

Le bruit du cours d'eau couvrait celui de l'auto. Je tournai la tête : Reuben, un large sourire aux lèvres, me porta un second toast, pour me narguer. A travers le rideau de pluie, j'apercevais par intermittence son dentier auquel s'accrochait quelque furtif reflet, entre le va-et-vient des essuie-glaces.

Je voyais aussi, tout près de moi, les méandres de la rivière, dont l'eau rebondissait en cascade dans des gerbes d'écume. Je m'engageai sur la première passerelle. Une lueur apparut à l'autre extrémité. Avant de pouvoir réagir, je perçus le bruit indistinct d'un moteur qui démarrait.

Subitement, je me trouvai en face d'une moto tout-terrain, puis d'une seconde, l'une et l'autre d'un noir luisant. Elles freinèrent simultanément dans un chuintement de pneus, et leurs chauffeurs dégainèrent des armes à feu. Derrière moi, Reuben alluma aussitôt ses phares, pour tenter de les aveugler. Alors, ils tirèrent au hasard.

— Couchez-vous !

Je me jetai à plat ventre sur la passerelle de bois. J'étais prise entre deux feux — les coups tirés par les motards et la riposte de Reuben. Le bruit des détonations éclipsait la rumeur des eaux en crue. Je m'agrippai aux planches du pont, enfonçai les ongles dans le bois détrempé. Une balle se planta dans une planche, à quelques centimètres de mon nez, m'aspergeant de sciure et d'éclats de bois. Je ne pouvais m'abriter nulle part. Une douleur aiguë me transperça le bras et un cri s'étrangla dans ma gorge. J'étais touchée.

Mue par l'instinct de conservation, je roulai jusqu'au bord de la passerelle et me laissai tomber dans la rivière. L'eau glaciale m'anesthésia aussitôt le bras. Ballottée et emportée par le courant comme je l'étais, impossible de sortir la tête pour respirer. J'avalai une gorgée d'eau boueuse, et me débattis désespérément pour atteindre la surface. Au niveau du second pont, je parvins enfin à émerger. Mes doigts étaient déjà engourdis par l'hypothermie, qui affecte en premier lieu les extrémités ; et si je n'arrivais pas à saisir rapidement une prise quelconque, je serais vite réduite à l'impuissance.

La rivière, relativement encaissée à cet endroit, serpentait au milieu d'une végétation abondante. Des plantes rampantes étendaient leurs tiges à la surface de l'eau, pareilles à des lianes ; je réussis à en attraper une poignée que j'enroulai autour de moi, aidée par la force du courant. Au-dessus de ma tête, un piétinement intensif martelait les passerelles. Et soudain, le silence.

21.

Hypothermie et trachéotomie

Je commençais à éprouver des vertiges, et les lianes paraissaient relâcher leur étreinte autour de mon corps. A la merci des remous, je me cognais tantôt aux palées du pont, tantôt à la berge abrupte. Je buvais la tasse chaque fois qu'une vague me submergeait. J'avais perdu toute sensation dans les jambes et les bras, et respirais de plus en plus péniblement. Mon esprit aussi commençait à s'engourdir, je ne savais plus très bien quelle conduite tenir ou que tenter. Quelque chose en moi n'aspirait qu'à s'abandonner à l'enveloppement de l'eau glaciale. J'étais tout doucement en train de mourir.

Soudain, des sirènes de police rompirent le silence. L'eau bouillonnante s'illumina bientôt sous la lumière des phares, qui balayaient les arbres et les buissons. Je bus encore de ce liquide boueux, que je rejetai aussitôt, le corps secoué par un haut-le-cœur épouvantable. Puis quelqu'un m'appela par mon nom, à plusieurs reprises.

J'étais trop affaiblie pour répondre. Au prix d'un effort surhumain, je réussis enfin à émettre un petit cri inarticulé. Par miracle, je fus entendue.

— Elle est ici ! Dans l'eau !

— Je la vois ! Elle est en vie !

Puis une autre voix.

— Une corde ! Il faudrait une corde ! Appelez l'équipe de secours !

Mais j'étais consciente qu'il serait trop tard. Le froid aurait fait son œuvre, il serait impossible de me ranimer. Autour de ma taille, les lianes se desserrèrent, et je fus emportée sur quelques mètres avant de pouvoir me rattraper.

Je reconnus alors la voix de Mark, tout près de moi. Il vociférait, hors de lui.

— Bon Dieu, Rhea ! Tu ne fais vraiment que des conneries ! On ne peut pas te laisser seule un instant ! Je t'étranglerais volontiers de mes mains… Miséricorde, cette eau est glaciale.

Il me tenait dans ses bras, et le frottement de ses membres contre les miens m'était comme une meurtrissure. Mais la douleur était aussi bon signe : c'était la preuve que je ressentais encore quelque chose...

Deux mains solides m'attrapèrent sous les bras, et on me hissa hors de l'eau. Mark remonta à son tour sur la berge, ses dents claquant comme des castagnettes. Pour ma part, j'avais largement dépassé le stade des tremblements. On me déposa sur l'asphalte, à la lueur de phares de voiture, sous la pluie battante. *Des coups de feu. Tirés par des hommes à moto…*

J'essayai en vain de m'asseoir. Autour de moi, des hommes criaient.

— Les ambulances vont arriver !

— On ne peut pas attendre ! Emmenez le en voiture !

Mark passa devant moi d'un pas lourd, et se laissa choir à genoux un peu plus loin, auprès d'un corps allongé sur le sol. Le corps de Reuben, agité de soubresauts. A la lumière des torches, j'aperçus du sang. Il avait été touché. Je me redressai tant bien que mal, me penchai sur le côté, respirai à fond et vomis tout mon soûl sur le sol détrempé.

Je rampai en m'aidant des mains et des genoux jusqu'au blessé.

— Laiss... laissez-moi v... voir.

Apparemment, quelqu'un comprit ce que je marmonnais entre mes lèvres durcies par le froid, car le faisceau d'une lampe se posa sur Reuben. Il avait une seule perforation, à la gauche du cou, d'où coulait un flot de sang écarlate. Le sang coulait — il ne giclait pas. Ce détail avait son importance, bien qu'il me fallût un instant pour que la raison m'en revienne — à savoir, que l'artère irriguant le cerveau n'était pas atteinte. La balle n'avait endommagé qu'une veine. Une grosse veine. Et il y avait des bulles dans le sang. Reuben émit un borborygme, et les bulles formèrent une sorte d'écume. A la droite de son cou, je vis une autre perforation, plus grande que la première, et qui ne saignait presque pas. La balle était ressortie de ce côté.

Je reportai mon attention là où la balle avait pénétré. Reuben s'étouffait avec son propre sang. Il fallait lui faire une trachéotomie. Je levai les yeux et rencontrai ceux de Mark.

— Il me f... ffaut un couteau. Un mm... morceau de tuyau. Du sp... aradrap.

Mark était toujours équipé ; il sortit un couteau suisse de sa poche.

— Je n'ai pas de tuyau.

— Coupes-en dans le m... moteur de l'auto, articulai-je péniblement.

Il me regarda d'un air surpris avant de transmettre l'ordre à quelqu'un.

— Je n'ai pas non plus de sparadrap, mais il doit y avoir un rouleau de chatterton dans mon coffre. Ça fera l'affaire ?

— Très b... bien.

Je retombai sur le côté, exténuée, et regardai Reuben qui s'efforçait de respirer, livide. Apparemment, l'hémorragie s'aggravait. Il eut un spasme qui éclaboussa de sang tout ce qui l'entourait. Au loin, j'entendis une sirène d'ambulance.

— Voilà. Chatterton, tuyau, couteau, dit Mark en me présentant ce qu'il avait rassemblé.

— Redresse-moi un peu. Ouvre le c... couteau. At... tache-le à ma main avec le ch... atterton, demandai-je, grelottant de plus belle sous la pluie battante. Vite. On n'a p... pas beaucoup de temps.

Il fit ce que je disais. Je ne sentais plus le contact de ses mains sur les miennes — signe que j'avais perdu de la chaleur vitale, depuis tout à l'heure. Mark lui-même frissonnait de tous ses membres.

— B... bon, éclaire le cou de R... Reuben, maintenant.

Quelqu'un m'aida à me redresser davantage, puis dirigea le faisceau d'une lampe sur l'affreuse blessure du malheureux.

— Je vais in... ciser la peau, annonçai-je. D'abord en s... surface, puis plus pro... fondément, dans la chair. Après la pre... mière incision, il f...faudra m'écarter les b... bords de la plaie, pour que je p... puisse voir.

J'avais un mal fou à articuler. Ma bouche remuait automatiquement, comme si elle ne m'appartenait plus.

— La seconde incision...

Un vertige me prit et tout s'obscurcit. Le monde se mit à tournoyer autour de moi. Je me penchai en avant en haletant, et m'efforçai de respirer à fond pour ne pas perdre connaissance. J'entendis ma propre voix comme si elle me parvenait de très loin, entrecoupée et presque inaudible.

— ... trav... versera le c... cartilage. A ce m... moment-là, dis-je en tournant la tête vers Mark, tu en... fonceras le tuyau dans les voies res... piratoires. On n'aura pas plus d'une ou deux se... condes. J'ai les mains trop en... gourdies pour faire ça moi... même. Après, tu fixeras le t... tuyau avec du ch... atterton. On y va.

Derrière nous, j'entendis comme un juron — ou peut-être les mots d'une prière. Je ne sentais pas le couteau fixé à ma main, et ma vue était encore brouillée par l'eau fangeuse du ruisseau.

Je positionnai ma main selon l'angle voulu, et fendis la peau de manière irrégulière. Les bords de la coupure étaient franchement déchiquetés ; la cicatrice ne serait pas très jolie. J'avais fait mieux, en première année d'anatomie. Un trait de sang écarlate apparut. Agenouillé près de moi, Mark se pencha et écarta les lèvres de la coupure. Le cartilage, plus blanc, était visible, en dessous. Tournant le couteau perpendiculairement à la première coupure, je l'enfonçai plus profondément. Le cartilage résista ; j'appuyai en vrille la pointe du couteau et réussis à le percer. Mark s'approcha de nouveau et enfonça un morceau de plastique noir dans l'orifice.

— Vé... vérifie si tu entends pas... ser l'air, bredouillai-je.

La tête de Mark s'interposa entre Reuben et moi.

— Je l'entends entrer et sortir.

— Main... tiens le tuyau en place avec de l'a... dhésif. Emmenez-le vite aux ur... gences. Eh, Mark ? Je vais mourir.

— Bien fait pour toi.

— Non. Pour de bon. Je ne... sens plus mes bras... ni mes jamb...

Je me tus brusquement, incapable de poursuivre.

Mark me souleva dans ses bras et m'emporta sous la pluie vers la lumière, la chaleur... Vers un endroit animé. Je soupirai contre son torse et me souvins tout à coup que, moi aussi, j'avais été touchée par une balle.

22.

Ombres et bains chauds

Je repris connaissance dans le service de kinésithérapie, assise tout habillée dans un bain à remous — du genre de ceux dont on se sert pour les grands brûlés aux plaies débridées. L'eau brûlante m'ébouillantait. J'ouvris la bouche pour hurler, mais ne parvins à émettre qu'un faible gémissement. Quand je m'efforçai de sortir du bain, une main m'appuya fermement sur l'épaule.

— On n'est pas en train de vous faire cuire, docteur Lynch. Cette eau n'est qu'à 26 degrés. Vous avez simplement l'impression que c'est chaud.

Je levai les yeux sur le visage penché sur moi. Vu d'en dessous, il avait l'air grotesque, avec un double menton mal rasé qui se plissait quand l'individu souriait. Je n'avais guère de raison de me trouver là ; je ne connaissais personne en kinésithérapie. Puis le souvenir de la fusillade et de mon plongeon dans le ruisseau en crue me revint par bribes — une succession d'instantanés qui ressemblaient aux images d'un film d'épouvante.

Une immense fatigue m'accablait, me réduisant à un état de léthargie indescriptible. Même les fourmillements intolérables des terminaisons nerveuses revenant à la vie ne suffisaient pas à me faire réagir. J'avais pourtant l'impression d'être brûlée vive dans un bain proche de l'ébullition. Des larmes de souffrance roulèrent sur mes joues. Pourtant, lorsque je sortis de l'eau une main que je m'attendais à voir d'une belle couleur écrevisse, je la découvris toute bleue — signe évident d'hypothermie. Je la plongeai de nouveau dans le bain à remous.

Mark était étendu à côté de moi, sur un lit roulant, emmitouflé dans une couverture chauffée. Son corps était secoué de frissons. Quand il vit que je l'observais, il me fit un clin d'œil accompagné d'un sourire — ce petit sourire désinvolte, qu'il avait souvent dans mes rêves. Je fronçai les sourcils.

— Tu as une mine de déterrée, me dit-il.

— Merci infiniment. Comment va Reuben ?

J'avais la bouche pâteuse et beaucoup de mal à articuler. Une seule phrase épuisait toute mon énergie.

— Il était en vie, quand on l'a emmené. Il ressemblait à un personnage de *Star Trek*, avec son tube planté dans la gorge, mais au moins, il pouvait respirer.

— Merci, murmurai-je, d'être venu me repêcher dans la rivière. J'étais sur le point de lâcher prise.

Je me revis malmenée par l'eau glaciale, agrippée à une plante rampante dont les tiges commençaient à m'échapper.

— De rien. Tout le plaisir est pour moi.

J'essayai de sourire, mais ma mâchoire était encore paralysée par le froid. J'eus le sentiment que ce cauchemar allait me poursuivre un certain temps.

— Rhea...

Il plongea ses yeux dans les miens.

— Tu es réellement en danger. Tu sais quelque chose — ou bien quelqu'un se figure que tu sais quelque chose — à propos de cette affaire. C'est pour cela que ta maison a été mise à sac, et le dossier volé dans ta voiture. On veut te supprimer.

Trop lasse pour discuter, je me bornai à opiner.

— Ne va plus courir. Ne reste plus jamais seule. Je vais m'arranger pour te faire placer sous protection spéciale vingt-quatre heures sur vingt-quatre.

— Je n'ai pas les moyens de m'offrir un service de sécurité, protestai-je sans vigueur.

— Nous nous soucierons de ce détail plus tard, répliqua-t-il.

Je fermai les yeux et renversai la tête contre le rebord de la baignoire, incapable de soutenir une conversation. Quand je me réveillai, j'étais allongée dans ma chambre de garde, enveloppée nue dans des couvertures chauffées.

Je ne me souvenais pas qu'on m'eût déshabillée et transportée dans la chambre, mais la sensation de froid persistait. Jamais je n'avais eu aussi froid de ma vie. J'étais parcourue de frissons, signe que mon organisme luttait pour recouvrer une température normale. La pratique du bain chaud n'est certes pas un traitement courant, pour un patient souffrant d'hypothermie, mais en l'occurrence, cela semblait avoir donné de bons résultats — et à une vitesse surprenante. N'étant pas restée immergée assez longtemps dans l'eau glacée pour que ma température ait chuté de façon dramatique, j'avais pu m'accommoder de ce réchauffement ultra-rapide.

— Réveillez-vous, maintenant. Il faut manger.

Je tournai la tête vers la porte et découvris miss Essie, assise dans un fauteuil à bascule, son ouvrage de tricot sur les genoux. L'électricité statique dressait les poils de la laine à la verticale, à l'instar des coiffures afro des années 70. Elle posa l'ouvrage sur une table, et s'approcha de mon lit.

— Je vous ai apporté du chocolat chaud et quelques-uns de mes fameux biscuits à tremper, avec du miel. C'est un des policiers qui est allé chercher tout ça à la maison. Allons, asseyez-vous dans le lit, missy Rhea.

J'obtempérai de bonne grâce et pris le bol entre mes mains tremblantes. Le chocolat de miss Essie était une pure merveille, et je lui en fis le compliment. Ses biscuits nappés de miel soutenaient la comparaison, du reste. Après cette collation, je me sentis quelque peu ragaillardie.

Miss Essie m'apporta ensuite un gant humide et chaud, pour que je fisse un brin de toilette.

— Arlana est allée faire un tour chez vous et vous a rapporté des habits. Vous avez perdu vos chaussures, dans le ruisseau, mais elle en a trouvé une paire à peu près pareille. Paraît qu'il y a trois paires de ces affreux machins pour courir, dans votre placard ! Du pur gaspillage, que je dis !

Elle souligna son propos d'un hochement de tête désapprobateur.

Je me levai pour enfiler les vêtements apportés par Arlana. Une fois habillée, je remis les couvertures sur mes épaules et consultai ma montre. Il était presque 7 heures — l'heure de reprendre mon service.

— Le Dr Chadwick restera jusqu'à temps que vous soyez réchauffée, déclara Essie, comme si elle devinait mes pensées. Je lui ai dit que je le préviendrais, quand vous seriez prête.

Elle s'esclaffa, enchantée de l'autorité qu'elle exerçait transitoirement sur le personnel médical. Je l'imaginai aisément en train de tyranniser son monde pour m'obtenir des couvertures supplémentaires.

On frappa à la porte, et Mark passa la tête dans l'entrebâillement.

— Elle est déjà réveillée ?

— Ah, vous les jeunes... Vous n'avez pas de patience ! La prochaine fois, vous êtes prié de frapper et d'attendre derrière la porte ! Je ne sais pas qui vous a appris le savoir-vivre, fiston, mais à mon avis, cette pauvre dame serait morte de honte, si elle vous voyait faire comme vous faites !

— Je suppose, miss Essie, je suppose…

Entre deux claquements de dents, cette allusion non déguisée à miss Dee Dee me fit rire.

— Dites ce que vous avez à dire, fiston, grommela Essie. Elle grelotte encore.

— Je voulais juste avertir Rhea que Reuben est tiré d'affaire. On l'envoie par avion dans un service spécialisé, en chirurgie des veines, ou un truc de ce genre.

— En chirurgie v... vasculaire ?

— Oui, c'est ça. Et l'un des malfaiteurs a été blessé. Nous avons pu suivre des traces de sang qui s'enfonçaient dans les bois, avant que la pluie ne les efface. Nous avons alerté tous les hôpitaux et cliniques de la région.

A ces paroles, ma blessure au bras se rappela soudain à mon bon souvenir. Je palpai l'endroit et regardai mes doigts maculés de sang.

— J'ai reçu une b... balle, moi aussi.

— C'est pas une balle qui vous a fait ça, missy Rhea. Le Dr Chadwick vous a retiré une sacrée écharde, pendant que vous dormiez. Un bout de bois qui devait bien faire dans les dix centimètres de long. Ça saigne à travers le pansement ?

Essie examina mon bras de plus près.

— On va lui dire d'arranger ça, tout à l'heure, aux urgences. Vous verrez. Il fait du bon boulot.

Nonchalamment appuyé au montant de la porte, Mark m'observait avec un petit sourire énigmatique. Il profita d'une pause dans le discours d'Essie pour placer quelques mots.

— J'ai envoyé un car de police chercher Steven et Scoggins, à la suite de l'agression. L'un comme l'autre de ces messieurs se sont révélés introuvables. La secrétaire de Scoggins prétend qu'il a pris son après-midi pour intervenir devant un tribunal civil de Colombie, mais la séance a été annulée. Eddie Braswell a disparu, lui aussi. Une fois de plus.

Je hochai la tête et terminai le chocolat qui restait au fond de mon bol. Comme le chauffage de la chambre me desséchait la gorge, je demandai à miss Essie la bouteille d'eau minérale qui dépassait de son cabas.

— Buvez, missy Rhea, dit-elle en me la tendant. Le docteur a dit que vous auriez besoin de boire de l'eau. Mais pour mon garçon, c'est pas la peine de le rechercher. Eddie n'a rien fait à Marisa. Absolument rien.

Je bus directement au goulot, et au souvenir des innombrables tasses ingurgitées dans le ruisseau, je faillis m'étrangler. C'est à travers une quinte de toux que j'entendis ce que Mark avait à ajouter.

— Le shérif a accepté de te placer sous protection judiciaire d'un officier de police. Il semblerait que tu sois notre témoin numéro un, et que quelqu'un ait intérêt à t'éliminer.

Il esquissa un petit sourire en coin.

— Vous serez donc protégée par la police du comté sans avoir à débourser un kopeck, chère madame.

— J'en sais gré au comté, admis-je. Difficile de nier que j'ai besoin d'un garde du corps, à présent.

— En effet... Ah ! Autre chose : Sarah Gibbons était de garde, ce soir. Quand je suis allé lui parler, ses chaussures étaient éclaboussées de sang.

Je hochai la tête entre deux quintes.

— Elle affirme que son premier patient de la soirée était tuberculeux et qu'en toussant, il crachait du tissu pulmonaire autour de lui. Est-ce que ça te semble possible ?

J'acquiesçai de nouveau et, avant que la toux ne me reprît, parvins à parler à voix basse.

— Tout à fait plausible. La tuberculose est très répandue dans la région, et comme la plupart des malades interrompent leur traitement de six mois dès la première accalmie, ils rechutent au moindre coup de froid. Il leur arrive d'y perdre leurs poumons. Moi aussi, j'ai vu des malades cracher du sang et du tissu pulmonaire.

— D'accord, dit Mark. Je voudrais tout de même rencontrer le patient en question, et m'assurer qu'il a bien vu Sarah Gibbons.

— Munis-toi d'un masque, lui conseillai-je. Et tu as intérêt à te dépêcher : à ce stade de la maladie, on n'en a plus pour longtemps.

— On ne meurt plus de la tuberculose, affirma Mark.

L'ombre d'un doute effleura son regard.

— Est-ce que je me trompe ?

— Ce n'est là qu'un échantillon des fléaux du XXIe siècle, lui dis-je.

— Oui, oui, c'est la pure vérité ! La fin du monde est arrivée ! Il y aura de terribles fléaux — épidémies, conflits, guerres mondiales... Je le sais, dit miss Essie en dodelinant de la tête d'un air entendu. Je le sais.

— Je serai dans les parages, ce soir, en cas de besoin.

Je remerciai Mark d'un sourire en réprimant un nouvel accès de toux. Il salua miss Essie qui avait repris son tricot, et nous laissa toutes les deux.

Quand la porte se fut refermée, je vis mon sac de voyage et ma trousse de médecin, posés sur le sol, et ne cherchai pas à savoir qui avait pu aller les chercher dans ma voiture. Je me déshabillai pour m'enduire d'huile de jojoba, en insistant sur les gerçures et crevasses de mes pauvres mains. J'en profitai également pour soigner ma blessure, qui saignait toujours, et priai miss Essie de m'aider à refaire le pansement. Je ne tenais pas vraiment à me déshabiller dans la salle des urgences pour me faire soigner par Wallace Chadwick. Apparemment, il avait bien désinfecté la plaie, mais il faudrait effectuer quelques points de suture. Il devait être difficile d'en évaluer la profondeur, au moment où il m'avait vue, les membres encore raidis par l'eau glacée du ruisseau.

Une fois rhabillée, j'enfilai ma blouse blanche et partis en direction des urgences. Le mauvais temps s'était maintenu, et la nuit serait sans doute agitée. Peut-être nous amènerait-on le motard blessé qui nous avait tiré dessus ? pensai-je avec un sourire féroce.

Je m'arrêtai en soins intensifs pour voir Marisa, et la trouvai assise dans son lit, les yeux clos, le visage apaisé. Depuis mon retour de vacances, je ne lui avais pas revu cette expression de sérénité, aussi caractéristique de son tempérament que la vitalité qui en constituait le pendant. Une sérénité dont elle ne s'était jamais départie, à travers les épreuves de son existence. L'immense chagrin ressenti lors du décès de ses deux bébés, puis de la mort de ses parents, n'avait jamais réellement entamé sa paix intérieure — un véritable don du ciel. Seul un immonde barbare avait réussi à l'en déposséder, par un procédé effroyable... Je me demandais toujours de quelle sorte d'objet ce monstre s'était servi, sachant que Mark ne m'en dirait rien. Un pic à glace, peut-être ? Les dimensions correspondaient, et l'ustensile, des plus répandu, était facile à se procurer.

Cam arriva derrière moi et m'enlaça étroitement par la taille. Naguère, j'aurais donné tout ce que j'avais pour qu'il me serrât ainsi contre lui. A présent, la chose me laissait parfaitement indifférente. Certains yeux verts, tour à tour rieurs et graves, n'étaient sans doute pas étrangers à cette évolution...

— Elle va de mieux en mieux. J'ai fait tout ce que je pouvais faire ici, Rhea. Dès demain, son état se sera suffisamment stabilisé pour qu'on puisse la transporter dans un vrai hôpital, où elle recevra un vrai traitement administré par de vrais médecins.

Je lui décochai une bourrade amicale en plein estomac, mais il ne me lâcha pas pour autant.

— Allons ! Avoue que ce n'est tout de même pas le trou perdu que tu imaginais, hein ?

— J'avoue que je n'ai jamais obtenu aussi vite des résultats d'analyses et de radios. J'avoue qu'ici, toutes les infirmières ont l'air d'avoir de vraies dents, et que je n'en ai vu aucune priser du tabac ou fumer un joint sur son lieu de travail. J'avoue que l'hôtel du coin est un petit bijou, et le vignoble local une agréable surprise. Je rentrerai d'ailleurs chez moi avec deux cartons de bouteilles.

— Ma foi, que d'éloges ! J'en suis abasourdie !

Mais j'avais surtout la fâcheuse impression que mon cerveau fonctionnait encore au ralenti, sous le coup du choc hypothermique.

— Je dois ajouter que je suis très heureux de t'avoir revue, Rhea. Je n'ai pas beaucoup d'amies, tu sais, et nous avons tellement d'atomes crochus, toi et moi...

— Viens séjourner chez moi quand tu voudras, avec ta compagne du moment. J'aurai bientôt un lit, dans la chambre d'amis.

Soudain, le sens des premiers mots de Cam fit enfin son chemin jusqu'à mon esprit.

— Il va donc falloir que tu emmènes Marisa...

— Bientôt, oui. Rassure-toi, je te préviendrai. Je ne te mettrai pas devant le fait accompli.

— Surtout, continue à veiller sur elle, tu veux bien ? Jusqu'à son départ, je crains toujours pour sa vie.

— Rien à craindre. Miss Dee Dee reste auprès d'elle toutes les nuits et je prends le relais le matin. Nous continuerons tant que les malfaiteurs ne seront pas hors d'état de nuire. Ton petit copain affirme qu'il ne va pas tarder à les épingler.

— Ce n'est pas mon petit copain, dis-je en secouant la tête.

— Hmm... J'ai vu de quel regard il te couvait. Et ce n'était pas à sens unique, du reste. Un spectacle rien moins que torride...

Le nouveau coup de coude dont je le gratifiai lui fit lâcher prise, cette fois-ci.

— Il faut que j'aille travailler.

— Prends soin de toi, Rhea-Rhea, me recommanda-t-il avec ce petit sourire en coin qui avait hanté mes rêves jusqu'à ce que je croise celui de John — et même longtemps après, pour être tout à fait honnête.

Je lui souhaitai une bonne nuit, et repartis vers les urgences. Dans la salle de repos, je trouvai Jacobson en train de boire un café, la mine quelque peu renfrognée. De toute évidence, il aurait préféré passer la soirée en famille.

— C'est vous qui allez me suivre comme mon ombre ? lui demandai-je.

Il esquissa une grimace qui s'acheva en sourire.

— Ma foi, oui. Un service que je devais à l'inspecteur. Un gars persuasif, notre inspecteur, n'est-ce pas, docteur Chadwick ?

Wallace opina avec un soupir.

— Le gars a réussi à me convaincre de faire des heures supplémentaires ! Sachant que Pearl a préparé un canard à l'orange, il s'agit pour moi d'un véritable sacrifice.

— J'ai donc une dette envers vous, lui dis-je.

— Oh, ne vous en faites pas pour ça ! Vous paierez... Et pas plus tard que demain matin, quand j'arriverai en retard pour la relève.

— Apportez-moi une part de canard, et vous pourrez venir à 9 heures au lieu de 8.

— Non, non, pas question ! Je n'en laisserai pas une miette ! Je l'aurai bien mérité, non ?

Wallace Chadwick avait accroché sa blouse derrière la porte de la salle de repos, et enfilé une grosse veste de cuir. Deux minutes plus tard, il avait disparu, ne laissant dans son sillage qu'un souffle d'air glacé. Sa femme, Pearl, était un vrai cordon-bleu ; on racontait qu'elle avait pris des cours chez les chefs les plus réputés de Paris, New York et Tokyo.

J'avais le cerveau en compote, et constatai avec satisfaction qu'Ashlee était de service, ce soir-là. Son assistance et son soutien me seraient précieux, si je voulais éviter de tuer malencontreusement un malade.

Secouée de frissons, j'enviai à Wallace sa chaude veste de cuir et son repas raffiné. La nuit s'annonçait éprouvante.

23.

Frissons et antibiotiques

Entre deux patients, je restai emmitouflée dans une couverture chauffante, blottie dans un coin derrière la porte de la salle de garde, pour éviter les courants d'air. C'était ce qu'on appelle une nuit à bébés, avec une forte proportion de malades en bas âge. Au cours de mes deux premières heures de service, j'observai toute une série de symptômes tels que toux persistante, irritabilité, fièvre, diarrhée, refus de s'alimenter et régurgitation des liquides. J'eus l'impression que mon système immunitaire, affaibli par le bain dans le ruisseau, risquait de ne plus me défendre contre tous les virus avec lesquels j'entrais en contact. Charmante perspective.

Je me bornai essentiellement à écouter l'avis des infirmières, parfaitement capables de déterminer si un bébé est vraiment assez souffrant pour requérir les soins d'un médecin. En fait, elles s'occupèrent elles-mêmes de tous les cas — à l'exception d'un enfant de cinq mois, dont la température était montée à plus de 40° sans qu'aucun remède ne lui eût été administré. Je résolus le problème médical, agréablement surprise de constater qu'une partie de mon cerveau fonctionnait encore correctement.

L'unique adulte que je reçus ce mardi soir avant 22 heures fut miss Dee Dee. Elle débarqua dans le service en jean et bottes cavalières, avec un grand pardessus à franges en cuir fauve sur une chemise à carreaux. Mais même dans un tel accoutrement, elle aurait pu faire la une d'un magazine de mode. Eût-elle été couverte de haillons que Dee Dee Stowe se serait débrouillée pour avoir de la classe.

Son infection urinaire ne s'arrangeait pas, et elle demandait un remède plus radical pour en venir à bout. Cette fois-ci, j'estimai que des analyses s'imposaient, et insistai pour lui établir une prescription comme à une patiente ordinaire.

— Je regrette, miss Dee Dee, dis-je en ramenant la couverture sur mes épaules, persuadée que ma température montait. Si les médicaments ne font plus d'effet, il faut rechercher la cause de l'infection. Il va falloir procéder à une analyse d'urines, au moyen d'un cathéter, si besoin est.

Je marquai une brève pause avant d'ajouter :

— Mais si vous vous soumettez à un examen cytobactériologique complet, je vous épargnerai la sonde.

Cette habile négociation me rassura quelque peu sur mon cerveau, qui semblait tourner normalement : Dee Dee voulait échapper à tous les impondérables, et je lui évitais le pire d'entre tous.

— Je m'incline de mauvaise grâce, dit-elle en haussant le menton, fine mouche. Vous êtes un véritable tyran.

— Je suis médecin.

— Précisément, répliqua-t-elle en m'arrachant des mains le flacon stérile. J'ai épousé suffisamment de membres de cette corporation pour savoir de quoi je parle.

Elle fit quelques pas vers les toilettes des employés, et s'immobilisa soudainement.

— Et pourquoi êtes-vous emmitouflée dans cette couverture ? Cet hôpital est déjà surchauffé ! Est-ce que vous seriez malade ?

— Non, miss Dee Dee. Je grelotte, c'est tout.

Je décidai de tout lui expliquer ; elle se radoucirait peut-être un peu en apprenant ce qui m'était arrivé.

— J'ai pris un bain dans le ruisseau, ce soir, pendant mon jogging...

— Alors, c'est bien fait pour vous ! lança-t-elle avant que j'aie pu dire un mot de plus. Il faut toujours que vous fassiez des bêtises.

Jacobson ricana dans son coin, mais heureusement, personne d'autre n'avait entendu. Décidément, miss Dee Dee était d'une humeur exécrable, ce soir... Son infection urinaire devait lui taper sur les nerfs. Je lui raconterais la suite une autre fois.

Elle resta plus longtemps qu'il ne me semblait nécessaire dans les toilettes, mais finit tout de même par me rapporter l'échantillon d'urine — aussi trouble que je m'y attendais. Elle préféra attendre les résultats dans mon fauteuil, plutôt que dans la salle de soins. La secrétaire dut même se déplacer jusqu'à elle pour noter les informations nécessaires à l'établissement du dossier. Pour ma part, je ne me sentais pas de taille à affronter miss Dee Dee. Pas ce soir-là.

L'analyse confirma la présence de germes indésirables, mais l'absence de leucocyturie me surprit. L'organisme n'essayait donc même pas de se défendre ? Cela ne me plaisait pas du tout... Les émotions et l'état de stress qu'elle subissait depuis une semaine pouvaient néanmoins expliquer la chose.

— Miss Dee Dee, annonçai-je en m'asseyant en face d'elle, nous allons employer l'artillerie lourde, cette fois.

Je lui tendis quelques échantillons d'un nouvel et puissant antibiotique pris dans le bureau de Steven.

— Voilà de la Ciprofloxacyne.

Elle jeta un coup d'œil sur le dosage et sourit.

— A ce degré-là, ce n'est plus de l'artillerie : c'est la bombe atomique... Ça devrait faire l'affaire. Bon, si vous avez besoin de moi, je suis en soins intensifs ; je vais veiller un moment sur ma nièce.

— Ne vous étonnez pas si vous trouvez quelqu'un dans la chambre. Mark m'a dit qu'il allait la placer sous haute protection.

— Il est grand temps que quelqu'un prenne enfin les mesures qui s'imposent. Je n'arrête pas de répéter à l'inspecteur que Steven va carrément finir par tuer cette pauvre enfant sous notre nez !

Elle tourna les talons et sortit dans le couloir. Deux mètres plus loin, elle fit demi-tour et revint sur ses pas pour m'embrasser sur la joue et me remercier — l'élégance même.

L'arrivée de patients au biberon se poursuivit régulièrement jusqu'à 2 heures du matin, heure à laquelle Mark, visiblement exténué, vint me retrouver. Il plaça devant moi, sur le guichet, une feuille où était inscrite une liste de noms.

— Est-ce que tu reconnais un nom, là-dedans ? me demanda-t-il d'une voix pâteuse.

— Bonjour, Mark. Tu as encore froid, ce matin ?

— Oh, c'est déjà le matin ?

Il consulta sa montre en se frottant les yeux.

— Ah, oui ! C'est exact. Bonjour, alors.

Son menton et ses joues étaient hérissés d'une barbe naissante.

— Je n'ai pas arrêté de frissonner, continua-t-il. Mais ça en valait la peine. Maintenant, tu as une dette envers moi.

Je me rembrunis et le traitai d'idiot, quand j'avais été sur le point de lui exprimer ma gratitude pour m'avoir sauvé la vie. Il partit d'un grand rire, la mine réjouie. Je parcourus rapidement la liste. Il s'agissait des actionnaires de la nouvelle société Medicom Plus. L'un d'entre eux était-il l'agresseur de Marisa, comme Mark semblait le penser ? Mais alors, quel rôle Eddie Braswell jouait-il dans l'affaire ?

— Ils sont classés par ordre décroissant d'importance, le premier étant le plus gros actionnaire et le dernier, le plus petit. Je n'aurai les chiffres exacts que vendredi soir, au plus tôt.

J'emportai la liste et allai troquer ma couverture contre une autre, tout juste réchauffée. Les seuls noms sur lesquels je pusse mettre un visage étaient ceux de Steven et Marisa, dont la compagnie — la société Braswell — était le principal actionnaire. Suivaient Procall Systems, Devonshire Investors, Frank Gibbons — que nous savions maintenant être le père de Sarah Gibbons — et une demi-douzaine de personnes morales ou physiques. Deux noms ne m'étaient pas inconnus, mais je ne parvins pas à les situer.

— Il peut s'agir de gros éleveurs ou de curés, de bouchers ou d'entrepreneurs de pompes funèbres... Je n'aurai pas le nom des P.-D.G. de compagnie avant vendredi, déclara Mark. Certains noms te disent quelque chose ? Peut-être as-tu soigné sans résultat un membre de ces familles ? Peut-être trouverons-nous quelque chose qui permette de te relier directement à cette affaire ?

— Autrement dit, tu veux savoir si j'ai tué quelqu'un parmi ces gens ? C'est bien ce que tu sous-entends ?

— Allons, ne prends pas la mouche !

Il se pencha vers moi et étudia mon visage avec attention.

— Dis donc, tu as vraiment l'air à bout de forces. Si tu allais te reposer un peu ?

— Va donc te reposer toi-même ! dis-je en lui rendant la feuille. Aucun de ces noms ne me dit quoi que ce soit.

— Tu es sûre ? insista-t-il. Tu sais, je ne plaisante pas : je te trouve d'une pâleur inquiétante, hormis ces plaques rouges sur tes joues. Est-ce que tu es malade ?

Je m'assis sur la chaise de l'infirmière, derrière le guichet, et réfléchis un instant. Je ne me sentais pas au mieux, en effet.

— Non, finis-je par dire. Je crois que cette baignade forcée m'a terriblement affaiblie. J'ai du mal à réfléchir comme il faut.

— Est-ce que ce n'est pas dangereux ? Je veux dire, pour un médecin ?

D'une manière plutôt inexplicable, sa réflexion me parut hautement comique. Je partis d'un rire irrépressible, sur lequel je n'avais plus aucun contrôle. Et quelle drôle d'idée venait de me traverser l'esprit, à propos de miss Dee Dee ? Le stress pouvait réellement vous faire dérailler... Je continuai à rire et à rire, à tel point que les larmes me vinrent aux yeux. Mark, sidéré, s'approcha pour me prendre la main, et mon hilarité se calma peu à peu, comme s'arrêterait une mécanique épuisée. Jacobson, qui montait la garde à proximité, observait la scène comme si nous formions le couple vedette de quelque série sentimentale.

— Le fait que le père de Sarah Gibbons soit sur la liste ne me plaît pas du tout, Rhea, reprit Mark. Méfie-toi. Au fait, on n'a toujours pas mis la main sur Steven et Scoggins. Et Eddie Braswell est encore en cavale. Quoi qu'en dise miss Essie, c'est un garçon dangereux.

— Ma foi, tout cela est charmant. Je vais prévenir la sécurité qu'il faut filtrer les entrées de tous les ados.

— Non, je me charge de les alerter — dans le cadre de *mon* affaire. Vos vigiles ne sont pas armés, n'est-ce pas ?

— Non. Ils doivent compter sur leur ingéniosité et leur présence d'esprit.

— Ecoute, reprit-il, si quelque chose te revient à propos de ces noms, appelle-moi à la maison. N'hésite pas à me réveiller.

Il se tourna vers Jacobson.

— Reste vigilant, cette nuit. J'ai besoin d'aller dormir un peu.

Il nous salua d'un petit mouvement du menton, et quitta l'hôpital d'un pas traînant. Dix minutes plus tard, Jacobson sur mes talons tel un vieux toutou fidèle, je regagnai ma chambre de garde.

J'installai à la porte un fauteuil rembourré récupéré dans une chambre inoccupée, avertis les infirmières du service le plus proche que Jacobson passerait la nuit là, lui remis une couverture, et entrai dans ma chambre. Il y régnait une chaleur suffocante — ce dont je ne songeai pas à me plaindre, ce coup-ci.

Je me déshabillai pour la troisième fois en quelques heures, jetai mes vêtements et mes chaussures de sport dans un coin, et demeurai un long moment sous la douche, laissant l'eau ruisseler sur mon corps comme une averse tropicale. Ma peau prit une jolie teinte rosée, et je songeai au supplice des personnes traitées pour une hypothermie importante. Le réchauffement, même progressif, doit être intolérable.

Je m'attardai sous l'eau pendant près d'un quart d'heure, adossée au mur carrelé. Toute une série d'images défila sous mes paupières closes — bribes de cauchemars, images floues des événements survenus ces derniers jours : Marisa, inerte, telle que je l'avais retrouvée la première fois ; Marisa sur son lit, le jour où je l'avais crue mourante ; le souvenir de son visage quand Steven était entré dans sa chambre et qu'elle s'était mise à crier : « Aïe ! très mal ! Douleur, douleur aiguë... »

J'exposai ensuite mon dos au jet brûlant. La terreur de mon amie résonnait en moi comme un écho de mes propres craintes. « *Douleur, douleur aiguë…* » Les visages consternés autour d'elle. Des infirmières. Un kinésithérapeute. Sarah ? Etait-elle là ? Cam. Dee Dee. Mark, triomphant... « *Douleur, douleur aiguë...* »

J'étalai péniblement du shampooing sur mes cheveux, luttant contre le sommeil. « *Douleur aiguë...* »Mes bras retombèrent lourdement tandis que j'essayais de reconstituer l'enchaînement exact des événements. Non, ce n'était pas tout à fait ça. Je me rinçai les cheveux.

— Non...

Je m'efforçai de revivre la scène, inlassablement, hésitant sur l'ordre dans lequel les gens étaient arrivés : Steven, les traits déformés par la colère...

Je renonçai. Mark savait très bien ce qu'il faisait. Mark avait tout filmé sur une cassette vidéo. Mon cerveau fonctionnait encore au ralenti, voilà tout.

Je fermai le robinet, m'essuyai jusqu'aux chevilles et m'arrêtai brusquement. L'eau ne s'était pas évacuée. J'essayai de déboucher la bonde du bout de l'orteil : un léger bruit de succion récompensa mon effort, mais cessa presque aussitôt.

— Génial !

Je poussai la porte de la cabine et découvris que le sol était inondé. L'eau montait à trois centimètres de hauteur, et s'écoulait ensuite par les deux portes du cabinet de toilette. Le couloir allait être inondé, et ma chambre serait humide. Je me demandai s'il y avait un employé de permanence, au service d'entretien, cette nuit.

Assise sur la cuvette des WC je m'enduisis le corps d'huile hydratante et enfilai une ensemble d'aide-soignante en tissu léger, à manches courtes, qui n'allait pas me tenir assez chaud. Après avoir jeté mes vêtements humides dans le lavabo, je fourrai mon petit marteau à réflexes et mes ciseaux dans ma poche de poitrine, puis accrochai le stéthoscope autour de mon cou. Je pris aussi mes chaussures de sport trempées sous le bras, dans l'intention de les faire sécher sur le premier radiateur venu.

Une fois prête, je déverrouillai la porte de la salle d'eau donnant sur le couloir, et jetai un coup d'œil dehors. De l'eau, de l'eau partout... Je retraversai le réduit en pataugeant, et ouvris l'autre porte, celle donnant accès à la chambre de garde. Je m'immobilisai sur le seuil.

La lumière, que j'avais laissée allumée, était éteinte. Une terreur subite me cloua sur place.

Une main surgie de l'obscurité me saisit par le bras. Je pus y jeter un bref coup d'œil : *phalanges poilues, peau rugueuse...*

Je me dégageai d'une secousse. Les doigts glissèrent sur ma peau huilée et lâchèrent prise. Je fis volte-face, claquai la porte derrière moi, éteignis la lumière et cherchai à tâtons le verrou — une minable petite targette. J'entendis bouger, de l'autre côté ; un corps se rua contre la porte et mon cœur fit une embardée.

Nu-pieds, je me précipitai vers l'issue donnant sur le couloir. A ma gauche, je vis Jacobson effondré dans le fauteuil que j'avais installé pour lui. Un filet de sang écarlate dégoulinait de sa tempe jusqu'à son cou. *Une veine — pas une artère. Il était en vie.*

A quelques centimètres de sa tête, la porte de ma chambre s'ouvrit. Un homme en sortit. Il regarda vers la gauche, de l'autre côté. Un solide gaillard, avec une blouse d'infirmier beaucoup trop petite pour lui, étriquée à la hauteur des épaules.

Je m'enfuis en courant dans la direction opposée, vers le service de chirurgie générale. Mes muscles raidis par l'hypothermie ralentissaient mes mouvements. J'avançais comme dans un rêve — un cauchemar peuplé de monstres terrifiants, prêts à me déchirer à coups de griffes et de crocs.

Dans la salle d'eau, j'entendis un juron accompagné d'un bruit de chute. *Ils étaient donc plusieurs... Combien* ? Je tournai à angle droit au fond du couloir, foulant tour à tour le carrelage puis le ciment brut du chantier avec mes pieds humides, de nouveau glacés. A peine éclairés par quelques plafonniers espacés, les couloirs étaient très sombres.

Je traversai en trombe la salle de stérilisation au centre de laquelle trônait un énorme autoclave, encore dans son emballage. Je réussis à éviter tous les meubles de rangement, tels des obstacles quasi invisibles dressés sur un parcours d'endurance, et ressortis de l'autre côté. Je refermai précipitamment la porte, cherchant le verrou du bout des doigts. Il n'y en avait pas.

Les paroles de Matt, le contremaître au sourire chevalin, me revinrent à l'esprit : « *Les verrous ont été posés du mauvais côté dans une demi-douzaine de salles — un défaut de fabrication. Si vous allez faire un tour par là-bas, ne fermez aucune porte derrière vous. Le verrouillage est automatique, et vous pourriez rester bloquée à l'intérieur...* »

Je repris le corridor en sens inverse, et m'immobilisai dans un coin. Il y avait au moins une personne, dans la salle. J'entendis qu'on cherchait à ouvrir. Une flopée de jurons retentit. Dans le couloir encore en chantier, je ne vis personne. Un filet de sueur glacée coulait entre mes omoplates. J'avançai la main sans bruit, et tirai l'autre porte de la salle de stérilisation. Le verrou s'enclencha avec un petit cliquetis rassurant.

Une ombre — l'ombre d'une tête — recouvrit ma main.

— *Stop* !

Une voix d'homme, éraillée.

— Suivez-nous. Ou Marisa mourra.

Je tournai la tête, et aperçus le visage d'un individu à la mine patibulaire. Un bandage maculé de sang lui enserrait l'épaule gauche, et il avait enfilé une blouse d'infirmier beaucoup trop grande pour lui. *Sa main valide tenait un revolver...*

D'une pirouette, je me retournai et courus me réfugier dans l'obscurité. Le chantier n'était pas chauffé, et mes pieds glacés me faisaient souffrir le martyre.

L'éclairage s'alluma dans mon dos. Au loin, j'entendis une femme qui hurlait. Je sentis que j'étais en danger, là où je me trouvais. Il fallait que je me rapproche de la voix de la femme.

Je m'engouffrai dans une enfilade de salles de chirurgie, et ressortis à l'autre extrémité. La lumière indirecte projetait d'étranges ombres sur les murs. Le matériel neuf, posé çà et là sur le sol, était à peine visible. Si mes pieds nus venaient à heurter quelque chose, dans la pénombre...

L'air m'enveloppait d'une chape de glace. Mon cœur palpitait douloureusement. D'autres lumières s'allumèrent derrière moi. *Où étaient donc les disjoncteurs ?*

— La voilà !

La voix éraillée s'adressait à un comparse. Mais combien étaient-ils ?

Je fonçai dans une dernière salle, puis m'engageai dans une brèche étroite pratiquée dans le mur. Miracle... les disjoncteurs étaient là. Les doigts engourdis par le froid, je tirai l'anneau permettant d'ouvrir la porte métallique, et entrepris d'actionner les commutateurs. Flambant neufs, ils résistèrent avant de céder avec un claquement bref, qui résonna dans le silence du chantier. Dix. Quinze. Vingt-cinq. L'obscurité se fit autour de moi. Trente.

— Merde !

L'exclamation provenait d'une salle adjacente. Quelqu'un venait de trébucher dans le noir. Ils n'étaient pas bien loin. Je les entendais pester. Etaient-ils deux, trois ? Davantage, peut-être ?

J'ouvris la seconde porte métallique, et actionnai à tâtons les commutateurs. Au loin, d'autres ampoules s'éteignirent, une à une. Des tréfonds de l'hôpital, une sourde vague de protestation me parvint : j'avais dû également éteindre la lumière dans d'autres étages. Parfait, pensai-je, appelez au secours... Une sirène d'alarme mugit au fond d'un couloir. Avais-je déclenché une alerte ?

Debout dans l'obscurité, je respirais bruyamment. J'entendis bouger, dans la salle qui se trouvait à ma droite ; puis plus loin, dans la salle de gauche. Ils étaient donc au moins deux.

Je m'assis sur le sol glacial, et défis les lacets des chaussures de sport que j'avais gardées tant bien que mal sous un bras. Le cuir était chaud quand je les enfilai, et j'en éprouvai un immense réconfort — quoique, hélas, provisoire. Déjà, je sentais le froid s'infiltrer. Je ne tiendrais pas longtemps ; il fallait qu'on vînt rapidement à mon secours.

A partir des disjoncteurs, je pouvais aller dans deux directions différentes. Inopinément, je me souvins du trou dans le plancher, celui où travaillaient le plombier et l'électricien. Cette fosse était-elle toujours là, ou l'avait-on rebouchée ? Je m'engageai prudemment dans le couloir, à l'opposé des bruits de voix de mes poursuivants, et me guidai de la main le long du mur en construction, dans le noir.

24.

Rocher éternel et broche de Kirschner

Le couloir était interminable. A deux reprises, j'émis de véritables gémissements, en me cognant les pieds à quelque obstacle. Enfin, je croisai un second corridor et trouvai l'entrée d'une autre salle en chantier. Voilà, j'y étais. Je franchis le seuil et tournai précautionneusement à droite. La moindre anicroche sur ce sol couvert de gravillons me serait fatale. Si je venais à tomber dans la fosse au lieu d'y descendre pas à pas, je pourrais y laisser ma peau.

Mon pied rencontra finalement quelque chose de dur. Il s'agissait d'une grande plaque, épaisse de quelques millimètres. Je m'accroupis et constatai qu'elle n'était pas en bois, mais en métal. Je glissai les mains sur les côtés pour tenter de la soulever : elle ne bougea pas d'un pouce. Il aurait fallu un levier et plusieurs personnes pour la déplacer.

— Zut et zut ! murmurai-je.

Je passai dans une autre salle, à la recherche d'un endroit où me dissimuler. Si j'appelais, pensai-je, les infirmières du service voisin m'entendraient peut-être. Mais il y avait de fortes chances pour que les individus lancés à ma poursuite me découvrent avant elles.

Je pouvais essayer de revenir sur mes pas et chercher une issue de secours quelconque. Je n'en avais remarqué aucune, lors de mes précédentes incursions sur le chantier, mais il devait forcément y en avoir.

Je heurtai violemment un nouvel obstacle invisible et m'écroulai en réprimant un cri de douleur. L'état de mes orteils, presque gelés, décuplait ma sensibilité. Je massai doucement mon pied meurtri, les larmes aux yeux.

Un frôlement indistinct me fit prêter l'oreille. Je n'étais pas seule, dans cette salle.

Je me remis debout, m'appuyant d'une main sur les cartons empilés dans lesquels je m'étais cognée.

Un bruit de pas — presque imperceptible. Crissement de gravillons sous des semelles. Apparemment, l'individu était seul.

Sous mon poids, les emballages se déplacèrent avec un léger bruit. Les pas s'arrêtèrent.

J'entendis respirer, sans rien voir.

Soudain, je me remémorai les cartons auxquels je m'étais cogné le tibia, lors de ma première visite. Ils contenaient des instruments de chirurgie orthopédique, en acier massif... Je glissai prudemment une main à l'intérieur d'un des emballages, et sentis effectivement le contact du métal sous mes doigts.

Des pas, de nouveau. L'individu passait à proximité. Si près que sa chaleur se propageait jusqu'à moi.

Ce carton n'était pas celui dont j'avais examiné le contenu la dernière fois. Appelant mes cours de médecine à la rescousse, j'identifiai tant bien que mal des bistouris à cartilage, aux lames minuscules et si effilées que je ne sentis rien, en laissant glisser mes doigts dessus, et me coupai sans même m'en rendre compte. Ces instruments, trop petits, ne pouvaient pas m'assurer une défense efficace. Pas plus que les rugines dont je sentis bientôt le contact, destinées à dépouiller les tendons de la fine pellicule qui les recouvre, ne me seraient d'un secours quelconque.

Les pas se rapprochèrent, s'éloignèrent de nouveau. Revinrent dans ma direction.

Je m'efforçais de ne pas claquer des dents, malgré les frissons dont j'étais parcourue, et de bouger le plus discrètement possible. Afin de maintenir mon attention en alerte, je me répétai mentalement les paroles du cantique préféré de Marisa, celui qu'elle aimait fredonner sous la douche : « Rocher éternel, dans tes profondeurs, laisse-moi me dissimuler. » Ma chère Risa, victime d'une agression inhumaine... Dieu lui avait-il été de quelque secours, dans son supplice ? Et à quoi bon prier ? Je continuai pourtant à dérouler le cantique dans ma tête, tout en fouillant au fond du carton.

Des ostéotomes aux manches gluants, des lancettes couvertes de sang... La coupure que je m'étais faite au contact des bistouris saignait abondamment.

Une série de daviers. Des forceps.

Un objet pointu. Aiguisé. Une broche de Kirschner. Je refermai les doigts dessus. Je pris le risque de l'extraire du carton, en priant pour ne rien faire tomber à l'intérieur...

La broche sortit facilement, sans un bruit. Je serrai dans ma main la longue tige mince, munie de lames aux deux extrémités. L'une était protégée par un capuchon de plastique ; l'autre, en acier trempé, était nue, et si pointue qu'elle pouvait aisément transpercer un os.

J'empoignai fermement l'extrémité protégée. Ma paume était poisseuse de sang. Je devais ressembler à un chasseur de l'âge des cavernes, avec ma broche tendue en avant.

De ma main libre, je fouillai encore dans la boîte, et en tirai un maillet de chirurgien — lourd marteau d'acier à tête cylindrique arrondie aux deux extrémités, dont le manche rugueux assurait une bonne prise, même pour des mains ensanglantées. Long de vingt centimètres environ, il devait peser près de trois kilos.

Tapie derrière les cartons, je prêtai attentivement l'oreille. L'individu s'éloignait de nouveau. Je frottai délibérément mon pied sur les gravillons, pour attirer son attention. Les pas s'arrêtèrent, puis l'homme fit demi-tour et revint sur ma gauche. La broche de Kirschner bien en main, je m'écartai des emballages pour me ménager un peu de place et m'efforçai de respirer calmement.

Lorsque j'aperçus sa silhouette enveloppée d'une blouse blanche, j'étais ramassée sur moi-même, en position semi-accroupie. Il n'était qu'à trois mètres de moi et s'approchait encore. Je déplaçai mon poids sur le pied gauche, légèrement en arrière, et attendis. Deux mètres, un mètre... Il respirait péniblement, de façon saccadée, et son haleine empestait l'ail.

D'un seul mouvement, je projetai mon poids en avant, pointant mon arme improvisée. La broche d'acier s'enfonça comme dans du beurre à travers les vêtements et dans la chair.

Le sang gicla, et l'homme poussa un hurlement perçant avant de s'écrouler comme une masse. Maillet au poing, je reculai dans le noir, laissant la broche là où elle était. Je regagnai prudemment la porte d'entrée, et tendit de nouveau l'oreille.

Je savais où se trouvait l'autre, et quelle était sa réaction. Entre deux hurlements de son comparse, je l'entendis glisser dans la direction des cris, manifestement sur le qui-vive. Il avait identifié l'auteur des plaintes comme étant l'un des siens, et non moi. Il devait se demander où j'étais terrée. Je devinais sa perplexité, et j'attendais.

Il était sur le pas de la porte, côté couloir. Je retins mon souffle et comptai les battements de mon cœur, qui palpitait douloureusement. Chaque goulée d'air me brûlait les poumons comme une langue de feu.

La silhouette trapue de l'homme obscurcit le rectangle de la porte. Ce quidam-là ne portait pas de blouse blanche. J'aperçus ses vêtements sombres, et la tache noire de ses orbites dans un visage émacié, tel celui d'un squelette.

Je levai un bras et l'abattis brutalement.

Plus que je ne l'entendis, je sentis un craquement sinistre : l'os qui s'écrase, se fend sous la chair tuméfiée... Un soupir me parvint, un faible « Ohhh » étouffé. Il s'effondra sur place à son tour, mollement.

L'autre hurlait toujours comme un forcené. Un vertige me prit et, l'espace d'un instant, je me sentis happée par l'obscurité, totalement désorientée. Cet étourdissement ne dura pas plus d'une seconde. Je me ressaisis et enjambai le corps étendu sur le seuil pour m'éclipser rapidement dans le couloir.

Je m'engouffrai dans la première salle venue, éclairée par la faible lueur d'une fenêtre. Discernant une table de fortune faite de deux planches posées sur des tréteaux, je me glissai dessous et me recroquevillai.

J'avais gardé le maillet de chirurgien, que je serrais fermement entre mes mains. Au loin mugissaient des sirènes d'alarme. J'entourai mes genoux de mes bras, appuyai mon front contre la tête du maillet, et fermai les yeux. J'attendis.

25.

Pièces à conviction

Quand la lumière revint, je relevai la tête. Il y avait du monde, à proximité. J'entendais des bruits de voix, des bruits de pas... J'entendais des radios grésiller.

Tant bien que mal, je m'extirpai de ma cachette, entre les jambes des tréteaux. Quelque part, dans le bâtiment, une alarme d'incendie s'était déclenchée, quand j'avais actionné les disjoncteurs. La police et les pompiers arrivaient.

La voix de Mark résonna soudain dans le chantier désert. Il m'appelait par mon prénom, d'un ton vibrant de désespoir. Je m'efforçai de lui répondre.

Un pompier en combinaison jaune et grise me découvrit enfin, prostrée au sol. Un garçon de salle muni d'un extincteur l'escortait.

— Madame ? Est-ce que ça va ? s'enquit le premier.

— Docteur Lynch, qu'est-ce que vous faites là ? demanda le garçon de salle.

— Rhea !

Mark arriva en courant. Il écarta les autres, et s'immobilisa à la vue du maillet que je tenais à la main. Il me détailla un instant de la tête aux pieds, sans doute atterré par le sang dont j'étais recouverte — le mien, provenant de ma coupure à la main, et celui de l'homme que j'avais blessé avec la broche de Kirschner.

Il m'ôta délicatement le maillet des mains et le plaça sur la table de chantier, derrière moi. Puis il enleva sa parka pour la poser sur mes épaules. Une chaleur bienfaisante se répandit en moi, ce pour quoi j'éprouvai une gratitude indicible.

— Il y a ici deux hommes qui ont besoin d'un médecin, dit-il en m'observant d'un œil indécis. Pourrais-tu... Est-ce que tu es en mesure de les examiner ?

Je fis oui de la tête, trop fatiguée pour parler, et le suivis jusqu'à la salle où je m'étais défendue si âprement, quelques instants auparavant. Le personnel médical, venu en renfort par peur d'un incendie, s'affairait autour des blessés. Des pompiers circulaient d'une salle à l'autre en critiquant l'installation électrique — notamment les disjoncteurs — et j'en conclus que j'avais effectivement déclenché l'alarme d'incendie en coupant l'électricité.

Un individu vêtu de noir était étendu à plat ventre, en travers du seuil. Sa tête saignait abondamment. J'enjambai son corps inerte et me penchai pour aider quelqu'un à le retourner. Il respirait encore et gémissait faiblement. Le fait qu'il fût vivant me laissait pratiquement indifférente. Je ne connaissais pas cet homme. Pourquoi me voulait-il du mal ?

— Emmenez-le aux urgences. Si ses fonctions vitales ne sont pas atteintes, faites une série de radios du crâne. Appelez Chris pour qu'il pratique un scanner.

— Bien, docteur.

C'était Ashlee. La jeune femme me sourit.

— Heureusement que ça s'est passé à proximité de votre chambre de garde, hein ? me dit-elle. Du reste, il y a une autre blessure à la tête, pour vous, aux urgences. Ce n'est pas trop grave : un flic qui s'est blessé au front en tombant de son siège. La secrétaire du service l'a trouvé évanoui par terre, devant votre porte. Il a dû s'endormir.

Apparemment, Ashlee ne se doutait pas que Jacobson avait été assommé par l'homme qu'elle était en train de secourir, ni que ce même homme m'avait attaquée, moi aussi. Personne ne s'en doutait, sauf Mark. Les précautions avec lesquelles il avait manipulé le maillet indiquaient qu'il le considérait comme une pièce à conviction.

Une infirmière munie d'un nécessaire de secours passa près de nous, et je la conduisis jusqu'à l'autre blessé. Il gisait dans une mare de sang, et sa blessure à l'aine continuait à saigner. Il croisa mon regard et détourna les yeux en s'humectant les lèvres. Il souffrait et il avait peur. Il avait besoin d'un médecin, et il n'y en avait pas d'autre que moi. Ces constatations me remirent peu à peu les idées en place.

J'esquissai un vilain sourire et m'agenouillai près de lui, mes genoux craquant comme un vieux tas de sarments. L'homme eut un mouvement de recul. La broche de Kirschner, luisante de sang, était entortillée dans ses vêtements, par-dessus la blessure. Toujours munie de mon matériel, je sortis mes ciseaux et découpai la blouse blanche qui m'avait permis de le voir dans la pénombre.

— Plutôt moche, dis-je d'un ton détaché.

Ses traits se décomposèrent.

— Apparemment, la broche s'est enfoncée à l'intersection du nerf, de la veine et de l'artère.

Je donnai un petit coup sur la broche et il tressaillit en gémissant de douleur.

— A mon avis, ça doit faire atrocement mal, dis-je d'un ton suave.

— Oh, Seigneur, murmura-t-il dans un souffle.

— Excellente idée ! Priez ! Ça ne sera pas superflu.

— Je... je veux parler aux flics. Tout de suite ! cria-t-il. Appelez les flics !

— Eh bien, cela me semble envisageable — mais pas avant que j'en aie fini avec vous. Maintenant, calmez-vous ou je tape sur la broche.

Il se tut, la respiration haletante, les yeux agrandis par l'effroi.

— Quelqu'un a demandé un flic ? s'enquit Mark, dans mon dos.

— En effet, répondis-je sans me retourner. Mais il faudra attendre. Et vous, fermez-la, ordonnai-je au blessé.

— Je ne vois pas d'inconvénient à patienter, dit Mark d'un air nonchalant.

Je devinai ce qu'il pensait, et me souvins de l'époque où l'insensibilité des flics me faisait horreur. J'en comprenais mieux les raisons, aujourd'hui. Il s'écarta légèrement pour me permettre de m'entretenir avec l'homme sans témoins.

— Si vous êtes encore en vie, repris-je, c'est que la broche n'a pas percé l'artère. Un centimètre de plus vers la gauche, et vous n'étiez plus de ce monde. La veine a été touchée, mais la coagulation semble s'effectuer normalement. La radio précisera jusqu'où la lame est enfoncée, et si je peux la retirer moi-même ou s'il nous faut faire appel à un chirurgien.

J'ôtai le stéthoscope de mon cou et l'auscultai brièvement. Son cœur palpitait comme celui d'un oiseau affolé.

— Ash, nettoyez-moi cette blessure, s'il vous plaît. Ensuite, embarquez-le et faites-moi faire un cliché, plus un hématocryte — hémoglobine pour savoir s'il a perdu trop de sang et une analyse d'urine pour voir si la vessie est touchée. S'il ne peut pas uriner, faites un cathéter.

Je marquai une pause et le regardai dans les yeux.

— Avez-vous agressé Marisa Braswell ? lui demandai-je, un ton plus bas.

Du bout des doigts, je donnai un petit coup sur la broche, qui oscilla.

Le blessé sursauta violemment, le visage livide.

— Vous êtes-vous mis à plusieurs, pour lui insérer un instrument de ce genre dans le cerveau ?

Je penchai la tête et approchai mon visage du sien.

— L'avez-vous maintenue immobile pendant que Steven Braswell ou son fils, ou Mitchell Scoggins, pratiquaient sur elle une lobotomie ? Car dans l'affirmative, vous aurez effectivement besoin d'une protection policière. Ça, je peux vous le garantir.

Je me relevai et abandonnai l'homme à son triste sort. Je rendis sa parka à Mark, qui venait de me rejoindre.

— Merci, murmurai-je.

Il comprit que je ne faisais pas allusion à la seule parka, et hocha brièvement la tête.

— Il faudra qu'on parle.

— Quand tu voudras.

— Pour le moment, essaie plutôt de te réchauffer un peu.

J'acquiesçai et ne me défendis pas quand il replaça le vêtement sur mes épaules.

— Nous avons découvert un homme enfermé dans une salle, en face. Devine qui...

— Eddie Braswell, répondis-je, me remémorant la voix rauque du garçon lors de notre rencontre dans le couloir, chez Marisa, la semaine précédente.

— Tout juste. Il hurlait qu'il avait des révélations à faire sur son papa et sur Scoggins, dont il voulait se servir comme monnaie d'échange. A l'en croire, il disposerait même d'informations encore plus intéressantes. Il avait une blessure récente à l'épaule, sous un bandage propre — mais déjà infectée. Une blessure par balle. Et j'ai trouvé ceci, dans sa poche. Sais-tu ce que c'est ?

Mark déposa des sachets de comprimés dans ma main — des échantillons de médicaments, dans des emballages individuels. Je les retournai au creux de ma paume et mon sang se figea brusquement.

— Des antibiotiques, murmurai-je.

— Merci. Non, garde ma parka, dit-il en repoussant le vêtement que je lui tendais de nouveau.

— Ça ira, maintenant.

Ma voix me paraissait lointaine et ténue, comme si elle ne m'appartenait pas tout à fait. Mais je refusai de garder le vêtement.

— En cas de besoin, tu me trouveras aux urgences. Des patients m'attendent.

Je le gratifiai d'un pâle sourire et tournai les talons, les antibiotiques serrés au creux de ma main.

— Reste au chaud, me lança Mark. Et occupe-toi de Jacobson, avant dc soigner ces minables. Sa femme va m'arracher les yeux.

J'avais oublié Jacobson. L'image de ses cheveux agglutinés par le sang me revint brusquement. Dieu merci, il était donc vivant...

En regagnant ma chambre, je me sentis à la fois étourdie et étonnamment lucide. J'aurais eu un besoin urgent de chaussures sèches, mais je devrais me contenter des chaussettes de rechange qui étaient dans mon sac — c'était mieux que rien.

Je m'assis sur le lit pour enfiler lesdites chaussettes, et restai un moment immobile, les yeux dans le vague. Je comprenais, à présent. Je comprenais bien des choses. Un certain nombre de sociétés actionnaires de Medicom Plus ne m'étaient pas inconnues. A présent, je savais pourquoi. Les lobotomies avaient été pratiquées de manière semi-professionnelle ; et je savais aussi pourquoi. L'idée d'une explication globale à toute cette histoire commençait à germer dans mon esprit.

Mes pieds glacés étaient en piteux état — comme moi. Et des chaussettes ne suffiraient certes pas à les réchauffer. Désormais, j'avais le sentiment que je n'aurais plus jamais vraiment chaud.

Je quittai donc la pièce sans chaussures, que j'abandonnai sur un lit sens dessus dessous. En ouvrant la porte, je surpris mon reflet dans la glace inclinée, au-dessus du lavabo. J'étais sale, maculée de sang, et j'avais de grosses socquettes blanches aux pieds. Mes traits étaient chiffonnés et mon visage bleui par le froid. Mon stéthoscope pendait inlassablement à mon cou. Mes instruments — fidèles compagnons du praticien — dépassaient de ma poche de poitrine. Une idiote qui s'était bercée d'illusions : voilà l'image que ce miroir me renvoyait.

Tout en m'astreignant à rabibocher les éléments de cette lamentable affaire, je longeai les couloirs tel un automate.

Marisa, bien en vie, respirait tranquillement sous ses couvertures. Son visage était moins tuméfié, et ses blessures semblaient en bonne voie de cicatrisation. Je vérifiai sa température, lui pris le pouls et la tension : tout était parfaitement normal. Son teint, la fermeté et l'élasticité de sa peau indiquaient indéniablement qu'elle allait vivre. Et je compris aussi qu'il n'avait jamais été question de la faire mourir.

— Il ne faudra pas la laisser seule, cette nuit, dis-je néanmoins à l'infirmière de service. Pas un seul instant. Même avec quelqu'un de sa famille.

— Mais nous avons quatre autres patients pour trois infirmières, cette nuit, docteur Lynch ! Je ne peux pas monter la garde en permanence auprès d'elle !

Je regardai la jeune femme, à peine sortie de l'adolescence, petite et menue, délicate comme un papillon — le genre de fille que ma mère aurait aimé avoir. Je l'avais déçue, en devenant une grande asperge, aussi brune que le géniteur dont j'étais le portrait craché et qui avait eu la bonne idée de mourir avant ma naissance.

— Marisa Braswell est en danger, répondis-je calmement. Et vous aussi. Toutes les trois.

L'infirmière, dont le nom m'échappait, leva sur moi un regard inquiet.

— Pourquoi ?

Je secouai la tête avec un rire bref. Pourquoi un tel gâchis, en effet ? Je n'y voyais aucun motif valable. Et cette jeune femme anxieuse et fragile risquait d'être la prochaine victime d'un terrible complot.

— Appelez Cameron Reston à son hôtel, et demandez-lui de venir veiller sur elle. Dites-lui que c'est très urgent. Et qu'il me téléphone aux urgences dès son arrivée. En attendant, ne bougez pas de ce fauteuil. Ne laissez entrer personne dans la pièce. Absolument personne. Compris ?

— Bien, madame.

Je sortis sur un signe de tête et quittai les soins intensifs. Avisant un chariot de matériel médical, j'y dénichai des protège-chaussures en papier — article dont on se sert au bloc et dans les chambres de patients au système immunitaire gravement déficient. Afin de me réchauffer un peu, j'en enfilai successivement deux paires, et poursuivis mon chemin en émettant à chaque pas un petit chuintement mélodieux.

Il n'y avait pas âme qui vive, dans les étages. Tous les employés qui n'étaient pas affectés à une tâche particulière auprès d'un patient avaient déserté leur service pour le chantier — soit pour se rendre utiles, soit par simple curiosité. Un calme inhabituel régnait dans le reste de l'établissement. Dans les couloirs de liaison, l'éclairage des plafonniers était encore en veilleuse, comme toutes les nuits, par économie d'énergie. Un sur trois seulement était allumé.

J'approchais du service de radiologie, quand j'entendis des bottes claquer rapidement sur le carrelage. Ce bruit et ce pas énergique m'étaient familiers. Je ralentis pour me laisser rattraper. Essoufflée, une mèche unique à peine déplacée dans l'ordonnancement de sa coiffure, Dee Dee me rejoignit dans un passage obscur du couloir. Je remarquai qu'elle ne portait pas ses bagues.

— Est-ce que ça va, chérie ? Je viens d'apprendre qu'on vous a encore agressée. Que se passe-t-il, mon petit ?

Elle posa délicatement une main sur mon bras, et la retira en découvrant mon apparence.

— Qu'est-ce qui vous est arrivé ?

Je lui racontai mes mésaventures avec les individus qui m'attendaient dans ma chambre de garde et la poursuite qui s'était ensuivie, à travers le chantier.

— L'un des trois comparses — le seul qui soit indemne — n'est autre qu'Eddie Braswell. Quand je suis partie, il était en train d'accuser Steven et Mitchell Scoggins...

Dee Dee s'immobilisa, son visage blême baigné de pénombre.

— Il a ensuite ajouté qu'il avait d'autres révélations à faire. A mon avis, il s'agit d'informations concernant Medicom Plus. Mark a placé tout ce beau monde en garde à vue.

Je m'abstins de préciser que deux des hommes avaient été expédiés aux urgences.

Dee Dee émit une exclamation étranglée et porta ses mains jointes à ses lèvres.

— Dieu merci, c'est enfin terminé ! J'ai eu si peur pour Marisa et vous, mes deux petites...

— Miss Dee Dee…

J'observai un instant sa silhouette élégante, même en jean et bottes cavalières, sans aucun bijou. Çà et là, les grandes familles du Sud produisaient une femme de sa trempe, en qui se concentrait toute la classe des générations antérieures.

— Qui s'occupera de Marisa, si Steven est reconnu coupable de complicité, dans l'agression dont elle a été victime ?

— Je prendrai soin d'elle, mon enfant. C'est à moi qu'incombe cette responsabilité, et je m'en acquitterai avec joie.

Ses yeux clairs étincelaient dans l'obscurité.

— Vous gérerez alors le legs en fidéicommis ? Je veux dire, dans le cas où l'invalidité de Marisa serait considérée comme définitive ?

— Ma foi, si vous tenez à parler *argent*, dit-elle comme s'il s'agissait d'une obscénité, c'est exact, en effet.

Je plongeai la main dans la poche de ma blouse, et lui lançai les antibiotiques, qu'elle eut le réflexe d'attraper au vol.

— De la Ciprofloxacyne, murmurai-je. Sous forme d'échantillons. Découverts dans la poche d'Eddie. Le Bactrim soignait très bien votre infection urinaire, n'est-ce pas ?

Miss Dee Dee soupira, inclinant la tête dans l'ombre du couloir.

— Oh là là ! Quel gâchis...

— Ce n'était pas vous qui aviez besoin d'un antibiotique. Vous vouliez soigner l'un de vos hommes de main qui avait reçu une balle en me tirant dessus pendant mon jogging. Reuben avait blessé l'un des malfaiteurs ; nul doute qu'il s'agissait d'Eddie.

Dee Dee poussa un second soupir, que je sentis lourd d'une véritable angoisse.

— Eddie vous aidait à la ferme, quand il était gamin, n'est-ce pas ? poursuivis-je sans rémission. A l'époque où la propriété vous appartenait, il vous suivait partout comme votre ombre, nettoyant les box, donnant du fourrage aux chevaux, aidant les palefreniers… En échange de quoi, vous lui avez donné ses premières leçons d'équitation. Vous étiez bons amis, vous et lui...

Comme elle se taisait, je demandai :

— Miss Dee Dee, qu'auriez-vous fait si Marisa vous avait mise au courant de l'infidélité de Steven ?

La bouche impeccablement maquillée esquissa un sourire.

— Nous aurions pris l'avion pour Reno, où elle aurait demandé le divorce. Aucune femme ne mérite d'être trompée, ma chère.

— Mais vous l'auriez tout de même lobotomisée pour mettre la main sur l'héritage, murmurai-je. Seulement, vous ignoriez que Steven avait une maîtresse. Vous avez donc blessé votre nièce et orienté les soupçons sur son époux. Puis vous avez fait supprimer le détective parce qu'il risquait de découvrir le pot aux roses.

Une fois lancée, je ne pouvais plus m'arrêter.

— Vous avez détourné des informations financières concernant l'offre de l'hôpital pour les services médicaux à fournir à la nouvelle usine de produits chimiques. Vous en aviez l'opportunité, vous aviez accès aux données informatiques... Vous êtes l'une des principales actionnaires de Medicom Plus.

— Une minute, ma chère, coupa Dee Dee. Je serais incapable de tuer quelqu'un. Je me suis simplement trompée dans le dosage du sédatif : le détective paraissait beaucoup plus gros qu'il n'était, avec son épais anorak et ses vêtements d'hiver. Son cœur n'a pas supporté... Sa mort était accidentelle.

Dee Dee esquissa un sourire.

— J'ai toujours affirmé que vous étiez une jeune fille remarquablement intelligente. Beaucoup plus intelligente que Marisa, à mon avis — bien qu'elle soit de loin ma préférée, dans cette famille. Mais je tiens absolument à diriger Medicom, savez-vous bien ?

Cette conversation mondaine, sur un sujet pareil, dans les couloirs à peine éclairés de l'hôpital, avait quelque chose d'irréel. Et comment aurait-il pu en être autrement, avec miss Dee Dee ?

— Vous avez vendu peu à peu tout votre patrimoine immobilier, non pas pour prendre votre retraite comme vous le prétendiez, mais parce qu'il vous fallait de l'argent pour jouer. Vous êtes complètement ruinée, avançai-je. Vous avez tout perdu.

— J'ai tout perdu, oui. Mais je vous rassure : pas à Las Vegas, chérie ; c'est bien trop vulgaire.

Ele secoua la tête d'un air amusé.

— J'ai toujours adoré boursicoter, voyez-vous ? Malheureusement, il y a des impondérables...

— Si Steven était en prison, et Marisa sous votre tutelle, vous mettiez la main sur l'argent de l'héritage et preniez la direction de Medicom Plus. Mais vous deviez vous débarrasser de tous ceux qui vous avaient aidée à évincer Marisa... Raymond Abel et Willie Evans ont sans nul doute travaillé sur vos terres. Mais les hommes de ce soir...

— De simples hommes de main, que j'ai embauchés — sauf ce pauvre Eddie. Je comptais m'arranger pour le faire taire. Et tout aurait été réglé sans bavure, au lieu de cet épouvantable gâchis...

Dee Dee se détourna et se remit à marcher dans le couloir. Je fis quelques pas à côté d'elle, le cœur serré dans un étau, et sentis une tentaculaire sensation de froid se répandre de nouveau en moi, comme si un sang glacé circulait dans mes veines.

— Je dois tout dire à Mark, miss Dee Dee.

L'élégante me sourit tristement et leva une main. Un jet brutal m'aspergea et j'eus l'impression qu'une flamme liquide me léchait le visage et le cou. Je hurlai et essayai de me protéger la tête. Du gaz poivre... Je m'écroulai par terre en suffoquant, la peau en feu.

Des mains énergiques écartèrent mes bras, me traînèrent sur le carrelage. Quelle force incroyable, dans ce corps menu… Je me débattis, agitant les mains dans le vide, là où je pensais trouver Dee Dee. J'entendis une porte claquer. Une nausée me secoua tout entière, et je m'essuyai les yeux. La douleur redoubla ; des larmes de feu roulèrent sur mes joues.

Un claquement sec résonna dans mon dos, comme si on venait de casser une ampoule. La muqueuse de ma gorge et de mes sinus était à vif. Et je devais être aveugle.

Soudain, l'odeur m'atteignit. Une odeur âcre que je reconnus aussitôt : du chloroforme. Repoussant mes mains, Dee Dee m'appliqua un tampon sur le nez. Je lançai mon poing en avant et cognai un membre, ou une épaule, avant de perdre l'équilibre. Des objets tombèrent bruyamment tout autour de moi : produits d'entretien, seaux et serpillières humides… J'étais dans un placard à balais. J'allais y finir mes jours, brûlée par un produit chimique. Je frappai de nouveau au hasard, sans rien atteindre, cette fois.

Une douleur aiguë me mordit le bas du dos, au milieu d'une fesse. Je compris qu'elle m'administrait une piqûre de Xylazine. *Elle*. Pas la miss Dee Dee que j'avais connue, mais cette inconnue, cette folle qui m'agressait.

Je roulai sur le sol pour échapper à l'aiguille et ne pas perdre conscience. Je lançai un coup de pied en hurlant. Le réduit était exigu, et ma tête heurta violemment le mur. Je vis trente-six chandelles à travers mes larmes amères, au goût de poivre.

Mes instruments me cognèrent la poitrine... *Mes ciseaux...*

Je me redressai vivement à quatre pattes, et arrachai ma poche en sortant les ciseaux. Je les serrai fermement dans ma main et frappai, frappai sans m'arrêter, en visant tant bien que mal le corps en mouvement que je distinguais derrière le rideau de mes larmes. Sans parvenir à le toucher.

Une sorte de léthargie s'installait peu à peu dans mes deltoïdes et les muscles longs de mes jambes. J'arrêtai de frapper et m'humectai les lèvres. Mon cœur battait à tout rompre, douloureusement. Deux mains se détachèrent de la paroi liquide qui dansait devant mes yeux, me saisirent le poignet et m'arrachèrent les ciseaux.

J'agrippai la main qui tenait mon poignet et exerçai un mouvement de torsion. Elle était forte, mais petite. Je lui tordis le bras et la mis à genoux. D'un geste vif, j'enroulai le stéthoscope autour de son cou, lâchai ses poignets, et tirai sur les deux bouts.

26.

CPV et Phénergan

La fatigue me terrassait progressivement, à mesure que le produit faisait son effet. Cramponnée au stéthoscope, je tirai sans relâche sur les extrémités pour étrangler Dee Dee tout en sanglotant à l'idée que je tuais une amie, une bienfaitrice — qui me voulait à présent tant de mal. Contre mon corps, je sentis ses membres commencer à s'assouplir et lâcher prise. Entraînant le stéthoscope dans sa chute, elle s'effondra lentement sur le sol.

Je la laissai tomber. Je la sentis glisser entre mes bras jusqu'au carrelage. Le bruit de ma respiration grondait à mes oreilles comme un océan déchaîné. Je m'écroulai à côté du corps inerte. D'une main malhabile, je partis à la recherche de son pouls, mais mes doigts s'emmêlèrent dans ses cheveux, dénoués pendant ce combat sans merci.

Exténuée, je renonçai à trouver sa carotide, laissai retomber mes mains et écoutai les battements de mon propre cœur, qui battait une chamade irrégulière. J'étais accoutumée au rythme des CPV — contractions préventriculaires — qui se produisent fréquemment quand on court sans échauffement préalable.

J'étais tentée de me laisser aller complètement, de m'abandonner au sommeil. Mais je me secouai et me redressai lentement. La porte formait une tache brune, sur les murs blancs. Je la touchai à tâtons, découvris finalement la poignée et tournai. Elle s'ouvrit sous mon poids et je tombai en avant dans le couloir.

Derrière moi, j'entendis une sorte de borborygme, puis un bruit de respiration étranglée. Un haut-le-cœur, un sanglot. Dee Dee revenait à elle. Je ne l'avais donc pas tuée. Je m'éloignai en rampant, et gagnai une pièce obscure située un peu plus loin, dans le couloir. Tant bien que mal, j'allai me cacher sous un bureau et m'écroulai sur place. Les ténèbres se refermèrent sur moi comme un filet aux mailles serrées, m'isolant d'un monde glauque et vacillant.

Je me réveillai dans un tout autre univers, d'une blancheur aveuglante. Je refermai les yeux en grognant, me tournai sur le côté et vomis.

— C'est pas grave, docteur Rhea. Dégobillez tout votre soûl, murmura une voix douce.

— Je ne veux pas, répondis-je tout en recommençant de plus belle.

— Le Dr Chadwick vous a prescrit du Phénergan ; ces nausées ne vont donc pas tarder à passer. Nous vous donnons aussi quelque chose pour neutraliser le sédatif que cette femme vous a administré. Tenez bon, et vous vous sentirez beaucoup mieux dans quelques instants.

Cette fois, je reconnus la voix d'Ashlee. Portés par une nouvelle vague de nausées, les souvenirs affluèrent. Je soulevai ma main, qui pesait un demi-quintal. Mes doigts refusaient totalement de bouger. Je dus fournir un effort surhumain pour tâter mon visage, au-dessous de l'œil droit. Il n'y avait pas de blessure. Je m'étais échappée juste à temps.

— Elle est réveillée ?

C'était la voix de Mark, avec cette intonation que j'avais entendue à plusieurs reprises, ces derniers temps : un mélange d'anxiété et de tendresse qui m'allait droit au cœur.

— Ne le laissez pas approcher, grommelai-je.

Je ne voulais pas qu'il sentît sur moi l'odeur du vomi. C'était sans doute un peu ridicule, mais je n'étais pas tout à fait dans mon état normal.

— Eloignez-le d'ici, répétai-je en me tournant contre le mur.

— Il s'en va, Rhea, affirma Wallace. Ne bougez pas, et nous allons vous débarrasser de ce gaz poivre. Vous allez sentir la différence.

— J'espère bien, maugréai-je. Sinon, je vous assigne en justice.

— C'est ça : suivez donc la mode du moment, collez-nous un bon procès aux fesses ! Actionnez la pompe à dollars. Comme tout le monde…

— Wallace ?

— Oui, docteur Lynch ?

— Fermez-la !

Mon confrère partit d'un grand rire. Ce fut le dernier son que j'entendis avant le déluge qui s'abattit sur moi. Le supplice du gaz poivre prit fin sur-le-champ, comme par miracle. Jusqu'à ce qu'on l'eût supprimée, je n'avais même plus eu conscience de l'intensité de ma souffrance. Une fois de plus, le sommeil s'empara de moi.

Je m'éveillai une dizaine de fois, quand l'une ou l'autre des infirmières vint prendre mon pouls, ma tension, ma température. On me fit plusieurs piqûres et je reçus un remède sous perfusion sans même chercher à savoir de quoi il s'agissait.

J'étais incapable d'ouvrir les yeux. Le gaz poivre était parti, mais ma peau et mes globes oculaires étaient encore à vif.

Tout excitées, les infirmières m'apprirent que je me trouvais en soins intensifs, dans la chambre voisine de celle de Marisa, et que j'étais l'héroïne du jour. L'hôpital grouillait littéralement d'inspecteurs de la police judiciaire qui gênaient le travail et enquiquinaient tout le monde. Les agents de la police municipale n'appréciaient guère cette intervention extérieure, et les infirmières assistaient avec ravissement aux prises de bec entre ces messieurs. Pour ma part, je m'en moquais éperdument.

Constamment à mon chevet, Cam me caressait gentiment les cheveux, m'aidait à me brosser les dents et me rafraîchissait le visage avec des compresses, tout en tenant les hommes de la P.J. à l'écart. Je sanglotai en lui tenant la main, et il me soutint, quand je vomis de nouveau. Ce fut une nuit lamentable, que l'arrivée de Mark venu m'interroger n'eut pas l'heur d'adoucir. Cam l'autorisa à entrer, mais le maintint à distance et ne me lâcha pas la main de tout l'interrogatoire.

La voix de Mark avait perdu son accent de tendresse. Il s'adressait à moi avec une froideur toute professionnelle et une politesse distante, me donnant du « Madame ». Cela me rendit malade. Cam, lui, semblait trouver tout cela follement amusant. Il prétendait que Mark était jaloux de notre relation — ce dont je ne crus pas un traître mot — et furieux de ne pas avoir mis lui-même miss Dee Dee hors d'état de nuire — ce que je jugeai tout à fait vraisemblable. En tout état de cause, ce brusque revirement de sa part me chagrina beaucoup plus que je ne l'aurais cru possible. J'avais hâte que tout cela se termine.

Dans la matinée, Dee Dee fut inculpée du meurtre du détective privé, Ty Yarborough, et des agressions perpétrées sur les personnes de Marisa Braswell, Raymond Abel, Willie

Evans et moi-même. Sa participation au scandale des tarifs frauduleux de Medicom Plus ferait l'objet de poursuites au pénal et au civil. Steven Braswell et Mitchell Scoggins étaient mouillés jusqu'au cou dans l'affaire. Leurs bureaux étaient sous scellés et leurs comptes allaient être épluchés par des spécialistes.

Bref, c'était une véritable pagaille. Pour reprendre l'expression de Dee Dee : un épouvantable gâchis.

27.

Rééducation et crimes fédéraux

C'était le printemps, ou presque. En Caroline du Sud, les rigueurs de l'hiver ne durent pas plus de six semaines, et un pseudo-printemps précoce éclot généralement vers la mi-février. Il faisait plus de vingt degrés, des insectes commençaient à bourdonner dans l'herbe et des nuées d'oiseaux pépiaient dans les arbres, au-dessus de nous. Assise dans son panier, Belle veillait sur son dernier chiot qui dormait, roulé en boule entre ses pattes. Les autres avaient été donnés depuis quelque temps, à la grande indignation de leur mère. Je me penchai pour tâter le pelage du bébé et m'assurer qu'il n'avait pas froid. Le panier était garni de journaux et d'une couverture, mais la pelouse, au-dessous, était encore humide.

Je tirai le panier plus près de mon fauteuil, et Belle leva la tête pour me lécher la main, avançant sa grosse tête par-dessus le rebord pour voir si quelque chose avait changé, dans le monde extérieur. Ses bons yeux bruns se posèrent sur Marisa. Depuis l'arrivée chez nous de mon amie, deux jours plus tôt, ma chienne paraissait nourrir un intérêt particulier à son égard.

Marisa, installée près de moi dans une chaise longue, promenait un regard paisible sur le jardin. Elle profitait de quelques jours de répit au milieu de son programme de rééducation. Quelques semaines plus tôt, Cam et un autre chirurgien du CHU de Duke l'avaient opérée, ôtant de son cerveau le caillot censé gêner son retour à la parole. Si, selon notre ami, elle devait ainsi récupérer une bonne partie de ses capacités à l'expression orale, je n'avais malheureusement constaté aucune amélioration de ce côté-là, et je commençais à croire l'optimisme de Cam hors de saison. J'aidais cependant de mon mieux les orthophonistes, kinésithérapeutes et infirmières à domicile qui venaient régulièrement la faire travailler. Je n'avais pas baissé les bras, et ne comptais pas renoncer de sitôt.

Je me penchai vers Marisa et lui caressai la joue. Elle inclina la tête en souriant, et je décidai d'interpréter le coup d'œil qu'elle jeta sur mon livre — qui pouvait aussi bien n'être qu'un mouvement sans signification précise — comme un encouragement à poursuivre ma lecture. Ses aptitudes à la communication non verbale s'étaient en effet affinées ; elle était désormais capable d'exprimer un désir par un signe de la tête, ou de désigner un objet qu'elle voulait toucher. Bien qu'ignorant dans quelle mesure elle comprenait mes paroles, je repris donc ma lecture à voix haute du roman de Tamar Myers qu'elle avait entamé quelques jours avant le drame.

C'était un roman policier, amusant et sans prétention, dont l'évolution de l'intrigue ne suscitait guère de réaction, chez mon amie. A vrai dire, elle n'avait pas bronché non plus quand je lui avais parlé de Steven, et je n'étais pas persuadée qu'elle fût encore capable d'exprimer des émotions.

Inculpé de plusieurs infractions criminelles aux lois fédérales, de chantage et de non-assistance à personne en danger à l'égard de sa femme, Steven Braswell était actuellement en liberté sous caution. Sans avoir participé activement à son agression, il n'avait rien fait par la suite pour soigner Marisa, sachant que sa mort pourrait lui rapporter la coquette somme d'un demi-million de dollars — soit le montant de la prime d'assurance vie qu'il avait contractée sur sa tête. Cet argent aurait partiellement compensé la perte du legs en fidéicommis, dont le décès de son épouse l'aurait privé.

Pour ma part, je m'étais bornée à dire à mon amie que Steven était parti et qu'il ne reviendrait plus. Cette déclaration n'avait suscité chez elle qu'un sourire impassible, noyé dans un regard vague.

C'était Percy Shobani qui avait révélé à la police les intentions de Steven envers Marisa. Percy avait définitivement quitté la région, emportant avec lui ses discours pontifiants et ses manières désuètes. Les certificats qui couvraient les murs de son bureau, n'avions-nous pas tardé à apprendre, n'étaient que du tape-à-l'œil. Il n'avait jamais étudié à Oxford ; son doctorat provenait d'un petit CHU de la Jamaïque plus ou moins réputé pour vendre les diplômes. Fort de la découverte de ces secrets minables, Steven l'avait parachuté médecin de son épouse, exerçant sur lui un ignoble chantage pour l'obliger à exécuter ses ordres. Toutes ces explications-là, je m'étais abstenue de les fournir à la jeune femme ; elle n'aurait pas compris.

Essie traversa la pelouse à petits pas, chaussée de pantoufles bordeaux qui dépassaient de sa longue robe d'intérieur. Elle portait un plateau garni d'assiettes de ragoût aux petits légumes, avec une carafe de thé glacé. Je refermai le livre et touchai le bras de Marisa en lui montrant sa nounou. Comme toujours, elle me sourit.

J'avais tout essayé pour l'arracher à cet état d'absence mentale, pour meubler le vide de son esprit. Je lui avais chanté ses cantiques favoris — dont j'étais arrivée à connaître le moindre verset par cœur —, je lui avais fait écouter ses disques préférés, lu et relu ses livres de chevet, jusqu'à m'en user la voix... Elle n'avait jamais rien dit, n'avait pas esquissé un mot, alors que nous avions tant de choses à nous dire... Nous aurions parlé de la naissance prochaine de son bébé, au milieu de l'été ; de la maison que j'étais en train d'acheter ; de l'homme que je songeais à fréquenter... J'avais envie qu'elle me voie, qu'elle me reconnaisse, qu'elle me dise si je faisais ce qu'il fallait pour elle. J'avais envie de mille choses qui ne se produiraient peut-être jamais.

Je me rapprochai d'elle afin de pouvoir éventuellement l'aider à manger, bien que les progrès de sa rééducation motrice lui permissent à présent de se débrouiller seule. Essie posa le plateau près de sa protégée, lui servit un verre de thé glacé et s'assit dans le fauteuil que j'avançais à son intention.

— M. Mark va venir déjeuner, dit-elle. Cet homme-là, il est dingue de vous.

Sans mot dire, je plaçai la fourchette à portée de mon amie et me servis du thé. Essie le confectionnait à la mode sudiste d'autrefois, très fort et sucré à la cassonade — j'en aurais bu des litres.

— Quand est-ce que vous allez laisser ce garçon vous mettre le grappin dessus, hein ? Il me fait penser à votre chienne, qui vous suit partout, avec la langue pendante. Viens là, Belle, je t'ai apporté une friandise. Voilà, c'est bien, fifille. Assise. Tiens, voilà un morceau de viande que j'ai pris dans le ragoût. T'es gentille. Maintenant, retourne voir ton bébé pour qu'on puisse parler tranquillement, nous autres.

Belle obtempéra en remuant la queue. J'avais demandé à Essie de ne rien donner aux chiens à table, mais comme toujours, elle n'en faisait qu'à sa tête. La chienne rentra dans son panier et observa Marisa de loin, la tête obstinément tournée de son côté. Elle ne s'était pas encore vraiment approchée d'elle, mais sa curiosité était évidente. Elle ne tarderait pas à venir lui faire des avances pour quémander son amitié.

— Vous ne voulez pas parler de votre homme ?

— Ce n'est pas mon homme. Pas encore.

Je bus une gorgée de thé et regardai Essie avec un petit sourire malicieux.

— Mais je lui ai dit que j'accepterais peut-être de sortir avec lui quand il aurait trouvé une famille d'accueil pour le dernier chiot. C'est peut-être pour cela qu'il vient déjeuner. Pour m'annoncer une bonne nouvelle.

— Vous l'aimez bien, non ?

— Oui, je l'aime bien.

— Hum, Arlana a dit que vous allez vous marier, tous les deux. Elle a le don de double vue, vous savez.

— Elle est surtout dotée d'une imagination fertile... Elle a aussi la fâcheuse manie de me faire dépenser des fortunes en tissus d'ameublement et réfection de fenêtres.

Je regardai Marisa prendre une cuillerée de ragoût et fermer les yeux avec un sourire. Un sourire de plaisir, peut-être ? A moins que le fumet du plat ne lui piquât les yeux.

— Du reste, Arlana prétend que c'est vous qui avez le don de double vue, ajoutai-je.

— Elle est douée, ma petite-fille, insista Essie avec un hochement de tête satisfait. Au fait, j'ai lu ce matin dans le journal que M. Steven et M. Mitchell, on les a accusés d'avoir soudoyé miss Dee Dee pour qu'elle leur fournisse des renseignements confidentiels sur les finances de l'hôpital. C'est comme ça qu'ils auraient obtenu le marché de l'usine de produits chimiques. C'est vrai, ça ?

— Ça m'en a tout l'air, miss Essie.

— C'est un beau sac de nœuds, tout ça, dites !

J'approuvai de la tête et dégustai le ragoût, composé de légumes variés et de morceaux de bœuf fondants. Compte tenu de l'état de santé de Marisa et de sa grossesse, tout était découpé en morceaux beaucoup plus petits qu'à l'accoutumée.

Belle se redressa dans son panier et émit un petit gémissement plaintif sans quitter Marisa des yeux. Je lui donnai de petites tapes affectueuses sur la tête et la grattai derrière les oreilles.

— Qu'est-ce qu'il y a, ma jolie ? C'est Marisa ! Tu la connais, maintenant.

Les yeux toujours rivés sur mon amie, Belle sortit du panier et s'approcha de sa chaise. Elle posa délicatement la tête sur ses genoux en remuant la queue avec un gémissement plaintif. Marisa avala une cuillerée de bouillon, puis une autre. Belle jappa une seule fois, comme elle faisait quand elle voulait jouer. Elle se mit à gratter le sol avec ses pattes. Ses efforts pour capter l'attention de la jeune femme demeurèrent vains.

— Elle ne peut pas jouer avec toi, ma jolie, dis-je doucement. Je ne suis même pas sûre qu'elle t'entende.

Marisa avait adoré les animaux, particulièrement les chiens. Aujourd'hui, elle ne remarquait même plus leur présence. Je battis rapidement des paupières et respirai profondément pour refouler mon chagrin.

Belle posa sur moi de grands yeux pleins d'interrogation, puis elle retourna lentement s'asseoir dans son panier, le chiot jaune entre ses pattes de devant.

De l'autre côté de la maison, un moteur de jeep se fit entendre.

— Tiens, voilà votre homme qui arrive.

Je ne pris pas la peine de rectifier, cette fois.

Belle se redressa de nouveau, attrapa son chiot par la peau du cou, et retourna près de Marisa. Elle s'assit sans lâcher le bébé, la tête levée vers mon amie qui continuait à manger. Je posai ma fourchette pour observer la scène.

La chienne s'approcha encore de Marisa, plaça les pattes de devant sur le bord du siège et déposa délicatement le petit animal endormi sur ses cuisses.

Marisa s'immobilisa, sa cuillère à moitié pleine à mi-chemin entre sa bouche et l'assiette. Elle regarda le chiot posé sur ses genoux, et l'effleura de sa main libre. La petite boule de poils se mit sur le dos et pédala des quatre pattes contre la paume tiède. Puis il s'étira et bâilla copieusement, découvrant une jolie langue rose.

Marisa eut un petit rire flûté.

Tout doucement, je me penchai pour lui prendre la cuillère, attentive à ne pas détourner son attention. Elle se remit à rire, posa les deux mains sur le petit ventre rond du bébé et le gratta doucement.

Belle émit un jappement discret ; Marisa tourna les yeux vers la chienne, puis regarda de nouveau le chiot et rit encore, de ce rire cristallin que je n'avais pas entendu depuis bien longtemps. C'était sa première véritable réaction depuis le soir où miss Dee Dee était entrée dans sa chambre, à la suite de Steven, en soins intensifs. Mes yeux s'emplirent de larmes.

— Bonté divine, murmura Essie.

Marisa caressa longuement le chiot. Au bout d'un moment, elle regarda Belle et dit très distinctement :

— Joli bébé chien jaune. Joli, joli bébé chien jaune.

Prologue

Pourquoi le passé revient-il toujours nous hanter ?

Debout derrière la fenêtre de son bureau, le Dr Tanaka contemplait d'un œil morne l'averse qui s'abattait sur le parking. Par quel mauvais coup du sort, la mort d'une pauvre âme revenait-elle briser sa vie après toutes ces années ?

Dehors, une infirmière courait vers sa voiture, son uniforme trempé de pluie. Comme chaque matin à Honolulu, la journée avait commencé sous un soleil radieux. Mais vers 15 heures, les nuages s'étaient amoncelés au-dessus des monts Koolau, et, tandis que les membres du personnel de la clinique regagnaient leur foyer, une pluie diluvienne avait commencé à inonder la ville, transformant les rues en torrents d'eau sale.

Tanaka se retourna et baissa les yeux sur la lettre posée sur sa table de travail. Lorsque sa secrétaire l'avait portée à son attention ce matin, il s'était figé en apercevant au dos de l'enveloppe le nom de l'expéditeur : Joseph Kahanu, avocat, et l'avait ouverte sans plus attendre.

Se laissant tomber dans son fauteuil, il la relut une fois encore.

Cher Dr Tanaka,

Au titre de représentant de mon client, M. Charles Decker, je vous prie par la présente de bien vouloir nous fournir toutes les pièces du dossier de suivi obstétrique relatif à Mme Jennifer Brook, qui était votre patiente au moment de son décès...

Jennifer Brook. Un nom qu'il avait espéré rayer pour toujours de sa mémoire...

Un sentiment d'abattement l'envahit : l'épuisement physique et moral d'un homme qui avait fini par comprendre que son passé ne le laisserait jamais en paix. Il tenta de rassembler son courage pour s'extraire de son fauteuil et rentrer enfin chez lui, en vain. Son regard ne pouvait se détacher des quatre murs de la pièce. Ce bureau était son sanctuaire. Il survola d'un œil las les diplômes encadrés, les certificats médicaux et les photographies qui y étaient accrochés. Ce n'étaient qu'instantanés de nouveau-nés au visage fripé, de mères et de pères rayonnant de joie. Combien d'enfants avait-il aidés à venir au monde ? Il en avait depuis longtemps perdu le compte...

Un bruit ténu provenant de la réception le tira finalement de sa torpeur. Le déclic d'une porte qui se referme. Il se leva et alla jeter un œil dans la pièce attenante.

— Peggy ? Vous êtes encore là ?

La salle d'attente était déserte. Son regard glissa sur les chaises et le sofa tendus de velours fleuri, les magazines empilés avec soin sur la table basse, pour s'arrêter sur la porte donnant sur le hall. Le verrou de la poignée était ouvert.

Tendant l'oreille dans le silence de la clinique, il perçut un faible cliquetis du côté des salles d'examen.

— Peggy ?

Tanaka sortit dans le hall, ouvrit la porte de la première salle et actionna l'interrupteur. La lumière blanche se refléta sur la surface froide de l'évier en inox, la table d'examen gynécologique et l'armoire contenant le petit matériel. Il éteignit et referma la porte. La deuxième salle ne présentait rien non plus d'inhabituel. Il traversa alors le hall en direction de la troisième et dernière salle.

A l'instant précis où sa main se tendait vers l'interrupteur, son instinct l'avertit d'une présence hostile, tapie dans l'obscurité, qui l'attendait. Il s'immobilisa, puis s'éloigna de la porte à reculons, saisi d'une terreur glacée. Ce ne fut qu'au moment où il pivotait sur lui-même pour s'enfuir qu'il se rendit compte que l'intrus se tenait juste derrière lui.

La lame lui entailla le cou de part en part.

Titubant en arrière dans la salle d'examen, Tanaka heurta un lourd support en acier, perdit l'équilibre et trébucha sur le sol. Le linoléum était déjà poisseux de son sang. Malgré la conscience aiguë de la vie qui s'échappait inexorablement de sa gorge, une zone rationnelle de son cerveau le força à analyser sa blessure et à évaluer ses chances. *Artère sectionnée. Exsanguination totale en quelques minutes. Stopper immédiatement l'hémorragie…*

Chaque seconde était précieuse. Déjà, il sentait l'engourdissement monter dans ses jambes. Il rampa en direction de l'armoire vitrée où était rangée la gaze. Luttant contre l'évanouissement, il s'orienta aux reflets sur le verre, tel un naufragé cherchant son salut dans la lointaine lueur d'un phare.

Soudain, une ombre obscurcit la pièce. Il comprit alors que son agresseur s'était avancé dans l'encadrement de la porte pour mieux l'observer. Tanaka poursuivit néanmoins sa progression.

Rassemblant ce qui lui restait de force et de conscience, il parvint à se remettre debout et à ouvrir l'armoire d'une main maladroite. Des paquets stériles chutèrent des étagères et s'éparpillèrent sur le sol. Il déchira un emballage à l'aveuglette et en sortit un tampon de gaze, qu'il pressa aussitôt sur sa gorge.

La lame de son assaillant traça un dernier arc de cercle, mais il ne la vit pas.

Lorsqu'elle s'enfonça dans son dos, Tanaka ouvrit la bouche pour hurler, mais seul un soupir s'échappa de ses poumons brûlants.

Le dernier, avant qu'il ne s'affaisse sur le sol...

ERICA SPINDLER

DÉLIVRANCE

La révérende Rachel Howard s'est volatilisée et ses sermons sombres et apocalyptiques ne résonnent plus dans l'île paradisiaque de Key West. Son comportement était devenu bizarre, son ton exalté, si bien que chacun, y compris la police, croit qu'elle fuit pour cacher une dépression nerveuse. Mais pas sa sœur Liz Ames, qui laisse tout en plan pour gagner Key West et partir à sa recherche. Avec pour tout indice un message sibyllin de Rachel sur son répondeur.

Liz n'est pas à Key West depuis vingt-quatre heures que la violence se déchaîne. Les morts suspectes se succèdent. Sur fond de violent cyclone, des crimes rituels sont perpétrés, rappelant étrangement des meurtres commis par un tueur en série désormais hors circuit.

Avec le seul flic convaincu qu'il existe un lien entre ces crimes et la disparition de Rachel Howard, Liz lutte pour identifier le mal mystérieux qui ronge le cœur de Key West. Mais chaque pas vers la vérité apporte son lot de questions — et de morts. Nul ne semble devoir échapper aux forces occultes qui transforment le paradis de Floride en un brasier infernal…

BEST-SELLERS N°167

À PARAÎTRE LE 1ER MARS 2003

Meg O'Brien

Mortel ABRI

Défendre une prostituée noire qui s'est fait violer pourrait être un acte de routine pour Sarah Lansing, avocate à Seattle. Sauf que cette fois, les violeurs sont des policiers corrompus, disposant d'appuis haut placés et n'hésitant pas à pratiquer l'intimidation, les fausses preuves…

… et le meurtre. Lorsque sa cliente est retrouvée morte dans l'incendie de son misérable appartement, Sarah décide de tout tenter pour dénoncer les voyous.

Une audace qu'elle paie cher : arrêtée injustement pour possession de drogue, puis libérée sous caution, elle trouve refuge dans l'île de son enfance, parmi une communauté de femmes écrivains. C'est là qu'elle compte écrire un témoignage contre les meurtriers et leurs complices, et mettre à l'abri la seule preuve capable de les envoyer en prison…

Mais dans cette résidence où toutes les femmes présentes semblent cacher un secret, la peur et la suspicion s'installent. Et, tandis que survient un terrible tremblement de terre, chacune d'elles se sent encore plus isolée, et à la merci de tous les dangers…

Sharon Sala

Si tu te souviens

Le cœur de Clay LeGrand s'est refermé sur lui-même le jour où sa femme, Frankie, a disparu. Deux ans plus tard, les mêmes questions le hantent, toujours brûlantes : où est-elle ? Pourquoi est-elle partie ?

Puis survient l'improbable. Rentrant chez lui, Clay trouve Frankie dans son lit, comme si elle ne l'avait jamais quitté. Hélas, elle n'a rien à raconter, n'ayant plus aucun souvenir. Seul son corps porte d'étranges témoignages : un tatouage sur le cou et des traces d'aiguille dans le bras.

Les deux dernières années se dressent entre eux tel un énorme trou noir. Un silence atroce.

Pourtant, les réponses sont là, tapies dans l'ombre, prêtes à surgir, tout comme l'homme qui les détient. Un homme dangereux qui n'a pas renoncé à récupérer Frankie, à la garder pour lui tout seul. Un homme qui, cette fois, va avoir affaire à forte partie car Clay LeGrand a désormais pour le combattre une force indomptable, raffermie par deux années d'absence et de souffrance : sa passion pour sa femme.

Robyn Carr

FIASCO

Charlene Dugan a commencé sa journée comme à l'accoutumée — en célibataire. Puis, en l'espace de quelques heures :

- Sa fille lui lance qu'elle ne veut pas finir comme elle.
- Sa mère, désorientée, se retrouve dans un parking sans savoir comment.
- Son ex-mari a soudain des comptes à régler avec elle.

En fait, sa décision de se remarier déclenche autour d'elle le désordre et la panique. Et les jours suivants n'arrangent rien. Son amie et témoin tombe folle amoureuse d'un garçon de quinze ans son cadet. Son ex-mari, qui a le don de lui mettre les nerfs en pelote, prépare des arguments pour la reconquérir. Et, pour couronner le tout, son futur époux passe son temps avec la jolie jeune femme chargée d'organiser leur mariage !

Toutes les conditions sont réunies pour faire du mariage annoncé… le fiasco du siècle.

BEST-SELLERS N°170

À PARAÎTRE LE 1ER MARS 2003

COMMANDE... COMMANDE... COMMANDE...

COMPLÉTEZ VOTRE COLLECTION !

Collectionnez les grands succès de la littérature féminine...

... et découvrez les romans de votre collection BEST SELLERS que vous n'avez pas encore lus !

5,18 € par roman

- ❐ N° 6 LE SILENCE BRISÉ, de LaVyrle Spencer
- ❐ N° 18 REVANCHES, de Terri Herrington
- ❐ N° 33 L'AMOUR L'APRÈS-MIDI, de June Flaum Singer
- ❐ N° 45 LIAISONS SECRÈTES, de Rona Jaffe
- ❐ N° 86 L'INSOUMISE, d'Emma Darcy
- ❐ N° 92 LA CLANDESTINE, de Jasmine Cresswell
- ❐ N° 93 L'INNOCENCE BAFOUÉE, de Karen Young
- ❐ N° 94 LA FILLE DE L'ACCUSÉ, de Janice Kaiser
- ❐ N° 96 FLAGRANT DÉLIT, de Carla Neggers
- ❐ N° 98 TROIS SŒURS, de JoAnn Ross
- ❐ N° 99 LES DÉMONS DU PASSÉ, de Mary Lynn Baxter
- ❐ N° 100 CHASSÉS-CROISÉS, de Laura Van Wormer
- ❐ N° 102 LA MÉMOIRE DÉROBÉE, de Sharon Sala
- ❐ N° 109 SECRETS ET TRAHISONS, de Jennifer Blake
- ❐ N° 110 LA DERNIÈRE PROMESSE, d'Elizabeth Gage
- ❐ N° 111 DANGEUREUSE ALLIANCE, de R.J. Kaiser
- ❐ N° 112 L'INVITATION, d'Heather Graham
- ❐ N° 121 ZONE INTERDITE, de Howard Simon
- ❐ N° 123 LA FUGITIVE, de Debbie Macomber

COMMANDE... COMMANDE... COMMANDE...

Ces volumes sont disponibles auprès du Service Lectrices dans la limite des stocks. Si vous souhaitez commander certains titres, cochez les livres choisis et indiquez vos coordonnées dans le bon de commande ci-joint.
Chaque volume est vendu au prix de 5,18 €, auquel s'ajoutent 2,05 € par colis pour la participation aux frais de port et d'emballage.
N'envoyez pas d'argent aujourd'hui, une facture accompagnera votre colis.

Renvoyez ce bon à : Service Lectrices HARLEQUIN
CÉDAP / BP 77 - 94232 CACHAN CEDEX.

Mme ☐ Mlle ☐ Si abonnée, n° : |_|_|_|_|_|_|_|_|_|

NOM ______________________________

Prénom ______________________________

Adresse ______________________________

Code Postal |_|_|_|_|_| Ville ______________________________

______________________________ Tél. : |_|_|_|_|_|_|_|_|_|_|

Adresse e-mail ______________________________

Date d'anniversaire |_|_|_|_|_|_|_|_|

Signature indispensable

Le **Service Lectrices** est à votre écoute au **01.45.82.47.47**
du lundi au jeudi de 9h à 17h et le vendredi de 9h à 15h.

Conformément à la loi Informatique et Libertés du 6 janvier 1978, vous disposez d'un droit d'accès et de rectification aux données personnelles vous concernant.Vos réponses sont indispensables pour mieux vous servir. Par notre intermédiaire, vous pouvez être amené à recevoir des propositions d'autres entreprises. Si vous ne le souhaitez pas, il vous suffit de nous écrire en nous indiquant vos nom, prénom, adresse et si possible votre référence client. Vous recevrez votre commande environ 20 jours après réception de ce bon.

Offre réservée à la France métropolitaine et soumise à acceptation.

Composé et édité
PAR LES ÉDITIONS HARLEQUIN
Achevé d'imprimer en décembre 2002

BUSSIÈRE
GROUPE CPI

à Saint-Amand-Montrond (Cher)
Dépôt légal : janvier 2003
N° d'imprimeur : 26309 — N° d'éditeur : 9678

Imprimé en France